《满洲报》小说研究

赵寰宇◎著

中国社会科学出版社

图书在版编目（CIP）数据

《满洲报》小说研究/赵寰宇著. —北京：
中国社会科学出版社，2019.4
ISBN 978 - 7 - 5203 - 4097 - 7

Ⅰ.①满…　Ⅱ.①赵…　Ⅲ.①小说研究—中国—现代
Ⅳ.①I207.42

中国版本图书馆 CIP 数据核字（2019）第 036491 号

出　版　人	赵剑英
责任编辑	郭晓鸿
特约编辑	滕谣谣
责任校对	闫　萃
责任印制	戴　宽

出　　　版	中国社会科学出版社
社　　　址	北京鼓楼西大街甲 158 号
邮　　　编	100720
网　　　址	http://www.csspw.cn
发 行 部	010 - 84083685
门 市 部	010 - 84029450
经　　　销	新华书店及其他书店

印　　　刷	北京明恒达印务有限公司
装　　　订	廊坊市广阳区广增装订厂
版　　　次	2019 年 4 月第 1 版
印　　　次	2019 年 4 月第 1 次印刷

开　　　本	710×1000　1/16
印　　　张	23.5
插　　　页	2
字　　　数	311 千字
定　　　价	88.00 元

目　录

序　言 ……………………………………………………………… 1

绪　论 ……………………………………………………………… 1

第一章　《满洲报》及其小说刊载 ………………………………… 9

　第一节　《满洲报》的历史发展及办报特色 ……………………… 10

　第二节　《满洲报》的文艺版面及小说刊载 ……………………… 22

　第三节　"消闲世界"与小说刊载 ……………………………… 59

第二章　《满洲报》小说作家与作品（上）……………………… 78

　第一节　李逊梅及其小说创作 ………………………………… 79

　第二节　蔗农、竹侬及其小说创作 …………………………… 113

　第三节　张善亭及其小说创作 ………………………………… 134

第三章　《满洲报》小说作家与作品（下）………………… 153

　第一节　文泉及其小说创作 ………………… 154

　第二节　秋莹及其小说创作 ………………… 182

　第三节　黄旭及其小说创作 ………………… 194

　第四节　《满洲报》的其他小说家 ………………… 225

第四章　《满洲报》小说的价值 ………………… 237

　第一节　《满洲报》小说概貌 ………………… 238

　第二节　《满洲报》小说的文学史料价值 ………………… 252

　第三节　《满洲报》小说的社会历史价值 ………………… 300

余　论 ………………… 309

附录　《满洲报》小说目录初编 ………………… 313

参考文献 ………………… 360

后　记 ………………… 366

补　记 ………………… 368

序　言

余尝从师习治明清小说，日以各种资料汇编为功课，诵读之下，每叹前辈著作如林、论断如山，凛生景仰之情。

余亦曾涉足红学，花数年时间，笔记作了十几本，而不敢发一言。久之，心生惶惑，四顾茫然。感叹天下非无园地，奈为他人所据，何处有桃源，容我避居之。

余好议论他人著作，不当意者，辄以窠臼、牙慧讥之。而我日逐在他人研究成果中讨生活，何尝不是拾人牙慧、蹈人窠臼，缘何身陷此弊而不自知？知病人而不知病己？何其可笑乃尔。

近代报刊，少人问津，或囿于时段，不越雷池一步，或碍于鸳鸯蝴蝶，裹足不前。古代、近代、现代、晚清、民国，各尝一脔，独取所需，割裂而去，其余则弃置不顾，其酷烈，无异于五马分尸，一份完整的《申报》也难逃此凌迟之祸，人间伤心惨目之事，未有若学术之甚者。而这等地方，正俗语所谓"三不管""杂巴地"也。人弃我取，余遂肆力于此，大有创获，至今已二十余年矣。

今寰宇兄所著《〈满洲报〉小说研究》将锓版流传，畀余序之，余得重翻是书。夫《满洲报》乃近代东北大报也，向无人关注，冷落一旁，然不能因其冷落，而小觑之。孔子《春秋》尚为人叫作"断烂朝报"，安知今日之报纸，非后世之古籍善本，今日报纸小说，非后日之文学名篇乎？

昔余弃明清，又舍杂志，而从事小报。今寰宇弃我之小报而趋大报，舍我而去，终能自辟田地，余见之欣慰不已。盖学术亦贵在与世推移，不凝滞于物，在扬弃中始有所成就也。

前长春师范大学教授郭长海，现已年逾八旬，尚每日去国图阅旧报，先生曾有曰："翻报积德。"寰宇以数年阅报之功，而成专著一部，不唯言德，殆亦可谓功德圆满者乎？

孟兆臣

2018 年 5 月

绪　　论

在孕育东北文学的诸多报章中，《满洲报》占据着重要的位置，是大连乃至东北历史上一份有重要影响的报纸。该报 1922 年创刊于大连，发行东北全境，至 1937 年停刊，历时十五年，共计出版 5244 期，其间从未中断。《满洲报》是民国时期由日本人创办并经营的中文报纸，受日本政治舆论影响，其文化侵略的本质毋庸置疑。但作为历史遗存，《满洲报》保留下来许多珍贵的文史资料，对当时中国的内政、外交、军事、文化、教育、社会风情等均有详略不等的报道。此外，《满洲报》"那里面曾拉拢过来不少的有力作家和作品"[1]，保存了大量文艺作品，这些作家作品从不同角度和方面反映了近代东北独特的地域文化和社会现实，其中包含着丰富的历史、文化信息，具有重要的文献价值。

如果把东北文学划分成几个区域而个别地提出来讨论的话，大连是该占其一角的。大连位于辽东半岛南端，地处黄渤海之滨，背依中国东北腹地，与山东半岛隔海相望，地理位置优越，素有"东北之窗""北方明珠"之称，是中国东北对外开放的窗口和最大的港口城市。"清末至民国，众多文士诗人

---

[1]　也丽：《大连文艺界的今昔》，刘慧娟主编：《东北沦陷时期文学作品与史料编年集成》（总第四十四卷），线装书局 2015 年版，第 49 页。

寓居于此，或躲避战乱，或流连山水"①，这为东北本土文学与关内文学、外国文学的交融提供了便利的条件。同时，中日甲午战争后，沙皇俄国于光绪二十四年（1898），侵占了旅顺和大连，开始了大连的殖民史。光绪三十年（1904），在日俄战争中，沙俄战败，日本取代沙俄侵占了旅顺和大连。与东北其他城市相比，大连被殖民的历史要长得多。这一特殊的社会状态，势必在作家心里留下深刻的烙印。作家矛盾的生存状态、复杂的创作心态和文化选择对其创作的影响，势必在作品中有所表现。

"东北的文坛，是先奠基于报章的副刊的"②，而"大连一隅，文艺是完全依赖着新闻纸而生存"③。当时大连的权威报纸有《满洲报》和《泰东日报》，"大连的文艺，也就是在这两大权威的报纸上盘踞着、呼吸着"④。

《满洲报》除了早期的"诗坛""文苑""小说"等文艺专栏外，先后开辟了"文艺""消闲世界""万有锦笈""星期副刊""北国文艺""晓野""文艺专刊""北风""晓潮""电影与戏剧""王道周刊""小友乐园""新小友"等十几个文艺版面。《满洲报》的文学史料极其丰富，诗词、小说、戏剧、小品文等作品数量成千上万，是东北文艺活动的主要阵地之一，也是东北文学研究不可多得的富矿。然而，至今学界少有人开展相关研究，研究成果更是鲜见。

"在表现东北社会历史进程和对东北民风人情时态的描摹上，小说这一文体无疑代表了东北现代文学的最高成就。"⑤ 在《满洲报》丰富的文艺作品

---

① 孙海鹏：《青泥诗文补》，张本义《白云论坛》（第3卷），国家图书馆出版社2006年版。
② 姚远：《东北十四年来的小说与小说人》，刘慧娟主编：《东北沦陷时期文学作品与史料编年集成》（总第四十五卷），线装书局2015年版，第153页。
③ 也丽：《大连文艺界的今昔》，刘慧娟主编：《东北沦陷时期文学作品与史料编年集成》（总第四十四年卷），线装书局2015年版，第49页。
④ 同上。
⑤ 张毓茂：《东北现代文学大系》，沈阳出版社1996年版，第22页。

中，小说创作尤其值得关注。在《满洲报》十五年的发展历程中，共刊载小说一千余篇，新旧小说种类纷繁，内容丰富，涉及社会小说、言情小说、侠义小说、侦探小说、历史小说、滑稽小说、医学小说、电影小说等多种类型。《满洲报》的小说面对现实、反映现实，描写了旧时代下东北民众的生存状态，透过这些小说，能够看到特定时期的世相人情和民族文化心态，它们共同见证了东北近现代新旧小说交融发展的历史变迁，勾勒出东北小说文学的原生态，是研究东北小说史不可或缺的宝贵遗产。

　　基于上述原因，笔者将《满洲报》中的小说这一文学史料系统地整理出来，勾勒出《满洲报》刊载小说的轮廓，还原其本来面目，从中挖掘《满洲报》刊载小说的价值，以期能"在文学历史的解读中拨开'现存'的迷雾，寻求'合理'的必然的东西"①，为全面理解东北小说的发展和演进历程提供有力的佐证。

　　在东北小说研究领域，报章小说日渐成为研究热点，然学界对《满洲报》刊载小说的研究却寥寥无几，多是作为论述的支撑材料，零散出现在著作或论文中，其小说史料梳理和研究基本处于空白状态，这为本选题提供了广阔的研究空间。近年来，东北小说的研究取得了丰硕的成果，这些研究成果所积累的史料、运用的理论方法和思考问题的视角，都为本选题的研究奠定了较坚实的基础。对于东北小说的研究，主要集中在以下几个方面。

一　东北小说史料的钩沉整理

　　史料钩沉无疑是开展各类研究的基石。在东北小说史料整理中，姚远的《东北十四年来的小说与小说家》、高翔的《东北现代中篇小说史论》《东北现代中篇小说断论》、白长青的《论东北沦陷时期的短篇小说》等著作对厘清东北近现代小说发展脉络及小说作家生平考据具有重要价值。此外，梁山丁

---

① 孙中田：《历史的解读和审美取向》，《社会科学战线》1991 年第 3 期。

的《东北文学研究史料》《东北沦陷时期作品选》、秋萤的《满洲新文学史料》、陈因的《满洲作家论集》、萧军的《东北文学研究史料》、黑龙江社会科学院文学研究所和辽宁社会科学院文学研究所编的《东北现代文学史料》等对东北小说研究均具有重要的史料价值。

近年来，东北小说的资料建设工作取得了巨大的成绩。在东北小说史料钩沉上，贡献突出的当属张毓茂主编的《东北文学大系》、刘慧娟主编的《东北沦陷时期文学作品与史料编年集成》，还有即将出版发行的刘晓丽主编的《伪满时期文学资料整理与研究》。张毓茂主编的《东北文学大系》中的《短篇小说卷》《中篇小说卷》《长篇小说卷》对1919年"五四"运动后至1949年新中国成立三十年间东北作家发表的进步的、有相当艺术价值的、反映东北生活题材的小说作品作以整理，并建立了东北现代文学年表和篇目索引，这些为东北小说研究提供了扎实的文献基础，但其选收标准决定了其势必遗漏了大量的小说作品。刘慧娟主编的《东北沦陷时期文学作品与史料编年集成》是目前收集东北沦陷区文学作品最多、最全的一部大型多卷书。该书共介绍了生活在东北沦陷区的主要作家六十九位，涉及的作家百余人，共收入包括小说、散文、诗歌、评论等文学作品达两千五百万字。刘晓丽主编的《伪满时期文学资料整理与研究》分为作品卷、史料卷和研究卷，共计三十四册，近一千万字，资料翔实、可靠。上述研究成果收罗宏富，为东北小说研究提供了丰厚的史料。此外，詹丽的《东北沦陷时期通俗小说研究》收集整理近百份东北报刊和单行本，对东北报载小说进行了补遗；宋海燕的《〈盛京时报〉近代小说概况》对《盛京时报》近代时期内刊载的小说概况进行简略梳理；王秀艳的《〈盛京时报〉小说研究》更是对《盛京时报》三十八年所刊小说进行全面文献整理，这些成果在不同程度上对东北的小说篇目有所补充。

二　东北小说史的研究

东北小说史的研究是与东北文学史研究同步进行的，是东北近现代文学史的重要组成部分。20 世纪 90 年代是东北文学史研究的高峰期，产生了大量的重要成果，如李春燕的《东北沦陷时期文学新论》《东北文学综论》《东北文学史论》《19—20 世纪东北文学的历史变迁》、马清福的《东北文学史》、孙中田的《镣铐下的缪斯——东北沦陷区文学史纲》、申殿和等的《东北沦陷时期文学史论》、徐迈翔等的《中国抗战时期沦陷区文学史》、任惜时的《东北文学统览》、沈卫威的《东北流亡文学史论》、徐光荣的《1840—1990 年辽宁文学概述》等。此外，还有《东北现代革命文学史》《东北现代文学史》《东北新文学论丛》《东北新文学初探》等著作。这些研究成果通过对东北文学的梳理，整体地把握了东北文学史的基本面貌和发展规律，但受主流文学史叙事的影响，大量的作家作品被遗漏和遮蔽又在所难免。这是东北小说史乃至东北文学史研究亟待解决的问题。

三　东北小说作家的研究

对东北文学整体面貌和形态的研究，首先在作家论这一层面上取得了突破。"东北作家群"的创作因其鲜明的反侵略意识和浓郁的地方色彩，长期以来成为东北文学研究的热点。如逄增玉的《黑土地文化与东北作家群》、徐塞等的《驰过天际的星群——对东北流亡作家群的整体研究》、马伟业的《大野诗魂——论东北作家群》、李长虹的《"东北作家群"小说的文化精神》等，在各个层面对"东北作家群"作了系统深入的研究。随着对东北作家研究的深入，东北作家个体的研究越加丰富起来。如徐迈翔的《梅娘论》、肖艳丽的《梅娘小说论》、侯慧杰的《袁犀现代小说研究》、李春燕的《论小松的文学创作》、李树权的《论山丁的小说创作》、岳玉杰的《试论梁山丁的乡土小说》、范智红的《袁犀论》、王富仁的《文事沧桑话端木——端木蕻良小说论》、刘立军的《舒群小说研究》、黄万华的《艺文志派四作家论》等。这些研究成果对东北作家的评判，显示了研究者的审慎态度和求实精神，在作家创作的本体上作了较为深入的分析和挖掘，弥补了东北文学宏观研究缺乏深度的不足。

四　东北小说多元化研究

21世纪以来，东北文学的研究领域进一步扩大，学界开始对东北文学的各个侧面进行研究，形成了东北文学多元化的研究状态。如高翔的《现代东北的文学世界》、刘晓丽的《异态时空中的精神世界——伪满洲国文学研究》、宋海燕的《封建性与近代性的杂糅——论〈盛京时报〉中的近代小说之主题》、蒋蕾的《精神抵抗：东北沦陷区报纸文学副刊的政治身份与文化身份》、李长虹的《萨满文化精神与东北作家群的小说创作》等。其中，高翔的《现代东北的文学世界》从全新的角度阐释地域文学，显示出学术视野的前瞻性和创新性；刘晓丽的著作在宏观视角下观照了特殊时空下东北作家生存和文学生产的状况，挖掘出大量被遮蔽的史料，开拓了东北文学研究的新领域。这些成果因研究视角、模式和方法的不同，展现出东北文学丰富多彩的状态，使东北小说研究更加丰满，同时为东北小说研究提供了新的思路和方法。

此外，日本学术界对这个特定时空发生的文学也应格外关注。20世纪90年代，日本出版了一系列有关沦陷时期的文学研究著作，如尾崎秀树的《旧殖民地文学的研究》及《昭和文学研究》、冈田英树的《伪满洲国文学》等。这些著作从不同身份出发，以另类的视角观照了伪满洲国的文学，为本土学者的研究提供了大量史料和独特的思路。

综观东北文学的研究现状，不难发现包括东北小说在内的东北文学研究已取得了丰硕的成果和长足的进步。同时，东北小说的研究也存在着亟待解决的问题。

其一，研究内容有待丰富。受主流文学史评价标准的影响，东北小说的研究仍偏于为文学史所公认的、比较知名的作家和作品。东北地区的大量的报章小说被人为地遗漏和遮蔽，造成东北小说研究视野的缺失，难以真正把握东北小说发展的独特规律。

其二，研究方法有待革新。随着研究的深入，东北小说研究的视角越加多元化，然其研究多是将小说从其生发的报章中抽离出来，作为研究的支撑材料。这种剥离了小说存活的历史、文学生态的研究方式，势必影响对小说作家创作心态的把握以及对小说作品价值的挖掘。

在东北小说研究的基础上，本书对《满洲报》小说作了较为全面系统的考察和研究。从《满洲报》文艺史料的钩沉入手，以《满洲报》十五年所刊载的小说作品为对象，整理编制了《〈满洲报〉小说刊载目录》，挖掘作家百余位，著录小说千余篇。同时，梳理出《满洲报》文艺版面的发展与《满洲报》主要小说作家的创作情况，将小说作品置于当时的历史文化情境中研究，全面深入地把握这一时期小说的历史原貌和价值，形成报章小说研究的独特视角。

本书除"绪论""余论"外，大致分为四个部分。

第一部分：《满洲报》及其小说刊载的整体情况。鉴于当前学界尚无对《满洲报》作整体研究的现状，本书根据《满洲报》的历史发展和不同阶段办报特色，将《满洲报》划分为前身、草创、发展、衰落四个阶段加以考察，还原《满洲报》小说存活的历史生态，以利于更好地了解《满洲报》小说刊载的时代背景和作家的创作心态。《满洲报》小说主要刊载在其文艺版面上，通过梳理《满洲报》文艺版面的发展情况，对众多文艺版面刊载的小说逐一考察，力求还原《满洲报》小说存活的文学生态。

第二部分：《满洲报》小说作家及作品。《满洲报》曾活跃着一大批东北作家，刊载了大量的小说作品。《满洲报》的小说家新老并存，有受传统白话小说创作影响的旧式文人，如李逊梅、蔗农、竹侬、张善亭等；有受新思潮熏陶的新派作家，如文泉、秋萤、黄旭等。通过对《满洲报》小说作家生平创作的考据和梳理，呈现出特殊时代下东北小说家的创作心路和新旧小说的更迭发展。

第三部分：《满洲报》小说的文学、社会价值。从《满洲报》小说与其文艺版面的关联以及小说作家的整体创作风貌等方面，呈现《满洲报》小说刊载的基本面貌。同时，挖掘其刊载小说的文学史料价值和社会历史价值。

第四部分：附录部分。包括：《文中插图索引》《文中表格索引》《〈满洲报〉小说目录初编》等。

首先，本书以《满洲报》的第一手资料为起点，通过对现存全部一百一十五卷微缩胶片的阅读整理，对诸多良莠不齐的小说作品进行梳理与筛选，以翔实的资料支撑本书的框架。其次，本书着重关注小说所处报纸、文艺版面的文学生态。在研究中，尽量摆脱"经典"文学的价值预设，将小说还原回其生发的报章中，客观、真实地再现《满洲报》小说的本来面目和存活生态，为东北小说研究提供一种"返回现场"的可能。最后，量化分析与评论相结合。本书对《满洲报》的小说史料进行了多维度的量化统计，在定量分析的基础上，结合当时的文艺评论加以分析，做到分析、评论有理有据，坚持"论从史出"的写作原则。

通过对《满洲报》小说系统的整理和深入的考察，可以发现，《满洲报》刊载的小说作品数量众多、种类丰富，是东北小说研究的珍贵资料，其文学、美学价值有待进一步开掘。与此同时，《满洲报》刊载的小说在一定程度上回应了时代的风云变幻，融会了社会新旧观念的变化消长，塑造了具有当时社会观念和意蕴的文学形象，从中能窥见时代的变迁和东北民众日常生活的本真状态，从而勾勒出特殊历史时期东北地区的社会、文化图景。

本书的研究内容主要借助吉林省图书馆馆藏一百一十五卷的《满洲报》缩微胶片，本书中摘录的作品原文，采用简体字录排的方式。若遇到报纸或缩微胶片模糊、字迹不清的现象以及暂时无法考证的情况，均用□来代表空缺的字，以备日后核实、补缺。

第一章　《满洲报》及其小说刊载

随着报纸这种大众传媒形式的出现，近代的文艺作品多了一个重要的传播载体。东北地区的文学活动是"以报纸为根基的文坛"①，文学与报纸有着更为密切的关系。尤其在大连，"文艺是完全依赖着新闻纸而生存"②。

大连《满洲报》是日本人经营的一份中文报纸。在《满洲报》的文艺版面上，保留了大量极具史料价值的文艺作品。除了早期的"诗坛""文苑""小说"等文艺专栏外，《满洲报》先后开辟了"文艺""消闲世界""万有锦笈""星期副刊""北国文艺""晓野""文艺专刊""北风""晓潮""电影与戏剧""王道周刊""小友乐园""新小友"等十几个文艺版面。这些文艺版面"不但给写作的人以发表的机会，并且养成了对于文学有相当的兴趣与热情的新进青年作家，这些新进的青年作家，与先进的作家纠合在一起，每日在文艺栏里讨论着文学的理论，商榷着文学的技能"③。同时，报纸的文艺版面对稿件处理相对宽松，这为众多的东北作家及文学爱好者提供了施展才

---

① 孟素：《我见的一个小说作者》，《满洲报》1935年10月15日第10版。

② 也丽：《大连文艺界的今昔》，刘慧娟主编：《东北沦陷时期文学作品与史料编年集成》（总第四十四年卷），线装书局2015年版，第49页。

③ 姚远：《东北十四年来的小说与小说人》，刘慧娟《东北沦陷时期文学作品与史料编年集成》（总第十九卷），线装书局2015年版，第151页。

华的场所，使得"在当时的作者们，多半是由于报纸的副刊而引起的创作兴趣"①。在客观上，《满洲报》的文艺版面推动了东北文坛的发展。

在《满洲报》丰富的文艺作品中，小说的创作尤其值得关注。《满洲报》的文艺版面当仁不让地成为东北小说作家创作的园地和小说作品传播的重要载体，共同促进并见证了东北报章小说的发展。

第一节　《满洲报》的历史发展及办报特色

《满洲报》是大连乃至东北历史上的一份重要报纸，英文名为 *The Man Chou Pao*，日刊，由大连满洲报社出版，发行人先后有西片朝三、王平山、西片与卫等，编辑人先后有白玉田、黑田湖山、金念曾等。

《满洲报》于1922年7月24日创刊，至1937年8月3日停刊②，总计发行5244号，前后历时十五年，未曾中断。该报在东北及华北设有一百六十余所分社和支局，东北全境发行。无论从时间上还是空间上来看，《满洲报》均是一份在东北有着重要影响的报纸。

在现存资料中，《满洲报》原件藏于辽宁省图书馆、大连市图书馆。《满洲报》缩微胶片共计一百一十五卷，时间为1922年7月24日至1937年7月31日。《满洲报》原报尺寸为40cm×58cm，初为一大张四版，1923年5月1日迁社后，增刊为两大张八版，1933年4月，增加到两张半十版，同年7月，增加到三大张十二版，1935年2月，增加到三张半十四版。《满洲报》从创

---

① 坚失：《今日的满洲文艺界》，刘慧娟主编：《东北沦陷时期文学作品与史料编年集成》（总第四十四卷），线装书局2015年版，第39页。

② 吉林省图书馆的《满洲报》缩微胶片至1937年7月31日止，据辽宁人民出版社的《辽宁省志·报业志》记载，《满洲报》停刊于1937年8月3日。

刊至 1924 年 9 月 15 日之间实行星期一休刊，1934 年 5 月 13 日至 1935 年 4 月 11 日，每日刊发两版，第二版与下日第一版刊号重复。1935 年 4 月 12 日至 1936 年 9 月 30 日，每日刊发三版，第一版与上一日第二、第三版刊号重复。1936 年 10 月 1 日至 1937 年 7 月 31 日，每日刊发两版，第一版与第二版刊号重复。

《满洲报》的内容宏富，历史跨度长，保留了许多珍贵的文史资料，对当时中国内政、外交、军事、文化、教育、社会风情等均有报道，是研究中国近现代史、东北历史、东北文学极为珍贵的文献资料。根据《满洲报》历史发展和不同阶段的办报特色，可将《满洲报》划分为前身、草创、发展、衰落四个时期。

一 前身：《满洲日日新闻》汉文版

《满洲报》的前身是《满洲日日新闻》的汉文版，是其"羽翼已成而独立者也"①。《满洲日日新闻》为"满铁"的机关报，朝刊四版，夕刊四版，是日本侵略东北后最早创办的、势力最大的日文报纸。1907 年 11 月 23 日创刊，社址在大连东公园町 21 号。最初为日文，后增设英文和中文专栏。《满洲日日新闻》以宣传"满铁"的事业为主旨，读者群主要是在东北负有侵略使命的日本人，这里面包括操纵伪政权的日本军政人员、掠夺东北财富的富商大贾、无恶不作的流氓浪人等，是典型的"奴主型"的报纸。

《满洲日日新闻》每日必有一篇"社评"，并且各版还有"杂评"。该报站在侵略者和统治者的立场，除了歌功颂德外，更利用"社评"和"杂评"来分析、评论中国社会的局势，为日本帝国主义的殖民统治献计献策。

---

① 《关东厅祝词》，《满洲报》1922 年 7 月 24 日第 1 版。

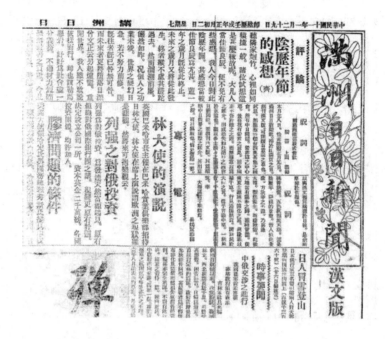

图 1－1 《满洲日日新闻》汉文版创刊号刊头

1922 年 1 月 28 日，《满洲日日新闻》（第 5380 号）汉文版创刊，随原有日文报纸一同发行（见图 1－1）。《满洲日日新闻》汉文版表面上打着"为疏通意志互敦睦谊""谋东三省居民之共同幸福"的旗号，实则是为日本殖民者借"属地主义"达到侵华目的作舆论宣传。值得注意的是，在《满洲日日新闻汉文版发刊之词》中曾明确提出过"东三省者，中华民国之领土"，这是对日本帝国主义后来扶持伪满洲国所持的荒谬论调的极大讽刺。

自属地主义与□而人种差别遂为世界识者所共摈。所谓属地主义者，即居于是邦之人，皆有为是邦创造幸福之义务。其国之如何？种之如何？皆非所计矣。准是选择，吾辈居于东三省之人，皆有为东三省造福之责任。岂非当然之结论哉？东三省者，中华民国之领土，而日本之紧邻也。故中华民国人居之，日本人亦居之。东三省者又远东之通商地区也，即欧美人亦多贸迁于是矣。自吾人公平、博爱之眼光观之，此等华人、日本人、欧美人皆当泯其国别、种别之形迹，打成一片，勠力同心。

本报本此主义，发刊既历十五星霜，立论始终不变。惟向者徒有日文，中华民国之人阅者终究未能普及，殊为遗恨。盖幸福基于和平，若中日两国之间常有隔膜误会，则影响于东三省人民之幸福者甚大。今回为疏通意志、互敦睦谊起见，特增刊汉文版，随原有之日文报一同发行，亦可零售。其使命之所在，不外乎谋东三省居民之共同幸福，而以中日共存共荣为职志者也。至于输智识于居民，进社会之道德，则尤非报章莫属。①

《满洲日日新闻》汉文版编辑部由日本人森井国雄主持，编辑万云鸿负责订正、改纂等工作，为实际上的主笔。作为"满铁"机关报的汉文版，其难以摆脱"奴主型"报纸的属性。汉文版上的新闻多是针对当时中国局势的分析报道，宣传中国国内军阀混战以及其给人民带来的灾难。这一方面确是当时社会的真实状态，而另一方面也可见作为日本人办的报纸，有意通过对国内军阀混战的报道，在舆论上影响民众，为日后的殖民统治做准备。

与新闻版块不同，《满洲日日新闻》汉文版的文艺版块内容琳琅满目，多谈大连本地风光等，作为商业都市的大连"得此文化上的点缀，弥漫金银气未尝不因而略为变动也"②。《满洲日日新闻》汉文版创刊号有"专电""大连新闻""东三省新闻""时评""文苑"等栏目，其中"文苑"一栏，刊载了《黄粱梦镇》《登武灵丛台有感赋此题客舍壁》《将游汴洛赋此寄怀诸词友次韵》《偕忏生夜饮于汉口小蓬莱即席口占》《送丁仲龙君赴山西》等诗词。其后，汉文版相继出现"艺林""诗坛""花评""小说""杂俎""戏评"等文艺栏目，其中"艺林"和"诗坛"中刊载了东北重要诗社——嘤鸣诗社的大

---

① 《满洲日日新闻汉文版发刊之词》，《满洲日日新闻》1922 年 1 月 28 日第 1 版。
② 念曾：《十载操觚回忆录（一）》，《满洲报》1932 年 11 月 1 日第 1 版。

量作品。1922 年 2 月 4 日，汉文版首次出现"小说"一栏，并刊载了作家了因的长篇小说《好儿女》。

总的来看，这一时期的文艺栏目"地位甚小，然惠稿者大有其人，尤以旧诗与评剧谈花之作最多"①。这一方面得益于主编森井国雄宽广的人脉，常能获得名流诗文；另一方面，此时旅居大连的风雅人士众多，如田冈淮海、黄伟伯、尹介甫、蔡清禅、徐太初等，这些人"提倡风雅，兴致甚豪"②，多以作品投予汉文版。1922 年 7 月 1 日，"为扩充篇幅多容材料起见"，《满洲日日新闻》汉文版由原来的半张一版改为一大张两版。

二　草创时期（1922 年 7 月—1923 年 5 月）

1922 年 7 月 24 日，《满洲日日新闻》汉文版正式改为《满洲报》，并在《满洲日日新闻》馆内另设满洲报社，独立经营（见图 1－2）。《满洲报》报名竖书，由日本书法家工藤文哉题写，日出一大张，共四版：第一版专载国内要闻，并设有"论说"一栏；第二版为电报要闻及大连新闻；第三版为东北各省、各地新闻；第四版为广告。《满洲报》社长西片朝三原为《满洲日日新闻》副社长，并主办过该报的汉文版。《满洲报》创刊不久，《满洲日日新闻》将《满洲报》发刊权转让给西片朝三个人，西片朝三退出《满洲日日新闻》，充任《满洲报》社长。自此，《满洲报》也成为日本人个体经营的中文报纸，担任该报主编的有白玉田、黑田湖山、金念曾等。《满洲报》创刊号上除各类新闻外，还设有"现代思潮""小说""花讯"等栏目，后又增设刊载政论性文章的"论说"、刊载古诗词的"诗坛"、刊载小品文的"谐文"等栏目。

---

① 念曾：《十载操觚回忆录（一）》，《满洲报》1932 年 11 月 1 日第 1 版。
② 同上。

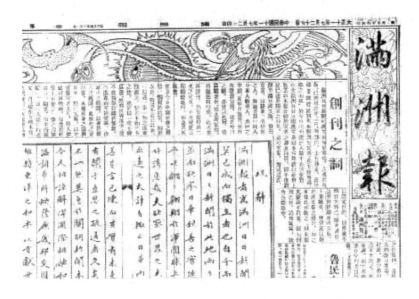

图 1 - 2　《满洲报》创刊号刊头

《满洲报》承《满洲日日新闻》汉文版"中日共存共荣"的文化侵略宗旨，并以"善则表彰之，恶则告诫之"的社会净友自居。同时，作为大连的又一份中文报纸，《满洲报》被寄予成为社会的"木铎晨钟""金声玉振"之希望。

　　自兹以往，窃思益以诚实与阅者相见。善则表彰之，恶则告诫之。视人人如最亲切之兄弟，不稍客气。今后说有□直之处，尚望以为"良药苦口利于病，忠言逆耳利于行"，曲加原宥也。古者君有诤臣，士有诤友，即所谓圣贤者，亦不能无过，况于人类未必皆圣贤，是以本报即欲以社会上之诤友自居。固不敢谓必可至当无或贻误，但认定目的以前进不懈自失而已。阅者诸君、护者对于满文版之盛意加之本报进而教之，则本报尤欢迎不置业。①

----

① 《创刊之词》，《满洲报》1922 年 7 月 24 日第 1 版。

　　创刊初期，《满洲报》为达成"社会上之诤友"之责，关注时事政治，并在头版设有"论说"一栏，由金念曾、万云鸿、蔗农、竹侬等主笔，评论国内外的政治问题。如《我之俄国前途观》《时局未宁之内阁问题》《为主张联省自治者进一言》《论中国宜改中央集权制为地方分权制》《挑拨国际恶感之无聊》《国会在军阀时代之功用》《退还赔款用途之争执问题》《制宪与组阁之我观》《女子参政之先决问题》《暂顾目前之政局》《论内阁同意案》《黎黄陂与吴佩孚之将来》《观测孙中山离粤后之》《联省制与吴佩孚》《国会与军阀冲突之动机》《孙吴曹之携手》《今日之政党与军阀》《孙氏果北上乎》《政局前途之观测》《对于吉林官帖暴落之所感》《论外交团之警告》《评张作霖氏近日之举措》《论南北统一与联省自治》《今日国会与将来之总统》等文章。

　　与大量的政论文章相比，《满洲报》对社会问题、经济问题的论说就显得微薄了，仅有如《关发满蒙富源与金融机关》《酷暑中之感想》《女工待遇问题》《社会教育与戏剧》《对于大连银行界摇动之我见》《论废娼之运动及善后办法》《教育上之厄运》等文章。注重政治问题，忽视社会、经济问题是《满洲报》创刊初期的办报特色之一，当然这也是当时报界普遍存在的问题。

　　《满洲报》创办伊始，极力求新。1922年9月，为使社会民众的意见能够直接反映在报纸上，开辟"自由言论"一栏，多登载有关社会经济问题的言论，如《男子对于女子的自由离婚》《中国之住宅宜改良》《妓院应速行改革两事》《人不可无上进心》《偶见女子缠足之感言》《对于社会娱乐者之警告》《嘲社会上势利眼者》《天理与人欲》等文章。"自由言论"栏目一方面大大地促进了阅报者的参与性及与编者互动性；另一方面，对"论说"一栏重政治问题，轻社会、经济的问题也起到了一定的平衡作用。

　　本报刊行以来，忽忽已半载余矣，特是□于篇幅。此半载中，阅者诸君，无在本报发表意见之机会，譬之戏剧。记者如演剧者，阅者如观剧者，台上与台下，其语言、动作绝对不相沟通。然而奋发惹起注意，诚有力焉。

戏剧虽与社会实有密切之关系，而其对于社会问题，并非具体。讨论不过概括的讽刺而已。报纸不既有指摘社会、斜正风尚之责，又有指定事实、参加意见之能。不惟记者方面之意见可以直陈于阅者之前，即社会上之意见，又可由记者转而披露。兹为某社会上之意见直接得在报纸上披露起见，特开放本栏。①

1922年9月16日，《满洲报》举办了首次国庆纪念征文，之后遂成定制。首次国庆纪念征文所拟题目有：《中日亲善应如何方能实现试详论之》《对于开发满蒙之意见》《联省自治之利害得失》《长白山赋》《双十节感言（以停车坐爱枫林晚为韵)》《时事杂韵（绝句二十首)》《中国时局纷乱日甚，此后应如何设法挽救以收统一之效》《寓兵于工应如何办理方臻完善而无流弊》等。

这一时期，《满洲报》有两件事为大连各界所注目：一则揭载大连华人中杰出人物；另一则为大连华商公议会在报面举行会长预备选举，此次活动"投票者之踊跃，虽在创刊甚久之报亦不多见"②。由此二事可见，初创时期的《满洲报》在东北地区已具有较大的影响力。

三 发展时期（1923年5月—1931年9月）

1923年5月1日，为了谋求发展，《满洲报》迁社至山县通百零四番地，增刊到两大张，共八版，这一阶段是《满洲报》发展史上重要的时期。

---

① 《自由言论本栏开放之宣言》，《满洲报》1922年9月9日第1版。
② 念曾：《十载操觚回忆录（二)》，《满洲报》1932年11月2日第1版。

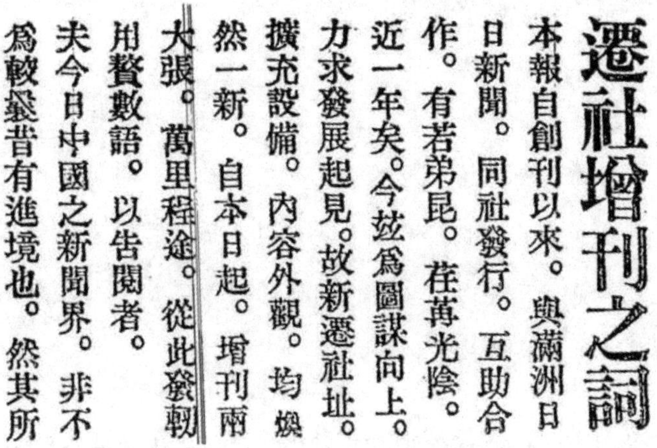

遷社增刊之詞

本報自創刊以來。與滿洲日日新聞。同社發行。互助合作。有若弟昆。荏苒光陰。近一年矣。今茲為圖謀向上。力求發展起見。故新遷社址。擴充設備。內容外觀。均煥然一新。自本日起。增刊兩大張。萬里程途。從此發軔。用贅數語。以告閱者。夫今日中國之新聞界。非不為較羣昔有進境也。然其所

图 1-3 　《满洲报》迁社增刊之词

迁社增刊后，《满洲报》无论在内容上还是外观上都浑然一新（见图1-3）。除了已有的政治、经济、科学、文苑、戏剧、社会新闻、柳城消息等外，为了便于读者发表意见，特辟"读者言论"一栏，另有法律、卫生、出品介绍等栏以应阅者之质疑。此外，因南满铁道行车时刻的变更，《满洲报》在版面上也有较大的改动，电报、新闻、琐闻、商情中的最新消息改为在第一版刊登。

在这一时期，《满洲报》得到了快速的发展，"由简单渐进为完备，由草创进为规模大具，循序变迁，尚可谓之有进无退，有蒸蒸日上之势也矣"[1]。至此，《满洲报》在大连，乃至东北地区"深蒙世人欢迎爱阅，几乎风行海内，人各一编，莫不以先观为快"[2]。至1926年，《满洲报》"销报之份数已十倍于从前，诚不可不谓极为发达矣"[3]。迁社增刊后，《满洲报》在办刊上与"连沈等处之汉文报则甚为相异"[4]，逐渐形成了鲜明的办报特色。

---

① 《周年纪念之词》，《满洲报》1923 年 7 月 24 日第 1 版。
② 华亭：《本报十周年纪念之回顾及期望》，《满洲报》1932 年 11 月 2 日第 1 版。
③ 寸草：《本报第四纪念日所感》，《满洲报》1926 年 5 月 1 日第 1 版。
④ 念曾：《十载操觚回忆录（三）》，《满洲报》1932 年 11 月 2 日第 1 版。

（一）发报迅捷，记载翔实

1932 年，正值《满洲报》创刊十周年，报社为求进一步发展，再次迁社新馆至中央电气两公园间。迁馆后，报社条件得到极大的改善，编辑、发行效率大大提高，甚至远在哈尔滨的读者也能看到当日的新闻，这在当时东北报界确是可以称道的。历经两次迁社增刊，《满洲报》愈加成熟起来，并逐渐形成发报迅捷、消息灵通、记载翔实的办报特色，受到读者欢迎，销路也因此大增。

各部人员之工作，率为科学化，历时短而工作速，兼以印刷机之迅速，每小时出报则以万计，而发报方法尤求捷迅，虽远隔滨江，则亦得阅者当时之新闻，故颇博社会之好评。以和平的革新态度普及教育、推广文化为目的，故无事无时，无不以婉转曲折，以畅其意。若夫编辑之方法，言论主持公道，记载力求翔实，采访务期敏捷，校对慎免错误，此亦为社会人士之公允，而本报亦藉此大增销路焉。①

（二）关注社会、经济问题

在编辑内容上，《满洲报》也具有鲜明的特色。鉴于当时国内新闻报纸所载内容多为政治问题，对社会问题、经济问题的报道如凤毛麟角的报界现状，《满洲报》编辑指出社会问题、经济问题是"新旧社会纷扰，国民经济枯竭"的主要原因，并鲜明地提出专于政治问题"非本报之职务"，将登载社会问题和经济问题作为报纸的重要职责，这确实抓住了一般市民阅报的心理。

夫今日中国之新闻界，非不为较曩昔有进境也。然其所记载者，连篇累牍，十九为政治问题。求其于经济问题，盖如凤毛麟角之不可多得

---

① 《纪念本报新馆》，《满洲报》1932 年 11 月 1 日第 1 版。

焉。亦如日本明治维新之初，新闻界所作之弊也。惟现在之中国，军阀横蛮，官僚污浊，廉耻丧尽，道德堕落，一任吾辈操觚者冷嘲热骂，日进逆耳之言，如聩如聋，听之藐藐。笔秃心枯，效果难见。良可慨然！是新闻界之在今日，与其对于政治上多所论列，不如对于社会上增加其贡献。本报窃鉴于此，今后关于政治问题，务期尽传达消息之责任，以负国民关心国事之忱衷。若夫专在政治上做功夫，则非本报之职务也。至于社会问题、经济问题，在现在新旧社会纷扰、国民经济枯竭时代，为亟宜唤起人人之注意者，本报则愿大声疾呼，鼓吹指导，以期研究改善，图谋发达焉。①

随着日伪政府的思想统治和文化控制的日趋严酷，《满洲报》虽也转登中国内地报纸的消息，借此维系中国读者，但在主要问题上已渐显日本帝国主义的侵略立场，失去了独立精神的《满洲报》日渐走向了衰落。

四　衰落时期（1931 年 9 月—1937 年 8 月）

"九一八"事变爆发后，《满洲报》并未立即登载相关报道。1931 年 9 月 20 日，《满洲报》头版、二版才出现《日军出动占领沈阳城》《兵工厂已完全被占领》《沈阳城之现况》《中日军发生冲突影响非常重大》等新闻稿件。此时的《满洲报》并没明显地表露出对日本帝国主义侵略行径的粉饰态度。1932 年，日本帝国主义扶持的伪满洲国建立，日伪政府将"九一八"事变和伪满洲国建立联系起来，至此，每年 9 月 18 日《满洲报》头版均有关于"九一八"的纪念文章登载，内容无外乎是粉饰日本帝国主义侵略行径的阿谀奉承文字。

1933 年，《满洲报》在舆论上开始大肆宣扬"王道乐土"，为伪满洲国建国造势。1933 年 1 月 1 日，《满洲报》在新年增刊上登载《满洲建国溯源史

---

① 《独立增刊纪念感言》，《满洲报》1924 年 5 月 1 日第 1 版。

略》一文，歪曲史实，偷换概念，妄想说明满洲自古为独立国家。1933 年 10 月 15 日，伪满洲国外交部宣化司在《满洲报》相继在"内外论潮"一栏刊载《今日之满洲国》《车窗一瞥之满洲国》《满洲国建国之成绩》大肆渲染伪满洲国的虚假繁荣。1934 年 3 月 1 日，《满洲报》头版、二版、三版大肆宣扬伪满洲国皇帝溥仪登基，并刊发"庆祝登基增刊"六张。1935 年 9 月 18 日，《满洲报》头版刊载的《九一八纪念日感言》系歪曲史实之作。1937 年 7 月 24 日，《满洲报》创刊十五周年，《满洲报》头版刊发《本报十五周年纪念之词》，文中对日本帝国主义鼓吹的"王道乐土""民族协和""共存共荣"的吹捧之词已达到了无耻地步。至此，《满洲报》其所谓"作为真正之人民喉舌"① 已成一纸空谈，彻底沦为帝国主义发声筒，其奴才本性已毕现无疑。

值得注意的是，通过对 1931—1937 年《满洲报》的文艺内容进行检索，在《满洲报》新闻舆论为伪满洲国的傀儡政权大肆鼓吹的同时，文艺版面并大量未出现对日伪当局粉饰、歌颂的应和之作。

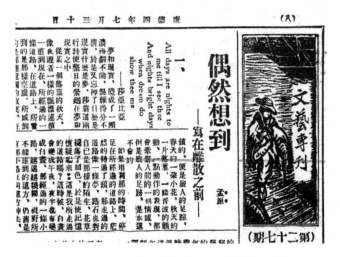

图 1-4　孟原《偶然想到——写在离散之前》

---

① 《本报十四周年纪念感言》，《满洲报》1936 年 7 月 24 日第 1 版。

《满洲报》创刊十五周年不久，受日伪实行"一地一报"政策的影响，奉天仅保留了《盛京时报》。1937 年 8 月 3 日，《满洲报》停刊。或许是已得知《满洲报》即将停刊，抑或翔实是一种预感，《满洲报》的"文艺专刊"编辑孟原在 1937 年 7 月 30 日发表题为《偶然想到——写在离散之前》的文章，表露了其内心的迷茫和对前途的不可预知（见图 1 - 4）

如果用刹那的时间，停足在所经过的道路上，茫然的转过了头，那走过的道路像一条梦。路石也对自己是那样的陌生，花草褪落了颜色，于是使记忆怀疑起来：这是我所走过的道路吗？这时候，白昼会变成午夜，夜半也会变成白昼。那经过的一条小路，越远越模糊，视野所不能达到的远方，仍旧是有那小路在向远方伸去，伸出了视线，伸出了想象。有时觉醒这是一个梦境，立刻给现实增加了些许勇气，发生再迈进一步的决心，为新的憧憬作新的追求。那展示在目中的前路，又是一片迷茫的广原，辽阔的没有边际，这没有终止的界境又具有不可知的神秘。①

第二节　《满洲报》的文艺版面及小说刊载

报纸的文艺作品起初大多是用来补白的，因而有了不雅的名称"报屁股"。后来随着时代的发展而渐渐扩大，直至独立成为专门的版面，其间所有的变动和改革，无疑都是遵循着社会进展的方向，应和了多数读者的需求。《满洲报》的文艺版面刊载的文艺作品种类浩繁、内容丰富，其中有大量极具史料价值的文艺作品，是当时东北作家和文学爱好者的创作园地和作品传播

---

① 孟原：《偶然想到——写在离散之前》，《满洲报》1937 年 7 月 30 日。

的重要载体。

一　《满洲报星期副刊》（1927 年 7 月—1933 年 7 月）

《满洲报星期副刊》[①] 是《满洲报》唯一单独印刷的文艺副刊，共四版，随报奉送，不另取资（见图 1–5）。"星期副刊"创刊于 1927 年 7 月 4 日，停刊于 1933 年 7 月 3 日，历时六年，最初编辑人是金念曾。"星期副刊"发刊的原因有二。其一，改良扩充。随着《满洲报》销行份数年年增加，需要更多的版面容纳新的内容。其二，救济改革。伴随国民的觉醒以及对新知的需求，《满洲报》肩负起开启民智的责任。"星期副刊"创刊伊始，即定下"严守一张白纸，一点什么色彩也不染的主义"的基调和"以传播最近的学说，以及种种必需的最新知识"的方针。

图 1–5　《满洲报星期副刊》创刊号刊头

① 为行文方便，后文提及《满洲报星期副刊》均用"星期副刊"代替。

　　本报从发行到现在，已经有五周年了，在这过去的五年，销行的份数的确是年年增加。尤其是今年的增加，较比往年更为猛进。在最近一个月之内，发行的份数几乎比较前月多了一倍。爱阅本报的人这样加多，我们自然是感谢之至。然而我们扪心自问，我们虽然是很努力，总想有以负阅者之希望。我们对于本报的内容，自己却是时常以为没有达到完全无缺的地步，总要想改良改良、扩充扩充。但是就原有篇幅，再加上些材料，又苦于没有多的地位可以登载得下。如若不另开一块园地，恐怕有许多美丽的花、好吃的果子就没有地方种植，供大家品评赏鉴了。况且，几千年来，越睡越浓的中国，十几年前，因为受世界潮流的惊动，蒙眬睡眼渐渐张开了，看见国家情形：无论哪一方面，都是濒于破产的地位。许多人要想救济救济、改革改革，已经说了许多话，学术思想业已有了冲动，近来因时局变迁，眼见这种冲动的范围就要更为扩大，说话的人自然更要加多。思想界之纷哎，必将如春前之草一般的怒放，我们新闻界那可不尽力介绍，以供大家研究讨论呢？

　　我们发这副刊，就是本着上述的原因，严守一张白纸，一点什么色彩也不染的主义，以传播最近的学说，以及种种必需的最新知识为主要方针，来补我们平时觉得的缺憾，稍稍答谢爱阅者之雅意。但是，我们这副刊虽是小小一块园地，它的关系可不能说小，我们自愧知识、学问甚浅，未必就能办好，很望明达时加指正，叫它渐渐达到圆满的境界。①

　　"星期副刊"有如文艺的万花筒，各类文艺作品包罗万象、精彩纷呈，主要登载关于文学的论著、批评、考证、译述以及社会写真等小品文字和各地风景时事、闺秀名媛的照片。作为《满洲报》的延伸与补充，"星期副刊"在为读者提供消闲、娱乐服务的同时，也注重了新闻性和知识性，刊载时评

---

① 风兮：《我们为什么要发行这副刊》，《满洲报星期副刊》1927年7月4日第1版。

文章和科学文章，起到了副刊应有的作用。如在"星期副刊"创刊号上就刊载了《辽东女性之我观》《彗星观测记》《旗考》《法律常识》等文章，其后还登有《宋美龄访问记》《男女交际的礼仪一束》《忠告患花柳的同胞》《婚丧旧制应痛加改革》《女子剪发将有阶级的限制》《鸦片溯源》《苗族风俗志》《中国女子当前唯一的问题》等文章。此外，"文艺消息"一栏刊载国内外的文艺消息，成为东北民众了解国内外文艺的窗口。

"星期副刊"发刊伊始，"取材固严，犹未免滥"，为填充版面，难免要"混入一些不纯的趣味东西和稚嫩的不健全的作品"①。编者雪痕就此指出，副刊新诗太多，进而希望作者们致力于小说创作，尤以短篇为佳，鼓励作家们多创作些关注社会现实、社会生活和有益于建立正确人生观的作品。

> 近来诸位文艺同志，投稿偏意于新诗方面，车载斗量，堆满案头。甚望今后投稿诸君，注意于现实的描写，或研讨社会生活，稗于吾人人生观，有所裨益想亦我亲爱之诸青年同志所赞同也!②

随着"星期副刊"愈渐热闹，批评的文字也应运而生。1932年5月，《满洲报》出现了创刊以来的首次笔战，这场笔战是由笳啸的《副刊杂评》一文引发的。此后，萧明、硕荒、芙蓉、岛魂、露奸、灵非、冯骞、赵壮魂、征鸿等作家纷纷加入战团，展开论战。因双方态度不够谦虚和文辞上的不逊，最终演成了一场骂战。其后，编者雪痕的《编者小言》、丕泽的《这样请求了》、秋影的《局外人的希望》、征鸿的《息了吧笔战》等均表达了停止笔战的愿望，然而双方仍旧混战，几乎短兵相接。1932年6月，风兮的《可以休矣!——算是和平的呼显》一文，直指这场笔战所争论的本来就没有多大价值，希望彼此偃旗息鼓，不争一时之长，好好努力创作。同年7月，"星期副

---

① 篁:《本报文艺之变迁与文坛动向》，《满洲报》1937年6月25日第8版。
② 雪痕:《本刊启事》，《满洲报星期副刊》1932年8月29日第1版。

刊"以大号黑体字刊发了停战公告，编者雪痕明确表示"自下星期起，关于漫骂文字一律谢绝（见图1-6）。诸位既爱本刊，尚希将笔锋转向纯文艺战线去"①。至此，这场笔战宣告结束。虽然这次笔战基本浮于漫骂，并没有转向对文艺本身的研讨，但确是使得荒芜寂寥的东北文坛表现出一缕新兴的气象。

图1-6 "星期副刊"停止笔战告示

1932年10月，篁洲接编"星期副刊"，开始对其进行改革。篁洲重新明确了"星期副刊"的使命，并且提出了文学在那个特殊时期的社会功用。

> 本刊园地的面积既宽且阔，对于同志的来稿，也是巨细兼收。他所负的使命是什么呢？可就是让嗜好文学的人们公开他的所学所见，同时要导人类思想于纯善的方面。譬如，你发挥一篇非战文学，无论文体是语言是文言、是文、是诗、是歌、是剧，果说得□□恺切，能使观者动容，听者垂泪，因得间接弭战祸于无形，这岂不是文学上最大的成功？

---

① 雪痕：《解围》，《满洲报星期副刊》1932年7月4日第1版。

最大的收获！现在我再把本刊所负的使命简单举出几项，使大家了解：

研究文学者有发表意见的机会

可以诱掖嗜好文学者的努力

作家借此可以互通声气、互相切磋、增进学业

增高人类高尚的兴趣

使人类观感为善，以达到文学最后的目的

副刊的使命，大致是如此了！①

至此，"星期副刊"刊载的文艺内容"毅然地抛弃了低级趣味的外衣，淘汰一般无灵魂的肉感文字"②。当时东北主要的作家，如骆驼生、文泉、曼秋、希文、茄啸、一叶、张弓、寸草、梦园、萧潜、苏菲、狂郎、骧弟、成雪竹、秋萤、黄旭等纷纷投稿，"星期副刊"成为东北作家创作的重要园地，呈现出蒸蒸日上之势。其中，希文的散文、一叶的诗、张弓的批评、寸草的小说均很受欢迎。梦园、萧潜等的批评和理论文字也随之兴起，如萧潜《给北国底作家》、梦园《过去的东北文坛》《论东北诗坛》等都是研究东北文学的重要资料。

此外，这一时期"星期副刊"还值得关注的有以下几个方面。其一，女性作家作品渐多。在荒芜寂寥的东北文坛，女性作家创作更是少之又少，因而也就显得更加可贵。这时期的女性作家有敏影（每文）、婉如、碧娟、秋鸿、绿娇、痴张、娥霏等，虽然她们的作品在技巧和思想上还很稚嫩，但她们以细腻的观察、敏锐的目光，倾诉了对弱小者的同情，对封建压迫的反抗，呈现出与男性作家截然不同的特点。"星期副刊"上的女性作家作品对当时的

---

① 篁洲：《文学目的与本刊使命——敬告爱护本刊诸同志》，《满洲报》1932 年 10 月 17 日第 6 版。

② 篁：《本报文艺之变迁与文坛动向》，《满洲报》1937 年 6 月 25 日第 8 版。

东北文坛，可以说是值得"夸耀一时的现象"①。其二，"星期副刊"开辟了"本刊作家小史"一栏，读者通过来稿可以详悉作者的生活状况以及对文艺的兴趣。1933 年 1 月，该栏目先后登载了骧弟的《我的自传》、成雪竹的《过去》、徐笳啸的《身世缩影》等文章，这些是了解东北作家生平创作的难得史料。其三，"星期副刊"曾发刊"妇女专号"（1932 年 12 月）、"诗艺专号"（1933 年 2 月）、"奉天女一中文艺专号"（1933 年 4 月和 5 月）等。这些专号的刊行，极大地鼓动了东北文学爱好者的创作热情，同时也集中地反映了东北文学的发展状态。总之，通过篁洲的努力，"星期副刊"得到了极大发展，同时，也"给寂寞的故乡文坛造出来蓬勃的景况"②。经过此次改革，"一时消沉的满洲文坛，骤然打破了寂寞的空气而活跃起来"③。

就在"星期副刊"如日方升之际，1933 年 7 月，"星期副刊"突然宣告停刊，这给东北文坛带来很大震动。"'星副'停刊，触到耳鼓，恍如听见摇荡的丧钟声，遇见熄灭的光明灯。"④ 由此可见，一般读者对副刊停刊所抱的意向。"星期副刊"作者和读者们纷纷给编者写信，询问停刊的原因，编者凤兮不得不发文解释并透露了"星期副刊"停刊后，将对"消闲世界"版面"扩充改革"，同时每周刊行"一两次纯文艺版"以安慰爱好文艺的读者，故"星期副刊"版面"必有代替而新生于翌朝者"。这里所说的纯文艺版即接下来的"北国文艺"和"晓野"。

　　吾知一般爱好文艺之读者诸君，读吾文至此，心灵必立即起一冲动，而以为意外。缘编者于昨日乍受命之顷，亦不觉愕然而有所惊疑也。实则新陈代谢、循环推进乃天演之公理。世事之恒情，有一灭者，即有一

---

① 笳啸：《本刊女作家》，《满洲报星期副刊》1933 年 3 月 6 日第 1 版。
② 郭濂薰：《津沽流浪曲》，《满洲报星期副刊》1933 年 4 月 10 日第 3 版。
③ 篁：《本报文艺之变迁与文坛动向》，《满洲报》1937 年 6 月 25 日第 8 版。
④ 凤兮：《北国文艺产生了》，《满洲报》1933 年 7 月 18 日第 8 版。

生，有一兴者，即有一替。是本刊消灭于今夕，将必有代替而新生于翌朝者。目下计划虽尚未完全决定，然对今日之"消闲世界"，必另行扩充改革而无疑。同时，并于一周中间出一、二次纯文艺版，以慰爱好文艺者之渴望、然则星期副刊虽废，亦复何憾！①

在"星期副刊"众多的文艺作品中，小说当属重要的一类。"星期副刊"登载了大量的新小说，吸引了众多读者的阅读，丰富了东北市民阶级的文化消费选择，同时也为文学爱好者提供了刊载作品的平台，支撑了东北小说的发展。"星期副刊"共刊载小说一百余篇，自1927—1933年，小说刊载逐年递增，从开始的每年两三篇，到后来每年三五十篇（见表1-1）。

"星期副刊"刊载的小说以短篇为主，除寸草《连环的爱》、瘦绿生《旧梦》、痴张女士《薄命的我》等几部中长篇外，其余均为短篇小说，这与编者雪痕"致力于小说（短篇创作尤佳）"②的办刊导向不无关系。此外，编辑凤兮也表达了同样的看法："一则长篇登了许多星期，能使读者减少兴趣；二则长篇的佳作很少，因为没有这么大的学力，所以一长就不免杂些芜秽不堪的东西。"③短篇小说更适合报载文学的形式，"它短小、精练、及时，能够紧密地配合时代，又有广大的读者面"④。

"星期副刊"刊载的小说关注现实，多为反映东北社会和人民生活状况，是了解东北社会面貌的重要史料。"星期副刊"版面的小说有表达对生活在底层人们同情的，如《可怜的"伙计"》《女招待》《洋车夫》《车上的舞女》《黄包车夫》等；有反映男女两性关系的，如《两性的烦恼》《连环的爱》《爱情与钻石》《情场失意者》等；有描写旧式婚姻的，如《被遗弃的少妇》

---

① 凤兮：《最后之词——致爱读本刊诸君》，《满洲报星期副刊》1933年7月3日第1版。
② 雪痕：《副刊投稿者鉴》，《满洲报》1932年9月7日第8版。
③ 凤兮：《编辑漫话》，《满洲报星期副刊》1932年12月12日第1版。
④ 白长青：《导言》，张毓茂：《东北现代文学大系·短篇小说卷》，沈阳出版社1996年版，第4页。

《阿妻的哭声》《她的离婚》等；有反映战乱给人们带来灾难的，如《避债投军》《战祸》《匪祸》等。

在"星期副刊"刊载的小说作品中，对时代知识青年"出路"的探寻是这一时期的重要主题之一。作为知识青年的小说家们，不约而同地关注了这一时代命题，并进行了有益的探索。东北知名的小说家文泉、秋萤、黄旭、筱啸等，集中探讨了过渡时代知识青年的生活状态以及对"出路"的探寻，并创作了大量的小说作品。纵观这一时期的小说，眼前充斥着"悲哀""可怜""孤苦""沦落""流毒""破产""炎凉""幻灭""冲突"等词汇，不难看出当时东北人民生活的苦难和命运的悲惨，小说家们透过一个个故事，如实地记录下东北人民苦难的篇章。

"星期副刊"刊载的小说创作，形式还不够老练，内容也比较单薄。如白虹的小说故事完整，但缺乏描写；诗人雪竹的小说空想成分过重，缺乏真实感；等等。但这其中也不乏成熟作品，如张弓《后妻》《父亲》、成雪竹《性火》《单恋》、白虹《云儿故事》、苏菲《月亮上升》、筱啸《画家与女人》等小说，即便"把它置在当代时下的小说集中、敢说是决没有什么愧色的"①。张弓是诗人，也是小说家，在"星期副刊"上曾发表过不少诗歌和批评。张弓的《父亲》是揭露吸食鸦片的罪恶，小说中的"四哥"可以说是当时伪满洲国农民的典型，作者有力地描写了其在日伪严酷压迫下内心的焦躁与愤怒；苏菲的小说主题则一贯的是革命与恋爱，多取自外国素材，有完整的技巧。在荒芜的东北文坛，"星期副刊"在老作家的支援下，"从大连海滨高举起新文艺的火把，立刻照亮了黯淡的满洲文坛"②。

---

① 筐洲：《读奉天文艺之今昔以后》，《满洲报星期副刊》1932 年 12 月 5 日第 1 版。
② 山丁：《十年来的小说界——满洲新文学大系小说上卷导言一》，刘慧娟主编：《东北沦陷时期文学作品与史料编年集成》（总第四十四年卷），线装书局 2015 年版，第 19 页。

表 1 - 1　　　　　　　　　　　"星期副刊"小说刊载情况

时间	作品	作者	时间	作品	作者
1927 年	连环的爱	寸草	1933 年	时髦的女青年	小先
	秘密发现后	绿娇女士		同情的感叹	小先
1928 年	姻缘	海客		洋车夫	呆农
	灵台旧梦	刘雪蕉		可怜的"伙计"	秋枫
	爱云	惜梦		心痕	秋影
1929 年	旧梦	瘦绿生		祭阿弃文	红杏
	爱情与钻石	木偶		巧冤	张周淑香
	到中国去	野芩		美满的小家庭	钧人
	被遗弃的少妇	东方先生		女招待	商女
	薄命的我	痴张女士		哭我一个惨死的朋友	CL
	印	血殷		可怜的两兄弟	崔一痕
	粪蛆	血殷		黄包车夫	佚名
	苦笑	王文峻		谅解	琅琊生
1930 年	初恋	小乔		画家与女人	箛啸
	迷羊	活石		云儿的故事	白虹
	重遇泪	王法渊		妓女与商人	一叶译
	别情	曲卓庸		窦娇娥	勇为
	拆白	世芬		齐小的苦死	侯文朴
	一个青年的悲哀	李凤舞		性火	成雪竹

时间	作品	作者	时间	作品	作者
1930 年	避债投军	营川骏如		花都的流毒	杨子岐
	归之夜	拙夫		邻家女	黄旭
1931 年	战祸	王碧血		单恋	成雪竹
	门	活石译		父亲	张弓
	触手成金	无名译		车上的舞女	笳啸
	冒险	飞絮译		阿王的死	娥霏女士
	旅人	王碧血		一天	骧弟
	拒绝	刘长安		死刑	成雪竹
	盲从	冉子		幻灭	张弓
	沦落	韩琴慧		初试	秋影
	破产	沈景阳	1933 年	松桥	黄旭
	苦谁?（二）	倾怀		微笑	白虹
1932 年	诱惑	吴大可		算账	文泉
	光明里的黑暗处	迟恒辑		单恋病者	洪波
	难船	突巳译		炎凉	黄旭
	狡	华		村长	筼夫
	南老爷的事迹	丕泽		表妹	敏影女士
	摩登摸着剃头匠	觉后		逆伦	常凤亭
	小环与阿美	鲜文		情场失意者	秋鸿

续 表

时间	作品	作者	时间	作品	作者
1932 年	车中疑想	皆醇	1933 年	青春拜别	秋萤
	街头路灯	紫电		白日的梦	萍少
	冲突	箛啸		一个矿工	斯路
	两性的烦恼	红杏		微笑	秋影
	秋夜	方了		她的离婚	小鹏
	画家之妻	箛啸译		踟蹰	文泉
	死——阿福失业后堕落的下场	丕泽		衣锦还乡	秋萤
	惆怅	洁纯		妒	活石
	第三宿舍之午	麦山		苦笑	萍少
	一支残花	呆农		哀鸿	进
	阿妻的哭声	屏弟		狞笑	鞏蠮
	阿元	镜人		朦胧中的悲哀	郭濂熏
	爱的末路	白虹		魔窟泪痕	湘岚
	弱者的牺牲	辅仁		忏悔	如灵
	一个红边绿邮票的信	雨时		死	风霜
	处女的死	静波		匪祸	秋影
	孤苦	张周淑香		熏鸡	鞏蠮
	灾声	雨时		空中底伴侣	黄旭
	一生的智慧	一叶译		雨天	荫寰
				春怨	杨进
				桥上	之君

二 "北国文艺"与"晓野"（1933 年 7 月—1934 年 8 月）

为"顺应各方的要求，适合时代的需要"①，1933 年 7 月，"星期副刊"停刊后，"代替而新生"的"北国文艺"和"晓野"于每周二、周五借"消闲世界"所在版面出刊，二者对文艺的主张仍然是"不注重形式上的新旧，而在实质上的优劣；反对虚伪的孱弱的文艺，而要求民众化、伟大化的文艺"。"北国文艺"和"晓野"的编者是凤兮，报头由青年画家杨佳福所书。编辑"篁"称这一时期"在本报文艺变迁过程上属元二之间，可称为鼎盛时期"②，但若从《满洲报》文艺版的刊载情况来看，将这一时期定为"发展时期"更为恰当。

> 所以这次为顺应各方的要求，适合时代的需要，便决定在星期二借"消闲世界"栏出刊"北国文艺"，在星期五出刊"晓野"。前者是转载纯文艺的，后者是兼载评论、考据、真实文学的。至编者对于文艺的主张，仍然是不注重形式上的新旧，而在实质上的优劣；反对虚伪的孱弱的文艺，而要求民众化、伟大化的文艺。爱好文艺的同志们！试看满蒙山川是何等的朴素！环境又是何等的复杂！种种事情无一不适于伟大文艺的产生。亲爱的同志们！请你不要徘徊，忠实地来开垦这片荒芜的大陆吧！③

"北国文艺"创刊于 1933 年 7 月 18 日，停刊于 1934 年 8 月 21 日，历时一年有余（见图 1-7）。"北国文艺"以转载小说、剧本、诗词与散文等创作或翻译文字的纯文艺作品为主。篁晹在创刊号上发表新诗《北国》，表达了要

---

① 凤兮：《北国文艺产生了》，《满洲报》1933 年 7 月 18 日第 8 版。
② 篁：《本报文艺之变迁与文坛动向》，《满洲报》1937 年 6 月 25 日第 8 版。
③ 凤兮：《北国文艺产生了》，《满洲报》1933 年 7 月 18 日第 8 版。

将"文艺的旗帜树立在这北国"[①] 的期望。至 1934 年，"北国文艺"日渐繁荣，甚至达到了"稿件十分拥挤，照例一次披露，故后到稿件只好稍压，此虽致作者不快亦无法补救"[②] 的地步。"北国文艺"主要作者有碎蝶、之君、骆驼生、狂叶、杨荫寰、鸿雁、文泉、黄旭、寒畯、倚非、陈阵、冰玲等。

图 1-7　"北国文艺"创刊号刊头

　　"北国文艺"对刊载的文章有明确的选择标准：在体裁上，"完全是文艺的创作和文艺创作的译品，如小说、戏剧、散文、诗等"；在题材上，提倡"有意义含蓄的深刻对象，表现伟大的题材"；在笔法上，要求"有优美的诗句和有严密的结构的笔法"；在篇幅上，由于属于周刊性质，为了增加读者的阅读兴趣，主张"少刊些长篇的文章"，以"五千字左右的小说及独幕、二幕的戏剧，至多二三期就刊登完"为宜。此外，"单注重于题材，或者只是有巧工的笔法的作品也可以在本刊刊布"。

　　　　本刊对于来稿，我是根据着有意义含蓄的深刻对象，表现伟大的题

---

①　篁嵒：《北国》，《满洲报》1933 年 7 月 18 日第 8 版。
②　《编辑部放出》，《满洲报》1934 年 4 月 3 日第 8 版。

材，及有优美的诗句和有严密的结构的笔法作选择的标准。文章的题材和笔法完全美好的固然是本刊所最欢迎，但是单单注重于题材，或者只是有巧工的笔法的作品也可以在本刊刊布的——总之，本刊是被爱护的文士们底园地！

本刊应该发表的作品完全是文艺的创作和文艺创作的译品，如小说、戏剧、散文、诗……。凡是读者们可以读的创作及翻译文字统统是本刊诚恳欢迎的。（但是，为了要增加读者们底阅读兴趣，最好是少刊些长篇的文章。因为本刊是周刊性质，地盘又小，不是一天一刊的刊物上的文字，每期每篇之末总是标着"未完"的字样，着实有些使读者们厌倦的！五千字左右的小说及独幕、二幕的戏剧，至多二三期就刊登完了，才是读者们喜欢读的吧！）①

总的来说，"北国文艺"上刊载的作品还显得稚嫩。首先，"思想太散漫，大部分作品过重于感情"②。文学作品不能"失却其严肃的明确的价值，伟大的文学是要能运用理智的本能，将整个社会的机构作分析的研究、彻底的研究，彻底地观察真相，加以指导或改革。再用文学上的技能，赤裸裸地如实反映出来，务使社会有所反省，感受极深的映像"③。其次，"北国文艺"的文章"剧最少，诗最多"，且诗歌质量参差不齐。最后，北国的文坛上的女作家"罕有得如凤毛麟角"，这反映出东北地区文化教育的落后和女性从事文艺的艰难。

谁都这样承认作家们——特别是北国的作家们底成绩——是剧最少，诗最多。这的确算不得是好的现象——固然诗人是应当爱护的，然而他

---

① 凤兮：《今年的北国文艺》，《满洲报》1934 年 1 月 9 日第 8 版。
② 杨进：《一点愿望》，《满洲报》1934 年 8 月 28 日第 8 版。
③ 同上。

们的诗哟！请你去一问公正的批评家罢！所以本刊先对戏剧、小说、散文作第一步地欢迎对象（自然也欢迎好诗）……还有一个使忠实的读者失望的是，文坛——特别是北国的文坛上的女作家，简直罕有得如凤毛麟角。去夏之前，我们的东北文坛还有几位（关心文坛的人们是知道的）。但是现在，也不知道她们是忙了些什么？读者们再没有读到她们的作品了（偶尔有一二位，她是否真正的女作家还是问题）！所以，在这一九三四年的开始，希望本刊（放大来说至少是满洲的文坛）能产生几位真正的文艺女作家们的作品！①

东北文坛的诗在"质"和"量"上形成了"极端的悬殊"，诗歌充满了"空虚、轻浮"，"诗人过剩"的原因在于一般人对诗的误解和漠视。

在东北文坛上有一个普遍的现象，新诗的"量"要比小说等多出好几倍，这是每个报屁股所能找到而不可隐讳的事实。但若衡之"质"则只有使我们感到"质"之空虚、轻浮，感叹一声稚嫩。也可以说，她底嫩芽还远没有长成以前，就走向畸形的毁灭的道路上去了……但也有几位目名不凡的诗，正在想突破上面的范围，冲进新的途径。然而亦仅是成一种曲线的发展，反而"量"更其大批地产生着，形成了极端的悬殊。武断地说，这是永远不能均衡的事。因为诗是一般人所误解而漠视的，有一个明显的例子：凡初入文坛门径的人，率以诗作为试品，作进见礼。他们以"短"为易做，只要堆砌几个句子就自以为是诗，这样就把诗的真谛葬送了，才有现在这种现象——诗人过剩现象。②

在"北国文艺"登载的各类文艺作品中，小说是重要的品类之一。"北国

---

① 凤兮：《今年的北国文艺》，《满洲报》1934 年 1 月 9 日第 8 版。
② 雁俊：《新诗专刊（一）杂评》，《满洲报》1933 年 12 月 1 日第 8 版。

文艺"刊载小说百余篇，以短篇为主（见表1-2）。其中，值得提及的作品
有：瑛卿的《惶恐》、之君的《假死》《自杀》《消灭》《母爱的流露》、文泉
的《乞妇与阿环》《劫——阿魁的故事》《牺牲》《女人的悲哀》《追寻》《幻
灭》《湖畔之春》、杨进的《妻的流产》《丰收之秋》《是故事了》、陈阵的
《离散之前》《垃圾之爱》、秋萤的《二元论》《黄昏》、秋石的《盲者》、绿
失蓝（黄旭）的《不统一的礼拜日》、努力的《相思泪》、荷叶的《恐怖之
夜》、紫屏的《阿森嫂》等。

　　"北国文艺"刊载的小说在主题和内容上延续了"星期副刊"，关注动乱
社会下人们的苦难生活，作品内容包括社会写真、市民生活、乡村常态以及
青年的婚姻和个性自由等，语言朴实、感情真挚，表现了作者对苦难人民的
同情和对自由、民主的向往。小说中依旧充满了"空虚""悲哀""忧郁"
"烦恼""惶恐""破产""冲突""牺牲""毁灭"等词汇。"北国文艺"中除
了苏菲、碎蝶、之君、文泉、杨进、陈阵、秋萤等知名作家外，还有大量的
作家作品尚未被研究者所注意。

表1-2　　　　　　　　　"北国文艺"小说刊载情况

时间	作品	作者	时间	作品	作者
1933 年	慈善为怀	猷极	1933 年	失火	杨荫环
	惶恐	瑛卿		信仰	鸿雁
	名誉的保全	苏菲		小枫	晴新
	二年	碎蝶		悔教夫婿竟封侯	陈治宇
	自缚	锦文		王百嫂	任夫
	假死	之君		追寻	文泉
	兰儿的一页伤心史	芳艳女士		不调和的夫妇	晴新

时间	作品	作者	时间	作品	作者
	悲哀	文育昌		秀芬	杨地
	惊恐之夜	魏秉文		秦二妈	李健薇
	自杀	之君		恐怖之夜	荷叶
	考试	老头子		湖畔之春	文泉
	劫——阿魁的故事	文泉		黄昏	邱莹
	漠边之夜	暮光		丈夫的出奔	荷叶
	太平	IDIE		空虚之室	希文译
	妻的流产	杨进		胭脂水	白韦
	折了肋骨的少年	沈默译		醒悟了的虚荣心	阿晚译
1933 年	牺牲	文泉	1934 年	走不完的路	亦菲
	友之妻	闪莺		衣羽	莹
	离散之前	陈阵		李二	梦魂
	希望的破产	狂蝶		阿森嫂	紫屏
	二元论	秋萤		内心的冲突	淑贤
	丰收之秋	杨进		画家的烦恼	洗园
	消灭	之君		我们的父亲	李陵译
	毁灭	杨荫寰		容姊望着灰色底窗纸	木易
	平凡人家	鲁若		夏午	家为
	愉快人底剧	竹力		小胡的归	野芩

续　表

时间	作品	作者	时间	作品	作者
1934 年	乡居	冰玲	1934 年	云的忧郁	羽
	女人的悲哀	文泉		西门太太	萧公
	月牙向西	红燕		是妻留给女儿的	杰

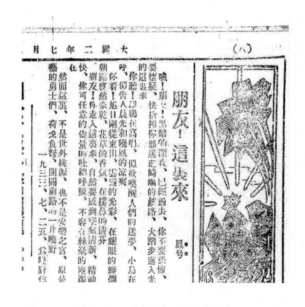

图 1-8　"晓野"创刊号刊头

　　"晓野"创刊于 1933 年 7 月 28 日，停刊于 1934 年 8 月 25 日，历时一年多（见图 1-8）。"晓野"兼载考证、理论、批评与介绍等创作或翻译文字。"晓野"的办刊宗旨是要"喊醒那迷梦、呓语和彷徨"①，号召"文艺的勇士们荷戈负弩，开辟前路的一片晓野"②。"晓野"上活跃着一大批东北批评家和理论家，如渡沙、黄曼秋、沉默、秦镜、治宇、陈阵、薇堡、王素等。"晓

---

① 沉默：《晓野》，《满洲报》1933 年 8 月 25 日第 8 版。
② 凤兮：《朋友！这里来》，《满洲报》1933 年 7 月 28 日第 8 版。

野"针对东北文坛创作的稚嫩和无意识，刊载了大量关内外的文艺理论和批评文章，如创刊号就转载了周作人的《关于文学之诸问题》，其后又刊载了陈乐生的《现阶段文学的两个根本问题》、之君的《现代需要怎么样的作品》、西冷的《文学的价值》、雪苏的《小说的认识》、梦园的《几个问题的修正》、陈阵的《梦园艺术论批评》《一九三三年的关外文坛》等，这些文章对促进东北作家和文学爱好者的文学创作有着重要的贡献。

　　然而，"晓野"的批评与理论确是"没有什么出色的"①。东北文坛上的理论家、批评家太少，理论批评的文字不够，为填充版面，编辑只好把投稿"北国文艺"的小说、散文、诗一类的创作文字拿来充数，这与"晓野"的宗旨极为不符。为了解决这一问题，1934 年开始，除了文学上的考证、理论、批评、接受等文字外，"晓野"也开始刊登电影、戏剧、音乐等方面的介绍、论著和批评文字。

　　1933 年，素称荒芜的东北文坛上，如雨后春笋般地产生了许多文艺性质的社团，这些社团的成员也当仁不让地成为"北国文艺"和"晓野"的主要作者（见表 1 - 3）。如冷雾社的骧弟、雪竹，飘零社的碎蝶、秋萤，白眼社的冰玲，落潮社的波影，白云社的辅仁，白光社的文文，等等。虽然这些社团的组织过于简单，很多只两三个人，甚至一个人便成了"社"，但不能不说是东北文坛努力的结果。

表 1 - 3　　　　　　　　　1933 年满洲文坛的"社"

社名	社员	发刊	社名	社员	发刊
冷雾	成雪竹	《冷雾》	新	杨萧梅	《罗丝》

----

① 《编辑室放出——最后之词》，《满洲报》1934 年 1 月 5 日第 8 版。

社名	社员	发刊	社名	社员	发刊
飘零	碎蝶	《飘零》（已停）	白光	文文	《白光》
白眼	冰玲		白云	辅仁	
曦虹	卫雪		旭日	飘絮	
孤雾	惊霓		红叶	塞上病者	
凋叶	民生		落潮	波影	
新潮	云中雁		野狗	吠影	
ABC	梦琴		寒光	笑痴	
春冰文学研究社	？		凄风	张乃昌	

1933 年 11 月，黄旭接替"篁"成为"北国文艺"和"晓野"的编者。1933 年 12 月 29 日，学宗编撰了《一九三三年的北国文艺及晓野的总目录》，1934 年 1—8 月，署名 H 的编者分别编撰了各月《晓野及北国文艺的总目录》，这种对文艺周刊目录的整理，可以说是《满洲报》文艺周刊编辑的一大进步。1934 年 8 月 21 日，"北国文艺"在"编辑室放出"栏目刊发"最后之词"："盖自下周今日，我们的文艺版将另有一个新的形式与内容与读者们会晤"①，"北国文艺"宣告停刊。1934 年 8 月 25 日，"晓野"为"刷新内容、改善编辑"，"今日以后本刊告停，另创一新的文艺版"②，"晓野"宣告停刊。"北国文艺"和"晓野"在停刊词中提到的"新的形式与内容"和"新的文

---

① 《写在今年第一期的晓野的前面》，《满洲报》1934 年 8 月 21 日第 8 版。
② 《编辑室放出——最后之词》，《满洲报》1934 年 8 月 25 日第 8 版。

艺版"即改版后的"文艺专刊"。

三 "北风"与"晓潮"（1934年11月—1937年1月）

1934年11月，伴随着东北文艺热潮的兴起，《满洲报》继续扩张副刊，丰富内容，改善编辑。除了已有的"王道周刊""体育""妇女与家庭""小友乐园"四种周刊外，又新增了由"北国文艺""晓野"进化而来的"北风""晓潮"，以及刊载电影、戏剧、雕刻、音乐等论著、批评文字的"游艺"等周刊。至此，《满洲报》进入七种周刊轮流刊载的鼎盛时期。

> 今后本报决计出版七种周刊，每周轮流逐日与读者会晤。这七种周刊，除本报向有之"王道周刊""体育""妇女与家庭""小友乐园"四种，在将加以刷新内容而不动外，又添了"北风""晓潮"和"游艺"三种。在"游艺"刊上，关于电影、戏剧、雕刻、音乐等论著、批评文字一概欢迎；至"北风"与"晓潮"所收的稿件是和本报从前的"北国文艺"和"晓野"的性质相同，就是属于文艺范围内，前者发表小说、剧本、诗词、小品文等创作或翻译，至于理论、批评、介绍等类文字则归"晓潮"披露。以上七种周刊，每周于本报发刊的分别如左：
>
> 星期一"王道周刊"（七面）
>
> 星期二"北风"（八面）
>
> 星期三"体育"（六面）
>
> 星期四"妇女与家庭"（五面）
>
> 星期五"晓潮"（八面）
>
> 星期六"游艺"（七面）
>
> 星期日"小友乐园"（五面）①

---

① 筤勗：《本报七种周刊之更新》，《满洲报》1934年11月6日第8版。

"北风"创刊于1934年11月6日，停刊于1937年1月15日，历时三年余，共计九十六期（见图1-9）。"晓潮"创刊于1934年11月9日，停刊于1937年1月15日，历时三年余，共计九十七期（见图1-10）。"北风""晓潮"是"文艺专刊"的扩大的化身。1936年4月，"北风""晓潮"改为半月刊，即隔周出版一次。

图1-9　"北风"创刊号刊头

"北风"刊名的寓意是："要一扫蹂躏了大地的一切污浊、丑陋、黑暗、残忍！让那清洁、美丽、光明来点缀全人类的生命线上。"①"北风"刊载了诗歌、小说、剧作等文艺作品，种类繁多，内容丰富，以小说最为突出。"北风"刊载小说共计一百三十余篇，以短篇为主（见表1-4）。如此众多的作品，在东北文学史上却少有提及，不能不说是一种缺憾。

1934—1937年的东北社会已完全陷入日伪的统治之下。1934年3月，溥仪在伪满洲国再次称帝，历史的倒退带来的是文化的倒退，东北文学进入一个严峻的衰退期。大连虽不隶属于伪满洲国，却是东北最早为日本殖民的城

---

① 老含：《北风》，《满洲报》1934年11月6日第8版。

市之一，新闻舆论紧密配合日伪殖民宣传，在伪满洲国建国、溥仪称帝等历史事件中，大肆宣传，极尽鼓动吹捧之能事。在日伪殖民高压统治下，东北作家采取隐晦曲折的手法书写着民族苦难的现实，从中可体会到作家们对人民的同情和心灵的痛苦。

"北风"刊载的小说大多表现社会底层人民的生活状况，描写了在黑暗统治下的农民、城市贫民、青年学生苦难的生活。这一时期，较为知名的小说作家有：老合、老含（黄旭、萧艾）、文泉（石军）、之君、杨进、兀术、莫尼、黄曼秋、小松、田涛、努力等。在"北风"刊载的小说中，值得提及的作品有：之君的《老巴嫂》、萧然的《何福婶的死》、玫泉的《理发店中》、文泉的《弟兄之间》、老含《文章与女人》、杨进的《溃堤》、水玲的《别离》、野藜的《霖子》、兀术的《寂寞》、黄曼秋的《桃花未开》《找幸福去》、努力的《父母底心》《环姑》、莫尼的《两类人》、屈轶的《陪陪不明白》、小松的《孩子的悲哀》《老人的悲哀》、田涛的《一个女子》《两个孩子》、古丁的《玻璃叶的四周》等。这些小说较之"星期副刊""北国文艺"上的作品，故事结构更加紧凑，语言叙述更加流畅生动，感情哀婉，主题隐晦，笔法含蓄。

表1-4 　　　　　　　　　　"北风"小说刊载情况

时间	作品	作者	时间	作品	作者
1934 年	老年人底悲哀	恨我	1935 年	环姑	努力
	娱乐	蓬槐		道傍	萧枫
	解答之谜	微音		惆怅地望着天空	杜秦
	何福婶的死	萧然		夜来香花开的时候	羡林
	石善人	老合		人间	影子
	结婚	金林		没有人知道	何为译

时间	作品	作者	时间	作品	作者
1934 年	上学堂	老合	1936 年	寄宿舍	立波译
	幽静的溪流	KL		两类人	莫尼
	碎了玉镯	KK		十月草	南星
	期期与小胖子	羽翼		冷	鹿丹
	孤雁	老合		新铭	老萧
1935 年	婚后	梅君		带花	方殷
	文章与女人	老含		流浪的人	河
	我的丈夫的书	木野译		生命的结束	祖椿
	弟兄之间	文泉		锁头和阿春的年	白鸟
	隔世的犯人	草明		有度量的人	田翼
	溃堤	杨进		我们的小狗	沉樱
	桃李	老含		晨的厄运	先文
	别离	水玲		梦的质	谢德曼
	霖子	野藜		鸭毛	刘祖春
	老巴嫂	之君		柳叶桃	李广田
	运转	国弼		圣史威斯特之夜底奇遇	（德）贺夫曼
	小巴	石火		报应	暗岚
	汶之走	小宜		父女	道静
	寂寞	兀术		未来的生活	曼丽女士

时间	作品	作者	时间	作品	作者
1935 年	牛车	沈默译	1936 年	两个世界	李（蒙生）
	应当作的事情	RR 译		驴夫与梦	陈敬容
	泥水匠陈秋	欧阳山		夜	严文井
	没有女人的人	非子		乡村	李欣
	深渊	巴维哈		风波	荆棘
	好福气	羽		孩子的悲哀	小松
	桃花未开	黄曼秋		尘芥堆里的孩子	荆棘
	悲惨的影子	飞		老人的悲哀	小松
	莉妮	适生		山坡	里雁
	三天	罗洪		阿发	江京
	阿妮嘉·薇薇嘉	胡绳译		平凡的人	石军
	马多法儿哥	玉君译		老人·孩子·女人	黎嘉
	找幸福去	黄曼秋		我怎样失掉了妻	莫原
	黄九	翟永坤		祠老儿	前羽
	收获时候	祖椿		我的结婚生活	怀雅译
	笔的故事	先艾		从早晨到夜里	玛金
	同情	仲殊		魅惑	草明女士
	老人	羡林		王先生	亚平
	觉醒	郑效洵译		一根铁棍子	石军

续　表

时间	作品	作者	时间	作品	作者
1935 年	想起母亲	荔枝核	1936 年	母亲	罗烽
	风波	榆		郭奶奶	曹卤
	平常的烦恼	道静		一个女子	田涛
	演说家	卞之琳译		爱的搏战	里雁
	待解底谜	仲殊		金牙齿	金人译
	男女	柳青		玻璃叶的四周	古丁
	乏了	萧艾		盲人之歌	周学普译
	早晨	冬梅		奶奶的矛盾	陈白秋
	车站旁边的人家	西彦		三年之友	罗洪
	邻居	靳以		雨的黄昏	谢缦
	父母底心	努力		友情	述先
	没有节奏的音乐	萧艾		烧中饭	巴宁
	默喻	曼丽		妻的信	渡沙
	期待	楞疎		探狱	转蓬
	尾尾	黄白		爱囚	庐伟
	王二嫂子的梦	克家		城外小景	野草
	有历史的风波	西村		鸡蛋贩子的立身	金冶译
	转变	非子		两个孩子	田涛
	美底责任心	坍仃译		房东的女儿	西彦

续 表

时间	作品	作者	时间	作品	作者
1935 年	一个自杀者	于冬			
	陪陪不明白	屈轶			

与"北风"处在同一时期的"晓潮",以刊载文艺理论、批评、通信等文字为主,"晓潮"在东北文坛的推动力是有成效的,对青年作者的写作理论影响颇多。"晓潮"较有价值的理论批评文章有:兀术的《北国的艺坛》、岛魂的《画饼充饥论——读北国文艺界的前途》、人云的《中国的批评界》、汤滌的《谈东北文坛》《漠北文坛的几个问题》、渡沙的《东北文坛荒芜之原因》等。

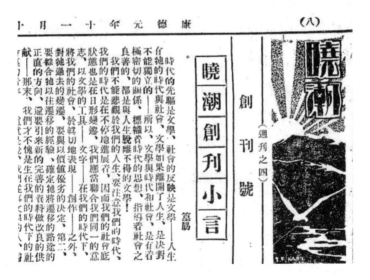

图 1-10 "晓潮"创刊号刊头

在东北文坛上,文艺版面"晓潮"展现了其重要的价值。

其一,关注国内外文坛。"晓潮"版面专注于国内文坛的状况,先后刊载了署名"兰"的《论中国的所谓杂志年》、速岁的《一九三五年中国文艺界需要的译本》、方璧的《鲁迅论》、雁冰的《冰心论》《张资平的写实小说》《近代中国作家拾零》、佐藤春夫的《苏曼殊的身世》《沈从文的小说》等文章，并在《近代中国作家拾零》中介绍了汪馥泉、张资平、邵冠华、徐钦文、沈从文等作家。除了对国内文坛报道外，"晓潮"版面还广泛地关注国外文坛。除了接续"文艺专刊"刊载了《世界名作家略传》外，1935 年 4 月，"晓潮"（第二十二期）开辟了"日本作家介绍"一栏，相继介绍了芥川龙之介、武者小路实笃、菊池宽、志贺直哉等日本知名作家。1936 年 6 月，"晓潮"（第二十八期）登载了《悼高尔基》《高尔基的一生》《高尔基的死》《高尔基著作小史》等纪念文章。这些都为东北民众打开了一扇了解世界文坛的窗户，开拓了东北文艺爱好者的视野。

其二，引发文艺论战。伴随着东北文学的发展，东北的作家和理论家开始更多地关注对文艺的批评，这是东北文坛进步的表现。"晓潮"上展开了多场文艺论战，如关于"大众语"的关系的、关于"自然的微笑"的、关于"北国文坛前途"的、关于响涛社的翻译等。其中较有影响是：1935 年由王孟素的《文坛建设及其他》引发的关于"建设文坛"争论，当时主要的作家和评论家孟素、沉默（骆驼生）、之君、岛魂、老迈、见非、文泉、杨园、克朗等人均参与了论辩。"晓潮"上刊载了王孟素的《我的意识》、岛魂的《王孟素的意识》、于旭的《关于〈王孟素的意识〉》、岛魂的《答辩及其他》《再论〈王孟素的意识〉》、渡沙的《争论的几句话》、老迈的《老命的意识》、见非的《理论与意识》、杨园的《应该说底》、克朗的《论证的话》等大量评论文章，其中王孟素的论辩语句简明流畅，理论透彻清楚，为青年文艺爱好者指明了道路。在东北文坛，这样的论战影响范围和热烈程度是空前的，被认为是"有史以来的最值得瞩目的理论的争斗"①。这场论战双方没有确定的论

---

① 玫泉：《文艺通讯》，《满洲报》1935 年 10 月 18 日第 8 版。

点，同时，在缺乏理论的根据以及其逻辑属性下，论辩最终陷入空虚，变成一场骂战；另一场论战是关于在环境不允许的情况下，文学要不要承担"时代使命"，这实际上是第一场论战的延续。论战是由文泉的小说《赌徒》引起的，"晓潮"相继刊载了文泉的《从〈赌徒〉谈起——写给沈默君》、老穆的《〈赌徒〉与〈阿Q正传〉》、渡沙的《写给〈赌徒〉的作者》、见非的《关于〈从赌徒谈起〉——兼致文泉、沈默……诸君》等批评文章。两场论战促进和加深了东北文坛对文艺理论的认识和探索，就是在今日仍能感觉到东北作家在文艺上的意气用事，同时也藉存了东北文坛当年的图景。

其三，加强与读者的互动。"晓潮"为加强与读者的互动交流，先后开辟了"读者·作者·编者""编辑室放送"等栏目，尤其1935年9月，"晓潮"刊发《向读者们征求一个希望》一文，由读者提出喜欢的东北作家和批评家，"晓潮"编辑代读者请求这些作家创作"关于从事文学的经验"的文章，该举措反映极为热烈，读者纷纷来信，将心目中喜爱的作家、批评家向编者提出，其中不乏提到三郎、悄吟、山丁等东北重要作家。其后，1935年12月至1936年8月期间，"晓潮"开辟了"我从事于文学的经验"一栏，相继登载了黄曼秋、顾见非、杨进、箫啸、渡沙、孟素、文泉、凹凸、鲜文、大光（陈大光）、枫子、雁北、孙励立、努力、萧然、芸香梦倩十六位作家的自述创作经历的文章（见表1-5）。作家们对文学经验的传授，一方面对读者理解作品以及对作家创作态度的认识有极大的裨益；另一方面，对后进作者也是有相当益处和辅佐作用的。同时，这也是了解东北作家生平和创作难得的珍贵史料。

表1-5   "我从事于文学的经验"一栏刊载的作家作品

时间	作品	作者
1935. 12. 21—27	钻进了文学的窟窿	黄曼秋
1936. 1. 10—17	我的创作与生活述略	顾见非
1936. 1. 24—31	我怎样接近了文学和创作动机与态度	杨进
1936. 2. 7	一个梦	笛啸
1936. 2. 14	我所以接近了文学	渡沙
1936. 2. 21	用理智来约束情感	孟素
1936. 2. 29—3. 6	我的文学经验谈	文泉
1936. 3. 13	简谈我底文学经验	凹凸
1936. 3. 20	从一九二二到一九三五	鲜文
1936. 3. 27—4. 3	我和文艺	大光
1936. 4. 10	我和文学	枫子
1936. 4. 17	忠实的自述	雁北
1936. 5. 1—15, 29	我和文学	孙励立
1936. 6. 12	我之从事于文学	努力
1936. 6. 26	我与文学恋爱的经过	萧然
1936. 7. 10—8. 7	无题	芸香梦倩

四　"文艺专刊"（1934 年 8 月—1934 年 11 月；1937 年 1 月—1937 年 7 月）

"文艺专刊"创刊于 1934 年 8 月 28 日，第一次停刊于 1934 年 11 月 2 日，1937 年 1 月 15 日复刊，随《满洲报》停刊而再次终止，前后历时不到一年，复刊后的"文艺专刊"编者为孟原①（见图 1–11）。

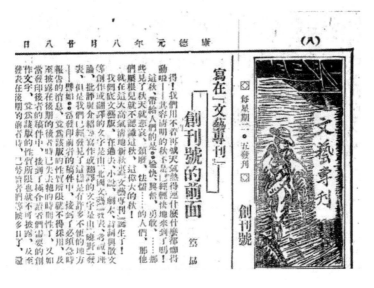

图 1–11　"文艺专刊"创刊号刊头

"文艺专刊"创刊原因有二。其一，改善版面性质僵化。"北国文艺"和"晓野"的编辑方式"有许多不便的地方"，如在发印"北国文艺"的稿件时，接到了必须及时报告的消息，却限于该版的性质不能采用，及至登载在"晓野"时已失去了文章的实效性；又如当发印"晓野"的稿件时，收到了非常符合读者需要的创作文字，又因该版的性质所限就不便刊载，及至发表在"北国文艺"时，读者又要等候多日。其二，解决稿件不均衡问题。在东北文坛中，小说、剧本、诗词、散文等创作较多，而理论与批评的文章却是凤毛麟角。稿件数量的不均衡导致"北国文艺"的稿件往往多得期期积压，

---

① 孟原，原名赵树权，笔名小松、孟原、白野月、MY。

而"晓野"的稿件却常常不够用。为解决稿件不均衡的问题，"北国文艺"和"晓野"合二为一，由"文艺专刊"一并接受刊载。

> 我们底文艺版，在过去，小说、剧本、诗词与散文等创作或翻译的文字是由"北国文艺"发表；考证、理论、批评与介绍等写作或翻译的文字是由"晓野"发表，但是我们已经发现了这样是有许多不便的地方。譬如：当发印前者的稿件中，接到了必须及时报告的消息，竟为该版的性质所限就不得采用，及至披露在后期的后者时，已失去它的时间性了。又如，当发印后者的稿件中，接到了极合读者需要的创作文字，竟为该版的性质所限就不可披露，及至发表在后期的前者时，已劳读者们等候多日了。还有，在北国中，创作——暂不用那个"家"——的朋友是多得怎么些位，而理论——不用"家"——与批评——也不用"家"——的朋友确真叫人有"凤毛麟角"之慨！前者的稿件是多得期期积压，而后者恰和它成了反比例……革除这等等的不便，在读者们的约求和编辑法的需要改善的"双管齐下"中，产出了这"文艺专刊"。统上述二刊所需之两类文字，一并接受披露。①

"文艺专刊"稿约中明确提出了用稿范围，包括在文艺范围内的考证、理论、批评、介绍、戏剧、小说、诗词、随笔等著作及翻译文字。1934 年 11 月 2 日，"文艺专刊"在"编辑室放送"栏宣告第一次停刊，仅出二十期。"文艺专刊"在其短促的过程中，确是向"新的形式与内容"努力，取得的成绩不能否认。其中四人的理论、王素的批评、雨初的介绍都有真实的价值，尤其陈阵、老含、兀术等的创作，在形式和内容确实有了新的表现，为沉闷的东北文坛增添了一丝活气。这一时期的"文艺专刊"在东北文坛"无疑地也

---

① 筐勗：《写在〈文艺专刊〉创刊号的前面》，《满洲报》1934 年 8 月 28 日第 8 版。

留下一点痕迹——这不仅是记录，而是价值的保留"①。

1937 年 1 月 15 日，"文艺专刊"复刊。编辑孟原在《开场辞》② 中把"文艺专刊"称作"北风和晓潮合产的婴儿"，提出了"重创作，兼重文艺批评"的文艺导向，同时强调文艺进步应"由空想到理论，再由理论达到实践"的文艺主张，希望北国文艺从理论时代转向实践阶段。同时，面对满洲短近的文史，编者孟原也表现出"绝不是奢求伟大的创作产生"，只"要求成型的作品来解救他们艺术的饥渴"的无奈。

"文艺专刊"凭借孟原的文艺修养和不断的努力，倡刊"译文特刊"四期和"满洲文艺批评专号"二期，并刊载了大量促进东北文艺发展的文章，如编者"篁"的《本报文艺之变迁与文坛动向》、皎霏的《奉天底文艺界》、寒樱的《检讨满洲的批评界》、老穆的《过去的北国文坛》、刘爵青的《致满洲文艺作家》、寒畯的《评〈小姐集〉》、陈夷夫的《文泉及其作品》、孟原的《北荒与山丁花》、疑迟的《我怎样写的山丁花》，这些文章是了解当时东北文坛的重要史料。

编辑"篁"本期望此次"文艺专刊"复刊，能成为《满洲报》文艺版面的"复兴时期"③。然而，随着日伪殖民压迫日渐严酷，言论界备受蹂躏，文艺创作更是凋零，"文艺专刊"未能达成"复兴"的使命。此时，东北文坛整体的衰落趋势，从东北文艺重镇沈阳的文艺状况可见一斑——

满洲刊物较称先进的《凤凰》，谁都期望它有长此一贯的精神，日日地发展下去。是的，也会有过好的作者栽培过它。惜乎一度停刊后的改革，大不如前，终于默默中夭亡了。继之，《淑女之友》也因屡易主人之故，加之后主人不及前主人，驱往作客者，三教九流都有，于是造成今

---

① 杨进：《〈爱你底证据〉与〈斩绝〉》，《满洲报》1934 年 11 月 30 日第 8 版。
② 孟原：《开场辞》，《满洲报》1937 年 1 月 15 日第 2 版。
③ 篁：《本报文艺之变迁与文坛动向》，《满洲报》1937 年 6 月 25 日第 8 版。

日的结果。此外，昙花一现的《满洲文化》与不十分努力的《兴满月刊》，读者大概都会知道的。其他较为滋养丰富的是《新青年》的旬刊，但也确为了稿荒的原因，今之改为半月刊，以后成绩如何，只有期待看现在的编辑努力！

在奉天的报纸上，除了《民生晚报》有过纯文艺版"文学七日刊"（可惜现在已经停刊了）发表过真正的文艺作品外，其他的报纸文艺栏上，都不重视文艺，也从不计较读者所需的食粮是什么。还有微许值得提及的有过去的《晶画报》与《文艺画报》，对文艺曾有过极小限度的注意，现在《晶画报》倒闭了已届二年，《文艺画报》也不再重视文艺了。①

在这样的环境下，老作家多半埋名隐退，而新近的作家又多不成熟，导致投稿不踊跃，这时期寄稿的主要是满洲笔会等作家。

动摇彷徨的文坛，今年以来，愈见其气息奄奄，空拳待毙了。几位生动的、有着灵力的老作家，也不知存亡若何？只是卸甲抛枪，不写东西给我们看了，藏声敛迹、死气沉沉。不知那些昙花一现的作家们，这时都在做着些什么色的美梦呢？怀念着哟！作家们，你们长此老是沉默下去吗？是感到文坛的不健康？是感到批评家的任意横行？是感到写出的东西没有反应？②

"文艺专刊"在前后刊行不到一年时间里，小说数量明显减少，共计刊载小说四十余篇（见表1-6）。在仅有的小说中，值得提及的作品有：陈阵的《不同的安慰》、文泉的《深秋的夜》、老含的《爱你的证据》《暮》《梅姐》、

---

① 皎霏：《奉天底文艺界》，《满洲报》1937年6月25日第8版。
② 老命：《关于文坛建设》，《满洲报》1935年9月13日第3版。

兀术的《斩绝》、老翼的《丢了青春的人》《爱果的苦核》、快快的《情场》、怆唉的《散学的日子》、从丁的《秋收的时候》等。

表 1 - 6 "文艺专刊"小说刊载情况

时间	作品	作者	时间	作品	作者
1934 年	梦里的罪人	陈陵	1934 年	阿福	一苹
	不同的安慰	陈阵		梅姐	老含
	爱你的证据	老含	1937 年	古城堡中	衣云
	小乞丐	石火		亡母与新母	璇玲
	我的猫	伯上		爱果的苦核	老翼
	心痛	恨我		丢了青春的人	老翼
	斩绝	兀术		情场	快快
	暮	老含			

五 其他文艺周刊

除了上述提到的一脉相承的文艺版面外,《满洲报》还有一些独立的文艺周刊,如"万有锦笈""电影与戏剧""王道周刊""游艺""小友乐园""新小友"等文艺版面。

"游艺"创刊于 1934 年 11 月 10 日,主要刊载关于电影、戏剧、雕刻、音乐等论著及批评文字。"游艺"创办的主旨是要打破东北文坛的沉寂,要做"黎明的晨光","预备制造下将来艺坛的成熟的种子","使他们璀璨地满布到北国的到处艺术的原野"①。1935 年 4 月 6 日，改版为"电影与戏剧"②。

"小友乐园"创刊于 1930 年 4 月 14 日，编者方姐，办刊宗旨是要"引起小朋友的兴味"③。"小友乐园"主要刊载儿童的作品，有诗歌、小说、书法、绘画等，内容丰富，童心童趣。1936 年 4 月 2 日，"新小友"发刊，秉承了"小友乐园"的"兴味"的办刊宗旨，内容也是以儿童作品为主。为增添趣味，"新小友"编辑请日本著名画家香月尚为"新小友"绘漫画，颇受欢迎。

"王道周刊"创刊于 1934 年 4 月 2 日，由伪满洲国国务总理郑孝胥题字，内容多是些"王道教化"的文字，"王道周刊"创刊于伪满洲国皇帝溥仪登基次月，其创刊目的就不言而喻了。

《满洲报》的文艺版面形式多样，内容丰富，更迭不止，具有一定的连贯性。这些文艺版面刊载的小说多以短篇为主，这与小说是依附于报纸副刊的生存条件有关，因为刊载长篇小说，往往会使"读者失掉了耐性或于中途淡忘了前情"，以致丧失阅读兴趣。

> 不过报章的文字，毕竟是附属于报章的，说到它的命运，虽然也有着美妙的青春、圣洁的灵魂，但是如同报章一样，很迅速地从人们的记忆里溜逝下去。特别是长篇连载，每次过千言的刊载，一篇文章至少需要三四个月之久始能登完。这样，常常会使读者失掉了耐性或于中途淡忘了前情，都是不可避免的，以致被人们冷淡着。④

同时，《满洲报》刊载的短篇小说数量众多、创作队伍庞大，这也印证了短篇小说是东北小说创作的主体这一事实。在小说内容方面，《满洲报》的小

———————————

①　兀术：《游艺创刊小言》，《满洲报》1934 年 11 月 10 日第 8 版。
②　编者：《发刊词》，《满洲报》1935 年 4 月 6 日第 8 版。
③　编者：《本园开幕》，《满洲报》1930 年 4 月 14 日第 8 版。
④　姚远：《东北十四年来的小说与小说人》，刘慧娟主编：《东北沦陷时期文学作品与史料编年集成》（总第四十五卷），线装书局 2015 年版，第 153 页。

说内容有社会写真、市民生活、乡村常态，以及青年争取个性自由、婚姻自主等，虽然篇幅不长，但朴实自然，内容贴近生活，真实地再现了当时东北人民的生活，具有鲜明的东北地域文化色彩，特别是描写农村经济破产下人们困难生活，以及军阀混战、土匪肆虐的社会现实作品，给人留下深刻的印象。

东北的短篇小说的创作直接受"五四"新文化运动的影响，追随关内的新文学精神，东北小说在内容和形式上发生了深刻的变化，"到了1921年，白话文的短篇小说则无论在思想主题和表现形式上，都已经是相当成熟了"①，而1922年创刊的《满洲报》应时地成为东北短篇小说发表的主要阵地。

第三节　"消闲世界"与小说刊载

《满洲报》创立初期，登载有随笔、杂谈、诗词、小品等文艺形式，当时这类文字与新闻编排在一起，位置不固定，还没有以相对独立的形态出现。1923年5月，《满洲报》将零散的"小说""诗坛""杂录"等文艺栏目整合为"文艺"专版，内设"诗坛""笔记""联话""戏考""谐薮""漫言""花讯"等栏目。1924年4月，"文艺"改版为"消闲世界"，此文艺版面一直持续到《满洲报》停刊，历时十三年之久，可以说伴随了《满洲报》的成长与发展。

一　包罗万象的文艺副刊

"消闲世界"与《满洲报》的其他文艺版面长期处在一种共生状态。

---

①　白长青：《导言》，张毓茂主编：《东北现代文学大系·短篇小说卷》，沈阳出版社1996年版，第5页。

1933 年 10 月，"北国文艺"的"通讯"一栏登出公告："来稿时，务请于封面标明所投何版，投消闲世界者，则署名'消闲世界'，投'晓野'及本刊者则署名'晓野'及'北国文艺'俾不至于有失。"① 由此可见，一方面，"消闲世界"办刊宗旨和稿件选择上与其他文艺版面有所不同，故要明确投稿栏目；另一方面，同样作为《满洲报》的文艺版面，"消闲世界"与其他文艺版面形成了一种内在的竞争。

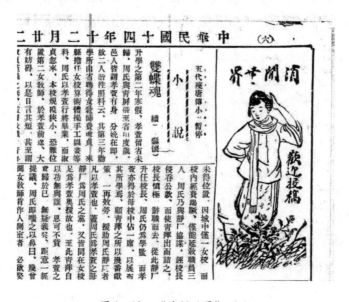

图 1－12 "消闲世界"刊头

"消闲世界"形式多种多样，内容五花八门，作品数量成千上万，是大连乃至东北文艺活动的主要阵地之一。"消闲世界"刊载的作品符合时代要求，既有受传统文化影响的旧文学，又有在"五四"新文化孕育下的新文学。从"消闲世界"的名字不难看出其供人消遣娱乐的办刊宗旨，其投稿说明中也明确提出"有趣味短隽为合格，不论新旧一律欢迎"②。"消闲世界"创刊号继承了"文艺"版内设的"小说""文苑""新诗""谐薮""杂录"等，其后

① 《通讯》，《满洲报》1933 年 10 月 31 日第 8 版。
② 《欢迎投稿》，《满洲报》1934 年 4 月 16 日第 5 版。

陆续增加了"考据""法律""琐闻""花讯""戏评""卫生""教育""瀛谈""稗乘新篇""游记""现代思潮"等栏目,内容丰富,"理论透彻,妙趣横生"①。此外,每逢节日,"消闲世界"还会发行特刊以示庆祝,如《秋节特刊》《春节特刊》等。总之,"消闲世界"以其丰富多彩内容,给予生活劳顿的东北民众精神上的慰藉(见图1-12)。

> 《满洲报》的"消闲世界",那不是你的安慰者?不是你的归宿?是——是——那个岂止是我的安慰者、我的归宿么?也就是我们人类的安慰者……在此人海沸腾,百忙的世界里,而竟有一"消闲世界",这个真可谓世外桃源、人间的天堂了!我每天无论怎么样的忙死忙活、做马做牛,心定要到那里去游游逛逛。因为这一游、这一逛,刹时就能把我那终日所得代价——疲乏医治了,精神即时焕然一新而舒畅了。②

为了进一步增添趣味,《满洲报》编辑长金念曾、迟剑鸣等人共商刊发"点将录",供市民阶层消闲、娱乐之用。"点将",即由多人合作,执笔者在每段结束处嵌入另一作者笔名,指定由他人续写的一种消闲、游戏的文体,这一文体可以追溯到古代文人诗歌联句的"柏梁体"③。这一形式别开生面,各报纷纷效法,成为一时风尚。鸳鸯蝴蝶派作家为了投合社会需要、提高读者的兴趣,在点将小说形式上创立过不少名录,翻弄过不少花样,"有'小说扶轮会''小说夺标''家庭集锦小说'等,皆此种小说的别一名目"④。

1924年7月15日至8月8日,8月28日至9月19日"消闲世界"分别登载了两组"点将录"。《满洲报》的作家金念曾、杨君实、蔗农、秦恼恼、王介甫、橐吾、静修、如竹、西河、汪楚翘、晋如、菊魂、珊叟、尘隐、鹤

---

① 葛天民:《齐人演义》,《满洲报》1930年9月6日第7版。
② 余台工:《消闲世界》,《满洲报》1934年6月27日第8版。
③ 柏梁体,相传始于汉武帝与臣下联句所作的《柏梁台诗》。
④ 刘扬体:《鸳鸯蝴蝶派作品选评》,四川文艺出版社1987年版,第117页。

琴、又吾、岐山、愉忱、用光、瘦蝶、北海等纷纷亮相。

> 　　某君忽向余曰：海上新闻报"点将会"之组织，殊别有兴味。现阴雨连潮，了无佳趣，连滨士女正苦无以消此长夏。素不辞阅者觅新材料之贵报，何妨一为之耶？余曰："点将会"固然有趣味，然效西施之矉，窃恐见笑于大方也。某君曰：世间事无一非效矉，效矉庸何伤其美恶之别？第在效之善与不善耳。余心以为然，尚未敢以为必可行也。剑鸣从旁赞成其说，遂漫应之。此"点将录"发刊之动机也……"点将会"遂成立，连滨知名人士，闻吾等有是举，豪兴勃发，多慨允加入待点。于是，"点将会"之名将，增加将及二十人。有学术深邃之古文家，有富有新知之新文化学者、评剧家，以及各有专长之善为各种文字者。噫！人材真济济矣。①

参与"点将"的作家在其文章末尾，用一句话点出另一作者的笔名，继以作文。如金念曾在《点将录发刊记》末尾，用"诸君尝知吾言之确实不虚也"，点出君实。接着杨君实在《女子夏季服装之研究》一文结尾，用"令小腿瘦得像甘蔗一样粗细，恐怕嫁于农家子也不大喜欢"，点出蔗农。蔗农继而在《渔樵问答》末尾，用"而先生恂恂如也，似不能言者"，点出恂恂，以此类推。

"消闲世界"的"点将录"前后登载两组：第一组没有明确主题，被点者随性发挥；第二组以"新秋虫话"为主题，多为写昆虫的小品文。从文学史角度来看，这类文字游戏作品，绝少佳作，思想价值不高。然而，这种新颖的形式确能使阅者在消遣中得到一定的满足。此外，《满洲报》的"点将录"亦可作为大连文艺界作家互动的历史遗存。

---

① 金念曾：《点将录发刊记》，《满洲报》1924 年 7 月 15 日第 5 版。

"消闲世界"不断改良编辑方法，坚持以游戏文字和有关艺术的作品为主，"创作求其古雅幽丽，批评务求中肯"，作品"以简单明了为最，无论长短，第一须不落俗套"①。1933 年 7 月，编辑凤兮被约到"消闲世界"负责工作，对该文艺版面提出自己的看法——"真是珠玉泥沙，无所不有，好玩极了!"②

"消闲世界"在其发展和演变过程中，其内部的栏目及内容也在随着时间的推移发生变化。为了清楚地描述这种变化，对"消闲世界"十三年的栏目与作品进行抽样统计，在 1924—1937 年之间每年抽取一天③作为样本，将其中的栏目和作品分别摘录并作纵向比较（见表 1 - 7）。

表 1 - 7　　　　　　　　　"消闲世界"内设栏目及内容抽样统计

序号	时间	栏目及内容
1	1924 年	"侦探小说"《妖幻》，"文苑"《铁牛先生叙位祝贺集（二）》，"新诗"《早春的清晨》，"谐薮"《王正廷办理中俄交涉失败之真诠》，"杂录"《善财难舍（续）》，《彼女之命运》（日本菊池幽芳译），《追志坤伶小兰英母女的一出戏》
2	1925 年	"小说"《五代残唐传》，"文苑"《和恂恂乙丑元旦病中见寄三章即用原玉作答》，"新诗"《春光》，"瀛闻"《外国娼门之春日乐事》，"游纪"《游俄见闻录》
3	1926 年	"小说"《五代残唐传》，"新诗"《欺负着了》（闻一多），"风俗"《世界性的风俗谈》，"谐薮"《叶天士趣史》，《读翰海有觉园四十一岁更名渡佳作奉和即呈粲政》

① 编辑启：《投稿注意》，《满洲报》1927 年 4 月 15 日第 6 版。
② 凤兮：《编辑余墨》，《满洲报》1933 年 7 月 8 日第 8 版。
③ 每年选 4 月 16 日作为抽取样本，1937 年 4 月 16 日"消闲世界"版面刊载"文艺专刊"，故改选 4 月 17 日为样本。

序号	时间	栏目及内容
4	1927 年	《文明劫婚》《冶游郎前车之鉴》《屯老二出风头》《肌肤白净乳房丰满》（汉口裸体游行妇女资格及游行之情形）、《石角山房随笔》《江南行》
5	1928 年	"文苑"《前诗未尽看花之兴再用昌黎李花杏花二诗韵写之分贻缉之印伯昧云鹤亭董卿暗公彤士索和》、"善亭杂俎"《说爱国》、"花讯"《卷土重来之翠玉》、"电影"《什么影片是提倡教育呢?》《一样寄书两结局》
6	1929 年	《绅士》、"学生文艺"、《埃及古王墓内发现奇迹》《台城柳》《早秋》《己巳上巳客连湾成诗寄北平燕京大学三嫂盛明漪明漪生甲辰上巳》《福煦将军的非战思想》《关于吻》、"善亭杂俎"《历史丛谈》
7	1930 你	《西太后》、"庚午说壶"《海外挂客》、"善亭杂俎"《历史丛谈》《军阀轶话》《不倒翁辩》
8	1931 年	《青楼遗恨》《提倡早婚之害》《以佛法为生活》、"善亭杂俎"《词讼见闻录》《赵美玉之贫女泪》、"医话"《谈切脉》
9	1932 年	《古本金瓶梅》《梦》《迷案记》《美洲杂记》《咏史》《天文之价值》、"石角山房"《试场回顾录》《男女卫生要事》
10	1933 年	《古本金瓶梅》《也算一段恋爱史》《也算听戏》《寻春》《桃花江干》、"东邻诗人吟稿"、《我们对妻的几宗条件》、"歌谣"《拉锯扯锯》《诙语二则》《集邮常识录》
11	1934 年	《水浒》《街头》《继傅诗集》《过日子难》、"善亭杂俎"《梁继志兰茵絮果》《时髦女人》、"东邻诗人吟稿""信手拈来"
12	1935 年	《水浒》《七斤》《人生宝鉴》《扪□随笔》《谈名人》《观剧记》《性与爱》、"善亭杂俎"《读〈幼学琼林〉》、"东邻诗人吟稿"、《文学青年的忧郁病》
13	1936 年	《好青年》《关于言语》《流俗化》《闲话黄鹤楼》《无锡纪游》《史文靖公片语回天》《落花片片》、"东邻诗人吟稿"、《吴江渔父》《沈文肃公夫人之乞援书》《春雨与诗》《谈〈帖括〉画》《周皇老爷佑我考》《费襄壮公之卓识雅量》
14	1937 年	《好青年》《略谈风格》《读〈诗是什么?〉后》《岐山诗稿》《读柳文随笔》、"野乘汇编"《段大爷断案》《人造的倔强》《过大石桥金乐书馆焦址哀感赋诗》、"旧剧"《谈五彩舆》

"消闲世界"创刊伊始，均有明确的栏目名称。如"小说""文苑""新诗""谐薮""杂录""瀛闻""游记""风俗"等，从中可看出编者要包罗万象的编辑思路。1927年4月，"消闲世界"改良编辑方法，版面不再标明栏目名称，而是直接编排文章内容，其后栏目名称也是时有时无。从内容上看，"消闲世界"新旧包容，有新旧体小说、新旧体诗词、新旧剧作、游记、小品文等。"消闲世界"的内容五花八门，文字诙谐有趣，应和了市民的审美趣味。

在"消闲世界"刊载的各类文艺作品中，最为突出的当属诗词和小说，这两种形式也一直相对稳定地保留在"消闲世界"中。"消闲世界"刊载了大量的新旧诗词，尤以旧体诗词为多。"消闲世界"的古体诗层出不穷，内容丰富，出现了祝寿、赋、序文、传记、讣闻、题词、唱酬等样式，如《铁牛先生叙位祝贺集》《"浩然嘤鸣"两吟春日雅集》《闺词集句》《淮海诗家归自燕京诗以讯之并次韵玉》《常磐神社祭典诗赋此奉奠社祀德川义公及烈公三首》《从亚洲社长将赴燕京有作二首》《欢迎印度诗哲泰戈尔先生并祝六旬晋三寿序》《金菊对芙蓉》等。除古体诗外，《消闲世界》还登载了大量的近体诗，以律诗和绝句为主，如《游公园》《燕京杂感十三首》《器物百咏》《大风夜泊岳阳楼下》《哭同学陈社侯刘雅伦君》《秋江晚眺》《饮冰》《送淮阴赴奉》《题背美人图》《禅词宗原韵》等。"消闲世界"刊载的词远没有诗多，其刊载的词有徐太初的《西江月二阕连湾消夏》、止庵的《沈垣小河沿竹枝词》、杨为我的《新年竹枝词十首》、江亢虎的《小游仙词》、梁任公的《虞美人》《浣溪沙》、剑华的《满江红》、胡肇椿的《临江仙》等。此外，新诗也是"消闲世界"刊载诗词的主要样式之一。1923年5月3日，"消闲世界"开辟"新诗"一栏。其中，李之常的《春之歌》是《满洲报》最早出现的新诗。此后，又相继刊登了闻一多的《末日》《叫卖歌》《回来了》、徐志摩的《给母亲》《再不见雷锋》、徐玉诺的《蝶》、序园的《早春的清晨》《想些什么》、国成的《忧的谁》、孙家台魔的《月云》《狂风》《枝头鸟》《水鱼》

等。此后，新诗一发不可收拾。

"消闲世界"前期在"文苑"一栏，刊载了近代大连中日两大诗社"嘤鸣社"和"浩然社"大量的唱和之作，成为东北诗坛的一道独特的风景。嘤鸣社的傅立鱼、许学源、蔡清禅、关俊明、黄广、黄棣华、尹本和、杨成能、徐守一、陈锡庚、林培基、毕乾一等人，以及浩然诗社的田冈正树（淮海）、片冈政保（孤筇）、荒木伊平（天空）、立川云平、野村直彦、石本太郎（桂窗）、原田光次郎（怒室）等均在《满洲报》发表过诗作，其中不乏高质量的作品，如田冈正树（淮海）的诗被评为"诗境甚高……窃叹不类今人作。其吊古篇章，骨格苍老，气韵沈雄，尤为罕见"①。从中日诗人的唱和中，可见到当时大连中日文化交流的热闹场面。

> 今兹九月七日，即阴历壬戌七月既望，亦即苏东坡赤壁泛舟后，第十四壬戌之良辰也，距今已经百五十四年矣。余适客于大连，乃移檄于此地日华两国之吟友名流，招请诸登瀛阁，以追古贤之雅游，资两国文界之亲交。届期，群客联袂来集，约及三十许人之多。乃临渭风、赏明月，斟酒赋诗，觥筹交错，笔飞墨舞，诚为一时之盛事。是日各吟□所得诗，长短凡数十首，余编写一卷，永记念雅云。②

"消闲世界"后期也刊载了大量的新旧体诗词，如《云鸿词宗来游大连一席庐雅集诗稿》，又如1933年出现的"东邻诗人吟稿"一栏，其中刊载了大量日本文人创作的古体诗。这些是了解和研究东北文学以及东北社会变迁的重要史料。

在诗词之外，"消闲世界"文艺宝库中更加耀眼的是其刊载的小说作品。

---

① 金念曾：《淮海先生为日本汉学家之泰斗》，《满洲报》1924年6月21日第6版。
② 田冈淮海：《东坡夜游赤壁记念雅会诗稿》，《满洲报》1922年9月15日第1版。

二 "消闲世界"的小说刊载

"消闲世界"刊载了大量的新旧体小说，前后刊载各类小说多达六百余篇，几乎占《满洲报》小说刊载总量的1/3。"消闲世界"登载各类长短篇小说，与《满洲报》其他副刊和周刊不同，"消闲世界"刊载了大量的长篇小说。究其原因，"消闲世界"每日登载，保证了读者阅读的连贯性，偶或因创作耽搁等原因，不能够连续刊发，则以短篇小说补位。

据"消闲世界"历年刊载小说数量的统计（见表1-8），除了1925年、1926年、1929年、1930年、1936年小说刊载数量较少外，其余各年均刊载了大量的小说作品。尤其是1932—1935年，每年小说刊载量都在四十篇以上，而小说刊载数量较少的几年，其原因有以下几个方面。其一，长篇小说刊载占据大量的版面。如1925年刊载蔗农的长篇历史小说《五代残唐传》（共计一百九十九期），连载近八个月；1930年刊载的长篇小说《元胡演义》（共计一百二十三期）和《香妃恨》（共计一百四十六期），连载均接近半年。其二，《满洲报》其他版面对小说分流。"消闲世界"一直被长篇小说所占据，直接导致短篇小说被分流到其他文艺版面。如1925年，《满洲报》第五版"小说"一栏刊载短篇小说三十余篇，1936年，《北风》文艺周刊刊载小说达五十余篇。其三，因个别年份《满洲报》刊载小说的整体数量下降造成的。如1930年，《满洲报》全年小说数量只有十八篇。

表 1-8　　　　　　　"消闲世界"历年刊载小说数量统计

时间	数量	时间	数量	时间	数量	时间	数量
1924 年	19 篇	1925 年	2 篇	1926 年	10 篇	1927 年	27 篇
1928 年	47 篇	1929 年	9 篇	1930 年	7 篇	1931 年	26 篇
1932 年	41 篇	1933 年	63 篇	1934 年	66 篇	1935 年	40 篇
1936 年	10 篇	1937 年	25 篇				

　　"消闲世界"创刊伊始，即设有"小说"一栏，以刊载短篇小说为主，多为一些随性之作，如《明执肾》、红蕉的《啄木岭》、滋阑的《海外同命鸟》、刘雪蕉的《憔悴》等。《消闲世界》新旧小说均十分丰富，文白掺杂，如有袁凡的《情墓》、王文峻的《钟情女》、栖云的《恨海拾遗》、树声的《兰芬泪史》、赵超然的《青楼遗恨》等小说。1924年8月，"消闲世界"登载了梦馀的社会小说《九尾狐》，从此拉开连载长篇小说之序幕。《九尾狐》内容生动有趣，情节曲折离奇，颇能引起市民的阅读兴趣，代表了"消闲世界"长篇小说登载的一般标准。

　　《九尾狐》1924年8月29日至1925年5月5日，连载于"消闲世界"，历时八个月有余，共一百九十五期。从作者笔名"梦馀"二字，可推测其小说是对近代梦花馆主《九尾狐》的模仿之作。两部小说不仅同名，且都是以谴责娼妓为主，并由此暴露出社会丑恶的社会谴责小说。与梦花馆主的《九尾狐》以清末社会为背景，描写了沪上名妓胡宝玉由盛而衰的经历，刻画了胡宝玉这一贪财好淫、狐媚狡诈的妓女形象不同，梦馀的《九尾狐》是通过一个个官宦子弟与倡人经历和交游的小故事，刻画了一个个栩栩如生的妓女形象，从而展现了民国时期社会的众生相和风俗图。在民国旧文学中，这样描绘倡优妓女与富家子弟故事的小说比比皆是，小说中对依附于报纸的文人给予辛辣的讽刺，且看——

　　　　据我看见读书的也有几种：想那一种老学究们呆头呆脑、斯文子曰是不中用的了；就如一种新学者，窃取西学的皮毛，满口的新名词，欺骗这些时髦的大佬们，见天订了一些简单章程，明天上了一个条陈，说得天花乱坠，究竟在事实上或社会情形上大相凿枘，是一毫不适用的；尚有一种稍懂洋文者，翻译出一两部学说来，竟自命为通才。再下者翻译两种小说，文言不成文言，白话不成白话，庞杂零凑，正如厖吠一般；还有一种文人，念了几句书，读了几句唐诗，居然敢舞文弄墨，终日里咿咿唔唔的，吟风抹月，自命为诗人。又看了几回《三国演义》《西厢》《水浒》《红楼梦》，并买了些《老残游记》《海上繁华梦》《九尾龟》以及新流行的一些侦探小说，东抄西写、改头换面，也作起什么言情、哀情、社会、警世的小说，真是令人喷饭！我真是佩服这一般人，怎么脸厚至此呢？①

《九尾狐》开篇点题，对为何取"九尾狐"为题加以交代，说明所作并非如蒲松龄《聊斋志异》一般的"鬼狐传"，而是借"九尾狐"写社会中"淫贱阴狈"的一类人，表明了小说实为警戒世人的创作本旨。

在下编录的这部小说，本名《百妖传》，后来想想，百妖之中尤足以惑人者，莫过于狐，故改为今名云。但是这部小说，虽然是以狐命名，内容所说的话却不是蒲留先生所著的《鬼狐传》，真正谈狐。在下所说的，乃是社会上一种人类，不过因为他的行为，有类与狐。其淫贱阴□处，也仿佛相似，所以才起了这个名字，叫作《九尾狐》。总希望着阅者诸君，看来这三个字，不是好名词，可以知所警戒，不要被他迷惑着，这就是在下著书的本旨了。②

《九尾狐》中有大量对妓女的描写，有些甚至秽亵，如对尼姑庵藏污纳垢的描写，不惜笔墨：莲觉寺女尼净缘姘识男学生宋明举，东窗事发，被成太太发现，为了遮羞，竟演成一男侍两女的淫乱丑事，宋明举终因纵欲无度而死。后净缘又姘识傅咏裳，并替其勾引女学生屠金城，成太太得知，以此要挟，遂与傅咏裳姘合，而屠金城因与傅咏裳苟合，身染疾病而死。同时，屠太太也暗地里同莲觉寺里的挑水夫通奸，莲觉寺乌烟瘴气，几成淫窝（见图1-3）。

---

① 梦馀：《九尾狐》，《满洲报》1924年9月16日第4版。
② 梦馀：《九尾狐》，《满洲报》1924年8月29日第5版。

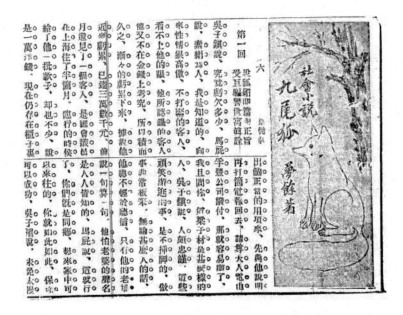

图 1 – 13　梦馀的社会小说《九尾狐》

　　单说上海尼庵不下数十余处，其中女尼，苦行潜修，如了尘的，不能说没有一二。但是挂了个尼姑的名号，暗中姘识和尚、勾引青年，并秘密卖淫者，却也不在少数。在下原不该把他们这种黑幕揭破，增长文字罪孽。然这般恶民，坑害青年、污辱佛地，固已罪不容诛。最可恨的，他是能引诱良家妇女，以及名门闺秀，一同入于下流。在下若只顾笔尖存了些忠厚，不肯揭开他们的黑幕，一任他们为非作歹，他们毫无畏惧，那转不能维护社会了。①

　　作者时常跳出来辩解这样细致的描写，不是"引人入邪，浪舞文墨"②。如小说中描写富家子弟傅咏裳的大套的龟经实为发人深省，警戒世人。

　　我们嫖客的，在窑子里万万不可发脾气，抱定一个取乐的宗旨，若

　　①　梦馀：《九尾狐》，《满洲报》1925 年 3 月 5 日第 4 版。
　　②　梦馀：《九尾狐》，《满洲报》1925 年 1 月 15 日第 4 版。

是稍不如意，妄动无名之火。一来是自寻苦恼，二来是大煞风景，全与取乐的宗旨相反，这又何必？到窑子里来呢，我常说，当窑姐儿的应酬客人，固是难，而客人专待窑姐亦非容易。譬如，我招呼了一个倌人，他要钱，给他钱，他要场面，给他场面，百说百依、低声下气，好容易才博得他一个欢心。常听人说道：人能攀着待窑姐的心肠去待父母，必定是个孝子；去待妻妾，必定是个恩爱丈夫；去待儿女、必定是个慈父。这些话虽近于骂人，确是见到之语……他又说，窑姐儿譬如一枝花，只可以玩赏不可以折下来插带，若是认真把她讨回家来，虽是一朵鲜花，长久也不香了。且恐怕犯造物之忌，把公共玩赏的花儿取为己有，将来红杏出墙，只怕春色满园关不住呢？岂不是自己攀着一顶绿头巾，安放在自家头上。①

实际上，作为报载长篇小说，作者为了应和读者的猎奇心理，增加谈助之义是显而易见的。为了吸引读者，报载长篇小说作家往往要使尽浑身解数，有时不免流入低俗。这些描写虽是低俗的应和之笔，但同时从中却也可窥见当时社会民风民俗中的一景。如《九尾狐》中对上海与北方的妓院的规矩做了一番比较，简直可说是了解当时风月场所的百科全书。

　　原来，上海窑子里规矩与北方不甚相同，就是"出条子""开盘子"，一切名词也不一样。即如刚才这个娘姨所说的"出堂差"，就是北方的"出条子"；北方对于客人统称某爷，南方却统称大少；客人来闲逛，北方说是"开盘子"，南方说是"打茶园"；客人在窑子里吃酒打牌，北方说是"捧场"，南方说是"做花头"；客人赏伙友们钱，北方说是"开销"，南方说是"下脚钱"；他为留髡，北方说是"住下"，又叫

———————————

① 梦馀：《九尾狐》，《满洲报》1925 年 3 月 8 日第 4 版。

"住局"，南方说是"落交情"，又云"接线头"；妓女和客人要好，南方说是"恩客"，北方说是"热客"，或说是"上劲"；妓女的父母，南方说是"父兄"，北方说是"领家"；搭住的妓女对班主，南方说是"本家"，北方说是"掌班的"……种种名词，不一而足。①

再看，小说中史君侠和陆畹九对麒麟童、汪大头、孙菊仙、谭鑫培等京剧名角唱功的评说，可谓十分精彩：

> 台上在演《开山府》，麒麟童的邹应龙做工非常灵活，唱功嗓音，虽然微哑，但是句斟字酌，口齿清晰，反觉得有一种特别的味儿，唱到"忽听万岁宣应龙，在朝房来了报国的忠"一段数板，气老格苍、神韵悠然。史君侠非常赞成，遂微声向江又谦道："麒麟童老生做工，为长江一带数一数二的人才，其举止动作全模仿潘月樵，惟北方目之为海派，但以余个人意见，无论海派、京派，只要做得入情入理、细腻妥帖，就算是好角。至于唱功，如汪大头之鼻音，全从丹田内提出来，自然是津津有味；又如孙菊仙，大吕黄钟，自非凡若响；谭鑫培集诸家之大成，从心所欲，虽聆诸一腔一调，亦令人有三月不知肉味之叹。但汪孙谭三人，固然是超凡入圣，然下此者，如汪笑侬之音低而韵永，时慧宝之声吭而气雄，麒麟童腔哑而神逸，皆有特别见长之处，要亦未可厚非也。"②

此外，在小说中，作者对上海人和北方人听戏的差别描写细微，读起来也是颇有味道。且看——

> 惟上海人听戏，真正□识很少，往往未等唱的落音，就胡乱叫起好来，反把真好的去处，被叫好的怪声掩住，真是可恨……上海舞台，最

---

① 梦馀：《九尾狐》，《满洲报》1924 年 9 月 7 日第 4 版。
② 梦馀：《九尾狐》，《满洲报》1924 年 12 月 3 日第 4 版。

考究的是布景，其次则注意行头，以及伴戏人的化妆……北方人于戏剧一道，几乎人人研究。在前清时代，慈禧太后欢喜听戏，一般王子贝勒们，能唱者很多，尚有真能粉墨登场演来大有可观的。梅兰芳在京时候，戏价卖的，虽然不算太贵的，但是真能知道他的演剧好处的却有很多人。上海此次邀他来演剧，月包虽然优厚，戏价也高出十倍，然而听戏人大半随声附和，真知己的人恐怕不多得，这真所谓感恩不知己了。①

《九尾狐》的最精彩之处，应属对妓女形象的传神写照。作者透过一个个跃跃如生的烟花女子形象，道出世态炎凉、道德沦丧的社会现实。小说以妓女种种恶习为中心展开情节，为读者展开了一幅民国社会的百丑图。上至地方军阀、警察、律师、公子哥，下至地痞、无赖，无不展露了那个时代社会现实的黑暗和人心的险恶。

先看妓女何素娟。小说第一个故事讲了无赖马璧伙同妓女何素娟，巧设骗局坑蒙公子哥吴子镇，吴子镇得知被骗，找何素娟理论，没想到何素娟早就勾结巡捕，来个恶人先告状。吴子镇无奈只好和梁子材找巡捕房暗探柏大块头，不想又被暗探坑骗。吴子镇父亲吴老太爷来到上海，设计惩罚了妓女何素娟。吴子镇找律师打官司一节，揭露出旧上海律师坑骗人钱财的丑态：

> 原来各处律师，每遇见了人要打官司，总说官司九赢一输，确有把握，至于各项使费便遂不复争较，引诱人家上套。迨至立了委任状，这里也要钱，那里也要钱，其最足以挟制人的去处就是"不出庭"三个字。诸君试想，当律师的个个如此存心，先要满足他的欲望，然后才替人家做事，岂真是能保护人权吗？尤可笑的是，律师门首所悬的牌子多是律师某某，他这个牌子并无下款，是某人赠送？或系是他自称？庞然自大，

---

① 梦馀：《九尾狐》，《满洲报》1924 年 12 月 3 日第 4 版。

恬不为怪，其不通更可想见，那有如此不通的人而能深明法理呢？①

小说中对律师的描写不止于此，在写妓女小莲窝子与臧泰峰臧总长一段，揭开了律师包定仁"满口的保障人权，满心的诈欺思想"的丑恶面目。且看——

> 这律师姓包名定仁，是浙江绍兴人。因为他生性刁狡，又读过了几本法律书，平日包揽讼词，满口的保障人权，满心的诈欺思想。人家代他起了一个混号，叫作"包一锤"，因他敲个□也。又有人就他的身份，把他原籍绍兴两个字拆开说："包一锤心中，曲曲弯弯，如乱扰丝一般，其毒如刀，生就一张烈口，见人即说同胞。在东方敲半个月，在西方敲半个月，若是撞见一个比他还强硬的人，从腰里给他一杠子，他在下面，就如王八蛋一样"，这些话虽是趣语，却折得八面玲珑，也算是浙绍人当律师的写照。②

再看妓女王熙凤。妓女王熙凤嫁到江又谦家后，遂又起贪念，巴结老姨太太和小姐佩衡，逐步夺得了江家内务大权，伙同表哥诬陷逼死二太太，毒死大太太，丧尽天良，后携巨款潜逃。小说循着因果报应，王熙凤钱财挥霍尽了，又得了杨柳疮，最终沦为乞丐。小说描写妓女王熙凤欲借嫁娶敲江又谦竹杠之心思，可谓淋漓尽致：

> 且说王熙凤，在上海开了两年的窑子，因为性格不长，所以才没有常客。事由虽然不坏，但是真正用钱的人，没有一个是以就暗暗亏空下来。此次既然遇见了江又谦，又知道他是个财翁，这才勉勉强强地相处了半个多月。其实王熙凤早已不耐烦了，然看在金钱的面上，不得不勉

---

① 梦徐：《九尾狐》，《满洲报》1924年9月11日第4版。
② 梦徐：《九尾狐》，《满洲报》1925年2月5日第4版。

为应酬。母女两个商议几次，想着借嫁娶为名，敲江又谦一个大竹杠。然后，母女两人私行逃走，仍回杭州江山船上去度日。不料想嫁娶的事，虽然达到目的，但是交这批款子，却有个律师在内，做事千妥万稳。不作美的史君侠，又暗暗地派了一名暗探终日梭巡，毫无可逃的机会。①

作者着力描写妓女，实则关注社会，处处隐喻劝诫之意，但从中亦能看出作者思想的局限性。如提到"多妻制度"，作者明知其是"秕政"，但随即以中国人"注重血统关系"为由，认为废止多妻制度无法实行，转而劝诫世人纳妾不要"娶了窑子里的人"。

阅者诸君，要知道中国多妻制度，本来是一种秕政，到了民国，虽经多数名人提倡废止，总以中国向来最重血统的关系，说什么"不孝有三，无后为大"，说什么"四十无子方娶妾"，所以想着废止多妻的制度，就不能见诸实行了。我想中国人既注重血统关系，那一般乏嗣之人，自然不能禁止他的纳妾。但是纳妾一事，我总主张娶一小家碧玉为上着，其次是婢女。若是娶了窑子里的人，是千万人中，没有一二个能得美满结果的。第一是她们沾染窑子里的恶习，好吃懒动、滥用无度；第二是放诞不受拘束，她把节操两个字看为粪土一般。譬如，她嫁的丈夫是个家当菜饭，她再姘识两三人，仿佛多吃一次点心，不算什么有关系紧要的事。诸君试想，朋友亲戚中，有讨窑子里姑娘们当姨太太的，能得几个安分度日，不把一顶绿头巾给丈夫暗暗带在头上去的，不算是在下调侃这一般窑子里人做妾的朋友，委系所见所闻的大都为是。②

同样的告诫，在小说中反复出现。妓女小莲窝子嫁于臧泰峰臧总长，作

---

① 梦馀：《九尾狐》，《满洲报》1924 年 10 月 26 日第 4 版。
② 梦馀：《九尾狐》，《满洲报》1924 年 11 月 18 日第 4 版。

了姨太太，然小莲窝子是妓女出身，平日里见惯了"偷人养汉"，不知"名节羞耻"，背地里与家奴常得福通奸，知道丑事要暴露，遂同常得福携金银细软逃回扬州。

> 虽然是宿有孽缘，究竟小莲窝子是窑子里人，不知人间尚有名节羞耻等事。盖窑子里妓女，她平日所闻所见全是淫贱不堪的事件，偷人养汉不算甚么要紧。譬如，嫁一个男人，夫妻敦伦是家常饭，再有一二位外遇，就如多吃一顿点心一般，有什么大不了的事，所以一顶绿头巾轻轻地就叫丈夫戴上，可见窑子里的人是万万不可讨娶的。①

小莲窝子挥霍惯了，不到两年，钱财挥霍一空，于是就又想一计，骗取臧总长的钱财四万元，小莲窝子用这笔钱开了一家妓院，妓院经营红火，但好景不长，牵涉一起官司中，被人诬陷，钱财被官僚们讹诈去，无奈沦为私娼。后又结识了律师包定仁，伙同包定仁要挟臧总长，敲诈十六万元。臧总长要法办包定仁，小莲窝子顾念旧情，营救包定仁心切，却被赵科长利用，几乎倾家荡产。小莲窝子幡然醒悟，遁入空门，法号了尘。赵科长全家惨遭火灾，全部烧死，应了因果报施。

> 以为我所来的款项全非正当之财，古人说的："货悖而入、亦悖而出。"俗语又说是："生意财、百年挨、农家财、万年来"，可见得钱财来得容易，去得马虎。古人又说是："刻薄成家、理无久享"，何况我的钱是乱敲竹杠来的呢？可是这些官僚们，鱼肉子民，敲诈吓夺，他们积了些造孽，钱难道就可以安然享受吗？只恐怕到了以后也同我一样罢了，又念到自己为人如此颠三倒四，非一天地循环的道理上想去，一定是没

---

① 梦馀：《九尾狐》，《满洲报》1925 年 1 月 15 日第 4 版。

有个好结果。①

《九尾狐》中众多妓女形象,多为狡诈圆滑之辈,最终报应不爽,然也有例外。如邹九少爷和梨香馆主之艳事,邹九少爷化妆寿头,赖在梨香馆,让梨香馆主垫付一切费用,梨香馆主找包打听探查邹九少爷的身世,邹九少爷存试探之心,所绸缪者,尚多假意,而梨香馆主,不免有狐疑之虑,所酬应者,还在金钱,此次揭开真面目,遂成美满姻缘。

《九尾狐》除了写官宦子弟与伶人经历和交游外,笔墨还触及社会各个角落,如史君侠讲两个中国留学生在美国买了两千美元一盒的雪茄烟,被船主怀疑诬陷是偷盗的一事,表达了作者对中国"民穷财尽,商困于市,农窘于乡",而官僚军阀挥霍无度的社会现实的悲哀。

> 这种雪茄,其价格极贵,你们中华是个穷国,如何能买得起这种贵烟,恐怕是你们在纽约窃取来的吧?我们中国民穷财尽,商困于市,农窘于乡,那啼饥号寒的人,大约三万之同胞中十有八九。而官僚军阀们稍一挥霍,动辄巨万,若问他们这些金钱是从何处来的?自然是民脂民膏,这也不言而喻了。②

《九尾狐》第十八章"屠小姐耻情归地府 傅永裳淫系报公堂",讲屠老爷请暗探阿山调查女儿屠小姐死因,阿山展开一系列侦查推理手段,情节引人入胜,描写颇为精彩,小说似乎要转向侦探小说一路。但不知何原因,1925 年 5 月 6 日后,小说突然停止刊载,按照小说的结构和内容,《九尾狐》本应是一部长篇小说,无疾而终确是可惜,但这也是大多数依附于报纸的长篇小说的宿命使然。

---

① 梦馀:《九尾狐》,《满洲报》1925 年 3 月 1 日第 4 版。
② 梦馀:《九尾狐》,《满洲报》1925 年 1 月 9 日第 4 版。

第二章 《满洲报》小说作家与作品（上）

随着科举制度的废除，长久以来依赖"学而优则仕"的传统文人与入仕经济之路彻底断绝，无奈只有选择仕途之外的其他手段谋生。与此同时，新闻出版与报纸行业的兴盛为文学创作提供了传播的平台，稿酬制度更为传统文人提供了绝处逢生的机会。于是，传统文人开始转向报界从事文学创作，成为报章文学创作中的旧式文人群体。

旧式文人的文学功底深厚，小说创作受传统白话小说的影响极深，文笔典雅，多作一些讽劝社会之作。同时，他们的创作常会流露出传统文人的审美意趣，如在小说中掺杂大量的诗词歌赋；另外，这些文人又接受了西方现代思潮的影响，关注时事，一般是兼报人与作家的双重身份，依靠编辑和稿酬维持生存。在生活得到了保证的同时，他们不同于传统文人对政治权利的依附，从而获得了精神和人格的独立，创作具有更大的自由度。在《满洲报》的小说作家中，李逊梅、张善亭、竹侬、蔗农等是其中的代表。

第一节　李逊梅及其小说创作

一　李逊梅其人

李逊梅（1906—?），号澹庵，别署古银州澹庵居士、龙山恨生，籍隶奉天开原（今辽宁省开原市），是清末民初东北重要的通俗小说家，其小说创作内容丰富，立意正大，文笔活泼。然李逊梅及其小说创作鲜为学界所提及，其生平资料更是少之又少。笔者据李逊梅的《澹庵志异》《小块文章》《关东掌故》等文集，对其作一番考察。

不佞生于关东，籍隶奉天开原，稍长则随父母留寓铁岭，铁岭为奉天首县，文风之盛，甲于东北。文坛先进，咸推魏公燮均，遗著《九梅村诗集》，脍炙人口。距今稍远，又有高公其佩，擅长指画，其遗墨散于平津宁沪，得者咸珍为拱璧，再远则有高公鹗，别号野鹗，相传《红楼梦》之后四十回，即其所补。余自束发受教后，对辽吉省名胜古迹，关切甚深，每其跋涉登临，但恨无费长房缩地之法，徒乎负负耳！弱冠后，橐笔沈阳，卖文为活，结识墨□骚客甚多，茶余酒后，相与长谈，即以关东各地琐细掌故为经纬，或涉于考古者必设法觅得其原文真本，而随时录入笔记，藉留待日后集其大成，编为专册。北伐成功后，东北亦易帜，改奉天为辽宁，地方行政，社会风俗，俱见起色，不数年，大有一日千里之慨。距于辛未年秋，地方事变陡起，国际风云，日形险恶，居民多流离入关，不佞虽以□居，亦仓惶赴旧都，投故友作栖止。[1]

---

[1]　李逊梅：《关东掌故》，上海仿古书店1936年版，第1页。

从这段描述中可知，李逊梅籍贯为辽宁省开原市，后随父母来到铁岭。铁岭当时作为辽宁首县，其"文风之盛，甲于东北"，历史上出现过魏燮均、高其佩、高鹗等文坛先进，铁岭浓厚的文化氛围对李逊梅日后的创作有着重要影响。二十岁后，李逊梅"橐笔沈阳，卖文为活"，开始从事笔墨耕耘。"辛未年秋"，即1931年秋，适值"九一八"事变，东北民众大批逃亡关内，李逊梅亦来到旧都北平。这段经历，在其小说集《澹庵志异》自序中也有所提及：

> 在舞勺之年，即喜阅读蒲公松龄之《聊斋志异》，尝终日不释卷，寝食具废。继则拈毫弄墨，效颦为之，曾作《牡丹仙》《血魂痕》数则，先后披露于大连《泰东日报》，亲友之识为余作者，佥交口称赞，余则受宠若惊，逊谢不遑。乙丑年，余已弱冠。有远戚鲁叟，不速而至，叟已年近八旬，精神矍铄，纵谈逊清轶闻，若数家珍，其中之奇情艳迹，令人闻之，舌矫不下。余闻而笔之于书，积久成帙，藏于箧中，后辛未秋，地方事变起，余仓惶入关，出走平津，行李之外，以数卷随，《澹庵志异》恰在其中，惟字迹潦草，读者莫辩亥豕。乃于乙亥冬季，公余之暇，手录一通，分段标点，以便读者之易阅易解，甫数月而抄竣。同寅昆仲，多所阅之，见仁见智，固各不同，有誉为香艳出众者，有赞为神奇超凡者，余闻之反觉惶悚不安。丙子春，忆及拙作数种，均托上海启智书局出版，兹则该书局又新易宋体铅字，古香古色，印刷精美，则一客不烦二主，何妨仍委其梓行，以最廉价销行肆上，为读者祛睡魔，解酒兵，亦不失消遣之正道云尔。(古银州澹庵居士李逊梅自序于七十二沽畔之行脚僧房南窗下)①

---

① 李逊梅：《澹庵志异》，上海仿古书店1936年版，第1页。

在这段自序中，隐藏着关于李逊梅生平的重要信息。文章提及"乙丑年，余已弱冠"，即"乙丑年"（1925）恰逢李逊梅"弱冠"之年，故可推断其应是1906年生人。此外，透过这段自述可知，李逊梅幼年即接触了传统白话小说并尝试创作，并曾在大连的重要报纸《泰东日报》上刊载了小说《牡丹仙》《血魂痕》等。同时，这段文字还交代了其笔记小说《澹庵志异》的创作缘由。《澹庵志异》的创作显然是受蒲松龄的《聊斋志异》影响，并且《澹庵志异》中的"奇情艳迹"亦成为李逊梅日后小说创作的重要素材。

关于李逊梅生平，在其《小块文章》的自序中又得以补充：

> 髫龄入塾，咕哔终日，子曰，然而，头脑昏涨，乃感觉读书为天下最苦之事，于是十日九逃塾焉！翌年，添读《古文观止》，如《桃花源记》《赤壁赋》一类文字，琅琅上口，孜孜不倦；余又爱读古文之短而简者，如《陋室铭》《获麟解》之类。而尤以《宴桃李园序》，为最合脾胃，每读至"阳春召我以烟景，大块假我以文章"，则为之击节赞赏。年十一龄时，从戚属家得《聊斋志异》一部，寝馈与共，反复读至三遍，乃觉文思洋溢，豁然贯通，颇生古文不如今文之感！继又读施耐庵之《水浒传》，曹雪芹之《石头记》，王实甫之《西厢记》，则觉齿颊增芬，如嚼橄榄，孰谓小说不可读耶？嗣又入学校数年，忽蒙家庭之变，先父先□，如摧梁栋，屋徒四壁，庚癸频呼，余不得已辍读，年甫弱冠，借良友奥援，入新闻界，乃如一叶浮萍，漂泊于汪洋大海，由辽沈而辗转至平津，尚感天地有情，留我一线生路，否亦岂不早已流为饿莩，索我于枯鱼之肆乎？愿余以忧患余生，获得一家温饱者，幸赖三寸毛锥，旦夕不离，笔耕砚田，苟延残喘耳，余所最感激者，一为蒲松龄，一为曹公雪芹，余之所以能握管写出文白作品，则二公两部伟著启迪之力也。乙亥秋（1935），主两报副刊笔政，一为《新报》之"雨花台"，二为《天风报》之"黑旋风"，《新报》取材，重于白话，《天风》取材，重在

文言，两报之风格，迥不相侔，而余以一人，周旋其间，而每日又必需写一篇照例文章，搜索枯肠，腹笥为空；丙子春（1936），因事与《天风》主人龃龉，乃辞去辑务，专司《新报》，每日可免往返栗碌之劳，则塞翁失马，安知非福耶？适值拙著《澹庵志异》笔记小说脱稿，寄交上海仿古书店出版；乃联想忆及"雨花台""黑旋风"两副刊上所陆续披露之文字，虽只堪用以覆瓿，然亦恐日久散佚乃抄录成册，亦拟委托仿古书店出版，惟书名何取，百思不就，蓦忆及《春夜宴桃李园序》中"大块文章"之名乃定，爰于付梓之先，缕述始末如是。（时在丙子仲夏火伞高张之日，龙山恨生李逊梅氏自序于析津）①

透过这段叙述可知，李逊梅自幼喜爱短简的古文，尤其爱读白话小说，这对其日后从事小说创作有重要的影响。李逊梅自言受蒲松龄和曹雪芹的影响极大，这在其社会言情小说创作中可见一斑。十四岁时"忽蒙家庭之变"②，父亲的亡逝使家庭立刻陷入穷苦境地，李逊梅也在这一年辍学，过起居无定所的生活。二十岁时，李逊梅在朋友的帮助下，成为报纸记者，开始了"笔耕砚田"的生活，并以此为生。1935 年秋，李逊梅成为《新报》之"雨花台"和《天风报》之"黑旋风"两副刊笔政。两报风格迥异，《新报》偏重于白话文，《天风报》侧重于文言文，李逊梅以一人之力周旋其间，可见其语言功底之深厚。1936 年春，李逊梅因与天风主人意见不合，于是辞去编辑一职，专心于《新报》。其间，李逊梅出版了笔记小说《澹庵志异》，并将其刊载在"雨花台"和"黑旋风"两副刊上的文字集录成书，出版了《小块文章》。

李逊梅幼年家境殷实，家中甚至有厨役女仆。虽家境不错，但父母管束

---

① 李逊梅：《小块文章》，启智书局 1936 年版，第 1 页。
② 同上书，第 135 页。

严厉，李逊梅自幼就浸润于书海中，没有沾染嫖赌恶习。

> 我一直到现在是不赌博的，这就归功在严父母的管束认真。当我幼年的时候，家中没有赌具存放，甚至于厨役女仆带来的纸牌消遣，也搜出来替他焚毁，宁可多长他们的工钱。习惯上，只许我看书识方字，所以才养成读书识字的习惯。直到现在，我还是不喜欢赌的。[①]

李逊梅嗜好读书，但对四书五经等传统观念中的经世致用书籍并不感兴趣，唯独喜爱"各种新巧小说"，并认为"读小说比读正史有益得多"。在《书癖》中，李逊梅描述了自己因家境中落，无力买书，在图书馆如饥似渴地读书，以及因买不到书而寝食难安的情形，从中可见李逊梅的嗜书如命：

> 记者本人也有一种癖，却不是吃、喝、嫖、赌，又不爱花，也不玩鸟。单癖一个"书"字。但又不癖正经书，像《四子》《五经》《二十四史》等书，我又真讨厌它。惟有各种新巧小说，是我的性命。因为我的环境是由小说养成的。我从四岁识字，开始读《三字经》《百家姓》等启蒙书籍，八岁就能看《三国演义》了，十一岁便能看《聊斋志异》了。因为读小说太早，于是脑筋里小说的印象也很深。十四岁上，父亲死了，家庭立陷于穷苦之境。我也不能继续上学了，过了好些年飘荡生活。我也感觉读小说比读正史有益得多，像《水浒传》里武松打虎的那段描写，能说不是好文章吗？（果然，现在是有许多好小说采入教科书里作课本了）我当时无力买书，只能借书看。也许在图书馆里打坐坛，钟点已到，人已散尽，我才肯走。我最敏捷的时候，一秒钟能读十个字，而且是看文言文小说。过了借书时代，就是买书时代。当时又无赚钱的能力，只有聚集少数的钱，累集至一两个月，虽能买一套线装书。先到

---

① 李逊梅：《小块文章》，启智书局1936年版，第138页。

书局里问价钱，翻看内容插图和绣像，看完了还一个买不妥的价便走了，或者扯谎说，是替别人买，要回去讨主意。惘惘然走出书局，这一天的晚饭都吃不香，夜晚准梦买书，怀揣充足钱，踏上书局的石阶，进门去指名要那一部书。付了钱买妥，心中的快活不可名状。及待醒来，好似失了一件珍宝，和"梦中得头彩，醒来一场空"同样的滋味。赶到二十岁上下，能向社会骗钱了，便东也省，西也俭，积钱买书看。可以证明"僻"的，凡是我借看之书，虽然看完了已还人家，只若这书确实好，一定要买一部。我的心理是这样，借书是人家的，买到手摆在案头才是自己的。①

除上述文集自序外，通过一些零散资料得知，李逊梅曾任《北平狐报》总编辑（1932 年）、《博陵报》记者（1934 年）、《中华日报》编辑（1945年）、《美丽画报》编辑（1946—1948 年）、《北戴河画报》主编（1947 年）、《星期五画报》编辑（1947—1948 年）。李逊梅曾出版《澹庵志异》《磨难姻缘》《欲海狂澜》《青年镜》《旧梦重温》《小块文章》《关东掌故》等单行本，发表了《肉的复活》（《北戴河》，署名梅花生）、《巾相程婴》（《国风画报》，1946 年第 2 期）、《谈骗》（《新生活周刊》，1935 年）、《镜中人影》（《北戴河》，1947 年第 6 期）、《玫瑰花王》（《星期五画报》，1947 年第 1期）、《辽宁省民间琐志》（《新嘉坡画报》，1929 年）等文字。1954 年李逊梅任职于北京通俗读物出版社的通俗文艺编辑室，1957 年编辑了工具书《常用简笔字》。其后情况及卒年不详。

在《澹庵志异》中，李雪菴、吴大庸的《序》文对李逊梅作了简短评介，是了解李逊梅其人的重要史料，现摘录如下：

---

① 李逊梅：《小块文章》，启智书局 1936 年版，第 134 页。

> 吾友李君逊梅，乱世才子，尘海征人，沦落天涯，饱经世故，备遭
> 世态之炎凉，洞悉社会之虚伪，因而感慨丛生，不能自已。遂使鬼蜮魔
> 窟，收入案头笔底，闲将狐形龟影，写入简短残篇。而成《澹庵志异》
> 一书，盖传干宝《搜神》之作，而著嬉笑怒骂之文。① （李雪盦《序》，
> 笔者注）

> 李君生不逢辰，落落寡遇，既不能搏奋于宦途仕路，复不得载富于
> 市隐陶朱，满腔冤愤，只得泄之笔墨，嬉笑怒骂，皆成文章，若李君者，
> 亦世之伤心人哉！② （吴大庸《序》，笔者注）

二 李逊梅的小说创作

从 1926—1927 年，李逊梅在大连《满洲报》相继刊载了《劫鸾恨史》
《桃花窟》《磨难姻缘》《桃花梦》《毁人炉》《欲海》《炉灰》《海底骷髅》等
小说。其中《劫鸾恨史》《磨难姻缘》续篇连载，为哀情小说；《桃花窟》
《桃花梦》和《毁人炉》《炉灰》分别为续篇连载，为社会小说；《欲海》
《海底骷髅》亦为续篇连载，为警世小说（见表 2 - 1）。

表 2 - 1 　　　　　　李逊梅在《满洲报》刊载作品情况

序号	时间	版面	类型	作品
1	1926.1.1	新年增刊	应时谐著	《新红楼梦第 00 回》
2	1926.1.20	消闲世界	小说	《猴妻》
3	1926.1.21—3.20	第二版	哀情小说	《劫鸾恨史》
4	1926.4.13—5.29	第二版	社会小说	《桃花窟》

---

① 李逊梅：《澹庵志异》，上海仿古书店 1936 年版，第 3 页。
② 同上书，第 4 页。

序号	时间	版面	类型	作品
5	1926.7.13—8.24	第二版	哀情小说	《磨难姻缘》
6	1926.7.18	第五版	小品文	《离家以后》
7	1926.7.18—22	消闲世界	小品文	《婚夜回忆》
8	1926.7.19	消闲世界	小说	《啬翁传》
9	1926.10.29—12.10	第二版	社会小说	《桃花梦》
10	1926.12.12—1927.1.30	第二版	社会小说	《毁人炉》
11	1926.12.14—15	第三版	小品文	《不堪回首》
12	1927.1.7—17	消闲世界	应时创作	《新中国》
13	1927.1.15	第五版	医学小说	《间接之罪》
14	1927.2.6—3.24	第二版	警世小说	《欲海》
15	1927.3.26—5.14	第二版	社会小说	《炉灰》
16	1927.5.1	纪念增刊	应时小说	《五十周年的满洲报》
17	1927.5.20—7.8	第二版	警世小说	《海底骷髅》
18	1928.1.1	新年增刊	应时谐作	《新红楼梦第00回》

（一）哀情小说：《劫鸾恨史》《磨难姻缘》

《劫鸾恨史》是李逊梅在《满洲报》刊载的第一部章回小说，1926年1月21日至3月20日，共十六回，连载四十三期（见图2-1）。小说讲述了曹沐尘夫妇携儿女凤鸣和凤鸾，从老家山东逃荒关东的凄惨故事。逃荒途中，曹沐尘因染疾亡故，妻子乔氏爱慕虚荣，与曹沐尘生前好友刘福姘居。凤鸾为家境所困，堕入烟花柳巷，后得遇才子韩友信，在红娘王氏的撮合下，欲成百年之好。却遭乔氏和刘福的阻挠，被逼无奈做了邹汉卿的三姨太，韩友信得知，一病不起，凤鸾后又再次被卖人做妾，最后不知所踪。

图 2-1 李逊梅的哀情小说《劫鸾恨史》

小说延续了传统哀情小说的套路：才子佳人，私订终身，命运乖蹇，佳人逼嫁，才子遭难。但值得注意的是，作为旧式文人的李逊梅并未拘囿在传统言情小说的窠臼中，将不幸归于命运不济，而是表达了对社会阶级悬殊、贫富差距巨大的强烈不满，并抱有"打破阶级""平等主义"的新思想。由此可见，作者李逊梅受新思潮之影响。

试思同是一般的人类，五官百骸都不缺少，何故阶级悬殊、贫富程度相殊霄壤呢？富的人们用钱水一般的流出，视金钱如泥沙，一生一世也不懂"俭"字怎写？"穷"字何样？要拔他们一根毫毛，就比穷汉的腰还壮。但恨富的人们，宁肯叫人抢去，偷去，绝不发发善心，救救贫人，社会之现状如此，其不公平已极。作者素抱打破阶级，平等主义，见此现状，伤心切齿，不一而足。谅一般抱同情观念的阅者，或不河汉我言也，此虽是书外闲谈，却实属关乎人事，不妨多写几句，矫正人心。①

《磨难姻缘》，1926 年 7 月 13 日至 8 月 24 日刊载于《满洲报》第二版，共十回，连载三十六期（见图 2 - 2）。《磨难姻缘》是"为继劫鸾恨史之上文，补情而作也"。传统白话小说注重故事情节，讲究有头有尾。前作《劫鸾恨史》未对人物结局加以交代，故作者在续篇《磨难姻缘》自序中即表明，创作实为满足读者希求大团圆结局的心理，遂使有情人终成眷属的题旨。

　　《磨难姻缘》因何而作，为继《劫鸾恨史》之上文，补情而作也。夫史而曰恨，其情必哀，诸君之读过《劫鸾恨史》者，当咸能了解凤鸾弱女之苦哀矣。噫！金钱万能，社会恶浊，不幸为女生于此时，则其不幸遭遇纷至沓来。人非草木，心异铁石，鄙人敢逆料多数阅者中必能扼腕叹息，愤而发指者矣，且更感料及同情淑媛，多怀士子，或有暗洒同情泪者矣。果如斯也，作者之过大焉，以一秃笔竟而荒唐凄楚，大赚情人之眼泪，斯非恶作剧欤？爰以赎过为心，补情职志，竭力调查凤鸾之真相，而笔之于书，稗官行世。俾人人知我书中之有情人欣成眷属，则化悲戚为欢乐矣。拭泪痕为笑颜矣，是又何乐而不为貂尾之续哉！②

《磨难姻缘》宣扬了善恶有报的思想，这也是传统白话小说的主旨。在续篇中，刘福惨死、乔氏被骗，凤鸾心慈不念旧恶，乔氏自此觉悟，一洗淫恶，得了善终。而前文中邹汉卿的大姨太与家仆吴晴私奔，后被吴晴卖到窑子里。

---

① 李逊梅：《劫鸾恨史》，《满洲报》1926 年 1 月 29 日第 2 版。
② 李逊梅：《磨难姻缘》，《满洲报》1926 年 7 月 30 日第 2 版。

邹汉卿一生贪色，结果妻妾卖淫，得了现世报。小说末尾，作者以传统白话
小说形式，和诗十首以结全文，现摘录一首：

> 花又重开月又圆，宁羡鸳鸯不羡仙。磨难姻缘如隔世，炉炭衾尽吉
> 祥烟。离后复合终是幻，无中生有也成书。①

在续篇中，作者李逊梅有意摆脱前作中自怨自艾的儿女哀情，笔墨更加
积极向上。如才子韩友信一反前文中的痴情形象，不再沉湎于对凤鸾的相思
之苦，而通过办报并写时评和小说来揭出恶社会的污浊之态，达到"寓有褒
贬惩劝，扶风正俗之深意"。这里对友信所写时评、论说和长篇小说的评价，
亦可看成作者李逊梅自己从事创作的内心写照。

图 2-2　李逊梅的哀情小说《磨难姻缘》

友信做些时评、论说，慷慨淋漓，笔锋颇健，文章苍老，大有董狐
秉笔，春秋诛心之风。此外，按日揭载他所做的长篇小说，描写恶社会

---

① 李逊梅：《磨难姻缘》，《满洲报》1926 年 8 月 24 日第 2 版。

的污浊情况，跃跃纸上、逼真如绘、嬉笑怒骂、皆成文章，寓有褒贬惩劝、扶风正俗之深意，一字一珠，百炼千锤，其文笔之神巧入微，令人拍案动色。①

又如，得知凤鸾化险为夷的消息时，韩友信并未如读者所期望那样雀跃色喜。已树立新理想和新追求的韩友信，表达了不再为情所困，为家室所累，要尽青年的责任，以匡时救国为己任的决心。

> 到底是东皇恩义重，天心护美人。凤鸾有福，得遇善人，有了安身立命的所在，将来就不愁了。至于小弟的心却已大大地解脱，此时任有千百个曹凤鸾，再也扰不动我分毫了。我已誓定此生，独身一世，铲除室家牵累，好努力救国天职，以尽青年之责任。②

与此同时，凤鸾同样不再纠缠于儿女情长，一心向学，把读书上进看成头等大事，把建立新社会作为努力的方向，并且劝诫韩友信不要贪恋闺房，消磨意志，要与恶社会斗争到底。此时的"凤鸾"俨然成为李逊梅的化身，表达了作者对青年读者的期望。

> 凤鸾忽忘却娇羞，期期艾艾地谈道："恨小妹生命不辰，未受过完美教育，只到今日入学才了解人生观，知道了女子教育的重要，及新社会之组织，是新青年要积极努力的。望哥哥不要恋闺房而消磨意志，时时刻刻莫忘了匡时救国，全始全终地与恶社会奋斗，则将来或有扫尽群魔之日，这是小妹最期望的。"③

韩友信和曹凤鸾在对男女之情态度上的变化，可以说是他们人生观的一

---

① 李逊梅：《磨难姻缘》，《满洲报》1926 年 8 月 3 日第 2 版。
② 李逊梅：《磨难姻缘》，《满洲报》1926 年 8 月 6 日第 2 版。
③ 李逊梅：《磨难姻缘》，《满洲报》1926 年 8 月 19 日第 2 版。

次颠覆式的转变。从中亦可看出李逊梅受到新文化之思潮的影响，其哀情小说已突破传统言情的"卅六鸳鸯同命鸟，一双蝴蝶可怜虫"的狭小格局，而将笔墨触探向更广阔的地方。

（二）社会小说：《桃花窟》《桃花梦》

《桃花窟》，1926 年 4 月 13 日至 5 月 29 日刊载于《满洲报》第二版，共十回，连载三十九期（见图 2 - 3）。小说设定在某商埠的平康里一带，以青云书馆的小竹姑娘、张公馆杏娟女士以及佩鸾、雏鸾等倡优女子的坎坷经历为线索，描述了旧社会藏污纳垢，怪现象纷至沓来的旧社会现实。小说中，作者对旧社会烟花窟之三六九等作了细致入微的描绘，呈现出旧社会的污浊之态。且看——

图 2 - 3　李逊梅的社会小说《桃花窟》

我是当巡官的，职责所系，地方情形非常熟悉。平常烟窟，不带粉头招牌的一概不算外，上等花烟窟，敢报公馆字号的，就有五六十家，姓名我统知道，闲来无事，我能列出表来；中等各房各屋的就有八十六七家；下等的遮天盖地、不可胜数。大约本商埠，每日须一万三四千两烟土消耗，提起来，令人听了咋舌。再说花窟于今的世界真出奇，中华民国大改变，小姐、太太、女学生，看见十个，敢保八个秘密卖淫。上等花窟二十九户，还不算多，中等五十左右，下等却也无可计数了。而她们的买卖都很发达、比明娼平康还强。①

再看——

> 仅以芙蓉窟论，就已有五六百户，内中又分三六九等。上等的室阁精洁，有女如花，且多以女学生做幌子，专迎送一般贵商富老、政界机关人物，如上回所叙之张公馆，张杏娟女士处，便是上等芙蓉宫阙之一间也；次则一明两暗，房屋琐狭，有几个雏年幼女、出色粉头来招待，这便谓之中等，专应酬那商家、柜伙等类人物；最下则室小如斗，烟臭扑鼻，足可应酬那下等社会人物，如劳工车夫、堂馆理发匠之类。是此乃该埠的烟窟大观……这种最污浊的现象，作者也不愿琐絮接叙，但又实难已言，其实绝非诲淫，不过欲用之教正社会、感化人心而已。②

作者对倡优妓女作如此细密的描写，实是出于要告诫世人远离烟花之地的目的，"绝非诲淫"。在《桃花窟》的末尾，借胡玉山劝诲荡子白云清，以自身经历感化众人，并托"管城子"之名作书《桃花窟》，从而表达了作者李逊梅对社会恶浊的痛恨和担忧，以及不忍眼看众生堕落、欲唤醒民众的创作目的。

又联想到，世人非尽铁石心，岂尽愚顽不可化，眼望社会恶浊，藏

---

① 李逊梅：《桃花窟》，《满洲报》1926 年 5 月 26 日第 2 版。
② 李逊梅：《桃花窟》，《满洲报》1926 年 5 月 21 日第 2 版。

污纳垢，奇怪现象纷至沓来，"一盲引众盲，相将入火坑"。将来必至道德沦亡，禽兽不分，世界不成世界，世界直等魔窟矣。我今既过来者，勘破尘关，痛心淫障。众皆睡而我独醒，又何忍坐视众生堕落而不施救?①

《桃花梦》，1926 年 10 月 29 日至 12 月 10 日刊载于《满洲报》第二版，共十回，连载三十五期（见图 2−4）。《桃花梦》系《桃花窟》之续篇，依旧是要"行世劝人，用儆愚顽"，表达了作者要"化恶社会为桃花源"的理想。

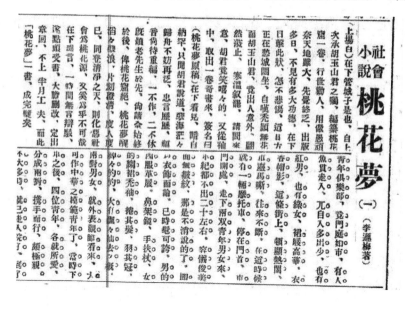

图 2−4　李逊梅的社会小说《桃花梦》

（上场白）在下管城子是也。自上次承胡玉山君之嘱，编撰《桃花窟》一卷，行世劝人，用儆愚顽。奈天地虽大，先觉终乏，出版多日，不见有多大功德，在下目击此状，怎不悲伤！这日方正在愁城闷坐，自叹秃笔无花，而胡玉山君竟出人意料，□然莅止。寒温叙罢，请问来意，

①　李逊梅：《桃花窟》，《满洲报》1926 年 5 月 29 日第 2 版。

　　胡君竟笑嘻嘻地又从袖中取出一卷奇书来，签名曰《桃花梦原稿》。在下看见，暗自纳闷。只闻胡君说道："孽海茫茫，归舟不妨再泛，忠言历历，福音尚待重编。一不做二不休，既烦老先生于先尚请全始终，于后俾桃花窟绝，桃花梦醒。滔滔孽浪，片刻澄清，度人度己，同登清净之天，则化恶社会为桃花源，又奚为乎不可哉！"在下闻言，一时间无言辩驳，遂点头受书，大胆删改，定出章回，不上半月功夫而此《桃花梦》一书成完璧矣。①

　　"桃花窟绝，桃花梦醒。"《桃花梦》交代了《桃花窟》中的主要人物的结局：青云书馆的娼妓小竹姑娘身染梅毒惨死；孟维贤、老刘、老周等久经风月场所的老嫖客亦染梅毒淋病，成了废人；与白云清私奔的张杏娟被遗弃，再落平康里成了野鸡，后为赌徒老尹、老吴假意赎买，实助其设赌骗钱，而被警局抓捕；张杏娟在被苏伯儒保释后，觉悟忏悔，诚心诚意地服侍苏翁，以报覆水能收之德；佩鸾资助林冲汉进学并托付终身，林冲汉学成归来，迎娶佩鸾，二人终成美眷。小说中的人物均应了传统社会言情小说"善恶终有报，天道好轮回"的结局。

　　《桃花梦》在描写旧社会乌烟瘴气、荼毒青年的同时，表达了作者对世风日下、人道乖离、奢侈淫靡、污浊至极旧社会的厌恶和"若不及早救治，将变成魔窟兽穴，非复人世矣"的担忧。小说开篇对"青年俱乐部"里的乌烟瘴气和青年男女的荒淫无度作了赤裸裸的揭露：

　　　　原来这青年俱乐部，正是这地面上一般时髦阔少、出名女士和几个时髦官僚、欧西同志，大家组织设立的。众擎易举，以官府保护，只酝酿半年功夫，楼房便已落成。起先开幕之时，娱乐法则倒还本分，内容

————————

① 李逊梅：《桃花梦》，《满洲报》1926年10月29日第2版。

只有音乐、运动消遣、图书讲演等部。俟后日新月异，渐次扩张、便添了赌博、芙蓉、□情、泄欲各门课程了。而男女会员孜孜不倦，用心研究起来，会员遂逐渐增多，无日不开会俱乐，闹得乌烟瘴气、热闹非凡，这就是我们中华大国一般模范青年所建设的成绩，为社会放一异彩，孰谓中国无人哉！①

《桃花梦》中的佩鸾虽身陷桃花窟，然心灵清高，悟出人生要义。佩鸾可看作李逊梅的化身，而雏鸾代表着在混乱社会中迷途的民众。佩鸾对妹妹雏鸾的劝诫，亦是作者的担忧，作者"多次点染"，提醒民众能够认清所处社会现实，拒绝一切罪恶的诱惑，保守自己人格和灵魂。

> 望妹妹别恋虚荣，受魔鬼的欺骗，致卷入罪恶漩涡，毕世莫出。切须拿姐姐做个榜样，看那世界虚荣，如同秋云朝露，全是幻想，过眼皆空，是毫没有把握的。惟有人格和灵魂能够永远存在，劝你醒觉一切罪恶的诱惑，便是人生的真福。不怕身躯受辱，就恐灵魂有污，打开人兽之关，须下此等功夫。世界人生芸芸，觉悟分子缺少，我怎忍自秘其理，不令妹妹知道。我在以先曾经多次点染你、警醒你，奈你不觉也。此番彻底劝诲，尚不知我□觉力如何？千万不要忽略我的话，当作耳旁风，是为最切盼的。②

李逊梅清醒地认识了旧社会对青年的毒害，罪恶、肮脏的社会环境造成"在现在的中华民国社会中，寻好人固是难，若招帮闲无赖、街溜流氓却尚不告缺货，可以车载斗量"③ 的可怕现状。在《桃花梦》结尾，作者李逊梅借孟佩鸾在报纸发文《过来人之娼观》，对旧社会娼界的黑幕、娼妓之害、娼妓

---

① 李逊梅：《桃花梦》，《满洲报》1926 年 11 月 2 日第 2 版。
② 李逊梅：《桃花梦》，《满洲报》1926 年 12 月 2 日第 2 版。
③ 李逊梅：《桃花梦》，《满洲报》1926 年 11 月 14 日第 2 版。

之兴的由来和废娼的方式等作了剀切近理的阐述,这些都表现出李逊梅不同于传统文人的进步思想。

(三)社会小说:《毁人炉》《炉灰》

《毁人炉》,1926年12月12日至1927年1月30日刊载于《满洲报》第二版,共十二回,连载三十七期(见图2-5)。此时李逊梅的社会言情小说创作越发成熟,小说故事新颖,感人至深,对社会恶浊的描写笔笔入骨,大受阅者好评。

《毁人炉》描写了模范青年杨叶华堕落的故事。杨叶华受同事老张、老陈二人的诱惑和怂恿,误入烟花柳巷,后又为张、陈二人陷害丢了教职。好友徐焕一千里传书,邀杨叶华到政府任职,杨叶华得以攀附高枝,荣升知县。随后,杨叶华思想发生了极大变化,沉迷于权色之中,沾染嫖赌恶习,竟与妓女王小芝相好,并受其蛊惑毒死原配夫人。在旧社会大染缸的熏染和毒害下,杨叶华从一个高尚纯粹的模范青年堕落成为社会的蠹虫。

图2-5 李逊梅的社会小说《毁人炉》

小说开篇,作者用白描的笔法,勾勒出旧社会富商大佬作威作福、贫民劳工辛劳可怜的社会现实：

> 节交三伏，天地如炉，芸芸众生，谁不挥汗如雨。一般纨绔子弟、闺阁千金、诸富商大佬们电扇围冰，沉瓜浮李，固然是飘逸欲仙，凉风顿来，可以解暑氛于万一了。而一般贫苦无告的劳工们，非动作还钱不能糊口，任是炎天烈日炙，人欲死也，要一时不闲工地做着，拼命为黄金奋斗，可怜他们滴滴汗水雨水般地流下，更有谁顾惜！尤可恨那万恶的资本家，待牛马似的驱策着，甘心作人道中的恶虫、贼，其时社会的现象如此，是专心铸造罪恶的，任凭有人心气个半死，它也是依旧的永远不平着。①

作者除描述了旧社会的不平等外，还把笔墨探触到旧社会“吃人的礼教”，痛斥了旧社会的买卖婚姻，致使青年男女丧失做人的价值和权利，为其遭残害和压迫抱不平。透过这段文字，不难看出新文化思潮对李逊梅的影响。

> 恶社会真可怕，恶家庭也可畏。什么是礼教？简直是吃人不眨眼的魔鬼。就以我说吧，自信天资不凡，又喝过几天墨水，全球大事都能晓得，委实算是个智识阶级中人物。曾考察国人的历史知道夫妇的结合，当纯粹以爱情为忠。可恨那般十九世纪以上的人，真算是糊涂透了，脑筋似被灌浆水灌住，任凭有大刀阔斧也分不清楚。为父母尊族的，一误再误，越级代俎，把子女的婚姻权硬行包揽过来，此等买卖婚姻，害人已极，中华民族怎能不堕落？不怪如今的国体弱到极点了。哎！男性婚姻问题既已如此悲哀，但还容易迁就些，惟有那可怜的女性痛苦万分，她们自呱呱坠地就已失去人的价值、人的权利，而且更可作为货物，可以随便论价买卖，毕生永世，沉在黑暗的地狱里受压迫。我已脑血充溢，

---

① 李逊梅：《毁人炉》，《满洲报》1926 年 12 月 12 日第 2 版。

将要发狂了，我在这里大声高呼，为一般受压迫的青年男女鸣不平……我惟有切齿恨那万恶的社会、吃人的礼教，不该一味残害青年罢了……①

李逊梅虽痛恨"万恶的社会"，批判了"吃人的礼教"，但并非全盘否定传统社会，这也是旧式文人喜新恋旧的普遍心态。在《毁人炉》中，作者明确表达了传统社会的道德是人格的标准，保守人格是为人的根本，进而揭示了旧社会民众堕落的原因："为求个人的欢愉舒适"而丧失人格，最终将社会演成"一盲引众盲，相将入火坑"的"魔鬼世界""禽兽人间"。同时，作者重申了其小说"力敲暮鼓晨钟"，以此唤醒迷旅民众的创作主旨。

一个人生在世间，最大的责任就是保守人格。道德就是人格的绳墨，人为什么要有人格？就因人乃万物之灵，有智慧、能语言、会文字，处处比禽兽出奇，必须做出胜过禽兽的事，方才完成人的权能。这人格遂就是人兽之关，语云："人之异于禽兽也几希"，就是这个意思。然人生在世以同类竞争，互相侵略的缘故，则必有百忧感其心，万事劳其形。为求个人的欢愉舒适，便容易驰出常轨，由人道走过畜道去。举目社会，比比皆然，乃至演成魔鬼世界、禽兽人间。十个人中，若有九个人人格破产，所余一人便不堪问了，一定不能坚持到底，必因欲望的诱惑，同流合污，也跟着堕落到深渊了。这是无可奈何的事，连在下也明知故犯，一样恶化了。恐怕大千世界中的芸芸众生，尚有人格完全的，也"一盲引众盲，相将入火坑"岂不更坏了，所以才不惜浪费笔墨作出这部《毁人炉》小说，力敲暮鼓晨钟……②

---

① 李逊梅：《毁人炉》，《满洲报》1926 年 12 月 15 日第 2 版。
② 李逊梅：《毁人炉》，《满洲报》1927 年 1 月 15—16 日第 2 版。

图 2-6 李逊梅的社会小说《炉灰》

李逊梅的另一部社会小说《炉灰》，1927 年 3 月 26 日至 5 月 14 日刊载于《满洲报》第二版，共十二回，连载三十四期（见图 2-6）。《炉灰》实因前作《毁人炉》"没有正当结果，难引动阅者警惕之心"而作的续本，仍是要警示阅者，达到"矫俗扶风的效果"。

> 文思先生阅世极深……那上部书结尾之际，没有正当结果，难引动阅者警惕之心，还盼受矫俗扶风的效果吗？那真是痴人说梦了……书面上大题两个字就是《炉灰》，取名十分切合，堪为《毁人炉》的续本。[1]

续篇中，杨叶华当上知县后，开始不断敛财，尽显官场丑恶。小说描写杨叶华在幕僚的指导下，便衣私访，借报纸大肆宣扬，沽名钓誉，收买人心，打造一副清官声誉以便贪赃枉法。这段描写可以说是身在报界的李逊梅，对当时政客沽名钓誉的所见所闻。

———————————

① 李逊梅：《炉灰》，《满洲报》1927 年 3 月 26 日第 2 版。

杨叶华嫖赌毒恶习越发严重，喜新厌旧，又迷恋上娼妓白翠虹。白翠虹效仿王小芝毒死杨叶华原配夫人的手段，将王小芝害死。小说末尾，杨叶华丢官失势，白翠虹携款潜逃，杨叶华家破人亡，颓唐终身。李逊梅用传统社会小说的善恶有报的框架，弥补了《毁人炉》"没有正当结果"的不足。同时，作者亦不忘告诫世人，在罪恶社会中要"存心坚定""精金百炼"，才可能获得成功。

> 人在社会炉里，固始终难免一毁。苟存心坚定，则陶冶足以成功，益显精金百炼，不俟较之同化炉灰，唇亡齿寒为愈乎。①

（四）警世小说：《欲海》《海底骷髅》

《欲海》，1927年2月6日至3月24日刊载于《满洲报》第二版，共十回，连载三十六期（见图2-7）。《欲海》情节曲折离奇，表情细致缜密，可谓李逊梅社会言情小说创作的巅峰之作，"当推诸著之冠"②，李逊梅也因此得到了"别开小说界之蹊径，聊作新青年之木铎"的极高评价。

> 情天有罅，欲海无涯。今日之青年男女，受新思潮所波及而受自由恋爱之者夥矣，固馨南山之竹亦弗堪缕数也。李逊梅氏独具双眼，萃宿孽于一涧，示警惕以寸楮，别开小说界之蹊径，聊作新青年之木铎。又撰就《欲海》一篇，本报特定于二月七日披露之以应阅者之渴望焉。③

---

① 李逊梅：《炉灰》，《满洲报》1927年5月14日第2版。
② 《本报揭载警世小说〈海底骷髅〉预告》，《满洲报》1927年5月19日第2版。
③ 《本报揭载警世小说〈欲海〉预告》，《满洲报》1927年1月30日第2版。

图 2-7　李逊梅的警世小说《欲海》

在《欲海》中，李逊梅对新旧文化的优劣、男女平等等诸多问题作了更加深入的探讨。《欲海》的主人公田家馨是受新潮流影响的女青年，强烈反对婚姻包办，坚决婚姻自由，甚至发出"不自由，毋宁死"的呼喊。可惜造化弄人，田家馨被打着新青年幌子的浪荡公子姜约翰诱惑失身，并产下私生女可怜。姜约翰始乱终弃，另寻新欢郎世瑛，田家馨将可怜托人抚养，远嫁他乡。十多年后，姜约翰在寻花问柳之际，巧遇被养母卖入勾栏的亲生女儿可怜，竟上演了嫡亲父女互结鸳鸯的人间悲剧。在真相大白之际，姜约翰父女喋血了余生。田家馨在报上得知此事，情绪激动，犯脑血病而死。作者最后留诗一首：

欲海波涛昼夜流，沉男溺女几时休。人间祸水由心造，地上冤牵到尽头。造化弄生情世界，污浊触目色春秋。可怜一去无归浪，剩下骷髅不肯浮。[1]

---

[1]　李逊梅：《欲海》，《满洲报》1927 年 3 月 24 日第 2 版。

《欲海》故事情节跌宕起伏，虽出场人物繁多，但层次分明。其中，郎世瑛是一个颇值得玩味的人物。郎世瑛出身官宦之家，其父任显职，搜刮民脂民膏，妻妾成群，仅有郎世瑛一女。郎世瑛从小依势恣睢，恃强凌弱。成人后的郎世瑛崇尚新潮，"意欲玩弄男子于股掌之间，不为男子所歧视，颠倒行使女权以为顽固闺阁吐气"①。郎世瑛成了一个提倡"男卑女尊""妇唱夫坠"的极端、畸形的女权主义者。郎世瑛性格的形成应与其父妻妾成群，其母备受冷落不无关系。从小说描写姜约翰向郎世瑛求欢、郎世瑛约法三章，可见郎世瑛极端的女权思想。对郎世瑛这一人物的塑造，可以说是李逊梅对新时代下女权主义的某种讽刺和偏见。

　　第一件，就是从今夜起，你已嫁我为夫，终身不许再恋他人；第二件，你既我为夫，则须改姓名为郎约翰，从今勿再姓姜；第三件，既与家庭脱离关系，从此任我摆布，永莫与家庭通信；第四件，空口无凭，须立文约签字为证。②

《海底骷髅》，1927 年 5 月 20 日至 7 月 8 日刊载于《满洲报》第二版，共十回，连载四十二期（见图 2 - 8）。《海底骷髅》系《欲海》续作，其名来自《欲海》结尾的两句诗："可怜一去无归浪，剩下骷髅不肯浮。"小说差参错综，较前作异曲同工，堪称佳构！

　　① 李逊梅：《欲海》，《满洲报》1927 年 3 月 17 日第 2 版。
　　② 同上。

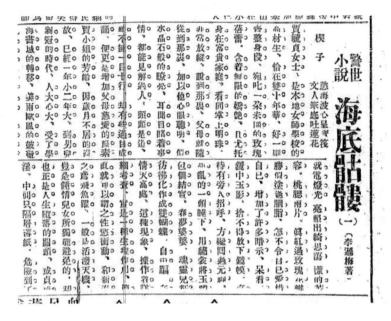

图 2 - 8　李逊梅的警世小说《海底骷髅》

此系前作《欲海》人李逊梅氏所新撰，与前作有异曲同工之妙。《欲海》前作之结尾，最末有诗两句道："可怜一去无归浪，剩下骷髅不肯浮"，新作之命名，即系推广此中妙义。详细阅之，便见文人笔底，口吐莲花、救世婆心，非同小可也。[1]

《海底骷髅》亦承前作，推广其中妙义，告诫世人"贞淫成败"就在一个"欲"字，不要为"欲"字所误，使世界变成"火炎炎的毁人之炉""浑浊浊的溺人之海"。小说开篇讲述了一对青年男女甄士焕与贾毓贞，受美雨欧风新思潮的鼓荡，险些堕入欲海，幸受小说《欲海》的感化，悬崖勒马，免受悲惨命运。后得小说《海底骷髅》，引出续作故事。从《海底骷髅》的情节和主人公"甄士焕""贾毓贞"的名字，可看出作者对《红楼梦》的借鉴和模仿——

---

① 李逊梅：《海底骷髅》，《满洲报》1927 年 5 月 22 日第 2 版。

也正是人生堕落的关头，或贞或淫，中间只隔层薄纸，危险到了极点，遂将无事的大地，作弄□搅海翻江，闹得分不出青红皂白，制造出若干罪孽来，变成火炎炎的毁人之炉，化作浑浊浊的溺人之海。从古至今，不知害过多少英雄，沉了若干男女，且尤忧攘到如今。我今日作此楔子，一再申明立说的宗旨，不容半句含糊。用特别纸墨，点缀些贾雨村言，拾曹雪芹先生牙慧，但恐画虎不成反类犬，尚望诸君念以往交情不要见笑，看我打扫闲言。①

《海底骷髅》出场人物众多，故事线索复杂，然作者亦能够娓娓道来。《海底骷髅》的主人公吴简卿是富家浪荡子，娶了河东狮章氏，不料章氏竟与公公暗藏私情。而吴简卿外出做生意，纵恋烟花，驰情色笑，结识幺二杜小兰。杜小兰拐走吴简卿之女小宝，将其卖到勾栏宜男院，小宝成年后被匪头华首峰娶为小妾。杜小兰又携款与相好逃亡南洋，钱财花尽，反被典于娼窟。后被富商吴简卿之弟吴紫卿买去做妾，兄弟先后同纳一妾，上演社会家庭间之怪闻。吴简卿色欲昏头，竟学其父勾搭儿媳陶素花。翁媳通奸，奸情败露，陶素花伙同吴简卿一起毒死章氏。陶素花未嫁时曾与叔父通奸，后与叔父如法炮制，毒死吴简卿。故事末尾，陶素花因叔父冷落，遂又起杀机，与相好班从古一起毒死叔父。事情败露，陶素花被判死刑，绞死狱中。吴继业因家室丑闻受人揶揄，为校友班从古引诱，开始流连勾栏瓦舍，钱财被骗，流落街头，后遇华首峰之子华世杰，结为金兰之好。华首峰战死，华世杰托吴继业照顾其继母小宝，吴继业与小宝互生爱慕，奇缘巧合，嫡亲兄妹逆伦，吴家三代上演乱伦之丑剧。华世杰得知人间如此活禽兽，枪毙了二人。《海底骷髅》的谋篇布局，显示出李逊梅对社会言情小说的掌控日臻纯熟。

---

① 李逊梅：《海底骷髅》，《满洲报》1927 年 5 月 20 日第 2 版。

三 李逊梅小说的艺术特色

（一） 篇幅短小，曲意求工

篇幅短小是李逊梅的社会言情小说的一大特点。李逊梅的小说创作坚守有话即长、无话即短的原则。在《小块文章》中，李逊梅提到："写小说的经验，以我个人为例，最先时节，篇幅极短，每种书不到十万字，订出单行本来也很薄。"① 这一习惯显然受其幼年"爱读古文之短而简者"② 的影响。如李逊梅在《满洲报》上发表的《劫鸾恨史》（共十六回，刊载四十三期）、《桃花窟》（共十回，刊载三十九期）、《磨难姻缘》（共十回，刊载三十六期）、《桃花梦》（共十回，刊载三十五期）、《毁人炉》（共十二回，刊载三十七期）、《欲海》（共十回，刊载三十六期）、《炉灰》（共十二回，刊载三十四期）、《海底骷髅》（共十回，刊载四十二期）等篇幅均极短，基本在两个月以内刊载完毕。

在这样短小的篇幅下，既要情节连贯、故事完整，又要跌宕起伏、意向明朗，紧紧抓住读者，这要求作者在语言上要高度凝练，在故事情节上曲意求工。李逊梅对文字要求极其严格，力争做到一字一珠，千锤百炼，务求言能达意，语句明白，活泼连贯。李逊梅的小说内容新颖、言情写真、文字旖旎，描写社会恶浊笔笔入骨，感人至深。因此，李逊梅的报载小说深受读者欢迎，"各地阅者极表同情，函催出版者纷至沓来，亦可见精彩动人矣"③。

李逊梅的小说受读者的欢迎，也得益于其报纸记者的身份，李逊梅很了解如何应和读者需要。李逊梅在《满洲报》刊载的小说虽篇幅短小，但均会间隔地发表续篇。如《劫鸾恨史》《磨难姻缘》《桃花窟》《桃花梦》《毁人炉》《炉灰》和《欲海》《海底骷髅》等小说，均为插花式的刊载。这一情况

---

① 李逊梅：《小块文章》，启智书局 1936 年版，第 100 页。
② 同上书，第 1 页。
③ 《本报揭载警世小说〈海底骷髅〉预告》，《满洲报》1927 年 5 月 19 日第 2 版。

显然是作者有意为之，如在《劫鸾恨史》的结尾处，作者就留下伏笔，点明貂尾待续。这种编排显然是适合报载小说体制下的商业写作，作者可据读者对小说的反应，灵活决定是否续篇以及如何续篇。

> 特此声明一声，凤鸾的结果在本书中，只好如此收拾了，作者也为此事发过一种愿心，情欲苦苦地用力调查，务期费尽万苦千辛，得着凤鸾的确实结果。那时不妨再动笔墨，豁出几夜功夫，编部续本，述明此片疑团，以酬诸公雅意。想阅者也必欲争着先看吧，请不用忙，静候些时，容作者下手调查要紧啊！此是后话，表过不提。①

其次，李逊梅在小说中常常借梦铺陈。这一笔法既为后面的故事发展作了铺垫，同时也增添了小说的趣味性。如《磨难姻缘》中通过主人公曹凤鸾的三个梦，揭示了小说的主线情节。

> 第一梦鸳鸯惨死，应在我与友信良缘分离。第二梦和第三梦一样，一个梦是预兆未来之事，另一个梦是指点已成之事。老翁变作少年，是应在施公认妾为女，重归友信，得圆破镜。恐我忘了旧□，昨特又重续作了第三个梦，足见造化之奇。②

又如，《毁人炉》的主人公杨叶华两次梦见美女化作青面红的夜叉，将丑陋村姑活活咬死，预示其妻桂云为小妾王小芝毒死的悲惨结局。在续篇《炉灰》中，李逊梅再次借梦暗示王小芝终被歌妓翠虹害死的因果报应。

> 小芝狂吼一声，变成蓝面夜叉，朱发獠牙、狰狞可畏，伸开巨灵之爪，去扑翠虹。那翠虹不慌，摇一摇身形，竟也变成个鬼魅形象，却很

---

① 李逊梅：《劫鸾恨史》，《满洲报》1926 年 3 月 19 日第 2 版。
② 李逊梅：《磨难姻缘》，《满洲报》1927 年 8 月 20 日第 2 版。

短小精悍，斗起来才一两回合，便把小芝变成的夜叉擒倒，生生致死。①

再看，《欲海》中借田家馨梦境中与姜约翰泛舟情天欲海上中途覆舟，水底尽是骷髅白骨。这是作者要劝诫芸芸众生中的痴男怨女，情天乏路，欲海无归。续篇《海底骷髅》中这一景象又再次重现：

> 碧波荡漾，一望无边，云光开朗，天水相连。海中无数舟船，大大小小，密似鱼鳞，满载着男男女女，不计其数。心下纳闷、问路旁老者道："这是什么地方呢？"老者答道："此地乃情天欲海，但有去路，无有归路。"士杰领教又到近岸去看，见岸上人山人海，抢着上船，在这厢呆看些时，船只大半渡至中流，所载男女皆含笑容。忽而天色大变，云彩黑漆，映得水波如□骇惨人目。所最怪者，吴继业兄妹也在其内，同处一舟。又忽然大变，海内舟上所载的男女人物，皆变为骷髅白骨，森森可怖，竟而连船沉下，全数没入海底。天水奇黑，暗彻乾坤，世杰惊极而醒，周身汗已湿透方寸灵台里，大彻大悟。②

此外，李逊梅小说的语言风格受扬州作家李涵秋影响极深，其自言小说创作"纯学沪上名家李涵秋的笔法，主观、客观相间而用"③。李涵秋小说叙述语言的显著特色就是喜欢加入评点性文字，这一风格在李逊梅的小说中随处可见。在李逊梅的小说中，作者时常会从故事中跳出来，对世道人心作一番评价。在李逊梅的小说中常有"作者要夹叙两句话""作者又有几句话说""在下叙此一段，不为别的"等字眼出现。

> 作者要夹叙两句话，据"道德"二字的老规矩讲，替雏妓梳拢、本

---

① 李逊梅：《炉灰》，《满洲报》1927年4月26日第2版。
② 李逊梅：《海底骷髅》，《满洲报》1927年7月8日第2版。
③ 李逊梅：《桃花梦》，《满洲报》1926年11月13日第2版。

是一件极损阴德的事情，非人类所当为。然而人多心不同，星多月不明。坏人总比好人多，找义士奇侠，固属是凤毛麟角，设若寻摧残人道的恶魔，却可以车载斗量。所以娼窟一天比一天多，雏妓若干，后起不已，才个个有人梳弄，从无一个妓女冰玉终身，得以幸免。这便是人类特别的本能，言之令我伤心，又恐说来触别人伤心，姑且收拾不叙罢。①

（二）教正社会，感化人心

李逊梅的社会言情小说，继承了晚清的谴责小说的传统，以揭露社会现象和劝诫世人为主。李逊梅用白描笔法勾勒出旧社会丑恶污浊之态，整个社会如"火炎炎的毁人之炉""浑浊浊的溺人之海"。如《毁人炉》里描写三伏天里富人悠闲舒适，穷苦劳工们为了生计在炙人欲死的环境下工作，社会的不公历历在目。又如《桃花窟》借刘巡官之口道出旧社会妓院、烟馆遮天盖地，不可胜数，小姐、太太、女学生十有八九在秘密卖淫。社会乌烟瘴气，道德沦丧，好人"凤毛麟角"，恶人却"车载斗量"。

李逊梅对旧社会的污浊不但作了淋漓尽致的揭露，而且更进一步地探求了其形成的根本原因：人们为获得个人的欢愉和舒适，导致人格破产、道德沦丧，"一盲引众盲"，直至社会变成禽兽人间。李逊梅不愿同流合污，力敲暮鼓晨钟，欲用其小说唤醒世人，教正社会，感化人心，达到校俗扶风的效果。如杨叶华原是一个高尚的模范青年，然在旧社会大染缸的熏染下，自甘堕落，成了社会的蠹虫。作者揭露出旧社会污浊的环境对青年的毒害，故一再劝诫世人，要远离"色欲"诱惑，保守人格。同时，作者告诫青年不要沉溺男女之情，应努力读书，担负起救国的责任，才不负此生。如在《桃花梦》中，作者借佩鸾对妹妹雏鸾的劝诫，实则告诫世人要拒绝一切罪恶的诱惑，保守人格和灵魂。又如，在《磨难姻缘》中，曹凤鸾与韩友信历尽磨难，打

---

① 李逊梅：《海底骷髅》，《满洲报》1927 年 6 月 17 日第 2 版。

破情关，不再浸溺于儿女情长，而要匡时救国，以尽青年的责任。

（三）对新旧文学的融合

李逊梅创作之初，正是新旧文化各行其道的时期，他同时受到两种文化的影响。对于新旧文学，李逊梅有着客观、准确的认识。如《欲海》以田家馨姑嫂二人因《男女之性的研究》一书引发争论开篇，小说中受新思想影响的田家馨认定"旧礼教是人类公同之大敌"，表达了"青年先觉，群起来推翻旧建设"的心愿，而其嫂嫂代表了中国传统妇女，针锋相对地指出新派的种种弊端。从中可见，作者李逊梅对新旧文化之争持客观、谨慎的态度。

> 中国的人太愚顽，受了旧礼教的束缚，一味隐晦着这事，以为是猥亵海淫，其实大大的不然。中国民族之日渐衰弱，就是深犯这病。与父母之包办婚姻，同一是不良制度。如今的人脑筋新了，因受欧风美雨震荡大，觉悟出以往的不是来，青年先觉，群起来推翻旧建设……旧礼教是人类共同之大敌，若不歼灭净尽，中国前途不带好的。（田家馨，笔者注）

> 她嫂尤其不服，便质问道："你也别太把新派捧得高了，且听我质证质证，女学生秘密卖淫，那就叫文明开通吗？男女吊膀子包小房，养私生孩不怕丢丑，就算自由平等吗？这都是新派的好处吗？我不信没有一点坏处！"①

又如，在《桃花梦》中，作者借孟佩鸾与林冲汉之口，对新旧文学作了一番比较，进而提出旧学是"中华数千年之精华也，为国之根本命脉""宜保守不可放弃"，而新文学是"征服自然之科学工具""关系国家之强弱"，最后得出新旧学二者不可偏废，应取长补短，才是兴邦强国之道。在相对落后、

---

① 李逊梅：《欲海》，《满洲报》1927 年 2 月 10 日第 2 版。

封闭的东北文坛，李逊梅能对新旧文学有这样客观、准确的认识，极为难得。

> 旧学者，国粹也。新学者，潮流也。欲推测二者之是非，必先研究二者之关系国家轻重。国粹者吾中华数千年之精华也，为国之根本命脉，宜保守不可放弃，兴亡系之，关系岂轻？潮流者，欧风美雨之所被，新经纶人者也，人类进化顺序、科学日兴，以征服自然为职志。新文学以其体裁近乎欧式，故为征服自然之科学工具，其关系国家之强弱，亦其显著。观此推测，则二者决不可偏废独存，以自取乎灭亡。各以所长补所短，相辅并行，兴国强族，庶乎可矣。①

1. 对传统小说的继承

"凡属言情之作，总不能脱离佳人才子之范围。"② 传统社会言情小说中，几乎都是才子与佳人由于机缘遇合，一见钟情，然后缠绵相恋，或喜或悲。这一小说模式在中国可谓由来已久，家喻户晓。李逊梅的社会言情小说中，才子与佳人的关系也成了一种非常普遍的模式，如《劫鸾恨史》《磨难姻缘》中的曹凤鸾和韩友信、《桃花窟》《桃花梦》中的孟佩鸾和林冲汉，这体现了李逊梅对传统社会言情小说的继承。

受传统文学影响，李逊梅社会言情小说竭力用传统小说技法来布局谋篇，善用章回体小说的形式，注重对故事情节的铺陈，小说中夹杂大量的古典诗词以及宣扬"善恶有报""惩恶扬善"的教化主旨。如《劫鸾恨史》中韩友信托红娘王氏代捎情书一段，明显承袭了王实甫《西厢记》的主要故事情节；续篇《磨难姻缘》曹凤鸾被铁岭施百恩收为义女，在冯立德夫妇帮助下与韩友信凤鸾偕鸣，成就姻缘。故事最后刘福惨死，乔氏被骗，倾家荡产，这又

---

① 李逊梅：《桃花梦》，《满洲报》1926 年 11 月 12 日第 2 版。
② 陈子平：《徐枕亚评传》，范伯群《中国近现代通俗作家评传丛书之四》，南京出版社 1994 年版，第 266 页。

明显是传统白话小说"善恶有报"的教化。此外，《海底骷髅》是典型的模仿《红楼梦》叙事模式创作的，李逊梅也自言小说是"点缀些贾雨村言，拾曹雪芹先生牙慧"①。在《海底骷髅》结尾，李逊梅甚至模仿《红楼梦》中的《好了歌》，作诗词一首，以规劝人们戒除"色""欲""情""淫"。且看——

> 世人只晓色字好，西子潘郎看不了。
>
> 平生自恨看无多，海底骷髅沉下了。
>
> 世人只晓欲字好，倒凤颠鸾乐不了。
>
> 平生自恨乐无多，海底骷髅沉下了。
>
> 世人只晓情字好，男男女女爱不了。
>
> 平生自恨爱无多，海底骷髅沉下了。
>
> 世人只晓淫字好，钻穴逾垣偷不了。
>
> 平生自恨偷无多，海底骷髅沉下了。

2. 受新文学的影响

对新旧文学客观、清醒的认识，使得李逊梅的小说既有善意的规劝，也不乏尖锐的批判，这显示了"五四"以来的新文学对旧式文人的影响。如《劫鸾恨史》里描写了旧社会富人视金钱如泥沙，花钱如流水，却不肯救济穷人一丝一毫，贫富程度悬殊，社会极度不公的情形跃然纸上。更为难得的是，李逊梅在《劫鸾恨史》中还表达了欲打破阶级的平等主义思想，这显然是受新文化启蒙思想的影响。又如，《毁人炉》中的主人公杨叶华受父母之命，媒妁之言，被迫成婚，对旧社会的礼教毒害青年进行了痛诉，指出中华民族的堕落、国体的衰弱，均是由万恶的社会和吃人的礼教所造成的，这又显示新

---

① 李逊梅：《海底骷髅》，《满洲报》1927 年 5 月 20 日第 2 版。

文化运动中"吃人的礼教"对李逊梅的影响。

新文学的发展直接受外国文学思潮的影响，李逊梅在创作上也常借鉴西洋小说的技法。如李逊梅习惯用倒插的笔法，即不直接点明所写人物的姓名，而是通过人物的关系和经历，让读者猜测琢磨。这与中国传统小说叙事"往往开宗明义，先定宗旨，或叙明主人翁来历，使阅者不必遍读其书，已能料其事迹之半"① 的笔法大不相同。这种创作笔法使读者入其境而迷，乐于润浸其中，增加了读者的参与感。如《欲海》开篇描述姑嫂针对新旧文化优劣进行了一番争论，但并未对姑嫂加以介绍，直到连载的第三期，作者才交代此二人的身世姓名。

> 说到这里，作者有点对不起诸君，叙了老大半天，不该瞒着名姓，叫阅者闷看多时，这岂不成了洋式小说了么？②

同时，对于在报纸上间隔刊载的小说而言，这种倒插笔法所带来的悬念，确实起到了督促读者对小说前篇的回忆，从而更好地接续阅读的效果。

此外，李逊梅对西洋小说的借鉴，还体现在人物塑造上大量的运用心理独白。如《磨难姻缘》中，通过曹凤鸾的内心独白，揭示了其人生观的不断改变。

> 单说凤鸾，自被乔氏接回，深恨母亲利心太重，一味地将女儿往火坑里填，以致拆散了良好鸳鸯，分飞南北，韩友信至今还不知死活，叫我这颗心，何时何日，能得以放下一刻。又是悬念心头的他，又是恐怖将来的难，真真是叫我左右难过，方寸如捣了。③

① 知新主人：《小说丛话》，转引自刘永文《晚清报刊小说研究》，博士学位论文，上海师范大学，2004 年，第 187 页。

② 李逊梅：《欲海》，《满洲报》1927 年 2 月 10 日第 2 版。

③ 李逊梅：《磨难姻缘》，《满洲报》1926 年 7 月 13—14 日第 2 版。

见此情景，便不由得想起自身，已经作了两次假新人。此番第三次，天遂人愿，才得算真。且已事先与韩郎约妥，誓寡肉欲，研求学识，斯则真实目的具达，结果全美……凤鸾正自混思胡想、身躯早已被人扶到案前。①

从社会言情小说这一文学品类的历史状态看，李逊梅在其小说创作中的尝试，及其小说对世人的劝诫、对社会的批判是颇值得看重的。李逊梅从都市市民的视角反映了近代中国东北社会的文化和现实。作为通俗小说家的李逊梅，在东北文化贫瘠的环境中坚持创作，其一系列的社会言情小说，淋漓尽致地描述了旧社会的丑恶污浊之态，表达了对旧社会道德沦丧、"一盲引众盲，相将入火坑"的担忧，因"众皆睡而我独醒"，故愿担负起金钟玉铎、警示世人的责任，欲用其小说教正社会、感化人心。由于时代环境和自身认识等多方面原因的限制，李逊梅没能对旧社会作更加深入的剖析。因此，这一时期李逊梅小说创作的思想价值也只能止于此。

第二节　蔗农、竹侬及其小说创作

一　蔗农及其小说

蔗农，《满洲报》记者，生平可从其笔记《满蒙宦游记》中略得一二。1909 年（宣统元年），蔗农来到奉天（今沈阳），充任佐杂官②。蔗农生性疏懒，不善专营，但文笔极佳，故颇受上司的垂青。1909 年 7 月，在民政司的

---

① 李逊梅：《磨难姻缘》，《满洲报》1926 年 8 月 17 日第 2 版。
② 官制名。佐杂，是佐贰官及杂职官的总称。此处主要是指地方州县及河工等衙门的通判、州同、县丞等副职官以及管理文簿、仓库、刑狱等事务的杂职官。清代的佐杂官，是根据各省及河工衙门奏请，由吏部统一从有关候选人员中选出，发往各省试用委用。

全省候补班大考中，蔗农取得了一等一名，遂受任洮南府开通县（今洮南市开通县）巡检一职。因"边荒千里，位卑俸薄"，蔗农本无意就任，但想到洮南沃土千里，占据"膏荒数方"以为暮年养老，同时又"可随地调查蒙古风土人情，以资阅历而增长学识"，故此前往洮南府赴任。此外，通过这段文字可知，蔗农曾在交涉署充差，并负责编纂警察法规工作。

予于前清末叶，曾以佐杂职分奉试用。以农家子弟初历宦途，既无奥援之汲引，又乏金钱之运动，而赋性疏懒，又不善于专营，奔走所持以为进取之阶者，惟乞灵于笔墨了。故于宣统元年五月到奉，即掇拾时政得失，屡上条陈于大宪之前，以故颇邀列宪垂青，声名渐著。是岁七月间，民政司大考全省候补班，其文理不通者，皆酌量资遣回籍，以免久淹逆旅困厄无归。稍次者则送入法政学堂，毕业后再行录用。予侥幸蒙取一等一名，九月间遂蒙县派署洮南府开通县巡检缺。边荒千里，位卑俸薄，毫无为官兴味。不过以尔时世事日非，官情久淡，常思经营实业以为暮年温饱计。素稔洮南沃土千里，荒芜已久，倘此行有缘占领膏荒数方，以为久远计，未始非策之上也。并可随地调查蒙古风土人情，以资阅历而增长学识，遂将辞意打消，决计前往。但尔时尚在交涉署充差，编纂警察法规，同事者虽有三人，然予系主稿，一时碍难脱身，直至十月杪，始得完全脱稿。因即治备行装，携仆役一人，于十一月初三日登车就道，时已天寒地动，雨雪载途矣。①

《满蒙宦游记》记述了蔗农就任途中的风土人情，颇有意味。其中写洮南巨匪陶什陶一段，可见东北民众对日本侵略者的痛恨和反抗精神。

陶匪闻系蒙古贵族，位列三品台吉，家道颇富赡，向无为匪情事。

---

① 蔗农：《满蒙宦游笔记》，《满洲报》1923 年 5 月 9 日第 6 版。

皆因其人好猎，以枪马娴熟，矫捷轶伦。一日家居无事，在门前闲眺，急遇二日人。至伊午餐，伊遂让至客室，殷勤接待。饮酒之间，谈论颇洽。饭后，日人已微醉，不知避讳，偶检提包，被陶匪窥见。其中有新地图两张，遂从旁用手掣去，展开一看，认得是军用详细地图，当时扯得粉碎，及日人向其追讨，而陶匪一时逞其凶残之性，用手枪将日本人击毙。自知罪无可逭，无处逃死，遂纠合家中奴仆人等，流而为匪。①

蔗农于1924—1925年在《满洲报》"论说"一栏，发表了《改造中国方针》《中国年关旧习惯急宜革除论》《暗娼急宜禁绝》《取消暗娼之福音》《天灾人祸》等多篇评论。蔗农关注社会现实，亦热衷于小说创作，其小说创作种类多，历时长。自1923—1930年，蔗农相继在《满洲报》上发表了长篇小说五部（见表2-2），涉及哀情、侦探、历史等类型。这些作品既有描写旧中国女子悲惨命运的，如哀情小说《恶姻缘》，也有借古喻今，表达对共和民主体制向往的，如历史小说《五代残唐传》《香妃恨》等。

表2-2　　　　　　　　蔗农在《满洲报》刊载作品情况

序号	时间	版面	类型	作品
1	1923.5.15—7.17	第六、七版	哀情小说	恶姻缘
2	1923.7.18—1925.1.22	文艺、消闲	侦探小说	妖幻
3	1925.1.29—1926.12.2	消闲世界	历史小说	五代残唐传
4	1930.7.4—12.26	消闲世界	历史小说	香妃恨

---

① 蔗农：《满蒙宦游笔记》，《满洲报》1923年6月8日第6版。

1923 年 5 月 15 日至 7 月 17 日，《满洲报》第六版、第七版"小说"一栏刊载了蔗农的哀情小说《恶姻缘》，章回体，共五回，连载四十八期（见图 2-9）。这是蔗农在小说创作上的尝试之作。故事发生在前清末叶，开篇就对平康里作了细致描绘，同时表达了对妓女"遇人不淑""埋没于泥中"的同情，从这段文字可以看出蔗农深厚的写作功底和敏锐的观察力。

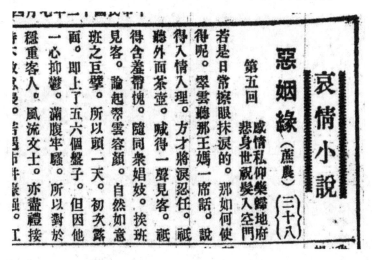

图 2-9　蔗农的哀情小说《恶姻缘》

枇杷门巷，杨柳标台，楚馆秦楼，望衡对宇。所谓南朝金粉，北朝胭脂，莫不争妍斗媚，博取缠头。以故每当夕阳西下之时，路灯发电之际，车水马龙，填街塞巷，酒绿焰红，金迷纸醉，直不亚当年之秦淮风月也。按平康规模，共六条胡同，均系南北巷。东三条互通，均系头等班。西三条胡同，均系二、三等班，则自桧以下矣，上流社会人从无问津者。头等班中分南北两班，南班妓女以苏杭为最，北班中则以津沽为多。南班称最者曰"螙鸿馆"，曰"飞云仙馆"。北班之巨擘，则推"如意班""青莲书馆"。所谓堕鞭公子、走马王孙，寻芳猎艳，以色欲为唯一目的者，所在比比也。间或有文人墨客、风流名士，聊借花国之清游，以消旅怀之岑寂者。即如妓女中无放浪淫佚卑贱无耻，自甘堕落者，实居大多数。间有仕官名媛、闺门姝女，或者遇人不淑，或被强暴所污，清洁莲花埋没于泥中，而不克振拔，终日以泪洗面者，又所在多有。试一详究此中历史，实足令人歌泣无端，俯仰自失焉。[1]

《恶姻缘》描写了校书[2]苏产（乳名小翠子），幼年被邻村于媪骗至烟花柳巷，威逼为娼，后小翠子托人告之父母，暂脱离火坑。小翠子得救后，一家逃到奉天。祸不单行，父亲病倒，小翠子二次坠入烟花之地。历经人世沧桑，小翠子终看破红尘，入庵为尼。小说前半部分写出了旧社会道德的沦丧、人心的险恶，后半部分道出旧社会女子在家庭中毫无地位的现实。

> 谁知我一入娼窑，今已二年有余。你们有现成饭吃，全不顾我这个身子，被千千万万人任意作践揉搓。我父亲年老多病，勿论不能做什么，我们当儿女的也问心不忍。难道说我那两个兄弟，年轻力壮，就该吃一辈子舒坦饭？管甚不做吗？我以前几次几番要从良，你们要求谁要娶我，须有条件养活你们一家人。世上那有这样瘟大头，纳一娼妇，还给人养活娘家。这不是明明把我拖累住了，一辈子也跳不出这火坑了。[3]

在小说中，作者不时也会跳出来，对其小说作一番解说，"以文自己过失而释诸君疑团"。如于媪坑骗幼女卖淫，反过来在公堂上胡搅蛮缠，被知县下令责打屁板子一节——

> 阅报诸君，不乏高明之士。阅至此，不禁起而质问曰："前清虽系专制，颇讲廉耻。妇女犯刑事者，均系打嘴巴、手板，或用拶子套住十指，从未闻有打屁股者，这不是编书人不通掌故，任意胡诌吗？"然而这其中也

---

① 蔗农：《恶姻缘》，《满洲报》1923 年 5 月 15 日第 7 版。
② 校书，即女校书，古代乐伎、歌伎，与传统意义上的妓女不同，她们的主要工作是演奏配乐、唱歌跳舞，亦有时兼而卖身。
③ 蔗农：《恶姻缘》，《满洲报》1923 年 7 月 5 日第 7 版。

> 有个讲究，听鄙人慢慢解说，以文自己过失而释诸君疑团。盖妇女不打屁股板子，系为良家妇女而设。若乐籍中人（即营娼业者），则不在此例矣。盖因彼系下贱营业，久已不顾廉耻。顾用刑时，与男子毫无区别。①

《恶姻缘》刊载完毕后，作者蔗农表露出要“舍却儿女温婉情怀”，撰写一部“专演英雄游侠故事”，即其后在《满洲报》上刊载的侦探小说《妖幻》（见图2－10）。

> 吾书至此，亦即告一终结。以俟众公余暇，再撰一部侦探小说，舍却儿女温婉情怀，专演英雄游侠故事，以饷阅者。②

《妖幻》虽冠以“侦探小说”，实则为“侠义小说”。小说文笔流畅自然，情节跌宕起伏。开篇明显在模仿王世贞《剑侠传》中聂隐娘被尼姑募化为弟子的情节。小说讲述前清末年，山东省溯州府许道安之子许士俊为老僧郎然收为弟子，许士俊学成下山，劫富济贫，上演了一幕幕侠义之举。

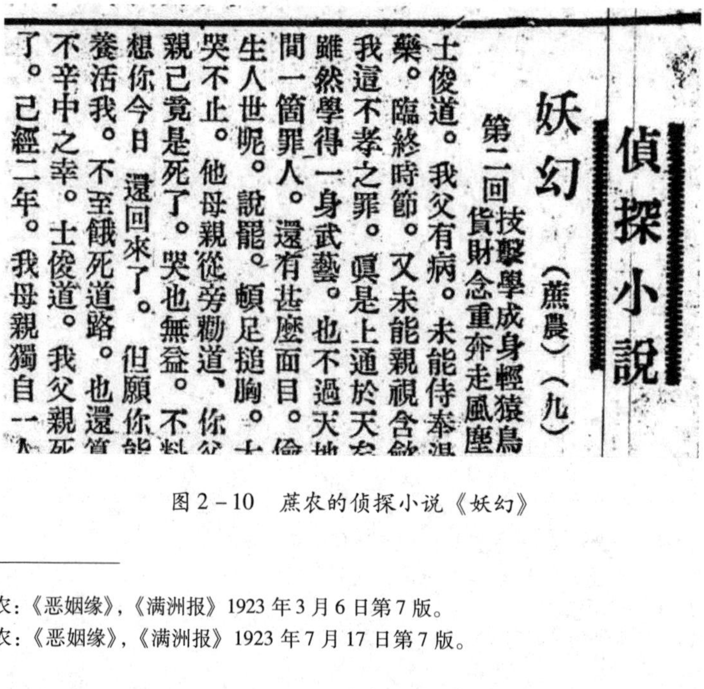
偵探小說
妖幻 （蕉農）（九）
第二回 技擊學成身輕猿鳥 貨財念重奔走風塵
士俊道。我父有病。未能侍奉
藥。臨終時節。又未能親視含
我這不孝之罪。眞是上通於天
雖然學得一身武藝。也不過天
間一箇罪人。還有甚麼面目。
生人世呢。說罷。頓足搥胸。
哭不止。他母親從旁勸道、你
親已竟是死了。哭也無益。不
想你今日 還回來了。但願你
養活我。不至餓死道路。也還
不辛中之幸。士俊道。我父親
了。已經二年。我母親獨自一

图2－10 蔗农的侦探小说《妖幻》

① 蔗农：《恶姻缘》，《满洲报》1923年3月6日第7版。
② 蔗农：《恶姻缘》，《满洲报》1923年7月17日第7版。

若仅止于此，《妖幻》也就流于一般的侠义小说。该小说的过人之处在于其后半部由一般的行侠仗义转向为国为民的民族大义。许士俊仗义救得徐世昌，并投入其部下，奋勇杀敌，最后在中英海战中与徐世昌一同为国捐躯。由此不难看出蔗农对传统忠义爱国思想的认同与宣扬。此外，小说开篇蔗农对中国文化"日行退化"以及国人崇洋媚外的现状谈了自己看法。

中华开国四千余年，圣贤辈出。各种科学，莫不登峰造极。所最可憾者，传授之人不无偏心，凡身负绝技者，每掩藏一二，以为得计。苟非其人，绝不肯尽情传授。而继承者，略窥门径，傲然自负。以致古先圣贤，深文奥义，代远年淹，流传渐失其真。致令数千年文明之祖国，日行退化，反落于新进文明之后尘。而后生小子，惑于流俗之谬论，不知保存祖国之文明，发挥而光大之。而嚣然尘上曰："中国旧学腐败已极。"不保存国粹，而务搜拾一二西学之皮毛，以自诩为新学之哲士。①

继《妖幻》后，《满洲报》"消闲世界"一栏连载了蔗农的历史小说《五代残唐传》，小说至第九回（第九百九十期）无疾而终。作者开篇言明小说是为读者作"茶余酒后之谈资云尔"②，《五代残唐传》借写残唐五代动荡分裂时期兴衰演变，写专制时代的民众安居乐业全仗君主英明，反之，国家将衰亡。蔗农表达了将群体的幸福寄托于个体君主的英明是"自古专制时代之通病"，今日要中国社会长治久安，必须改建共和的先进思想。

话说自古专制时代，盛极必衰，衰极必盛，此天运之循环，人事之代谢，一定不移之理。古今中外，无可逃避者也。若按春秋三代之义，专制时代之生平，只可谓之小康。若大同之治，自唐虞三代而后，已成

① 蔗农：《妖幻》，《满洲报》1923 年 7 月 18 日第 6 版。
② 蔗农：《五代残唐传》，《满洲报》1925 年 1 月 29 日第 3 版。

过去之陈迹，而不可复观矣。盖专制君主一代之兴，莫不由于武力造成，方其成功之始。其君王大率一时之豪杰，故能于群雄并起之秋，角力而后臣之。一代方兴，其祖若宗，深知创业之艰难，兢兢业业、日昃不遑、尊贤下士、勤求治理，一时人才皆乐为之用，共襄大业，嗣立之君，去祖宗未远，耆□老成，布列朝端，匡正缺失。故能蒙业而安，寰宇澄清，民物丰富，号称一代之小康。人生斯世，幸逢这等时代，安居乐业，闾阎不惊，也算是人生莫大之幸运也。过此以往，则君骄臣贪，百政废弛，于不知不觉之际，国家之隐患，已潜伏于冥漠之中。若不逢意外事变，尚可敷衍下去，粉饰太平。其实扰乱之种子，早已布满于国中，一遇旱干水潦，则不逞之徒、枭雄之辈，早已辍耕陇上，倚啸东门，揭竿起事，号召党徒，不旬日间，四方响应，国内骚然，遂成燎原之势，不可收拾矣。纵朝廷命将遣兵，从事征讨，然此扑彼起，甲亡乙代，即或幸告成功，而国库空虚、民生凋敝，国家之元气，断丧殆尽。此自古专制时代之通病，而无可为讳者也。此所以近代明哲之士，欲谋国家之久安长治，而不得不改建共和，良以此也。①

时隔三年半，1930 年 7 月，蔗农再次在《满洲报》刊载了另一历史小说《香妃恨》，共三十回，连载一百四十六期（见图 2-11）。小说以一老者向一少年讲述清朝历史开篇，并引入香妃的故事。香妃的故事历来非常迷人，流传下来的小说也很多。蔗农重写香妃的故事，一则是因香妃故事本身流传较广，易为读者喜爱；二则是要借香妃故事，表达对现实社会时局的看法。

---

① 蔗农：《五代残唐传》，《满洲报》1925 年 1 月 29 日第 3 版。

图 2-11 蔗农的历史演义小说《香妃恨》

小说开篇写回族準部太子策旺游历中原，看到满人"蛮横恣肆""已非入关时之悍勇气概"，而汉人"规步绳趋，迂缓可笑，毫无尚武之精神"，蔗农借古喻今，实是要警醒国人中国社会已处于内忧外患的危亡之际。

> 我细察中国之民风，满族之人，自入关以来，凭借皇上之威灵，霸占汉人之田宅，掠夺汉人之财货，蛮横恣肆，大有自命天骄之趋势，已非入关时之悍勇气概矣。至于所有汉人，日习于文弱之教化，衣冠文物，虽粲然可观，而规步绳趋，迂缓可笑，毫无尚武之精神。即有一二豪杰，深明韬略者，然日受满人之压迫，实不甘心。外面虽然降服，而胸中种族观念甚深，一旦有事，决不肯为满人效死。以此论之清国，虽然号称强大，有英雄出，取而代之，必非难事。①

这种借古喻今的写法，在小说中俯拾即是。如小说中描写策旺一行人观察中原地形地貌、风土人情，"以为他日战争之预备"，其中颇具隐喻的味道。

---

① 蔗农：《香妃恨》，《满洲报》1930 年 7 月 5 日第 8 版。

20 世纪初，日本为达到对中国的殖民统治的目的，向中国派遣了大量的探险家和学者，在中国各地收集天文、地理、矿产、地质、水利、社会历史变迁的资料，对中国各地进行了严密的调查。1924 年，满蒙印画社成立，至此，日本开始了更大规模的摄影考察活动。蔗农借小说道出了日本帝国主义侵吞中华之野心。同时，作者也指出当时的中国政府"自恃国势富强，君怡臣嬉，以致法度废弛"，并没有重视日本派遣特务对中国调查的狼子野心。

> 单说这阿布垣国的太子策旺，同了马占标、邬得胜两名护卫，一路上纵览山川形式、土俗民风，以为他日战争之预备。按说回教种族面目犁黑、短须绕颊、服装语言均与中国大有差别，今日阿国君臣三人，名为游历，形同奸细。若是政治修明，关键严密之国家，早已稽查明白，行踪败露了。无奈清国那个时代，自恃国势富强，君怡臣嬉，以致法度废弛。对于搜查奸宄、盘诘行旅一事，早已网漏吞舟了。①

作为报纸记者，蔗农在小说中常常表达对社会时政的看法。如描写策旺游历欧洲一节，听闻回民哈得龟起事，带领回民成立议会，赢得民主自治。作者蔗农敏锐地看到中国社会落后的根源是君权太重，必须通过立宪改革实现民主自治的思想。

> 以谓国家以人民为主体，国家主权应归人民主持，乃天地之大经，古今之通义，不过自古相沿君权太重，不能不经过立宪之阶级，然后始能由于民主耳。老夫存了此种思想，以故留学数年，无日不考察立宪之政体，研究其制度，不遗余力。是故他日归来，始有此次之建功耳。②

作为刊载在报纸上的长篇小说，趣味性是吸引读者的重要因素。蔗农深

---

① 蔗农：《香妃恨》，《满洲报》1930 年 7 月 5 日第 8 版。
② 蔗农：《香妃恨》，《满洲报》1930 年 8 月 27 日、28 日第 8 版。

谙此道。为了增加小说的趣味性，蔗农常在小说中穿插一些逸闻趣事，甚至是传说故事。如小说中马占标幼年智除妖蟒，获取明珠的故事，描述十分精彩，令人拍案叫绝。且看巨蟒与猛虎相斗，马占标心生除莽妙计一节——

> 忽然山中起了一阵怪风，自吹得山中败叶累累而下，漫空飞舞。风过处，但觉□气触鼻，占标此时伏在石后，也不禁毛骨悚然。猛一抬头，早见一只斑斓猛虎，从林中一跃而出。此时树上巨蟒见了，忙由树上纵身而下，两目神光，早射到猛虎身上。那虎见了，遂将身躯向地下一伏，把丈二的长尾向地上扫了几扫，自扫得土雨翻飞，因此势怒吼了一声，张牙舞爪，向怪蟒扑来。但见那怪蟒不慌不忙，张开巨口，把一只猛虎轻轻地吞入腹中，如行所无事一般。吞毕掉头不顾，直向山后一个大石洞中入去，蜿蜒多时，方才尽入洞中。占标从旁见了，不但不惊，且因此生出一计来。因想到如此猛虎，竟被那巨蟒从容吞下，他日我若设法撩拨它动怒，自必把我吞下。到那时，我在它腹中动手，碎割它的五脏，自易为力。不然如此巨物，皮糙鳞厚，由外面攻击，那是万难成功的。①

蔗农对战争场面的描写也颇见功底。小说描写策旺在天方国战胜一等大武士阿扬武，夺得锦标，结识菊香（即后来的香妃），并帮助菊香寻得生父，终与菊香结为夫妇。準部国王病危，太子策旺继任王位，欲求革除旧制，实施立宪制，此举惹怒清朝皇帝，派兵绞灭準部。这一部分对战争场面描写得气势恢宏，且看——

> 众军得令，忙一齐四下散开，化作无数星零小队，以待敌军。刚刚将阵势布妥，早望见尘头起处清兵的炮队，如风驰电掣的一般早已来在前面，一经接触，敌军炮弹已如飞蝗骤雨般地飞来，清兵炮火纵极猛烈，

---

① 蔗农：《香妃恨》，《满洲报》1930 年 8 月 15 日第 8 版。

怎奈回兵阵中均系零星散布，炮弹纵然极准确，究属伤人无多。加以回兵由四面一拥而上，转瞬之间两军已相逼近，距离仅余十余步之遥，炮火已失去效力，无所复施。策旺一声令下，全军已合并一处，将清兵炮队三千，团围当中，聚回兵炮弹之打击，心中早免去惊恐，因踊跃施威、奋力攻击，三千炮队如何敌得数万回兵，转瞬之间，已杀得七零八落、弃甲抛戈。①

小说至第十四回开始，不再标有回目，至第二十五回，方又出现回目。回目是章回体小说每回之前用来揭示其主要内容的，通过回目，往往能够看到作者的谋篇布局能力和文字功底。《香妃恨》从第十四回至第二十四回没有标注回目，或许是作者急于交稿，仓促行文，无暇推敲回目。小说《香妃恨》以策旺兵败，菊香被擒，因心怀家仇国恨，菊香始终不从乾隆，最后被太后赐死。从内容上看，蔗农未能延续前半部分借古讽今的风格，这无形中降低了小说的艺术价值，不能不说是一大遗憾。

二 竹侬及其小说

竹侬，满族人，原名那让泉，曾做过《满洲报》的记者。1923 年 11 月始，相继在《满洲报》刊发言情小说《情场夺锦录》、应时短篇《黠鼠驱猪》、社会小说《连湄影事》、教育短篇《大觉圆》等作品（见表 2 - 3）。此外，竹侬还在《满洲报》第一版的"论说"栏发表了《改造中国方针》《苏浙商界和平运动》《讲学为救国要务》《地震感言》《满铁沿线急宜改良之点论》《英调兵入新疆》等政论文章，同时为"通俗琐谈"栏撰写《募兵》《恤老》《怜贫》《劳动》《嫖赌》《孝亲》《刚柔》《惜阴》《告同业》《丑骂》《泰戈尔》等小品文。

有关竹侬的生平，仅能从其创作文字中略知一二。在《丑骂》一文中，

---

① 蔗农：《香妃恨》，《满洲报》1930 年 11 月 12 日第 8 版。

竹侬谈到丁袖东在《答竹侬的一封书》中提及"微闻竹侬者，即那让泉"①，此话得到竹侬的默认。竹侬作为报纸记者，提出办报要有史家的精神，即"鉴既往，示将来，导国民进化途径，矫社会不良习惯"②，这一精神在竹侬的小说中也得到了很好的表达。

在国事蜩螗、人心浇薄的背景下，竹侬热心体验，冷眼观察旧社会的种种怪现象，振笔直书，欲警醒世人，改正人心。竹侬虽文字不多，但语言典雅优美，形容社会的状态惟妙惟肖，笔墨很是漂亮！

表 2 - 3　　　　　　　　竹侬在《满洲报》刊载小说情况

序号	时间	版面	类型	作品
1	1923. 11. 22—12. 19	第一、五版	言情小说	情场夺锦录
2	1924. 1. 1	新年增刊	应时短篇	黠鼠驱猪
3	1924. 1. 6—6. 21	第一、二版	社会小说	连湄影事
4	1924. 1. 9—1. 18	第四版	教育短篇	大觉圆

《连湄影事》，1924 年 1 月 6 日至 6 月 21 日刊载于《满洲报》第一、二版"长篇小说"一栏，连载十章，共九十六期，未完（见图 2 - 12）。小说情节紧凑，文笔优雅，其间夹杂大量的古诗词，足见作者具有较好的旧学功底。此外，竹侬在小说创作中还尝试借鉴外国小说创作技法，如在介绍狄敦的"一妻一妾"时自言："这正是著者找了个巧道儿，要顺便儿给他补续一番，在文法儿里就叫作'倒插'的笔法。"③ 小说虽对旧社会的娼妓多有描写，但

---

① 竹侬：《丑骂》，《满洲报》1924 年 3 月 1 日第 2 版。
② 竹侬：《告同业》，《满洲报》1924 年 2 月 28 日第 1 版。
③ 竹侬：《连湄影事》，《满洲报》1924 年 5 月 1 日第 4 版。

绝不像一般言情小说为吸引阅者而大肆运用淫浪笔墨，竹侬自言其小说不是逛窑子的写真，而是"是实有其事，现有案卷可查"①的社会纪实小说。小说以主人公竹影的经历为主线，描写了旧社会的道德沦丧、人心狡诈，小说是竹侬对旧社会"人情诡诈""世态炎凉"的热心体验和冷眼观察。

图 2-12　竹侬的社会小说《连湄影事》

列位呀，你看这龌龊世界上的人情诡诈、世态炎凉，有心人若是拿着那热心去体验、冷眼去观察，能不觉得事事都可哭可笑吗？记得我前年有一天儿，脑神经突然受了一点刺激，曾得了一联诗句道："崎岖世路井三面、狡狯人情鬼一车。"谁知后来这两句歪诗，竟引出一段事实来，不瞒列位说，我还是着实地饱尝了个中的滋味哩！如今是事过心闲，想着要把自己已经经过的这段懊悔侬史写将出来，好叫看官们在那美景良辰、赏心悦事的时候看着了，也替在下生点儿烦恼。无如一想也不清楚，再想也不详细，想来想去，想了半天，总觉着万绪千头的。这一部"二

---

① 竹侬：《丑骂》，《满洲报》1924 年 3 月 1 日第 2 版。

十四史"，不知是从哪里说起才好，弄得无法，只好借着别人故事，敷衍出来给大家听听罢。①

《连湄影事》模仿《红楼梦》的"假语村言"，是一部"寓言的小说"，竹侬自言是"确有所指，实有其事"的，也是作者借用别人的故事来写自己的一段"懊悔侬史"。

> 列位不要忙，在下还得交代几句话儿，然后再慢慢地铺叙出来，才不显得突兀哩！你看咱们中国的旧小说里，《红楼梦》不要算是数一数二的吗？它的脍炙人口的价值是流行全国的、转译重洋的了。可是仔细看来，既没有年代可考，又说得荒唐无稽，究竟是什么好处呢？赶到《红楼梦索隐》出版了，这才知道它是一部寓言的小说，并且是确有所指、实有其事。所以它开篇第一回便说明了什么"曾经历过一番梦幻之后、固将真事隐去"，又是什么"又何妨用假语村言、敷演出来"。在下虽不敢上比古人，却也窃取其意来这段稗史。列位看了，要说在下是借他人的酒杯浇自己的块垒，在下固然得承认，就是说在下在这里自己给自己写小传儿呢，在下也不敢不承认哪。亦真亦假，非色非空，这便是"假作真来真亦假，无为有处有还无"，见仁见智，全凭着列位的眼光罢了。②

小说主人公，别号竹影，盖平县熊岳人氏，正黄旗旗人。透过小说主人公的名字——"纪梧"（纪吾），即纪念我，别号"竹影"，即竹侬的影子——不难发现小说《连湄影事》确是竹侬"自己给自己写小传儿"。由此推知，竹侬籍贯或为奉天盖平（今辽宁营口盖州市）。同时，结合竹侬的本名那让泉③，竹侬应为满族人。小说通过写竹影回乡省亲，路途的种种经历，生

---

① 竹侬：《连湄影事》，《满洲报》1924 年 1 月 6 日第 4 版。

② 同上。

③ 那（Nā）姓，是满族宗族在辽东满族氏族中八大姓氏中的第七个姓氏。

动地描绘了旧社会小人鬼蜮、狡诈百出，这其中也有竹侬的亲身经历和人生体验。

且看，京奉火车上"跑车板儿"——

这京奉车上的弊病大得很了，简直是全球的路政，没有比他再坏的。单就这回事儿说罢，这般宝贝也算是一种营业，大半是大高坎一带的人氏，原本是和车上的人们通同一气。天天在车上厮混，专指着圈弄这些贪小便宜的老杆儿、土地码子，带他们偷坐车儿，弄些儿零花钱呢。除了外国人不知道，其余的都要分点余润，所以他任意的捣鬼，总没有犯案的。这也有个混名儿，叫作"跑车板儿的"，那一趟车上都有。①

再看，"倌人涐浴"——

无奈这些做倌人的骨相，万不能再做良家妇女。身体是散淡惯了，性情是放荡惯了，天天儿如是，也觉得视为然，行所无事的了。你叫个从良之后，怎生拘束得来呢？再说良家妇女，把"失节"二字看得是一件极重大的事儿。那倌人出身的，却只当作是家常便饭儿，并没什么稀罕儿。就是一班情情愿愿从良的，偶然见了一个俏后生也免不得在暗地里偷寒送暖，轻轻儿把一顶绿头巾给主人戴上。这还算好的，更有一种倌人，或是在领家儿手里不得自由，或是欠债多了无法还，便拣一个有钱的客人，预先灌了无数迷汤，发下了千金重誓，一定要跟他从良，身价不是三千，就是两千……过不上一年半载，得个方便，收拾些值钱东西，席卷而逃。不但是人财两空，连自家的血本都丢到东洋大海去了，这便叫作倌人涐浴。②

---

① 竹侬：《连湄影事》，《满洲报》1924 年 2 月 3 日第 4 版。
② 竹侬：《连湄影事》，《满洲报》1924 年 3 月 4 日第 4 版。

在《连湄影事》中，竹侬对当时中国社会的诸多问题作以讨论，体现了作者"导国民进化途径，矫社会不良习惯"①的报人精神。如竹侬对当时社会上借爱国攀附权贵的假革命者的无情揭露。且看——

咳！什么是新啊？今日的新，明日又安知他不旧呢？况且这般人的心理，他果真是新的吗？且看他张口爱国，闭口爱国，其实他是求着卖国殃民也还巴结不上，是想着要利用这个假文明，作他的寅缘钻刺的进步。一旦他抱着一个人的粗腿，便把从前革命自由的宗旨，强种流血的心肠，一齐丢入爪哇国里去了。不惜去奴颜婢膝的做那些人的走狗，好骗取那眼前的荣华富贵。②

又如，作者在小说《连湄影事》中表达了对旧社会阶级的痛恨，提倡消除阶级，人人平等的新思想。

你们的习气也太深了，现在的时代，也得改革改革才是。天生人类都是平等的，奴隶制已经没有存留的势力了……还有一样儿，划除贵贱的阶级是新潮流的第一步功夫。下人们虽是我们钱雇来的，人家也是凭着筋骨赚钱，这原是交易条件，有什么主啊、奴啊的分晓？还要照那老例儿，见主人就得下跪磕头。你想，四万万男女同胞都是平等的，人家就为赚我们几个钱儿，就比我们矮一等了吗？往往的年轻的主人，上年纪儿的仆人，人家胡子搭撒的，给我们跪在那里磕头，我们连屁股都不欠一欠儿，这真是岂有此理！③

再如，小说中对当时社会上为物欲的满足而丧尽天良的部分人敲响了

---

① 竹侬：《告同业》，《满洲报》1924 年 2 月 28 日第 1 版。
② 竹侬：《连湄影事》，《满洲报》1924 年 1 月 9 日第 4 版。
③ 竹侬：《连湄影事》，《满洲报》1924 年 4 月 6 日第 4 版。

警钟。

> 但是动物的劳动，为着营养食料，求它一日的生活，还算罢了。这人是比动物精灵的，却怎么被这声色货利赚着去奔忙呢？简直是没有一时半刻安宁的时间。越狡猾呢，越要想着方法儿去弄，甚至于把他的原有的天良都丧尽了。到头来大数一到，仍然是赤手空拳地乘化归尽，只落得被上帝赚了一场，在社会史上流下几个污点儿。到底是为着何来呀？这真是"上帝不仁，以万物为刍狗"。①

竹侬对小说人物的塑造，可谓入木三分。小说着重笔墨描写熊岳破落乡绅丁东，其相貌奇丑，满肚子坏水，因生意赔了，贿赂掌柜王和把欠账私挪到财东杨家的孤儿寡母名下，丧尽天良。或许是描写太过形象，还惹得《东北日报》社长丁袖东在《答竹侬一封书》中怒斥《连湄影事》"含有工用，损毁他人名誉味旨"②。

> 王和道："这也不难，不过是这些财东里头，李家、高家都是精明强干的人，倘若叫他们给察觉了，岂不是反为不美吗？"丁东道："这有何难，只要把他们开脱出去，事不关己，又谁好多言呢？我想咱们财东里头，只有那杨家是寡妇孤儿，没有什么管事的人儿，他的银钱又多，只消把这笔款轻轻儿移到他的名下，就算完了。即便他有什么觉悟，和咱们不依，他总比别人好办。"③

《连湄影事》连载至第十章（第九十六期），不知何原因，突然中止。按照小说的谋篇布局、思想表达和作者的写作功底，小说本应是一部鸿篇巨制，

---

① 竹侬：《连湄影事》，《满洲报》1924 年 3 月 28 日第 4 版。
② 竹侬：《丑骂》，《满洲报》1924 年 3 月 1 日第 2 版。
③ 竹侬：《连湄影事》，《满洲报》1924 年 2 月 23 日第 4 版。

若能接续下来，或能成为东北文学乃至中国通俗文学中的一部力作，结果无疾而终，甚为遗恨！

《连湄影事》的无疾而终，让我们没能看到作者在历数旧社会的种种丑陋现象后，对其深层的社会原因加以进一步的剖析。这一遗憾在竹侬的另一部教育短篇《大觉园》中或许有所弥补。

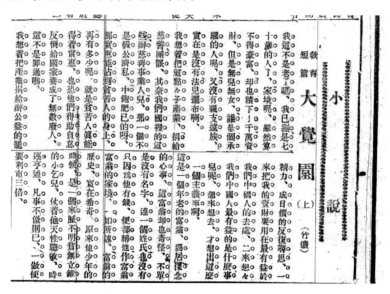

图2-13 竹侬的教育短篇《大觉园》

《大觉园》，于1924年1月9日至1月18日在《满洲报》第四版"小说"一栏连载，共计九期（见图2-13）。小说构思巧黠，叙事也较简洁，读起来使人感觉轻松愉快。小说在趣味性和消遣性的基础上，还能让人获得某种启迪。《大觉园》以无儿无女的富翁如何处置遗产开篇，回溯了富翁的发迹史。富翁经历几兴几败，认识到人们对奢华的角逐造成了人心的不道德，进而形成了旧社会的种种丑陋现象。

中国人心的不道德，可确是这种原因。佣工的因为生计不足，偷窃欺骗他主人；管账生计不足，改账作弊欺哄店；店主生计不足，就要次货高价、假货真价的欺诈买主……这商业的道德是日渐堕落的了，做官的也是这样，官儿越大，倚着他求生计的人越多。生计不足，只好在小官、小吏身上取偿。于是就卖缺纳贿，那小官、小吏那里能弄出这些钱来呢？也只好去吞没公款、敲剥人民罢了。官吏的道德更是一落千丈的了，其余的公司、工厂、军队、党会，没有不是这样的。①

在小说中，作者进一步指出中国社会落后的原因：有才干的人醉心于贪享快乐、奢豪，欲海难填，无心为国家、为社会建功立业，最终导致整个社会的落后。

中国的才能人儿，可以两句话包括了生平：是前半世用尽聪明心力，去求快乐奢豪的事儿；后半世因为快乐奢豪的事儿，竭尽聪明心力。才能越大的人，他求快乐、奢豪越甚，日后弥补越难，一辈子也跳不出这个圈子去。他又那有闲功夫去为国家、为社会，有什么建树呢？②

富翁最终决定用自己的遗产修建一座"大觉园"，以此警示世人。"大觉园"里由东往西，衣食住行档次"渐次的扩大精美"。

修的和一座城似的，四面都有围墙。但留着东西两个大门，好叫人从东门走进，西门出来。市内由东往西，所盖的房间渐次的扩大精美。起初的客房仿佛是中等人家，挨着便像小康人家、大富人家，有三间两间、十间八间、百数十间。起初是中式的房子，接着就是中西参伴式的，又接着便是西洋式的。各式房屋的陈设也都相称，家具、伙食、仆役以及其外杂用的物件应有的都有。寻常之家，道儿上街车，再好一点儿的，就有包车了，接着就是马车、汽车。又有菜馆、烟间、酒楼、戏园子、

---

① 竹依：《大觉园》，《满洲报》1924 年 1 月 12 日第 4 版。
② 竹依：《大觉园》，《满洲报》1924 年 1 月 15 日第 4 版。

各等娼寮、公园、赌场，人人游乐。①

小说巧妙地借人们在"大觉园"里游历后，享尽人间的荣华富贵，幡然觉悟——"世俗快乐奢豪的滋味儿不过如此"，从而不再为追求物欲的生活而浪费聪明才力，从此要做对国家、对社会有意义的事业，人心向善，各种社会丑恶现象也逐渐消失，中国社会文明道德日益提高，"遂占了世界的第一"。这也应是竹侬创作小说《大觉园》的题旨所在。

> 我们今后知道这世俗快乐、奢豪的滋味儿不过如此了。我们再不去羡慕他！作他的牛马啦！必要尽着我们的聪明才力，做点儿有益于世界、有益于国家、有益于社会的事业……园业一天发达似一天，中国人的心理也一天变化似一天，那欺诈侵吞、作弊纳贿的恶风气，一洗尽净。办事兴业总是立见功效，文明道德遂占了世界的第一了。②

竹侬的《情场夺锦录》是一部言情小说，于 1923 年 11 月 22 日至 12 月 19 日连载在《满洲报》第一、五版，共十章，连载二十二期。小说描写杉鹿之东南某高山里有琼英、瑶华两姐妹，才貌出色。妹妹瑶华为才子薛梅魂和魏何生所眷恋，瑶华对二人若即若离，犹豫不定，而姐姐琼英对薛梅魂暗生情愫。瑶华后被家里收养的弃子讷儿感动，不顾父母反对，遂与讷儿成为百年之好。姐姐琼英也同梅魂结为秦晋。

《情场夺锦录》与竹侬其他小说相比，情节简单，对社会现象的观察和思考也显得肤浅，完全落入一般鸳蝴派言情小说的窠臼，无甚精彩之处。唯瑶华表露对讷儿钟情，与父亲争论一节，作者跳出来表达了"中国之国民，均无至性至情者耳"，对军阀肆虐不加抵抗，缺少"不自由，毋宁死"的奋斗

---

① 竹侬：《大觉园》，《满洲报》1924 年 1 月 16 日第 4 版。
② 竹侬：《大觉园》，《满洲报》1924 年 1 月 18 日第 4 版。

精神。

　　竹侬曰："人同此性，心同此情。性者，自由之母也。情者，自由之
产儿也。情之所至，虽生命亦不足惜，尚何有于畏惧哉？瑶华是真能爱
其自由者矣。惜乎我辈须眉，今日之自由，已为军阀剥夺尽矣，而犹不
敢一肆抵抗。对此巾帼，宁不愧杀耶？此无他，凡我中国之国民，均无
至性至情者耳。噫嘻！尚何言哉！尚何言哉！"[1]

此外，小说中多处对环境的描写，语句优美精致，可见竹侬语言运用的
娴熟。且看——

　　在杉鹿（邑旁）之东南某高山之斜麓，迤长如巨蛇，其下可两三里
许，外见渠渠红色之夏屋，及其灰色之顶，隐现于绿树丛中，似瞰行人。
小山起伏，斜趋而下，与田野连作曲线，草色粘天，一碧万顷。弥望乃
类碧海，山之阿有茅龙之田屋一所，炊烟夭矫，直上天空，缕缕作苍褐
色。屋外鸡栖三五，历落如培，豚棚四、牛笠二、干草墩一、腴田数顷，
田中麦方熟，实垂若黄金，照眼生缬。[2]

第三节　张善亭及其小说创作

一　张善亭其人

张善亭（1865—?），奉天复县（今大连瓦房店）人，清末秀才，旧学功

---

① 竹侬:《情场夺锦录》,《满洲报》1923 年 12 月 13 日第 5 版。
② 竹侬:《情场夺锦录》,《满洲报》1923 年 11 月 22 日第 5 版。

底深厚，其创作丰富，文笔典雅。1930 年 4 月，张善亭应《满洲报》编辑长金念曾之邀，于“消闲世界”版面的“善亭杂俎”一栏，撰写了其自传文章《六十六年之回忆》，此文是了解作家张善亭生平的重要史料（见图 2－14）。

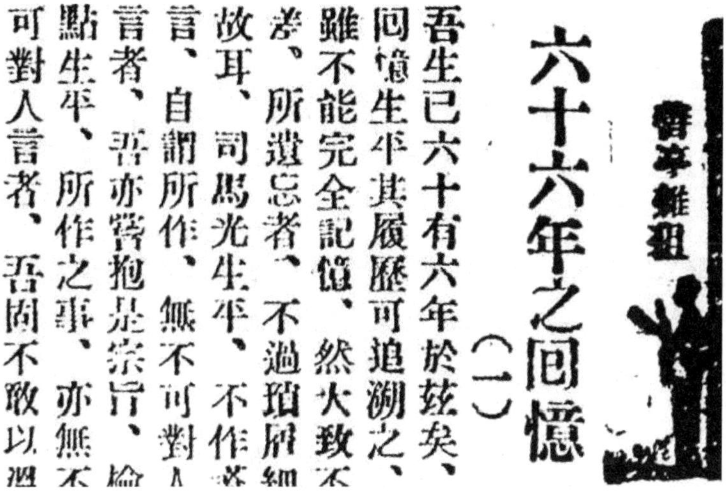
善亭雜俎
六十六年之回憶（一）
吾生已六十有六年於茲矣、回憶生平其履歷可追溯之、雖不能完全記憶、然大致不差、所遺忘者、不過瑣屑細故耳、司馬光生平、不作謊言、自謂所作、無不可對人言者、吾亦嘗抱是宗旨、檢點生平、所作之事、亦無不可對人言者、吾固不敢以溫

图 2－14　张善亭自传《六十六年之回忆》

吾生已六十有六年于兹矣。回忆生平，其履历可追溯之。虽不能完全记忆，然大致不差，所遗忘者，不过琐屑细故耳。司马光生平不作谎言，自谓所作，无不可对人言者，吾亦尝抱是宗旨，检点平生所作之事，亦无不可对人言者。吾固不敢以温公自比，然孔子窃比老彭，孟子亦私淑诸人，今辱承编辑长垂讯，用敢一一述之如左。[①]

张善亭的高祖、曾祖、祖父皆生于山东青州府，家业不丰，后曾祖、祖父逃荒至东北奉天复县（今辽宁省大连市瓦房店）。同治四年（1865），张善亭生于复县东山万家岭老妈沟，后因日俄战争，迁徙到团瓢村。

① 张善亭：《六十六年之回忆》，《满洲报》1930 年 4 月 17 日第 5 版。

吾之高曾祖，皆生于山东青州府诸县城，附近故乡之风土人情、吾概不得而知矣。即我之祖父，亦不能说其详。原籍产业谅必不丰也……逃至关东，落户于复县……曾祖父母去世，祖父母已老，吾始生于复县东山万家岭之老妈沟。老妈沟者，盖姓之别业也，吾家世为盖姓。①

张善亭家有兄弟四人，另有一姐二妹，排行老三。长兄政声，次兄树声，四弟鸿声。由"吾家世为盖姓"一句推知，张善亭本名应为盖□声。而张善亭在讲述其学生被匪徒绑票一事时，又说自己姓张。此外，在"善亭杂俎"说部中也曾留名"张善亭"，可知"张善亭"应为其笔名。张善亭自幼喜好读书，然家境贫苦，只有听邻人讲书，或在学堂旁听，后虽勉强入学，然不久即辍学回家。辍学在家的张善亭亦不忘读书。

吾之痴情于书，不啻狂蜂浪蝶之痴情于花，负薪挂角，片刻不能忘情于书本也。既辍学而有事于田畴矣，吾之读书，全靠三余。何谓三余?冬者岁之余，夜者昼之余，阴雨者晴之余，古之人求学惜三余，吾之求学靠三余，非三余不暇及于书也。②

父亲爱子心切，不辞劳苦外出工作，外加亲友帮助，二十一岁的张善亭如愿以偿，重新回到学堂，然贫寒的家境使得张善亭读书条件十分艰苦。

在家夜读，手持香头，可当鉴壁燃藜，绝胜囊萤映雪。此照读之方，吾之独创也。无钱购书，他人有书吾则借之，借不可久吾则抄之，无书不抄，吾之抄本，堆积如山。后废科举，付之一炬矣。③

张善亭天资聪明，勤奋好学，其学业突飞猛进。二十二岁时，"吾文艺是

---

① 张善亭：《六十六年之回忆》，《满洲报》1930 年 4 月 17 日第 5 版。
② 张善亭：《六十六年之回忆》，《满洲报》1930 年 4 月 25 日第 5 版。
③ 同上。

年完成，已超诸生而过之"①。二十七岁，张善亭与闻氏完婚。张善亭古文功底深厚，曾参加两次科考，虽未能中举，却小有名声。科举废除后，张善亭无奈回瓦房店附近成立了个半装半散②的书馆，开始教书。这也是大多数传统文人在科考仕途断绝后的选择。由于教装馆有较多闲暇时间，张善亭开始大量阅读古籍并加以研究，这对其后的创作有重要的影响。1928 年 10 月，张善亭在"消闲世界"版面的"历史丛谈"，即是得益于这一时期对古籍的大量阅读。

> 吾因教装馆，行有余力，则以学文。故吾之对于六经四书、纲鉴古文、古诗古赋、古词古歌无不寓目，无不研究及之。《诗经》《书经》《易经》，吾皆研究几遍，且曾为之著为精义，以搏其旨，而探其奥。《纲鉴易知录》，吾自首至尾曾批阅六遍，吾作"历史丛谈"仗昔日之功，为之先容也。③

1918 年，张善亭在瓦房店第九小学任高等国文科及女学各项科学教员，其后一直以教书为生。

> 窃生于光绪三十三年七月，入本城师范学堂肄业。三十四年七月，期满，蒙前任学宪给发优等文凭一纸，遂于是年冬，得充城内高等小学教员。宣统二年，由城内拨充距城四十里之金斗房初等小学堂教员。生于去年应学宪检定高等小学教员之试验，业蒙学宪拔擢，于今年三月二十九日，着给第四十五号文凭，得充本省高等小学教员发到本城。④

---

① 张善亭：《六十六年之回忆》，《满洲报》1930 年 4 月 26 日第 5 版。
② 装馆、散馆均为旧时私塾。散馆学生多，学资优厚，先生劳多禄厚；装馆为一家专门聘请，教一家之学生，劳少禄稀。
③ 张善亭：《六十六年之回忆》，《满洲报》1930 年 5 月 1 日第 5 版。
④ 张善亭：《六十六年之回忆》，《满洲报》1930 年 6 月 3 日第 5 版。

　　1927 年，张善亭在朋友丁鉴修的推荐下，入满洲报社编辑部，充任新闻记者。《满洲报》编辑长金念曾对张善亭的论说大为赞赏，同人金慕韦更称赞其论说有"一经品题，声价十倍"① 之功。

　　张善亭雅好诗词。三十六岁开始写诗，虽显"稚嫩孩子气"，但其笔耕不辍，在看到《满洲报》上登载许觉园欲作《辽东诗话》的消息后，张善亭遂将其创作的七言律诗《龙潭山登高诗》（三十首）、《安东杂咏诗》（二十首）邮寄过去，且得到许觉园的大为赞赏。在张善亭创作的小说、杂文中也常见绝句、曲词等，如在其自传《六十六年之回忆》中，张善亭夹叙了大量七言律诗，用以叙事、抒情。此外，张善亭在《按将牌谱学填词》中，借"乌有先生""亡是公"述说风土人情、传说典故，并以此填词，一展其诗词雅致。此外，张善亭常将其对社会时事的感想以诗赋形式写出来，如《鸡年杂咏》《鼠盗狗偷赋》《收买肥猪赋——以金钱选买董事为韵》《逐猪赋——以相鼠有齿人而无耻为韵》 等。

图 2－15　张善亭的"善亭杂俎"

---

　　①　张善亭：《六十六年之回忆》，《满洲报》1930 年 4 月 15 日第 7 版。

张善亭任《满洲报》的记者和编辑期间，其在《满洲报》上刊载了大量的文字。1927 年 10 月，《满洲报》"消闲世界"版面出现"善亭杂俎"一栏（见图 2 - 15）。"杂俎"即"杂录"，"善亭杂俎"是由张善亭负责的杂论性质的栏目。"善亭杂俎"除刊载了张善亭的"历史丛谈"外，还有各类文字：如《赴西岗晚餐》《戏剧为社会教育之一》《玩侮国旗之应取缔》《基督教立学校旗号之驳诘》《妓女轻生之感言》等论说文章；如《无为虎傅翼赋》《刘谭氏传》《莫良心》《关才人死心不死》《塞翁失马》等杂文；如《太阳系说》《五胡备考》《驱睡魔文》《准种罂粟赋》等科普小品文。在诸多的文字中，引人瞩目的是其在"善亭杂俎"中所作的说部。

二 "善亭杂俎"说部

1930 年 12 月，"善亭杂俎"一栏开始登载说部。说部是一种以记载史实、讲述故事为主的叙事体，包括史料性笔记、故事性笔记、"说话"以及小说等。清末民初以来，说部确立为"小说"之部，专指现代意义上的小说，至此"说部二字，即小说总汇之名称"①。此外，杂纂笔记、白话故事、戏曲皆为说部。"善亭杂俎"之说部内容十分丰富（见表 2 - 4），大体可以分为以下几个方面。

表 2 - 4　　　　　　　　张善亭在《满洲报》刊载小说情况

序号	时间	版面	类型	作品
1	1930. 6. 17—12. 18	消闲世界	历史小说	元胡演义
2	1930. 12. 21—1931. 1. 31	消闲世界	说部	寻夫遇子记
3	1931. 2. 1—1933. 11. 4	消闲世界	说部	词讼见闻录

---

① 徐敬修：《说部常识》，大东书局 1925 年版，第 1 页。

续　表

序号	时间	版面	类型	作品
4	1932.1.1	新年增刊	历史滑稽小说	猴精出世
5	1933.11.8—1934.3.7	消闲世界	说部	李杜梁善恶到头
6	1934.3.14—4.22	消闲世界	说部	梁继志兰茵絮累
7	1934.4.23—6.12	消闲世界	说部	柴素馨女扮女装
8	1934.6.13—8.4	消闲世界	说部	贾似道断送宋祚
9	1934.8.5—9.16	消闲世界	说部	五密司爱国以身
10	1934.10.18—1935.2.21	消闲世界	说部	吴淑昭乔装扫北
11	1935.2.24—4.7	消闲世界	说部	尚书府三凤乘龙
12	1935.4.10—7.27	消闲世界	说部	读《幼学琼林》
13	1935.8.24	消闲世界	说部	闷葫芦何时揭晓
14	1937.2.3—4.12	消闲世界	小说	桃花庵

（一）历史演义

1930 年 6 月，"善亭杂俎"连载了历史小说《元胡演义》，共一百二十三期。作者在"例言"中表明《元胡演义》是"仿列国三国之例"的"文话小说"，并说明因小说"为报纸作材料"，而不是为说评词者作材料，故与其他章回小说不同，不用回目，只记日数。

他小说均用回数，以为结束，每逢告一段落，必标二语为提纲，然文分回数，意仍一以贯之，所以必分回数者。为说评词者作材料，不得不分回数，休息片刻，好向听者收茶资也。陋幅不用回数，只记日数者，为报纸作材料，非为说评词者作材料也……陋幅用"曰"，不用"道"者，仿《列国》《三国》之例，明乎文话小说，非白话小说也。①

《元胡演义》通幅八万字，前后呼应，一气呵成。以胡氏临朝开篇，至胡氏沉河终结。胡氏初次临朝凡五年，被幽者亦五年，再次临朝者四年，共计十四年。小说开篇以"神差鬼使作缘起"，讲心月狐祸乱人间，天庭派百花仙子到人间除妖，如此描写实为引发读者阅读之兴味。小说虽以鬼神开篇，然进入正文后，均从情理出发。小说前半部分以"西游"二字作线索，述说追寻百花，后半部分以"调查"二字作线索，检点百花，小说终了以五言律诗点缀百花。

　　以百花总起，以百花总收，前呼后应，通幅一气，百花出世，均有来历，均有下场，不使百花有漏点也。前半幅，以"西游"二字作线索，后半幅以"调查"二字作线索。"西游"者，追寻百花也；"调查"者，检点百花也。终之以五言律诗点缀百花也……起首，以诸胡，引出百花；末尾，以诸胡结束百花；中间，诸胡与百花奋斗，百花与诸胡抗衡。语不离宗，不敢浪费笔墨，著一游魂语也……百花之化身，各有坐落人名不离乎花名者。人即是花，花即是人，人与花无甚差别也……起首，虽从天上，神差鬼使作缘起，然入正文，叙人间事实，均从情理二字想出，凡情理所无者，概不敢涉笔，绝不用神灵保护，魔鬼揶揄等怪状奇形，以弥缝人事之缺陷。②

---

① 张善亭：《元胡演义》，《满洲报》1930 年 6 月 17 日第 5 版。
② 同上。

张善亭的历史小说"纯从正史,所载之实事,申其余意……无不应弦赴节"①。对历史小说创作,张善亭有着明确的态度,即"以正史为本":

> 历史小说须要本诸正史,凡时代年号,人名地名,风俗人情,悉与正史并行不悖。以正史为本,本立道生,生枝长叶,随笔所之,千变万化,总之不离乎正史者近是。所生之枝叶,虽系无中生有,然揆之正史,若合符节,秦桧见之,应说莫须有,东坡见之,亦必曰想当然耳。②

1933年11月,"善亭杂俎"登载了历史小说《李杜梁善恶到头》,共计五万余字。故事写东汉末叶,外戚宦臣狼狈为奸,大将军梁冀杀害李固、杜乔二人,延喜二年,梁冀伏诛,前后仅十二年。小说宣扬的无外乎是"善恶在人,报应在天"的思想。

> 此作,本之东汉,外戚宦臣,狼狈为奸,三间大夫所谓谗愿高涨,贤士无名,可慨也夫!李杜一案,尤其荦荦大者。今本之作此小说,总共五万余言,人名用单不用双,已开《三国志》之先声。凡宦门后代,悉本东汉以来,绝不与他代相混。作者自述从来人心不同,可大别之为二,善恶而已,善恶在人,报应在天。③

(二) 杂纂笔记

"说部"之中,数量最多、影响最大当属笔记。笔记即以随笔形式记录见闻、杂感的文体形式。笔记具有极大的灵活性和随意性,不拘风格,不限篇幅,作者的所见、所闻、所感,可信手拈来,随笔录之。笔记小说亦是笔记

---

① 张善亭:《元胡演义》,《满洲报》1930年6月17日第5版。
② 张善亭:《李杜梁善恶到头》,《满洲报》1933年11月8日第5版。
③ 同上。

重要类型之一，所谓笔记小说，即情节简单、篇幅短小的故事，略具有短篇小说规模。1931 年 2 月，"善亭杂俎"连载了《词讼见闻录》，共四百七十四期（见图 2－16）。《词讼见闻录》由一个个的小短篇构成，内容丰富、情节离奇，为市民所欢迎。《词讼见闻录》每篇均以七字为题，文题工整，并有附有诉讼"呈词"，用以交代案情，贯穿文章。

> 原告人潘士珍，年三十二岁，住城西，潘家大屯，距城十八里，业商。被告人班绪远，媒人罗俊卿，住西城，班家崴子，距城二十二里，业农。请求之理由，为骗财恋奸，通同作弊。请求事件，请求之目的，被告人受彩礼钱五百元，衣料首饰在外，临期悔婚，致原告人，人财两空，该彩礼衣料、首饰，约值八百元，一定之申明，请求，钧厅，将被告等传案询问，判令被告人，照数偿还，或将人献出，不致人财两空，讼费归被告等负担。请求之原因……

> 诉讼人罗俊卿，原告人潘士珍，请求之目的，原告人捏词妄控，毁伤媒人之名誉，并一切损失，一定之申明。原告人主张，骗财恋奸，确系虚构事实，毫无影响，请将原告之请求驳斥，并勒令赔偿名誉及一切损失，以免讼累而雪奇冤。讼费归原告负担，请求之原因……①

在《词讼见闻录》中，通过述说东北地区发生的一桩桩的词讼官司，描绘出东北的世态民情，书写了旧社会民众由于道德沦丧、意识愚昧而造成生活苦难的百态图：有描写民众意识愚昧、腐化的，如《丛阿娇逢凶化吉》写王之网之子王兴国在与新娘丛阿娇成亲前，突然暴病而亡，王家竟听信庐寡妇奸计，秘不发丧，骗娶新娘丛阿娇成亲，欲待新娘再嫁时获利，可谓丧尽天良。此外，小说描写新郎因病重不能迎亲，而用公鸡压轿，代替新郎娶亲

---

① 张善亭：《潘士珍骗良作妾》，《满洲报》1931 年 2 月 4 日第 5 版。

以冲喜的旧俗，可见民众意识之愚昧；《朱学恭维持人道》讲述辽阳贺洪林之妻在火车中生产小孩，因忌讳不祥，竟将小孩抛弃车下之惨剧；《何宗信谎言兆祸》讲述胡佩韦偏信了何宗信谎言，误杀妻子金凤和留宿的玉娥之悲剧。

图 2-16　张善亭的《词讼见闻录》

有描写恶霸乡绅仗势欺人的，如《兰春荣坠车巧遇》讲述兰春荣因家境贫寒，被父母卖给人贩，兰春荣不甘沦溷为娼，坠车寻死，落入草堆，九死一生，巧遇割草的农夫刘家骥，本欲与之结为夫妇，却被乡间恶霸崔大猷看中，兰春荣不从，持刀砍伤大猷，被告到法庭。小说又续讲了刘谭氏被逼改嫁，刀劈恶霸一案，描写了乡间抢媚再嫁之恶剧；《潘士珍骗良作妾》写恶绅潘士珍欺骗班绪远之女班淑昭为小妾，骗婚未遂，恃富欺人，反行捏控，将班绪远父女告上法庭。

有描写旧社会道德沦丧、人心叵测的，如《李爱慰险遭父骗》写李该穷无力抚养女儿，遂将女儿李爱慰送于周家。后李该穷背信弃义，竟欲将女儿骗卖给乡绅王占鳌作妾，周家不允，二人闹上公堂；《薛笃材割黍奇缘》写薛宗齐之子薛笃材与董敏玉私订终身，而其父薛宗齐欲叫其与董女成亲，薛笃材负气离家，阴差阳错被付家女相中，闹出二女嫁一夫的闹剧。

有描写兵匪给人们带来灾难的，如《长湖妻携子寻夫》写胡匪猖獗，人们不堪其扰，而所谓的"团练""保甲""捕防"也是换汤不换药。

> 甲午之役，清兵撤至辽阳，辽南几县，人民无主。东山一带，山岭巍峨，胡匪猖獗，出没无时。乡间遭其蹂躏者，不堪言状，共谋养兵自卫，名为团练，团各有长，练各有方，嗣后改名保甲，又改保卫团，又改名捕防，要皆换汤不换药，换帽子不换衣裳的小把戏，一言以蔽之曰壮丁而已。①

在《词讼见闻录》中，张善亭通过对词讼官司的描写，表达了对世态人心的认识。如《李爱慰险遭父骗》中描述四个浪荡公子沉迷于吗啡，以致家财败净，揭露了吗啡对人们的坑害。另外，小说中"李该穷""赵尸灯""钱花净""孙有郁"等人名也颇具趣味。且看——

> 吗啡鬼李该穷，与赵尸灯、钱花净、孙有郁结为八拜至交。四人当初，皆富有家私骡马成群、金钱满库、石崇莫与比、王恺不敢斗者。只因四人，误入烟花国，烟花国王阎土广羡四人之多金，投四人之所好，招四人为驸马。国王有女烟花公主姊妹四人，长名阎膏香、次名阎膏馨、三名阎膏芳、四名阎膏芬，个个皆其貌若花、其臭若兰，与人交久弥笃，近之者终身不忘，片刻难离。②

《潘士珍骗良作妾》末尾，作者借诉讼见闻，在批判"三妻四妾""骗良作妾"等恶习后，指出女子甘心情愿为人作妾，根源不是未受教育的缘故，而恰恰是受教育后，愈加势力和虚荣，加之受"恋爱自由"思想的影响而"情甘作妾"。

---

① 张善亭：《长湖妻携子寻夫》，《满洲报》1931年4月25日第5版。
② 张善亭：《李爱慰险遭父骗》，《满洲报》1931年4月1日第5版。

中国人三妻四妾，此等恶劣习惯，已属非是，况骗良作妾，摧残女性，更为法律所不容。所可怪者，女子无远识，其情甘作妾者比比也。此无远识女子，并非未受教育之女子，愈受教育，其势力眼愈明，虚荣心愈盛而情甘作妾者亦愈多。生成一双势利眼，长就一颗虚荣心，再加之以恋爱自由，恋爱自由，即忘□平等不平等，此情甘作妾，所以由来也。①

作者又言，乡间女子因未受教育，智识短浅，能够牢守家训，反而无"势利眼""虚荣心"，做人姨太太均是情非得已。从中可看出，张善亭对自由思想认识的偏差，以及对传统社会的依恋。

乡间女子，未受教育，智识短浅，牢守家庭之训，不知官僚派继武扬威，所以无此势利眼。不知为姨太太者之阔绰，所以无此虚荣心，其名为不自由，其实无不自由也，名为不平等，其实无不平等也。②

《词讼见闻录》多为短篇，但也有例外。如《董国华妻党同恶》即是长篇小说，全篇四万余字，多用俚语、俗语。小说内容包括六起命案、一起婚姻案，内有大量原告控词和被告辩词。

张善亭的《词讼见闻录》显然受传统的公案小说的影响，将公案小说中的"清官"替换为"庭长"，重在描述案情。另外，作者对如何侦破案件往往是一带而过，故并未演变成侦探小说。《词讼见闻录》的故事情节多有重复，如《兰春荣坠车巧遇》中，庭长设计，让王氏在多名女子中自认己女，王氏误指别女，案情得明。同样的手段，在《李爱慰险遭父骗》中再次使用。县令取同样女子数人，让李该穷认女，李该穷自将女儿送于周家，再未见过，

---

① 张善亭：《潘士珍骗良作妾》，《满洲报》1931 年 2 月 8 日第 5 版。
② 同上。

如何认女，其案情于是了然。

（三）稗官野史

"善亭杂俎"记载大量轶闻琐事，这类文字大多把时空设置在古代或国外，张善亭借古喻今，借外讽内，反映对社会现实的认识和不满。如《梁继志兰茵絮累》中通过写主人公兰茵"因金钱失节"，表现了作者对旧社会金钱万恶的痛恨。

> 兰茵之失节，纯粹是金钱万恶。人心似铁，金钱如炉，善者得之，益行其善，恶者得之，益行其恶。所以周有大赉，善人是富孔子谓"不仁者，不可以久处约"。福善祸淫。有金钱者，可不慎番其用途哉。夫金钱万能！金钱万恶！凡志士坠行，贞妇失节，大半是金钱作祟。①

小说开篇描写清末政府由于财政空虚，卖地成风，甚至将西丰东丰等禁地出卖，名为裕国便民，实则中饱私囊。这也应是作者对所处社会现实的一种影射。

> 前清末叶，国库空虚。掌财政者，奇想天开，各处卖地荒，为割肉医疮之计。西丰东丰，原系陪都围场，官厨朝夕，不给于鲜，留此隙地，以畜野兽，且黄陵在焉，刍荛者与雉兔者均无敢往。此等禁地，亦次第出卖。又搭上金州全县，被傅皇亲，租于俄罗斯金民，多不乐居属地，无处可迁。故西丰县首先出卖，一为裕国，二为便民。然除金民外，估荒者仍需重价，无如荒价入官，多归中饱，国库仍空，外债累累，迄还无期。②

小说对西丰卖人市场的描写，更是触目惊心，深感人们生活在水深火热

---

① 张善亭：《梁继志兰茵絮累》，《满洲报》1934 年 4 月 9 日第 8 版。
② 张善亭：《梁继志兰茵絮累》，《满洲报》1934 年 3 月 14 日第 8 版。

之中，人如刍狗的悲惨命运。

> 千辛万苦，来到西丰，见有卖妻卖子，折卖人口，以维持生活者。
> 城东关立了个卖人市场，凡卖女孩者，以一岁一元为定价，卖男孩者倍
> 之，卖妻者无定价，以老少丑美临时酌定代价。有说装入口袋中，准摩
> 不准看，老少丑美任命。①

1934 年 6 月，"善亭杂俎" 刊载了《贾似道断送宋祚》，小说描写贾府淫
风流行，时常诱骗青年男子入府。乡下学生施克己，奉父母之命进城购买物
品，在客栈醉酒后，被带入贾府。贾府一派繁华景象，名为"王道乐土"的
天国，且每日有美人相伴，克己洁身自好，终全身而退。而另一青年商家学
徒复礼沉迷美色，乐不思蜀，终瘦羸而亡，被掩于隙地，如复礼的青年男子
多此下场，久而久之，隙地几成乱坟岗。小说表面上是在告诫青年人不要沉
迷情色，而若结合张善亭所处时代背景和小说发表的时间来看，小说或是揭
出了伪满洲国所谓的"王道乐土"，貌似天国，实则是人间地狱，东北民众若
是沉迷其中，终将沦为亡国奴的现实。

在《五密司爱国以身》中，小说讲述德国五位女士为国献身的故事，实
是针对时下青年空谈"爱国"问题而提出的。作者呼吁真正的爱国是要"爱
国以身"，即要能够为国家舍生取义，不应仅停留在口头上。

> 对广众而发生平之志愿，莫不说，我爱国，我爱国。人大庭而聆多
> 士之清谈，亦莫不说，我爱国，我爱国。爱国二字，几成为今人之口头
> 禅。依我来说，爱国以口，不如爱国以身，要是人人皆爱国以身，国何
> 止有灭亡、殄悴之隐忧呢？人何止有奴隶牛马之恐怖呢？人以国存，国
> 以人强，人和国有绝大的关系。爱国二字，实在是有价值的，那可滑口

---

① 张善亭：《梁继志兰茵絮累》，《满洲报》1934 年 3 月 15 日第 8 版。

空过，等于口头禅语呢？可是现在，有身家的人们，爱国皆不及爱家焉！爱家更不及爱身焉！①

为应和市民阶层的猎奇心理，张善亭的说部故事巧妙，匠心独具，颇有趣味。如《柴素馨女扮女装》立意新颖，亦巧亦奇。自古以来，女扮男装者有之，男扮女装者亦有之，从未有女扮女装者。小说故事设定在南宋，主人公柴素馨为躲避奸臣国舅韩侂胄迫害，女扮男装，冒充宰相赵汝愚之子赵季云，并被黄繭收为义子，后在韩侂胄派人搜府时，又改回女装。故事的最后，柴素馨向义父交代原委，至此谜团揭晓。同样的情节也出现在《吴淑昭乔装扫北》，故事以明末张居正专权弄弊，排挤忠良，编修吴中行因不愿同流合污而遭陷害，其女吴淑昭为躲避灾祸，改装冒充谭纶之子谭文鸳，乔装扫北，屡立大功，最终父女相认，沉冤得雪，至此小说以团圆结局。张善亭换装技法屡试不爽，在《尚书府三凤乘龙》中再次使用。小说主人公凤翯因表兄染病在床，女扮男装替其赴京赶考并中了状元，最终演出一场三凤乘龙的佳话。

又如，在《贾似道断送宋祚》中，张善亭更是奇思妙想，故事引人入胜。小说讲述在北周的时候，宋太祖赵匡胤领兵攻滁州，在百尺潭中有一个千年的老鳖，被太祖瞥见，遂支起大炮轰鳖，一旁的泥鳅鱼大为不平，带老鳖的冤魂告之上帝，而上帝点破天机，并告之在赵匡胤旺运将尽时，断送宋朝国祚，冤气可消。后老泥鳅托生为韩侂胄，将南宋国祚败坏殆尽，韩侂胄伏诛后，老鳖由转生为贾似道，正是"韩祸甫除，而贾祸又至，祸水灭火，炎朱国祚，焉得而不亡呢？"②

再如，《闷葫芦何时揭晓》的故事离奇有趣，情节跌宕起伏。故事讲述苏步瀛之妻司马氏勾引刁鹏程不成，反被李盖世趁机以钱财引诱通奸在床，恰

① 张善亭：《五密司爱国以身》，《满洲报》1934 年 8 月 5 日第 8 版。
② 张善亭：《贾似道断送宋祚》，《满洲报》1934 年 6 月 13 日第 8 版。

好被刁鹏程之兄刁鹏飞发现，刁鹏飞误以为是其弟与妻子通奸，一怒之下砍下二人头颅，后得知所杀女子是司马氏，刁鹏飞认为错杀其弟而逃走……此后故事一波三折，并不断设置"这个闷葫芦，谁能揭晓呢"的悬念，颇能引起读者兴味。

（四）其他说部

1930 年 12 月，"善亭杂俎"连载戏曲《寻夫遇子记》，共十七期。《寻夫遇子记》讲述陕西西安府陆通一家，适逢灾年，儿子陆天才外出打工，儿媳韩彩云为侍奉二老，竟卖掉亲生子陆才儿。二老得知，悲哀过度，相继去世，妻子韩彩云从此踏上寻夫之路。丈夫陆天才回乡，得知父母双亡，妻离子散，悲苦万分。陆天才回到关东，有财主孙大福向其提亲，欲嫁女儿孙玉娥，而孙大福正是陆才儿的养父。另一边韩彩云历经艰辛，寻夫途中遇到儿子才儿，并与儿子回家，小说至此结束，故事结局看似圆满，实在暗藏危机。作为戏曲，《寻夫遇子记》中的陆通、韩彩云、陆天才、孙大福、孙玉娥等人物，均以唱白的形式登场，讲述故事。《寻夫遇子记》在唱白之间夹杂曲词，如《鹧鸪天》《天仙子》《鬲溪梅令》《西江月》《唐多令》《念奴娇》等。曲词浅白如话，情感真挚，现摘录一首——

（念奴娇）年饥人吃人，古语未必真，然而亦未必不真。折卖活人求活命，置粟米、购柴薪、釜底不生尘。瓦缶胜玉金，果吾腹不负将军，岂必牙推亲下手，疏骨肉、媚桓文。我若食这饭，便是食我孙儿的肉，我实心痛，不忍食也。[1]

此外，《寻夫遇子记》中通过描写一群人围坐一起打"升官"所唱的民谣，揭开了科举制度废除后，旧社会没有更先进的选士制度出现，从而官场

---

① 张善亭：《寻夫遇子记》，《满洲报》1930 年 12 月 24 日第 5 版。

贪赃黑暗的现状，从中亦可体会旧式文人张善亭对传统科考的留恋及对现实的不满——

> 升官图、升官图、升官图，难得糊涂便作官。数起码、掷出身，科举虽停科甲争，单看谁家抢头贺，多掷几德就是我，不掷德，偏掷赃，官运真真坏得荒。妹妹女孩子居然都御史，弟弟不识字，居然大学士，好官场，好戏场，举国纷纷闹若狂。①

1935 年 4 月，"善亭杂俎"说部连载了《读〈幼学琼林〉》，此作系张善亭模仿陶渊明读《山海经》作诗，而以《幼学琼林》中的故事为题作诗，全篇七言绝句三百余首。

> 陶渊明，读《山海经》，作"孟夏草木长，绕屋树扶疏"等诗；余读《幼学琼林》，亦然。然渊明读《山海经》，诗不及经，余则纯以《幼学琼林》中之故事为题，后生小子，不敢攀古人故也。今读《幼学琼林》，业已及半得七言绝句诗三百余首，截止为前集，后集诗续。②

《幼学琼林》被称为中国古代的百科全书，全书内容广博、包罗万象，均用对偶句写成，容易诵读，便于记忆，自古有"读了《增广》会说话，读了《幼学》会读书"之说。张善亭雅好诗词，《读〈幼学琼林〉》中的七言绝句是依《幼学琼林》而作，内容多是表现现代思想的，可看作张善亭对《幼学琼林》的新式解读，从文化、教育角度来看，是有着进步意义的。现摘录一首如下——

（搜神记）仪典有周

---

① 张善亭：《寻夫遇子记》，《满洲报》1931 年 1 月 28 日第 5 版。
② 张善亭：《读〈幼学琼林〉》，《满洲报》1935 年 4 月 10 日第 10 版。

姓者，出郭日暮，道旁草舍中，一女子出，周因求宿。时及二更，闻门外有小儿，呼曰，阿香，官唤汝，推雷车，女去，忽然雷雨大作，明朝视宿处，乃一新冢也。

雷声发出雷飞光，安用推车唤阿香，科学大明迷信破，搜神记总是荒唐。[①]（张善亭所作七言绝句，笔者注）

1937年2月，"消闲世界"连载了小说《桃花庵》，这是张善亭时隔一年再次在《满洲报》发表的文字。小说以明代诗人唐寅的《桃花庵歌》开篇，讲述和平县富翁付百万托人去桃花庵求子，果然得子付桃儿。付桃儿命犯桃花，而后接连结识刘玉珍、戈彩云、雷迎春、尹兰花、李萃仙、夏彩英、朱喜兰七位女子，"七艳史萃于一人，遂成前古之佳话焉"[②]。《桃花庵》延续了英雄美人的通俗小说套路，并无特别之处。值得一提的是，《桃花庵》再次展露张善亭喜好诗词的雅致，其语言简洁、清晰，增添了小说的节奏感和韵律性。且看——

运，运，无休，无尽。好运来，凶神褪，晦运不来，一顺百顺，运与命相连，又与时相近，应运天生圣主，倒运人遭厄困，男犯桃花运者吉，女命犯之主落溷。

姣，姣，貌美，才高。郑子都，宋子朝，之姣之美，自古为昭，妒煞风流子，谗坏女多娇，哪吒理应让步，潘安不敢自豪，付家公子游都市，掷果盈车到处遭。[③]

---

① 张善亭：《读〈幼学琼林〉》，《满洲报》1935年4月10日第10版。
② 张善亭：《桃花庵》，《满洲报》1937年2月4日第10版。
③ 同上。

第三章 《满洲报》小说作家与作品（下）

在《满洲报》登载作品的小说家中，除受传统白话小说影响，创作"有益于世道人心"小说的旧式文人外，还有一批"对于过去陈腐的基调失去信仰，而又没有迈入新的境界的过渡期"① 的新派作家。他们大多是青年作者，极力摆脱旧小说的束缚，力求反映在新思潮影响下的社会现实，努力寻求"出路"和发泄的方法。在他们的小说中，"广泛地反映着时代的新旧交替，与青年作者特有的动摇、彷徨、无所适从的意识形态"②。

> 本来在这个过渡时期，原有势力仍在节节一般向新的思想发展，新社会还没指明以正路，青年们在那样的环境下的苦闷伤感，极力地寻觅发泄的方法。因而在当时的文坛上所反映的，都是一般青年苦闷的发泄。③

1932—1936 年，《满洲报》登载了大量代表了这种意识的小说作品。这一时期的小说集中探讨了过渡时代知识青年的生活状态以及对"出路"的探

---

① 见非：《评〈汉子〉（萧然著）》，《满洲报》1935 年 11 月 15 日第 8 版。
② 同上。
③ 杨进：《我怎样接近了文学和创作的动机与态度》，《满洲报》1936 年 1 月 24 日第 8 版。

寻，塑造了以知识青年为代表的小人物群像，表达了对黑暗社会的强烈不满，以及对劳苦大众的深切同情，描写社会黑暗成为作品的主要内容。这一时期的《满洲报》以文泉、秋萤和黄旭的创作最为丰富，他们将个人的情感融入小说人物的精神世界，关心女性问题和青年"出路"问题等。这些作家日后都成了东北文坛知名作家，尽管当时的创作还很稚嫩，但这些作品却是研究东北文坛和作家的重要依据和参考。

第一节　文泉及其小说创作

一　文泉其人

文泉，生于 1912 年，辽宁金州人，原名王世浚，曾用笔名有文泉、石军、秦唶、飞血、玟泉、李栋、露忆、季槤、闻迁、寒畯、世浚、老命、吴灵凤、王鹏等。王世浚以文泉、石军等笔名发表小说；以飞血、玟泉、露忆、闻迁、寒畯等笔名发表诗歌；以老命、寒畯等笔名发表文艺批评文章。

文泉努力于文坛，创作了大量的文字，除诗歌、散文、戏剧、小说外，还写了大量的理论和批评文章，其作品散见在各报的副刊。文泉在"当时也称得上是一位写作精力比较旺盛的作者，而且写作范围也比较广泛"[1]。在文泉的创作中，当以小说创作最引人注目。文泉在当时东北著名报刊上均登载过小说，如《泰东日报》《满洲报》《明明》《凤凰》《新青年》《艺文志》《文选》等。至 1937 年，文泉已发表小说三四十篇，字数不下五十万。文泉曾出版长篇小说《沃土》（满日文化协会出版）、《新部落》（大地图书公司出

---

① 文泉：《我与创作》，刘慧娟主编：《东北沦陷时期文学作品与史料编年集成》（总第十九卷），线装书局 2015 年版，第 970 页。

版）、《桥》（《艺文志》），中篇小说《隐疚》《脱轨的列车》和短篇小说集《边城集》①《暴风雨》（城岛文库出版）等。1945 年后，文泉归乡，一度做过大连《新生时报》编辑、大连工业厅主任秘书，于 1950 年逝世。文泉"在满洲文坛的确是不可多得的作家"②，他的作品"无论就其量就其质，在北国文坛上，已登在水平线以上了"③。

文泉爱好文艺的萌芽来自父亲。文泉自幼顽皮淘气，为了不让文泉胡闹，父亲开始教文泉读诗。文泉的趣味渐渐被吸引，甚至一日不念诗，"心里总觉得蛇咬般的痒痒"④。在正式创作以前，文泉读过的作品不多，主要有钱杏邨《义塚》、鲁迅《呐喊》、徐蔚南《春之花》等单行本，再有就是商务版的《小说日报》和大连青年会出版的《新文化》（后改名《青年翼》），这些作家作品对文泉日后的新文学小说创作产生了重要的影响。

> 每当看完一本集子，总觉得里边有不少的影子在浮动，那里有跟自己周围雷同的人物和故事，那里有自己早就感觉到而不会写出来的情绪和心境，那里也有新颖奇特的术语，那里也有缠绵哀怨的辞藻，真觉得除了文艺以外，没有对自己胃口的。⑤

正是这样的阅读经历，使文泉写作初始多是模仿，常常把身边的事情"装之以美丽的语汇"，并"加之'改头换影'的结构"草草了事，而对文章的内容和文艺的使命不加关注，只注重"文字的美华和结构的技巧"，将创作全当一场"文字游戏"。

---

① 《边城集》收录了《新境地》《深林地带》《牵牛花》《茧》《荡动》《混血儿》《非超人》等短篇小说。
② 岛魂：《再论王孟素的意识》，《满洲报》1935 年 11 月 15 日第 8 版。
③ 激浮：《谈谈〈深秋之夜〉》，《满洲报》1934 年 12 月 14 日第 8 版。
④ 文泉：《我的文学经验谈》，《满洲报》1936 年 2 月 29 日第 8 版。
⑤ 同上。

老实说，初期的创作，我的确在模仿着，那时的写作心理只是这样，只要是一件身边琐事也好，把它从头至尾一丝不露地写出，再装之以美丽的语汇，再加之以所谓把事实"改头换影"的结构就算得啦！简明点说，那时候的写作只注重全篇文字的美华和结构的技巧，关于内容，几乎半点没想到（也不会想到文章和文艺的使命不同），只是一个"文字游戏"而已。①

1928 年，文泉考入旅顺师范学堂。次年秋天，文泉"鼓着勇气，怀了一颗沉迷的心，动起笔来"②，并在《泰东日报》的"文艺"版块发表了处女作《归校前》，继则又发表了《月夜》《没有钱》《三等车中》等课后随笔，内容形形色色，五花八门。

1930 年，文泉创作的意识发生了转变——"从朦胧黯淡的修辞改句的，严格点说起来，也可以坦白点说是没有态度的意识下，转变而为英雄的色彩浓厚的……小识字一类的人物啦"③。文泉开始意识到自身对理论的盲目歪曲和写作态度的不严，产生了要充实理论的信念。当时巨彩的批评、飘叶的文学理论、丁焕文和微灵的创作、季哲和狂龙的诗歌等都对文泉产生了很深的影响。1931 年春，《泰东日报》的"东报周刊"夭亡，文泉的创作也随之沉寂下去，其创作进入消沉期。

1932 年春，文泉从旅顺师范学堂毕业，开始了教师生涯，任三十里堡农村小学教员及普兰店公学堂教员。这期间，文泉再度投身到写作当中，并在《泰东日报》上发表了大量的新诗。1933 年春，文泉在《泰东日报》"文艺周刊"上发表了小说《绝命》，并获得了文艺界的响应，文泉也因之再次对写作产生浓厚的兴趣，继则在《满洲报》先后发表了《冲突》《算账》《尖刀》

---

① 文泉：《我的文学经验谈》，《满洲报》1936 年 2 月 29 日第 8 版。
② 同上。
③ 文泉：《我的文学经验谈（二）》，《满洲报》1936 年 3 月 6 日第 8 版。

《踯躅》等小说。1934 年，文泉进入了"产量的成绩较好的自己的'创作年'"①，在《满洲报》发表了小说《女人的悲哀》《追寻》《湖畔之春》《幻灭》《深秋的夜》等，文泉自言这期间最满意的作品是《幻灭》。

文泉曾出任伪岫岩县公署行政科科长，后期调到黑龙江任伪绥滨县公署庶务科科长，为满洲文艺家协会会员、大东亚联络部副部长、第三次大东亚文学者的伪满洲国作家代表团成员。这些经历，使得文泉开始"冷静地观察起世相"，在原始的"爱"与"憎"的感情中间，揭露社会黑暗和对黑暗社会下苦难人们的怜悯。

> 这期间，我冷静地观察起世相了。我的新职务——小县吏——很能偿还我冷观万象的凤愿。我开始忠实的生活……为挚爱着人类，为痛恨着人类，我的胸膛，从此时冒起"正义感"的火焰，这火焰燃烧在几近于原始的"爱"与"憎"的感情中间。我把每个人都固执的从"爱"与"憎"的标尺来打量。我暴露了一层层我认为黑暗的事象，也怜悯了一群群我认为可怜的人物。②

文泉是一个忧郁者、感伤者。文泉的个人际遇悲惨，父母和哥哥相继离去，使文泉"久已冷惰的心情更为哀俨了……对于人生尤感到幻灭和无聊"③。际遇的悲惨和生活的苦闷使二十一岁的文泉染上了喝酒的习惯，酒醉后的文泉暂时逃到"迥异素日的世界"，躲避现实的痛苦，然而"酒醒了以后，同时感到空虚"。

> 醉后实在太风采了。素日不愿说话，喝点酒却言谈滔滔，热乎乎的

---

① 文泉：《我的文学经验谈（二）》，《满洲报》1936 年 3 月 6 日第 8 版。
② 文泉：《我与创作》，刘慧娟主编：《东北沦陷时期文学作品与史料编年集成》（总第十九卷），线装书局 2015 年版，第 970 页。
③ 闻迁：《父亲死了》，《满洲报》1936 年 12 月 4 日第 8 版。

身躯，不知倒下好是行路好，天地都在战栗，什么什么都在翻筋斗，这模样迥异素日的世界，经过几次醉后的浪情，我便在醉里追寻人生的真理：谁惹我就打，谁笑我就骂，心里毫无一丝积愤……然而酒醒了以后，同时感到空虚。①

可以说，文泉的创作实为倾吐感伤和苦闷的心情，"差不多写完了就像满腹郁气已倒泻出来一样，感到有些个兴奋后的舒畅"②。个人的悲惨际遇使文泉过早地披上了灰色的外衣，在其创作中充斥着感伤、颓废，甚至于绝望和逃避现实，成为其笔下的"第三种人"，有时似乎"往东"，有时又似乎"向西"，意识模糊、思想薄弱、创作混乱。文泉"始终没有脱掉伤感主义、个人主义，以及浪漫主义的气氛。同时这位感受性颇大的作家，被局限于知识阶级的生活的单纯里而影响了他的创作天才"③。

总之，这些甘愿成为所谓"第三种人"的作品，对于写作的态度大不真实，对于现实社会的理解又及其薄弱，他们不甘往东，但又同时不向西，玩弄人生，逃跑现实，用一种神奇变化的艺术手法，恰似一个魔术师卖弄他的技巧借以博采一样，麻醉了自己同时又麻醉了大家，朦朦胧胧，欺骗读者于一时。④

二　文泉的小说创作

在东北文坛，文泉努力于文学创作，其小说创作五花八门，种类繁多。然而，文泉最初的创作却往往是"为充篇幅"的"闭门造车"之作，是在"捏造"和"幻想"中"编排着所谓小说"。文泉早期创作受叶灵凤、章衣

---

① 文泉：《饮酒和醉后》，《满洲报》1933 年 12 月 26 日第 8 版。
② 文泉：《我的文学经验谈（二）》，《满洲报》1936 年 3 月 6 日第 8 版。
③ 陈夷夫：《文泉及其作品》，《满洲报》1937 年 7 月 2 日第 8 版。
④ 寒暧：《关于满洲文坛》，《满洲报》1936 年 8 月 22 日第 8 版。

萍、张资平、穆时英等的影响，并有意识地模仿其创作技巧，写了一些恋爱
小说，以及在"报复心理"的支配下对大地主和资产家"近于调笑般的攻击
和侮辱"的小说。

当时，在《泰东日报》活动的"响涛社"成员夷夫向我催告的信件
不绝于案头，急得没法，为充篇幅，便粗制滥造地继续写起小说，我写
小说的起端，便由此造成。

这期间的小说内容，真是五花八门、应有尽有。大部分为因袭中国
作家的写作意识，一时曾迷醉于叶灵凤、章衣萍、张资平、穆时英者流
的肉麻的恋爱小说，而有意地模仿他们的技巧……滥造一些盛极一时的
恋爱小说。再就是操纵着报复心理，盲目地对大地主和资产家，做着近
于调笑般的攻击和侮辱。以此畸形观念闭门造车，捏造一群人和物，幻
想一些时与地，生硬抽象地穿插在一起，编排着所谓小说。其后自己也
觉得太可笑了。①

文泉的小说创作大致可分为两个时期：第一个时期（1929—1934 年），
主要使用笔名"文泉"。这一时期文泉的文学活动集中在"野狗社"到"响
涛社"，小说"题材方面都爱以新旧思想的冲突为对象"②，描写封建社会男
女两性关系及对封建制度的反感，如《尖刀》《算账》《冲突》《蹒跚》《幻
灭》《介绍》《绝命》《离异》《怒火》《顾客》等。第二个时期（1935 年以
后），主要使用笔名"石军"。1935 年是文泉小说创作的转折点，他开始意识
到"艺术便是人生的奥意"，到了"开拓社"成立，文泉的创作踏向了另一
个阶段，开始"改换笔锋爱写农村破产的故事"③。自从在《满洲报》发表了

---

① 文泉：《我与创作》，刘慧娟主编：《东北沦陷时期文学作品与史料编年集成》（总第十九卷），
线装书局 2015 年版，第 970 页。
② 文泉：《我的文学经验谈（二）》，《满洲报》1936 年 3 月 6 日第 8 版。
③ 同上。

《深秋之夜》《女人的悲哀》《弟兄之间》，在《开拓》发表了《纸匠及其妻》《倦旅》，在《凤凰》上发表了《赌徒》以后，便决定了文泉的"出路"是农民小说，这绝不是突然的变化，这是经过长期的变动，是其创作必然经历的一个过程。这一时期文泉的小说，带有浓厚的农村气息，描写了旧社会农村经济的破产，血淋淋地写出了封建礼教下的青年的共性。

> 他的作品的特点是染有浓厚的农村创作背景，专门借了主人公的口里间接或直接道出溃破的农村破产、社会现象，而尤其对于人性的描写和分析，更是他的特长。大家庭礼教下的青年通性，也叫他毫不讳言地血淋淋地写出。①

（一）新旧思想冲突下的知识青年

文泉在《满洲报》上的小说创作多集中于第一个时期，在这些作品中，文泉塑造了一批在新旧思想冲突中寻求"出路"的青年形象。如《尖刀》里的山岚和梅、《踯躅》里的 R 和 S、《牺牲》里的苏钟、《女人的悲哀》里的孙世杰、《追寻》里的芳梅和徐霜、《幻灭》里的云章、《湖畔之春》里的萍踪、《深秋的夜》里的迟英和韵芹，这些小说集中反映了在社会转型时期，在新旧思想冲突下，知识青年精神的困惑与挣扎。

1933 年 2 月，文泉在《满洲报星期副刊》上刊载了小说《尖刀》一文，小说以"新旧思想的冲突"为副标题，应和了文泉前期小说创作的主题（见图 3 - 1）。小说以"陶染在新的楼阁上舞蹈"的山岚和"潜伏在旧巢窖里屈膝"的梅展开了新旧思想的冲突与碰撞：洋学生山岚到乡下未婚妻梅的家后，一方面，在欲望的驱使下想要获得肉体的满足；另一方面，在受新旧思想的冲突下，又欲和封建守旧的梅宣告离异，内心充满了矛盾、困惑和挣扎。

---

① 陈夷夫：《文泉及其作品》，《满洲报》1937 年 7 月 2 日第 8 版。

图 3-1　文泉的小说《尖刀》

　　潜伏在旧巢窖里屈膝的梅和陶染在新的楼阁上舞蹈的岚，这样的配合在一起，是多么不调谐的影响！这样看下去与其说是丑卑，勿宁说是滑稽了。然而又不能立刻在他俩的身边发现出属于滑稽的部分到底在那里？[1]

　　在小说中，山岚最终选择了与梅决裂，同时表达了对旧社会罪恶、污浊的反感以及对梅一样"诺诺服从、随境而安、随域而适"的人们的可怜，发出"争自由，要平等"的革命呼喊，这也是时代青年的呐喊。另外，因山岚的抛弃，生活在传统乡村里的梅感到了巨大的侮辱而持尖刀自杀，成了旧礼教的牺牲者。新旧思想的矛盾冲突造成了时代下青年男女悲惨的命运。在新旧思想冲突中，作者将更多的笔墨放在了对传统女性"出路"问题的探讨上。

----

　　① 文泉：《尖刀》，《满洲报星期副刊》1933 年 2 月 13 日第 1 版。

我是孤独流离的青年，我是个赤裸裸的孤独者，这一切你总要怜恤、垂青。然而，从反面说，同时我又是血潮澎湃的青年，旧社会的诸般罪恶、污浊，正是正待我们的热血的浇灌、铲除！我的心是革命的、反抗的！吾爱，明白吗？你们是些可怜的愚货，不会觉悟、不会认清你们的环境。你们是旧礼教的牺牲者！旧社会的降徒！世上可怜的事物很多，然而比你们可怜的恐怕要难找到。你们是些活喘气的枯骷髅，你们是抹杀了灵魂的臭肉，你们不会革命、反抗，只知诺诺服从、随境而安、随域而适……旧礼教是你们的巨敌，你们要彻底和它宣战，跳出罗你们的乱网，飞到新的乐园去！争自由，要平等！①

在《女人的悲哀》中，文泉继续探讨了过渡时期传统女性的"出路"问题，这篇小说是"北国文坛里少有的作品"②。小说开篇通过孤孀的老妇和守活寡的孙世杰之妻的谈话，引出传统女性的悲哀，并对传统女性的"出路"发问，令读者不禁洒下一把同情泪。

女人是悲哀的、可怜的、弱小的呀！不会漂亮也是女人的罪恶！一时产不下男孩，也归罪于女人吗？世界上简直没有女人立足的地场了！女人只有浴在悲哀的黑海里受罪吗？③

文泉抓住了时代，以青年男女精神的苦闷、迷惘为背景及内容是适合时代需要的。《女人的悲哀》中的主人公孙世杰是过渡时期知识青年的典型代表，自认是新派青年，且大有改革家庭之势。孙世杰的妻子是接受传统教育的女子，遵循着孝敬父母、生养儿女的道德礼教。新派青年孙世杰进城后，

---

① 文泉：《尖刀》，《满洲报星期副刊》1933 年 2 月 13 日第 1 版。
② 汉郎：《读〈女人的悲哀〉后评》，《满洲报》1934 年 3 月 30 日第 8 版。
③ 文泉：《女人的悲哀》，《满洲报》1934 年 1 月 23 日第 8 版。

逐渐开始厌恶贤惠却不时髦的妻子，在城里另结漂亮的女学生并休了妻，小说以妻子在绝望下留下血书自尽结尾。小说的故事框架与《尖刀》如出一辙，依然延续着对新旧思想冲突中青年男女悲惨命运的书写，也同样没能给出过渡时期传统女性的"出路"，只有将希望寄予未来。

> 这年头里只有我们这等弱小的女人受侮辱、受摒弃呀！我已抱着女人共同的悲哀，沉向黑海之底了。我还希望有把我们生硬的悲哀，有从海底捞出的一天！①

在文泉的小说中，除了描写在传统礼教下"受侮辱、受摒弃"的女性形象外，也描写了受新思潮影响女性的无奈与凄惨。1934年3月，《满洲报·北国文艺》刊载了文泉的《追寻》。在小说中，作者塑造了芳梅这一过渡时期的新女性形象。芳梅是R城总商会会长陆宝亭的女儿，生活条件优越，作为新女性为探求和实践人生，芳梅毅然抛弃了闲散安逸的生活，不顾父亲反对，与欲改造社会、实践人生的徐霜私奔。

> 你这样的闲散生活至少在我是过活够了！为了想换一副生动的灵魂，所以我才决然抛掷了安逸窝，走向大众的列队里探求人生。这话说得也许你不懂？总之，爱之国是绝对没有隔膜的，不受任何牵制。我崇拜他的"用你的力，去换来珍重的生命之光"的信条。我想实践人生，所以才这样走了。②

即便冲破了封建家庭的牢笼，过渡时期的女性依旧没能摆脱对男性的依附，未能如愿追寻到"一副生动的灵魂"。《追寻》里芳梅和徐霜到了N埠后，在都市繁华的诱惑下，徐霜堕落了，开始玩窑子、吸鸦片。作为过渡时

---

① 文泉：《女人的悲哀》，《满洲报》1934年1月23日第8版。
② 文泉：《追寻》，《满洲报》1934年3月20日第8版。

期的青年，徐霜处在冲突的不协调中：一方面不甘于堕落，另一方面又醉心于纸醉金迷的生活。而千金小姐芳梅在生活破落后，竟为了生计而堕落卖淫。小说结尾徐霜目睹了芳梅向嫖客献殷勤后精神崩溃，发出了"妈的！这简直找不出活路来了"的哀号。芳梅在对徐霜彻底失望后，毅然出走。

> 徐霜的堕落永远没有回头的一日，对于以前的改造社会实践人生的满腔热血，和逝去的日数等比例地凉下去了。不过冲突的不协调的心情，仍常激起他复活的欲花。然而整个的英雄的芳梅，终于为他而牺牲一切了！她的尊贵、高尚、都已牺牲了！①

文泉笔下的女性也不全是"一死了之"或"出走"的软弱的形象。1933年3月，《满洲报星期副刊》刊载文泉的《踯躅》。小说中塑造了一个坚定、自主的女性形象。心向进步的青年男女 R 和 S，为了下层民众夺取光明，定下"革命无所成就之先，决不同居"之约。R 参加了革命军，S 为体验生活而到工厂作了女工。R 入伍不久，革命的意识渐形疏淡，在"革命"与"恋爱"间踯躅。在得知 R 欲为爱情放弃革命理想时，女青年 S 对不合理的黑暗社会制度发出"革命！建设！"的呼喊，并义正词严地道出"在社会问题没有解决之下"青年人对"革命"和"恋爱"的抉择：

> 我们正当豪情青春，大可做些为大众争光明的事业，万不该醇乐在幻灭的枯墓，歌舞在颓唐的黑狱！这意思是说，"时代是不容我们歧途踯躅的"，青年的使命重大！社会之一切黑暗正待我们来革命！建设！这种不合法理的社会制度所娇养的一切权威，全是"忝为人类"的资本者，下层民众永没有抬头之一日……一般青年男女，完全差错见解，醉心在异性的爱欲以享受。其实恋爱虽是人生要素，然而在社会问题没有解决

---

① 文泉：《追寻》，《满洲报》1934 年 3 月 20 日第 8 版。

之下，恋爱的自身上决无其价值在！"革命"与"恋爱"的两条歧途，却有极多青年踟蹰在哪里哎！①

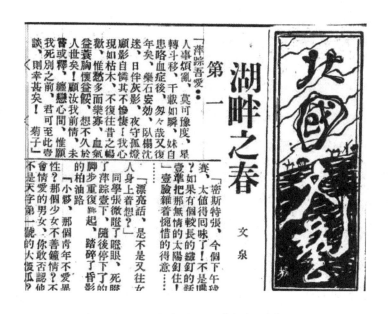

图 3-2　文泉的小说《湖畔之春》

这一时期，文泉的小说创作坚持着对新旧思想冲突下女性"出路"的追寻。1934 年 5 月，《满洲报·北国文艺》刊载了文泉的《湖畔之春》（见图 3-2）。小说情绪缠绵，为过渡时期的青年揭开黑幕。云龙村林家的长子萍踪到 S 埠念书不久，就休掉了已有三个孩子的妻子。这在向来遵守礼教的村子是大不敬的，引发村民的不满。而萍踪在 S 埠千方百计追求到女诗人菊子后再次变心。在菊子因病离世后，萍踪后悔万分，投湖自尽。在小说中，作者通过描写诗人菊子与其好友赵薛丽的对话，表达了知识女青年欲透过文艺来"措开这罪恶之薮的人间幕"的思想。

丽，也许你还天真，世上的所有罪恶和虚伪，真不愿让你知道，我

① 文泉：《踟蹰》，《满洲报》1933 年 3 月 27 日第 8 版。

们不是志在艺术的同道者吗？愿你的创作笔锋尖利点，快揭开这罪恶之薮的人间幕吧！（菊子，笔者注，下同）

姐姐，请别再悲伤。我们的负担重大，今后正要对那种人正面攻击呢！凭着我们的笔锋去刺破那些人儿的头脑！①（赵薛丽）

除了对过渡时期女性"出路"问题的探寻外，文泉的笔墨也洒向在新旧思想冲突下的青年男女所面临的各种问题。1933 年 10 月，刊载在《满洲报·北国文艺》上的小说《牺牲》，关注到社会转型时期青年的教育问题。小说描写师范生苏钟醉心绘画，并取得了很好的成绩。然而，学校却以苏钟不符合旧式师范学校培养要求将其开除，苏钟成为畸形教育体制的牺牲品。苏钟痛斥旧社会教育的不合理并深刻而尖锐地指出：畸形的社会源自畸形的教育。在对现行教育体制彻底失望后，苏钟决心献身于社会革命，号召"被教育淹没天才"的有志青年共同参加革命。

社会既需要天才来改革充实，为何教育偏要淹没天才呢？至少我是被现代的畸形教育牺牲了。教育是造成社会的导源，因有此等畸形教育，始产出此等畸形社会。同时我是逆此社会的人，我是被社会遗弃了的人，我之开除固不足惜，然而与我同样的被教育淹没天才的正不知有多少咧！好，我的艺术成就与否，只好止于此了！今后更有献此身于社会革命者的决心！爱的同病者，如果你们同情于我，请在革命前线上相见罢！②

1934 年 8 月，刊载在《满洲报·文艺专刊》上的《深秋之夜》，可算是文泉前期较为成熟的小说之一。小说表现小资产知识阶级"出路"难的时代

---

① 文泉：《湖畔之春》，《满洲报》1934 年 5 月 30 日第 8 版。
② 文泉：《牺牲》，《满洲报》1933 年 10 月 10 日第 8 版。

问题，在处理新旧思想冲突的问题更进了一步。小说开篇借迟英自比沙漠中重载的骆驼，点明青年人努力于生活，却前途渺茫的题旨：

> 迟英的心，正似这深秋之夜一样的凄凉、冷落，他常拿自己比作一匹骆驼，在荒辽的塞北沙漠中负着重载的踽踽的骆驼，走呀走……前途是什么？这走不尽的沙漠之路、无垠无涯的荒山和土岭？虽然骆驼的脚是那般粗壮和肥健，怎抵得这冷僻的山崖呢？①

在《深秋之夜》中，作者透过主人公迟英和韵芹的对话，表达了小资产知识阶级者逃无可逃，死不能死，没有"出路"的困境。

> "英，我们最好的办法，一个是潜逃，再一个只有一死了！"
>
> "是呀，我也是这样想。天国不会来接我们的，人类是渺小的骆驼，跋涉是人生唯一途径。走！我们逃吧！找我们理想的天国！"
>
> "你不会不同意的，逃和死才是被社会抛弃的不幸者的真正的人生路程！不要荒唐，然而逃到那里才是我们的天国？那儿是没有这些万恶人类的地区？那里能脱掉猛攻热骂？"
>
> "那么除了逃，我们只有一死吗？"
>
> "死是最卑劣、最低能的家伙们干的呀！"②

小说的最后，迟英与韵芹选择了出走，虽不知道前路如何，但要毅然地要"跋涉在人生的途径"，跨向憧憬的天堂。

> 好！逃！我们目下就要离开 R 城，逃向一个不知名的地面去，不管那儿有没有人类的足迹，更不必顾虑那里的动物都揣着甚样的血管，跋

---

① 文泉：《深秋之夜》，《满洲报》1934 年 8 月 31 日第 8 版。
② 文泉：《深秋之夜》，《满洲报》1934 年 9 月 11 日第 8 版。

涉在人生的途径呵！走！如果真的爱我以至永恒，明晚我们便该不顾一切地离开此地，永往那暗夜里撞奔！跨向憧憬着的你我的天国去！①

在读者认为迟英与韵芹将奔向新生活的时候，作者突然笔锋一转，在得知韵芹已是有孩子的母亲的一刻，迟英的意识再度模糊起来，"精神仿佛错乱了"。小说最后以阴暗的路灯全都熄灭了，前途一片黑暗结尾，预示在过渡社会的知识青年前途渺茫，"出路"难寻的困境。

迟英顿地一惊，全身立刻像被焦火融化了样，软瘫瘫的，精神仿佛错乱了……满身的血管，破裂般急剧地猛跳，使他难以支持。他战抖了，剧烈地哄乱了……热腾腾的雪、冰冷冷的心、惨绝的面色，他理智完全不中用了，他昏绝了……②

文泉积极地探寻着新旧思想冲突下知识青年的"出路"问题，小说内容已触及通过"革命"改变社会、改变人生等方面。然而，受时代的意识及自身文学见解的局限，文泉常常只能选择"闭口无言"，没能在"出路"问题上有更大的突破，也未能担负起更多的"文学使命"，只能创作些"官能游戏"。

平心静气地说，也不过是"官能游戏"而已，我以为不必固执着老调挖苦涩肠。这话不是说忘掉作品的背面的使命，因为处此环境，实在有使你只可闭口无言的时候！③

1935 年 9 月，文泉在《满洲报》发表了《从〈赌徒〉谈起——写给沈默君》一文，透过这篇文章，大体能了解到文泉所谓的"闭口无言"的苦衷。

---

① 文泉：《深秋之夜》，《满洲报》1934 年 9 月 11 日第 8 版。
② 同上。
③ 文泉：《王文泉六年来底创作经验自述》，《满洲报》1934 年 12 月 28 日第 8 版。

同时文泉的这篇文章也在《满洲报》上引发了一场关于在环境不允许的情况下，文艺要不要承担时代使命的论战。

> 我不反对××文学，拿××当背景的作品更是我所爱读的，但是我想不能因为××文学占优势，而就去加乱捧，压根儿没见过××的人，写几篇"流血！杀！杀！杀！枪声！呼呼！"，而我们就去大加称赞它是××主义下的××文学了么？……确实"出路"也要紧，然而你们知道我们的"大众"的环境是些什么人在把握牛耳呢？我想我们的"大众"连你们呼出的口号他都不懂咧……对"识字阶级"讨论的问题他们都不来理你，何况对一些成天价驴骡操作的农民呢？我不是说"出路"在作品里不需要，如果环境允许，如果"大众"的意识稍有清晰，我也愿写些漂亮的"出路文学"的作品！①

1934 年 4 月，《满洲报·北国文艺》刊载了文泉的《幻灭》，这是一篇不到五千字的短篇小说（见图 3 - 3）。文泉自言，《幻灭》是这一时期小说创作中最满意的作品。小说描写了在新旧文化下的封建家庭父子间矛盾与冲突。父亲张秀才是一个道学家，沉迷于道学当中，"行时讲道，坐时讲道"，全然看不到历史车轮的前进。作者将张秀才迂腐、固执的形象刻画得栩栩如生、淋漓尽致——

---

① 文泉：《从〈赌徒〉谈起——写给沈默君》，《满洲报》1935 年 9 月 20 日第 8 版。

图 3-3　文泉的小说《幻灭》

　　行时讲道，坐时讲道，把生在今日的自己，埋筑在"×学倡行"的前古骷髅堆中。时代的巨流，虽在滔滔怒灭历史的轮轴，虽在神迷推进，然而一切都冲折不倒张秀才的书斋，使张秀才滚入潮流中央，张秀才像个原始时人，发儿散乱披在肩后不加梳理，眼睛每每闭着，仿佛不许视野扩开现世，而让意识尽管在×××前洗浴。[1]

　　而从新城回来的云章，是受新思潮影响的时代青年，与父亲张秀才格格不入。在小说中，作者通过描写云章的读书室与张秀才书斋的"对敌"，凸显新旧思想的"暴烈的进撞"。

　　张秀才书斋的外间成为云章的读书室，一本本洋册子《科学讲座》《哲学丛书》《艺术概论》……封面的华丽、装订的美化，却十足地把外

---

①　文泉：《幻灭》，《满洲报》1934 年 4 月 10 日第 8 版。

间的空气明显地带来，仿佛和张秀才的书斋的一切对敌。虽然只一板间隔，其间的肉眼不见的冲突几乎叫人恐惧、迷绝，两室的空气分子，都在暴烈地碰撞。①

作为新青年的云章，最终无法忍受父亲的"愚莫可及"和在思想上的压榨，急于要摆脱旧思想的桎梏，甚至不惜与父亲断绝关系，发出了新青年欲与旧社会"完全脱离关系"的时代呐喊。

> 我在受不得你的压榨之下，我已实行潜逃了！你明明自己"愚莫可及"，偏要在旁人身边寻是非，这倒何苦？硬要挖掘"古人圣贤"的腐墓，那你自己随便掘吧！但是呀，恐怕时代的洪钟震破你的耳鼓的一刹那，也许就是你要归天了。我和你完全脱离关系！勿论如何，你得忍受！②

《幻灭》之所以被文泉认为是最满意的作品，一个重要的原因是这部小说脱离了以往单纯地描写新旧思想冲突下青年男女的悲惨命运，而将笔触探向了造成这一悲剧的社会原因。《幻灭》预示着文泉的小说创作即将走向更广阔的天地。

（二）破败农村的众生相

在对新旧思想冲突中青年男女"出路"探寻无果的情况下，文泉的创作踏向了描写农村破产的故事，这确不是突然的变化。在跳出了时代下男女青年情爱的樊篱后，文泉的小说创作进入了一个广阔的空间。这一时期可谓文泉小说创作的"极盛时期"，文泉相继在报刊上发表了《赌徒》（《凤凰》）、《逃》《驼背岭》《风暴雨》《黄昏的江湖》（《明明》）、《摆脱》《牵牛花》

---

① 文泉：《幻灭》，《满洲报》1934 年 4 月 10 日第 8 版。
② 同上。

（《文选》）、《邻》《奔流》《债》《年关》（《新青年》）、《朝暮》《弃妇》（《兴满文化月报》）、《劫——阿魁的故事》《算账》《平凡的人》《弟兄之间》（《满洲报》）等小说，这一时期的小说，大多取材农村，文泉运用大量农村俚语，生动地刻画了破败农村的生活，反映了破败农村中人们意识的愚昧和生活的苦难。

文泉笔下刻画了一个个在破败乡村中堕落的农民形象。在描写农村破败故事的小说中，可见文泉对关内"五四"新文学作家创作的模仿。发表在《凤凰》杂志的《赌徒》，是文泉转向描写农村生活破败的尝试之作。文泉自己在文章中也将《赌徒》自比鲁迅的《阿 Q 正传》。文泉自认为抓住了动乱农村里某阶级群众的普遍心理，是对动乱的农村社会的解剖。然而，《赌徒》并未如文泉所期待的那样得到东北文坛认可，反倒在《满洲报》的"晓野"上引发了沉默、老穆、渡沙、见非等多位评论者的笔战，甚至被认为是一部"画了一张春画"和"老妈开唠"，简直"腐化到反动了的地步"① 的小说。在东北文坛，文泉成了一位颇受争议的小说家，"像他那样作了争论的对象的作家，还没有第二个人"②。

1933 年 8 月，《满洲报》的"北国文艺"刊载了文泉的《劫——阿魁的故事》。在小说中，读者也不难感受到文泉对鲁迅《阿 Q 正传》的模仿。小说描写了苏村的阿魁身材魁梧，仗着力气大，每天吹牛，常把"咱阿魁……"挂在嘴边。阿魁一直没有媳妇，却在意识中认定杨家的春子要和自己相好。当阿魁听说春子要嫁给同村张家的锁柱时，竟失心疯地拦住新娘的花轿钻进轿里，后被扯下花轿，遭车轮碾压……让阅者既哀其不幸，又怒其不争，塑造了一个活脱脱的阿 Q 克隆体。

---

① 　见非：《关于〈从《赌徒》谈起〉》，《满洲报》1935 年 10 月 18 日第 8 版。

② 　陈夷夫：《文泉及其作品》，《满洲报》1937 年 7 月 2 日第 8 版。

图 3-4　文泉的小说《弟兄之间》

无论《劫——阿魁的故事》或《赌徒》，均未能像鲁迅透过阿 Q 的意识让读者看到其腐化可笑的社会原因，也没能写出像阿 Q 及其周遭的人身上所体现出来的辛亥时期人们的意识和特性。

1935 年 2 月，《满洲报》的"北风"登载了文泉的小说《弟兄之间》，小说以一纸卖契开篇，描述了破落荒村蒋家岭的蒋国恩、蒋国业兄弟俩的恩怨（见图 3-4）。小说述说了心狠狡诈的弟弟蒋国业欺辱忠厚老实的哥哥蒋国恩，不仅侵占哥哥家的田地，甚至狠心将侄女苓子骗卖到窑子里，最终逼死哥嫂的故事。小说描写生动、感人至深，反映了在破败的农村里，道德沦丧、亲情全无的悲惨现实。小说开篇描写了一幅农村的破败景象：

　　这儿是蒋家岭，破落荒村的一堆骨头，人家三四十家吧，稀松疏急的那股神气儿永久是没有老多的变更，虽然房屋墙垣都在延长着自个的历史，一股暮气沉沉的懈松劲儿，每到傍晚必显出一回颓碎零落的墙垣，各处都显着败乱不堪的神情。草茸的陋房盖，有的长起老高的穿穗儿的青草，也没有人去拔除它；有的年久啦，茸的谷草让风吹雨打砌成块块灰片啦，宅的主人也没有提起精神头儿再重修的劲儿；有的茸草里伸出不高的烟洞脖子，熏得黑皂皂的……每到傍晚，各家那短脖洋铁的，或是黄褐粗磁的，或是沥青方砖砌成的烟洞里，都冒着奄奄一息的炊烟的时候，更能显出它——蒋家岭的颓然待毙的荒漠了。人儿稀疏的，半里地看不见一个鬼影。①

除了描写破落农村中人们意识的愚昧和苦难外，文泉也将笔触投向被迫从农村走进城市的农民群体。如《平凡的人》描写了乡下人老丁因农村经济的破产，离开农村进城务工的故事。到了城里的老丁始终无法获得归属感，整日过着"流氓似的生活"，最后不得不回到农村，"司弄司弄祖宗留下的那田地"，听天由命了。这确是破败农村中农民生活的无奈写照：在商品经济的冲击以及天灾、人祸的层层压迫下，农民在乡村失去了生活的根据，潮水般地涌进了都市。然而依然无法生存，最终又不得不返回乡村。

> 他过不惯这种城市中流氓似的生活，失望总离不开希望，成天只有闷闷屈屈地忧郁着……在城里是难活的，还是在家里混弄着司弄司弄祖宗留下的那田地，对付点子吃吧。这个年头，知道那一天怎么的？听天由命去吧！②

文泉努力地尝试着小说创作，但受自身意识和环境的局限，未获得很大的成功，反而引发了很多争议，倒是其仅有的几篇戏剧，得到了东北文坛的

---

① 文泉：《弟兄之间》，《满洲报》1935 年 2 月 8 日第 8 版。
② 石军：《平凡的人》，《满洲报》1936 年 6 月 5 日第 8 版。

认可。在几乎没有戏剧的东北文坛，文泉的"几篇剧作着实可钦佩，其实他仅仅才写了四篇，但也足证明文泉对戏剧是有天才的"①。

1935 年 1 月，《满洲报》的"北风"刊载了署名"玫泉"的独幕剧《理发店中》。这虽是文泉初次尝试戏剧创作，却获得了极大的好评。同时，"试作便有这样的成绩，是暗示着玫泉将来的成就"②。"理发店"是一个有伸缩性的题材，是社会里各阶段的人物聚集的场所，这种设置及构思与老舍的《茶馆》有异曲同工之妙。《理发店中》描述了阶级人物的意识及苦衷，对人物的分析确实把握住了各阶级的性格特征，完全暴露了穷人的悲苦和富人的丑恶。文泉对出现在理发店中的人物做了生动、逼真的描绘，如银楼的泼辣、客乙的虚伪、周鼎臣的横暴、农民的哀怜、林秀峰的急躁等均个性鲜明，极具典型性。除将人物刻画得淋漓尽致外，文泉还关注戏剧创作在技巧上的变化：

> 在本剧中，作者是置了三个力点，所表现的三个问题及其人物……作者在第一点上，用着轻快的笔法；在第二点上有用着深刻哀凄的文字；在第三点上，却又用起迟钝的调子。因为有了这种技巧的变化，所以不但力点不能分散，反觉生动有味。这种方法，对于题材或结构上的缺点，是有补救。③

文泉用作小说的文笔来写戏剧，其纯熟的语言和技巧运用，在为戏剧添彩的同时，却忽视了戏剧别异于小说之处。如《理发店中》写妓女银楼用语大胆直接，这对塑造银楼泼辣个性是富有表现力的，同时也衬托出客乙的本来面目。但戏剧终究不是小说，相比视觉展示，戏剧应在听觉给观众更多的

---

① 陈夷夫：《文泉及其作品》，《满洲报》1937 年 7 月 2 日第 8 版。
② 渡沙：《谈〈理发店中〉》，《满洲报》1935 年 2 月 22 日第 8 版。
③ 同上。

印象，显然，文泉并没有意识到这一问题。此外，文泉对人物的肢体动作描写也不够详细，如银楼进理发店后，对其或坐或立于何处没有描写，这就减少了与客乙之间戏剧冲突的表现。但话说回来，作为戏剧创作的尝试之作，《理发店中》"是一篇有生命的作品"，小说可算是"捉住了时代核心的佳作"①。《理发店中》人物的对话，使阅者深感"现代社会的罪恶"②，颇有暗示的力量。请看——

> 行好的观世音，饥荒逼得饭都吃不下去呀！你们有本事的请不要和个卖骨发血肉的作对吧！我们那有半点能耐？一年到头，披星戴月的辛苦着，指望秋后的收成，人和牲口鞭打棍槌的，那有一点闲着的时候？亏人的地租人家一天好几趟到我家讨要，老婆孩子的衣裳布匹、过年的年纸码、抬人家的印子钱、使人的粪钱，所有的都指望着它呀！讨账的满屋满院子，再等十天，不像杀我一样吗？周东家，慈悲些，叫我弄碗饭吃吧！我们的一条条的命，全握在你们的手里呀！③

文泉的戏剧创作不够丰厚，但确是对戏剧荒芜的东北文坛做了贡献，这仅有的几篇戏剧④成为"文泉君的创作上的最大的收获，同时也是满洲文坛的一点小收获"⑤。

---

① 渡沙：《谈〈理发店中〉》，《满洲报》1935 年 2 月 22 日第 8 版。
② 渡沙：《写给〈赌徒〉的作者》，《满洲报》1935 年 10 月 18 日第 8 版。
③ 玫泉：《理发店中（下）》，《满洲报》1935 年 1 月 15 日第 8 版。
④ 除《满洲报》刊载的《理发店中》外，其余三篇剧作《生命线上》《嫁娶》《除夕》均发表在文学刊物《开拓》上。
⑤ 陈夷夫：《文泉及其作品》，《满洲报》1937 年 7 月 2 日第 8 版。

表 3 – 1　　　　　　　　文泉在《满洲报》刊载作品情况

	时间	版面	作品	笔名
1	1933.1.23	星期副刊	算账	文泉
2	1933.2.6	星期副刊	尖刀	文泉
3	1933.3.27	星期副刊	踯躅	文泉
4	1933.8.29	北国文艺	劫——阿魁的故事	文泉
5	1933.8.29	北国文艺	乞妇与阿环	文泉
6	1933.10.10	北国文艺	牺牲	文泉
7	1934.1.23—30	北国文艺	女人的悲哀	文泉
8	1934.3.20	北国文艺	追寻	文泉
9	1934.4.10	北国文艺	幻灭	文泉
10	1934.5.22—30	北国文艺	湖畔之春	文泉
11	1934.8.31—9.11	文艺专刊	深秋的夜	文泉
12	1935.1.8—15	北风	理发店中	玫泉
13	1935.2.8—19	北风	弟兄之间	文泉
14	1936.6.5	北风	平凡的人	石军
15	1936.7.17	北风	一根铁棍子	石军

三 文泉小说的艺术特色

小说创作来源于生活。在经济和文化相对落后的东北，文泉苦于生活的干燥和简陋，为了找到创作的题材，常深入乡间、街头，搜集小说的创作题材，尤其对农村破落的原因做了大量的调查和思考。此外，文泉创作十分认真，为了每篇小说的题材圆满，常常对搜集到的题材进行详细的考察和布置，甚至将"人物的性格和举动统统挤在脑里排演"后才提笔写作。因此，其小说主人公的心理活动及故事的演进很少有突兀的产出。文泉自言其小说都是"经过长久的功夫来我的心的深处酝酿着的胚胎育养成的"①。如其短篇小说《牺牲》不过三千字，但文泉却是在头脑中整整酝酿、排演了半年才动笔完成的。

> 我曾无是无非地跨到街头听他们的语言，看他们的动作，那一回走到荒漠的村中，我都用我的耳朵仔细听他们的用语，我都把这破产现状下支吾着的农人的话，一句句写在记录簿上，供我写稿时用。我也无故地走到民家问长问短，好供我的题材。只对于小说家常描写着的农村破产这一门说吧，我已查明不少破产的真实原因，我还能运用。差不多我的东西里写过的人物、故事，我都能模糊地记清我在描写周围的谁谁，为了想使每篇东西的题材圆满起见，每篇东西的题材都在我的头脑里排演几个月才能产生。我决不轻率从事，我把一大些模糊的人物的性格和举动统统挤在脑里排演，可削的、可添的，我要详细地考察，及至布置好了，我手提笔出来。②

（一）结构完美，布局齐圆

在作风、结构和穿插技巧等方面，文泉精心探试，又大胆更易。文泉十

---

① 寒暖：《关于满洲文坛》，《满洲报》1936 年 8 月 22 日第 8 版。
② 文泉：《王文泉六年来底创作经验自述》，《满洲报》1934 年 12 月 28 日第 8 版。

分注重文章的布局，小说多为四段式的结构，起承转合，布局齐圆。如《深秋之夜》全篇分成四章：第一章写主人公迟英从 K 埠逃到 R 城，用一封长信追述了以前组织文艺集团失败的经过；第二章写迟英和韵芹在公园邂逅，用回溯的方式点出两人来 R 城的原因：迟英和韵芹师生间产生了恋情，这被 K 埠的民众所不齿，韵芹母亲因而上吊自杀，父亲一怒之下将韵芹嫁给了性情暴莽的小商人；第三章将许多往事和片段用"×××"记号提出，不费多少笔墨就使读者通晓了往事的大略；第四章是全篇的关键，也是写得最精彩的一节。迟英鼓起勇气要与韵芹出逃，生活似乎有了"出路"。然而，迟英得知韵芹已生育过孩子，并要一起抚养孩子时，一切理想化为乌有，再次陷入黑暗与迷惘。文泉精心设计文章结构和布局，所采取的题材多半是熟悉的故事，对于技巧是有相当的锻炼的。文泉并不满足于技巧，更看重的是文章的内容，甚至常常"因技巧上下了些讨厌的功夫颇使我难满意"①。对创作有如此清醒的认识，在当时的东北文坛也是十分难得的。

（二）雅俗并存，善用方言

在修辞方面，文泉小说语言多为写实的白描，"不管土俗与雅致，只求合其人物思想就满足"②。文泉后期作品多倾向于描写破败的农村，其"善于操用土语，给东北文学创作了独特的作风"③。如在《弟兄之间》中，为了真实地反映东北的农村社会，文泉运用了大量的东北方言俚语，如"打嘈子"（口角相争）、"滑溜骚"（穿着华丽外衣）、"押树"（栽植幼树苗或插枝土中）、"拉山"（农家收获田禾）、"驴性"（倔强、顽固）、"鬼道眼"（计策之刁滑）、"棒子手"（强盗、土匪）等。

---

① 文泉：《王文泉六年来底创作经验自述》，《满洲报》1934 年 12 月 28 日第 8 版。
② 文泉：《我的文学经验谈（二）》，《满洲报》1936 年 3 月 6 日第 8 版。
③ 姚远：《东北十四年来的小说与小说人》，刘慧娟主编：《东北沦陷时期文学作品与史料编年集成》（总第四十五卷），线装书局 2015 年版，第 157 页。

（三）笔致娴熟，描写细密

文泉的小说笔致娴熟，描写细腻，尤其擅长景物的拟人化描写。自然界的人格化往往渗透着作者主观情绪，自然的一草一木、日月星辰不再是无生命的存在，而是融入社会氛围中，寄托了作者对社会、人生的看法。如《深秋之夜》中，"暗夜"即是当时社会黑暗现实的写照；"星点"比拟了当时社会中那些稚嫩怯懦的社会青年；"月儿"代表着欲改造旧社会、创造新生活的有志青年。文泉以隐晦曲折的笔法，表达着对黑暗现实和懦弱青年的不满，以及欲冲破黑暗的决心。

> 死人面色的天上，嵌着数颗晶亮的星点，都各据一方在那里闪着荒老的眼神，把它那微弱的光芒，散射在这秋夜之下，都得不到任何反响，不过只会增添它们的怯弱的情绪罢了。是那样的清明而皎洁，洗过一般的月儿贴在天之东方，放出轻视、傲泰盎然的淡黄色的线芒，烧焦了那一面黝黑的天空，来讥笑怕它的霸权的星子们，像是在说："喂！黑暗的清除者！亲爱的我的伙伴们，不过你们的力量太薄弱太稚嫩了！你们只会夜夜不停地来放你们那微弱无足论的弱光，是不会冲开这层层的黑幕的！不妨朋友，我给你们当个忠实的长夜灯来，另整旗鼓踏上征程，冲开这悄黑的夜魔！"……胜利的月儿直逼地前行着，把围在它周遭乞怜的星儿个个吞咽，有的星子不等它来便老远地跑了，还拖着软长的尾巴，惹得旁的星儿挤眉弄眼地惨笑着。马路旁每个路灯附旁，都准有一群茫小的不知名的虫儿、蛾儿围绕着乱飞，看样子是抵不过这阵阵寒风，这样漆黑的暗夜呐![1]

---

[1] 文泉：《深秋之夜》，《满洲报》1934 年 8 月 31 日第 8 版。

　　然而，短篇小说应以语句简练为佳，文泉小说大量景物描写所使用的重句和对句，就显得笨滞、沉闷了。同时，文泉习惯使用讲鼓词式的对话，发话冗长，也减少了作品的风光。文泉小说创作语言上的特点，显然是受其喜欢收集和模仿华美的语句的影响。文泉在语言上如若能够再加以凝练，"不难升入大雅之堂"①。且看文泉小说中的重句和对句——

　　　　沿江而上，摆布一带丛密桃林，柔柳的浓荫、如茵的绿草、坦然的山原、游春的士女、避暑的摩登、咏月的饱学、溜冰的学子……②

　　　　黄冈村，黄冈村，诗人的圣地、文人的别墅、绝美的圣地。苍翠的群山、浩瀚的巨海、银蓝的海水呀、雪白的飞帆呀，幽默的诗魂、人生的渺小，丛峙的山峰呀、丛崖的绝壁呀……③

　　透过文泉在《满洲报》发表的小说，不难看出，创作初期的文泉努力尝试小说创作，并进行了有益的探索。文泉用大胆、纤细的笔触，揭露了东北农民的苦难生活。文泉关注社会现实，"宁肯不成文学家，不想写些违背内心和社会趋势的不痛不痒的作品"④。然而，受环境的影响和自身文学修养的局限，文泉没能对时代有更深切的认识，未能"刺穿现实的'里面'"⑤，对农村破败及农民生活苦难做更深入地探讨。

　　纵观文泉这一时期的创作，总体是"混乱"的，未能形成"统一的调子"。文泉创作的混乱和局限，可以说是当时整个东北文坛的缩影。

　　　　在我们的文坛，像他那样作了争论的对象的作家，还没有第二人。

---

① 汉郎：《读〈女人的悲哀〉后评》，《满洲报》1934 年 3 月 30 日第 8 版。

② 文泉：《牺牲》，《满洲报》1933 年 10 月 10 日第 8 版。

③ 文泉：《女人的悲哀》，《满洲报》1934 年 1 月 23 日第 8 版。

④ 文泉：《我的文学经验谈》，《满洲报》1936 年 2 月 29 日第 8 版。

⑤ 石军：《我与小说》，张毓茂主编：《东北现代文学大系·评论卷》，沈阳出版社 1996 年版，第 256 页。

他着实是成了问题的一个人，所谓"文坛建设"是与他有拆不开的关系，虽然有一部分的人认为他是"文坛破坏者"。因为我们的一切，我们的文坛的性格都在他的身上表现出来了。他是混乱地写诗，写小说、戏剧、散文、小品，以至评论。他的创作是形成不统一的调子，他与我们的文坛一样的混乱，一样的不统一。①

第二节 秋萤及其小说创作

一 秋萤其人

秋萤，原名王之平，生于 1914 年，籍贯是辽宁抚顺。王之平是东北著名的作家、评论家和编辑人，曾用笔名有秋萤、苏克、舒柯、邱莹、林媛、谷实、牛何之、孙育、黄玄、洪荒等。中华人民共和国成立后，主要使用笔名黄玄。秋萤是其在《满洲报星期副刊》上发表文章时首次使用的笔名，也是王之平最为人所知的笔名之一。

透过"秋萤"这一笔名，可以看出秋萤在异族统治下，其文学创作有着无尽的苦闷与挣扎，但秋萤从未放弃抗争与呼喊，为东北文坛作出了巨大的贡献。

　　秋萤一名最初用于大连"满洲报·星期副刊"，当时东北沦陷，伪国建成，作者目睹妖孽成灾，偶忆《聊斋志异》序文中的作者自喻："松龄落落秋萤之火，魑魅争光，逐逐野马之尘，魍魉见笑。才非干宝，雅爱搜神，情同黄州，喜人谈鬼"，遂以"秋萤"作为笔名。意在说明当时自

---

① 陈夷夫：《文泉及其作品》，《满洲报》1937 年 7 月 2 日第 8 版。

己心情与蒲氏一样，在异族统治下，只能效法干宝和苏东坡，搜神谈鬼而已。此名在东北各地报刊发表小说经常署用，后被冠以姓，成了通用名。作者从未署过"秋莹"之名，其作品偶见"秋莹"者，系排字之误，未经本人校正。[①]

秋萤出生于辽宁抚顺附近的矿区，父亲开过杂货铺，因经营不善而倒闭，后因其土地被当地恶绅卖给日本煤矿，告状不成反被关进牢狱，秋萤在穷困潦倒和颠沛流离中度过童年时代。这些生活经历和体验对秋萤日后致力于"乡土文学"创作产生了重要的影响。

秋萤从事文学创作受其父亲的影响极大。幼年时，父亲时常给秋萤讲《七侠五义》《三国演义》《水浒传》《彭公案》等传统武侠、公案小说中的故事，从小培养了秋萤对文学的兴趣。1920 年，秋萤进入抚顺县第一高等小学读书后，父亲又买了很多此类小说，并与秋萤在灯下阅读。幼年的秋萤就是在父亲的陪伴下接受着文学的启蒙。1925 年，秋萤进入抚顺县立初中学习，其后又转入沈阳育才中学和同泽中学等继续学习。1929 年，秋萤开始了新文学的创作，他先后在《抚商日报》和《新民晚报》上发表了一些短诗和散文。

1931 年"九一八"事变后，因家中变故，秋萤无奈辍学返回故乡抚顺。秋萤"退居乡曲，仍不废写作"[②]。这期间，秋萤开始接触了鲁迅、周作人、茅盾、冰心、丁玲等人的新文学作品。在新思潮的影响下，秋萤开始意识到封建社会的腐朽和堕落，并且滋生了"追求民主自由和光明的思想，以及对黑暗的现实更为强烈的不满"[③]，这些直接影响了秋萤日

---

① 萧军：《东北文学研究史料》（第六辑），东北文学研究史料委员会，1987 年，第 152 页。
② 《晚刊连载小说预告》，《盛京时报》1941 年 6 月 6 日第 1 版。
③ 高翔：《旧时代"送葬的歌手"——秋萤生活与创作道路略论》，《社会科学辑刊》1986 年第 3 期。

后的文学创作。

秋萤的身上体现了那个时代东北知识青年的宿命——为了生计，不得不漂泊于各地。1933 年 3 月，秋萤发起并组织了文艺社团"飘零社"，并担任编辑一职。飘零社是为了"纪念旧日在校的学友，经过九一八的炮火，也像九秋落叶，都已离群星散"①。飘零社在《抚顺民报》创办了文艺周刊"飘零"，由石卒②主持，秋萤编辑，该社同人还有孟素、曼秋等。同年，秋萤在大连《满洲报》《泰东日报》等副刊上发表了《青春拜别》《衣锦还乡》《二元论》《末路》《落花流水》《爱与虚伪》《诗人与画家》等小说和戏剧。秋萤早期的创作还显稚嫩，但确是给当时的东北文坛带来了清新的活力。

1934 年，秋萤进入沈阳《民声晚报》开始新闻生涯，先后在《大同报》的"文学专页"、《盛京时报》的"文学周刊"任编辑。其间，秋萤完成并发表了《满洲新文学的踪迹》《满洲新文学的发展》《满洲创作界小顾》等文章。这些文章表明，秋萤在创作初期即关注当时东北文坛的文学思潮和运动，这为其日后文学创作奠定了较好的基础。

1935 年始，秋萤发表了大量文学作品，进入其创作的繁荣期和鼎盛期，逐步奠定了其在东北文坛的地位。其间，他先后在《民生晚报》《大同报》《盛京时报》以及文选刊行会等处任编辑和记者，并在《新青年》《满洲新文化》《斯民》《新满洲》《华文大阪每日》《文选》等刊物上发表了大量的小说、散文和文学评论。1940 年，秋萤与陈因等人组成文选刊行会，主编文艺刊物《文选》。这一时期的作品有：《雪地的嫩芽》《暮景》《南风》《三秋草》《羔羊》《亚当的故事》《雨》《两代人》《书的故事》《血债》《小工车》《矿坑》《关外》等。

---

① 高翔：《现代东北文学世界》，春风文艺出版社 2007 年版，第 183 页。
② 石卒，本名陈因，东北著名作家、评论家，1914 年生于辽宁抚顺，笔名有石卒、碎蝶等，1933 年与秋萤创办"飘零社"，曾主编《满洲作家论文集》。

1941 年 1 月和 9 月，秋萤分别出版了小说集《去故集》和《小工车》。
值得注意的是，因"不愿用伪国年号"①，《小工车》收录的小说没有按照所
写的先后排序，从中亦可看出秋萤的反抗精神。1941 年 6—8 月间，秋萤兼编
《盛京时报》文学版的同时，在该报"妇女周刊""儿童""教育"等栏目连
载了长篇小说《河流的底层》，并于 1942 年 9 月由大连实业印书馆出版。此
外，秋萤其他散见于报刊的小说有：《华容道》《夜深沉》《自春徂秋》《觅》
《失群者》《彩虹》《新闻风景》等。虽然创作了大量的文学作品，但秋萤对
这一时期的创作并不满意。

> 去年一年来是我写作情绪最不统一的一年。虽然一方面我是执拗得
> 想粘着于新文艺的创作，可是被国内出版界的低调趋势，弄得我也几乎
> 做了文坛上的贰臣。所以我写出来的文章也失掉了当年的理念，甚至很
> 容易便走上低流小说的路上，其实这一本小书正确地说，已经失掉了新
> 文艺的本道了。②

创作情绪的不统一，究其原因：一方面是生活的拮据和不稳定，另一方
面是受当时社会环境影响，造成了精神上的"不聋而聋，不哑而哑"，使得秋
萤"毫无写作的情绪"。怀有这样的心绪创作的，又岂只秋萤一人，可以说是
东北沦陷时期作家普遍的内心写照。

> 过去的一年内，我虽有了两个创作集的出版，但在我创作的生活上，
> 却几乎等于空白的一年。这原因也许是身心的怠倦，而故意地疏懒，但
> 实际上由于精神上的不聋而聋，不哑而哑，同时爱而不能爱，憎又不能

---

① 高翔：《旧时代"送葬的歌手"——秋萤生活与创作道路略论》，《社会科学辑刊》1986 年第
3 期。

② 秋萤：《跋〈河流的底层〉》，《盛京时报》1942 年 2 月 11 日第 3 版。

憎的情形中，弄得我毫无写作的情绪，却也是最大的原因。[1]

1943 年后，秋萤的创作进入衰退期。随着日伪统治者的文艺审查愈加严酷，秋萤几乎停止了小说创作。除《陌巷》《影虹》《失群者》等小说外，秋萤更多的是写一些文学评论文章。1944 年，秋萤编纂的《满洲新文学史料》由开明图书公司出版，该书保留了大量珍贵的史料，是研究东北文学史的重要参考。1944 年，为躲避日本宪兵队的跟踪，秋萤逃到上海。1945 年，因生活费用尽，秋萤从承德回到沈阳，任《文化导报》主编，其间曾被日本宪兵队逮捕。1946 年，国民党捣毁《文化导报》，秋萤随即被逮捕。被释放后，秋萤举家来到解放区哈尔滨，在《知识》杂志社工作。其后，秋萤又相继在吉林毓文中学、吉林日报社、敦化县中学、哈尔滨日报社和松江省政府工薪局等单位工作。1984 年，秋萤完成的《东北沦陷时期文学概况》一文，是研究东北沦陷时期文学的重要材料。

二 秋萤的早期创作

精神世界的苦闷和社会环境的恶劣，直接影响着秋萤的早期创作。1932 年 12 月至 1933 年 11 月，秋萤在《满洲报》相继发表了《末路》《青春拜别》《落花流水》《衣锦还乡》《二元论》《黄昏》等戏剧和小说作品（见表 3-2），均为短篇。这一时期秋萤的创作多是在飘零社完成的，从作品题目中的"末路""拜别""黄昏"等词汇可见，秋萤初期创作多是描写过渡时期知识青年的迷茫、苦闷，深感世态炎凉、人情冷漠，找不到真正的"出路"。小说主人公身上或多或少地带有秋萤的影子，表露出青年时代的秋萤对未来的迷茫与困惑。正如秋萤自己所言："时时使我陷入与故事里的人物一样痛苦的境界。"[2]

---

[1] 秋萤：《跋〈河流的底层〉》，《盛京时报》1942 年 2 月 11 日第 3 版。
[2] 王秋萤：《去故集·序言》，长春文丛刊行会 1941 年版，第 1 页。

表 3 - 2　　　　　　　　秋萤在《满洲报》刊载作品情况

序号	时间	版面	作品	笔名
1	1932. 12. 26	星期副刊	末路	王秋萤
2	1933. 2. 27—3. 6	星期副刊	青春拜别	秋萤
3	1933. 3. 11—16	消闲世界	落花流水	秋萤
4	1933. 3. 27—4. 17	星期副刊	衣锦还乡	秋萤
5	1933. 10. 30	晓野	某走后	秋萤
6	1933. 10. 31—11. 28	北国文艺	二元论	秋萤
7	1934. 6. 5—12	北国文艺	黄昏	邱萤

　　秋萤以切身的生活感受、锋利的笔触大胆地剖析了时代知识青年的灵魂，塑造了一个个的知识青年形象，真实地再现了动荡年代知识青年的不幸和悲惨命运，展示了知识青年的苦闷、彷徨、病态、沉沦。在秋萤的前期小说作品中，对青年的"出路"问题，作者往往是简单地以"出走"或"死"了事，如《末路》中的青年洛音，在生活的压迫下，最终投河自尽；《青春拜别》的丽薇和雪浪，在无法获得各自家庭幸福后，双双殉情自杀；《衣锦还乡》的丽生，在衣锦还乡后，没有得到自己期望的一切，最后选择了在母亲坟前自杀；《二元论》的铎，在爱情失败后，选择了不知应向何处的逃离。在社会环境的压迫下，深感窒息的秋萤多用忧郁的情调书写人生的沉闷，并借此获得"一点感情的舒展"。

　　低压的空气，时时窒息我呼吸的畅通，周围的荆棘，总有一团氤氲，闷在我乱云似的心头，我常想靠着写作，能换到一点感情的舒展。①

1932 年 12 月，秋萤以笔名"王秋萤"在《满洲报星期副刊》上发表了戏剧《末路》，共两幕，这也是其首次以笔名"秋萤"进行的创作（见图 3 - 5）。《末路》中的三个青年君敏、紫霞和洛音代表了那个时代知识青年的典型。君敏整日沉迷与素秋的恋爱；紫霞则除了吃喝睡与抽烟外，无所事事；洛音是三人中唯一意志坚强的青年，但在苦难生活的逼迫下，感到世路的可悲，最终投河自杀。一个有理想、有抱负的知识青年，在时代的压迫下走向末路。《末路》再现了当时社会中的知识青年无法排遣的苦闷，虽不甘堕落，但又无力自拔的精神状态。

图 3-5　王秋萤的戏剧《末路》

写作伊始，秋萤就把笔触投向了知识青年的"出路"问题。1933 年 2 月，《满洲报星期副刊》刊载了秋萤的小说《青春拜别》。小说讲述了一对青

---

① 王秋萤：《去故集·序言》，长春文丛刊行会 1941 年版，第 1 页。

年男女在旧婚姻制度下的无奈与遭遇，最终双双轻生的故事。女主人公丽薇嫌贫爱富，抛弃了穷困的雪浪，嫁给了当局要人的少爷。婚后不久，丈夫就跑到外面寻花问柳。因政局变革，丽薇被丈夫强行带到外地，丈夫继续花天酒地。可怜的丽薇预知到将来悲惨的命运——在积蓄花完时，丈夫会将她卖到妓院。在无助之际，丽薇遇到曾经的恋人雪浪，并向雪浪哭诉了自己悲惨的生活，表露出"要脱离这人世"的想法。雪浪表达了同病相怜之情，其与妻子也毫无家庭乐趣，也"已厌恶这人世了"，两人最后以死亡拜别了青春。

> 哎！薇！我底命运是同你一样的呦！我底妻你是看过的，那是一个最蛮强而无知识的女性。现在，虽然经朋友把我介绍到此地 w 报社主副刊笔政，每月进款亦丰足，但简直我找不出一点家庭的乐趣！总之，我已厌恶这人世了！薇！我既不能拯救你，我至少可以陪你去死的！①

透过小说，秋萤揭示出知识青年痛苦的心境和可悲的境遇。《落花流水》是秋萤创作的又一部多幕剧，描写了知识青年建人和沉夫因时局混乱，为躲避匪乱，逃到异地。小说主人公沉夫，亦如其名，是一个沉浮在虚无主义海洋中的青年，只有透过"自己命运底悲哀"，才能想到"国家的沉沦"，甚至将生活的困难归于"吃研究文学的当"，整日怨天尤人。

> 我并不是为国家惋叹，我是为我们自己命运底悲哀，而联想到国家的沉沦。②
>
> 我正吃研究文学的当了，假使我们父母从小便令我们去学一种职业，到现在绝不如此无用而困苦。那时我们如果学打猎，学木匠，再低一点说学理发、学……或者作一个无知的农民，都受不到今日的困难。哎！

---

① 秋萤：《青春拜别》，《满洲报星期副刊》1933 年 3 月 6 日第 3 版。
② 秋萤：《落花流水》，《满洲报》1933 年 3 月 10 日第 6 版。

知识真是可怕的东西！①

小说中的另一青年建人，代表了受"五四"思想影响抱有理想的青年，要"改造这人吃人的社会"。然而，在穷困潦倒之际，建人也堕落为偷盗分子，被警察抓到警局。因社会环境的恶浊，大好青年都因此而堕落。

我想我将来是要改造这人吃人的社会，但现在即困入此等地步，因为经济的困窘，那我真不敢再乱谈了。总之，这社会是完全被金钱支配的！金钱已做了社会上一切的主宰！②

在秋萤的小说中，知识青年的生活的苦闷与不幸被归结为精神生活与物质生活的矛盾所造成的。在小说《二元论》中，秋萤更是直截了当地道出了这一题旨。主人公铎是一个寂寞、空虚的青年，深陷对玲的相思。尽管玲也爱铎，但最终还是选择了能够提供更好物质生活的 S。在痛失所爱后，铎悲伤地感叹："爱情绝不是单属精神的呦！同时还要有物质做陪伴呵！"③ 并最终选择了"出走"，然仍是前路迷茫。秋萤在小说《二元论》中表达了在二元矛盾下的青年，意识的模糊不清，前途的渺茫无望。

铎毫不回顾地向车站的路上奔去——别了！一切都别了！呵，不可留恋的 y 地呦！但是向那走呢？他想到自己故去的父母与今后的前途便哭了……④

由于未能深入挖掘时代知识青年精神苦闷和生活不幸的根源，秋萤这一时期的作品，只能肤浅地将这种苦闷和不幸归结为生活物质匮乏所造成的。

---

① 秋萤：《落花流水》，《满洲报》1933 年 3 月 12 日第 6 版。
② 同上。
③ 秋萤：《二元论》，《满洲报》1933 年 11 月 28 日第 8 版。
④ 同上。

直到小说《衣锦还乡》，秋萤的笔触才更深入一层，揭出旧社会的青年即使通过奋斗获得物质满足，也难以摆脱生活的苦闷与不幸的残酷现实（见图3－6）。小说描写了青年丽生因家境贫寒，为爱情离乡背井参军的故事。主人公丽生本想通过自身努力，在衣锦还乡时迎娶心爱的姑娘，并把这当作"唯一的出路"。而在荣归故里时，丽生见到老友林青已娶妻生子，其内心感慨青春的葬送，继而引发无限的辛酸。在得知家母逝去、心爱的姑娘也嫁作他人妇后，丽生悲痛欲绝，发出了"我是被幸福忘掉的人！是时代底零余者了！"①的哀号，喊出了秋萤乃至整个时代知识青年共同的心声。在一切希望破灭后，丽生已生无可恋，最终在母亲的坟前自杀了。

图3－6 秋萤的小说《衣锦还乡》

九年前，我受了S村底父老们多少恶意批评，而现在仍然是数年前的我，他们都向我恭维起来了。哎，这世态呵！我真为他们惭愧！总之，我是不愿活下去了！这世界我是一点没眷恋！我决定在今夜到母亲坟前

① 秋萤：《衣锦还乡》，《满洲报星期副刊》1933年4月17日第3版。

痛哭后自杀!①

此外,小说描写丽生在离家之前,常受村民的恶意批评。衣锦还乡后,村民又都跑来吹捧、恭维。在丽生自杀后,丽生又变成村民的谈资,大肆嘲讽。透过村民对丽生态度的不断变化,反映了世态的炎凉、人情的淡薄。

真的,丽生在早我便说是后生可畏,果然现在竟衣锦还乡了。哎光宗耀祖!就是我们村中也增光不少呵!

哼!数年前我便看他没出息,现在果然不出我所料!②

图 3-7　邱莹的小说《黄昏》

1934 年 6 月,秋萤在《满洲报》的"北国文艺"上发表了署名"邱莹"的小说《黄昏》,这是"堪称成功的作品"③（见图 3-7）。由于无业的困窘和内心的苦闷,这一时期的秋萤"对创作早已灰心,不但对题材感到困窘,

---

① 秋萤:《衣锦还乡》,《满洲报星期副刊》1933 年 4 月 17 日第 3 版。
② 同上。
③ 邱莹:《黄昏》,《满洲报》1934 年 6 月 12 日第 8 版。

有时没理由的连造句都感到困窘了"①。秋萤并未放弃创作，内心的苦闷与创作上的困窘，反倒加重了秋萤对知识青年悲惨命运的书写。《黄昏》描写了四个颇具时代性青年，天厄是个有理想、有抱负的青年，由于经济的困窘，不得不返回乡下。天厄遇到了女青年丽樱，面对丽樱姑娘的表白，天厄表明了自己的抱负和无奈：

> 我们是两条路上的人，我走的是艰冷、悲哀的路，你正徘徊在柔软的温香路上，你说我是冷漠的么？是的，你一定觉得这样，但是那是错的，我心中装满了爱与热情，我不仅是爱任何一个人，我是愿把心中的爱献给世界上一些受苦者，但是我的力量是如何薄弱呀？②

《黄昏》中另一青年瑜辉，全仗岳父供给生活，无所事事，整日幻想着小布尔乔亚的生活，后被征兵到 P 地；克敬是一个乐观、健康的青年，坚信"肯吃苦就有饭吃"的道理，在天厄父亲的介绍下，在村里的矿局里工作，但不幸死于事故；青年骚先则是个整日说大话，"一世也舍不得离开他的家"的青年，伴随朋友的离去和爱人的出嫁，骚先内心充满了寂寞与悲哀，决定"出走"，然而终是没有勇气离开家庭。四个青年不同的际遇，传达了在那个时代下，知识青年毫无"出路"，前途一片黑暗的悲观情绪。

> "我也走了吧！走！到 P 地找天厄！"一种难言的寂寞与悲哀，紧紧地啮咬着他的心。他虽然这样想，但渐渐又消失了勇气，他终究是没有勇气离开家庭的了。他觉得眼前一片昏暗，黑暗渐渐走向他身边，他认识这时代了！③

---

① 邱莹：《黄昏》，《满洲报》1934 年 6 月 12 日第 8 版。
② 邱莹：《黄昏》，《满洲报》1934 年 6 月 5 日第 8 版。
③ 邱莹：《黄昏》，《满洲报》1934 年 6 月 12 日第 8 版。

总的来说，处于创作初期的秋萤，小说的题材相对狭窄，故事情节多有雷同，人物塑造过于简单，"技巧仿佛是乍翔的雏羽""意识很模糊游移"①。不过这一时期，秋萤在《满洲报》的小说创作关注了知识青年的生存状态，以沉郁、悲愤的笔调再现了社会底层民众不幸的生活，也试图为生活苦闷、命运悲惨的青年们寻求"出路"。秋萤在创作上的尝试和对社会的思考，为其日后的文学创作奠定了基础，这些作品是研究秋萤文学创作历程的重要资料。

第三节　黄旭及其小说创作

一　黄旭其人

黄旭，生于 1913 年，山东文登人，笔名有篁晶、老含、萧艾、绿失蓝等②，曾任《泰东日报》和《满洲报》文艺副刊主笔，发表了大量的小说作品，其中"尚有为上海出版商人所翻印者"，由此可看出黄旭作品之价值。

> 该氏生于山东省文登县，大水坡村，本年三十一岁，为华北作家协会会员。过去曾于《满洲报》社充"北国文艺"编辑，时常有短篇小说发表于《中国公论》等杂志，更于《大阪每日新闻》刊载华北小说特辑以后，该氏常为其中主要作家之一。康德十年春蒙《大同报》（目下之《康德新闻》）约请，曾撰《丁春深处》一文，定评颇佳。该氏迄今出版作品，计为《落叶集》《萍絮集》等等，其中尚有为上海出版商人所翻印者，由此点亦可想见其作品价值如何矣。③

---

① 山丁：《〈去故集〉的作者》，陈因：《满洲作家论集》，实业印书馆 1943 年版，第 275 页。
② 篁晶：《关于〈风波〉的风波》，《满洲报》1935 年 9 月 6 日第 8 版。
③ 《新中国作家短篇小说集〈红樱桃〉》，满洲杂志出版社 1944 年版。

1929 年 8 月，黄旭因与训导主任发生口角，毅然退学，开始了苦闷无序的生活。父亲替黄旭谋得杂粮店、换钱所的职务，而黄旭不愿在这些地方就职，而希望"在汽船充一名船员，或在报馆里当一名排版员或送报员"①。在这期间，黄旭除了每天翻阅报刊上的文艺专栏外，也曾写过一些文章投向报刊、书局。此时正值国内南北战争时期，书局的销路有限，故黄旭的文章未能发表。没有了生活来源的黄旭只好请朋友帮忙，在报社谋得了送报和排版的职务。由于对创作的爱好，加之在报社工作的便利，黄旭再次开始了创作，并有大量的文字登载在报纸上。在"让人短气的"东北文坛，黄旭被称赞为几乎是唯一"继续努力写着小说"并不断进步的人，这是极为难得的！

> 在我们这有着特殊让人短气的社会条件的文坛，作者几乎是唯一的在较长期的会吞蚀青春的岁月里，继续努力着写小说的一个人，并且是在进步着，尤其是在改变作风以后，更会使人看到作者的能力。②

二 黄旭的小说创作

在东北文坛，黄旭致力于小说创作，收获了大量的小说作品，其创作大体可分为两个时期。

第一个时期，黄旭的小说多集中在旧中国青年"出路"选择的问题，小说涉及社会各个层面的青年，如教员、工人、农村青年、乡下女子、留洋学生等。黄旭以悲凉的笔调，描绘了在社会破产、世态炎凉中的时代青年或出逃，或等死，或自缢，生活毫无"出路"的悲惨命运。这一时期，黄旭在《满洲报》先后发表了《邻家女》《松桥》《炎凉》《桃花江干》《空中底伴侣》等小说（见表 3-3）。

---

① 黄旭：《叹息》，《泰东日报》1930 年 8 月 6 日第 6 版。
② 孟素：《我见的一个小说作者》，《满洲报》1935 年 10 月 15 日第 10 版。

表 3 - 3   黄旭在《满洲报》刊载作品情况

序号	时间	版面	作品	笔名
1	1932. 12. 5	星期副刊	邻家女	黄旭
2	1933. 1. 16	星期副刊	松桥	黄旭
3	1933. 2. 6	星期副刊	炎凉	黄旭
4	1933. 3. 29—9. 20	消闲世界、晓野	桃花江干	黄旭
5	1933. 5. 8—6. 19	星期副刊	空中底伴侣	黄旭
6	1933. 9. 5	北国文艺	不夜道	黄旭
7	1933. 9. 24—10. 2	消闲世界	春血	篁勗
8	1934. 3. 6—4. 10	北国文艺	不统一的礼拜日	绿失蓝
9	1934. 9. 7—25	文艺专刊	爱你底证据	老含
10	1934. 10. 9	文艺专刊	暮	老含
11	1934. 10. 30—12. 28	文艺专刊	梅姐	老含
12	1935. 1. 1	新年增刊	猪门记	老含
13	1935. 1. 1	新年增刊	二秃子的车	老含
14	1935. 1. 15—2. 21	北风	文章与女人	老含
15	1935. 2. 18—4. 9	北风	桃李	老含
16	1935. 8. 13—27	北风	乏了	萧艾
17	1935. 9. 3—11. 26	北风	没有节奏的音乐	萧艾

第二个时期，黄旭的创作"受老舍创作的影响，笔法取讽刺幽默"①。这一时期，黄旭的小说由单一描写青年男女生活的悲凉苦难，转向以诙谐幽默的笔锋描绘社会万象。黄旭以笔名"老含"，在《满洲报》相继发表了《爱你底证据》《暮》《梅姐》《猪门记》《二秃子的车》《文章与女人》《桃李》等小说。从笔名"老含"，不难看出黄旭对老舍幽默讽刺文风的有意模仿。这一时期，无论是极细微的感应还是极为琐碎的事务，黄旭都能以"轻灵的技巧，流畅特殊的笔调"②描绘出来。黄旭用诙谐风趣的笔墨刺穿了社会的各个阶级，贯通了社会的各个角落，发掘了社会的丑恶和美丽、黑暗与光明，以有力、细腻的笔锋书写一个个平凡人的故事。

（一）青年男女"出路"的抉择

《邻家女》是黄旭在《满洲报》发表的第一部短篇小说。小说描述了邻家女宋秋子与村里的马教员恋爱了。在得知马教员有家室后，家人坚决反对秋子嫁给马教员作妾，秋子不顾父母反对，竟与马教员私通。父母一怒之下，给秋子一根绳子要其自尽。秋子面临"死了"，还是"逃了"的抉择，最终选择与马教员私奔。小说表面上似乎是写秋子冲破旧社会封建礼教，争取婚姻自由的渴望。其实，作者要说的是秋子对婚姻自由的追求是建立在对物质的依赖上，这注定像秋子一样的农村妇女，最终无法找到真正的"出路"。

> 他时常地给我钱和洋布，如果我竟不嫁他，是太对不住他，我太没良心了！③

---

① 胡凌芝：《这里并不平静——抗战时期沦陷区文学述评》，《汕头大学学报》（人文科学版）1988 年第 1 期。
② 猛苏：《〈梅姐〉的检讨》，《满洲报》1934 年 2 月 11 日第 8 版。
③ 黄旭：《邻家女》，《满洲报》1932 年 12 月 5 日第 4 版。

1933 年 1 月，黄旭发表了短篇小说《松桥》。小说描写了因对分工不满，杨方元被工友打折了腿，丧失了劳动能力的杨方元被工头赶出工厂。没有了生活来源的杨方元，最终在松桥下等死的悲惨命运。小说首尾用同样的文字，似乎要暗示人们要摆脱苦难的生活，应像松柏和暴烈的东风对抗一样与黑暗的社会抗争。

> 与兴奋着的松柏在和暴烈的东风对抗着，他底全体缩成了一团，他听着自己底肚腹里在咕噜咕噜地奏着哀调了。①

1933 年 2 月，《满洲报星期副刊》登载了黄旭的小说《炎凉》。一如题目，小说描写了旧中国农村的破产和世态的炎凉。农村孩子初夫，因父亲得了疯病，母亲年老衰弱，家庭开支无法维系，无奈告别父母，去大连投奔吴姑父。吴姑父狡诈刻薄，百般推脱，毫无亲情，初夫被迫流落街头，沦为乞丐。最终在走投无路的情形下，自缢而死。且看吴姑父狡诈、刻薄的丑恶嘴脸——

> "你还没有吃早饭？我早就吃过了！你不觉得饿吧？"
>
> "很可以的，但是却不行！"
>
> "唉！说起来你定要疑心是我不认穷亲友，其实我太难了！"
>
> "真没有法子，初夫，我同情你！"②

---

① 黄旭：《松桥》，《满洲报》1933 年 1 月 16 日第 2 版。
② 黄旭：《炎凉》，《满洲报星期副刊》1933 年 2 月 6 日第 2 版。

图 3 - 8 黄旭的小说《桃花江干》

黄旭前期的创作多以短篇小说为主，描写青年人生活的苦难和无"出路"。1933 年 3—9 月，《满洲报》连载了《桃花江干》，这部小说被黄旭称作他"空前最长的一篇作品"（见图 3 - 8）。在《桃花江干》篇尾附言中，了解到黄旭这部小说是在其《春里的秋》之前、《一对赤臂露胸人》之后完成的，中间间隔了很长时间，黄旭自言《桃花江干》是"许多光阴和脑汁的结晶"。

起始写文章，这部是我空前最长的一篇作品——写了二五七张稿纸，这里是我的许多光阴和脑汁的结晶。我十分爱它，顾不了它是稚嫩的，有人攻击我是"敝帚自珍"。

本篇的前二十张原稿，是写在我的《春里的秋》之前，那时我正度着工人生活，脱稿在我的《一对赤臂露胸人》完成后的今天，这时的职务是在充校对——其中经过一度喜怒哀乐的长期的隔断，我真庆幸着环境未使我致它流产！①

黄旭对长篇小说结构和布局的把握很是生涩。《桃花江干》以睦儿母子在桃花江岸边的对话开篇，采取倒叙、插叙的方式，引出母亲苏丽京少女时期的回忆：苏丽京年轻时，结识了好友贞娣的表哥杨俊人。杨俊人表面是一个穿洋装、说洋话、弹梵亚林（小提琴）的新式青年，而实际上仅是个有着新潮外壳的花花公子。杨俊人在香港认识了外国女子 Alet，却又向表妹贞娣求婚，遭到贞娣拒绝后，又来追求丽京。丽京不听贞娣劝阻，嫁给了杨俊人并私生一子。而后，杨俊人返回香港与 Alet 结婚生子，丽京从此坠入后悔的深渊。小说前半部分写得冗长拖沓，充满了"无用的延长、过分的铺张与不怎样重要的有些使作品的力量松懈的穿插"②。直到第九十三期后，小说才开始对新旧制度下的青年男女的意识以及家庭关系有所描写，这或许就是作者所说的"意旨"所在吧。

> 本篇内容，攻击我的人要评之为无病呻吟，我却是不以为然。本篇后半部中是很露着我的意旨，那固然是狭小的，不过要请读者们理解我的环境，从那狭小的地方向广大处想，便可以明白我并不是情愿消闲在那十八世纪里的一流了！③

在《桃花江干》众多的人物中，作者对贞娣这一形象的塑造是成功。贞娣虽是生活在农村的女子，却有着清晰的意识和远大理想，欲求改造社会、服务社会，不甘成为社会的寄生虫和男人的玩物。且看贞娣和俊人对话一节——

---

① 黄旭：《桃花江干·附笔》，《满洲报》1933 年 9 月 20 日第 8 版。
② 孟素：《我见的一个小说作者》，《满洲报》1935 年 10 月 15 日第 10 版。
③ 黄旭：《桃花江干·附笔》，《满洲报》1933 年 9 月 20 日第 8 版。

总之没有生产力的我们正是社会上的寄生虫！寄生虫是不当趋于奢华之道！寄生虫当不识漂亮，和奢华无缘才是！（贞娣，笔者注，下同）

但是我们家里是有钱的啊！（俊人）

正应该来利用家长不易的来的金钱去尽力求学，学成之后再改造社会！替新社会服务来报答父母！才对得起大众！……我绝对不去的，尤其是看那些肉麻的香艳影片，特别在这种不景气的时代里，青年人是不该享乐的……（贞娣）

这是什么话？人要得乐且乐才是！时代不景气对我们有什么关系？如果一个人不找享乐就没有生的意义！何况我们有钱！（俊人）

太没有道理了，有道是甜从苦里来，我们这没有生产力的少年，一点也不替社会尽些功，只图享乐真不是人作的事！况我们是生在这种不景气的时代下，混乱的国家里！[1]（贞娣）

黄旭的小说"不束缚于一定的模型"，"每篇有每篇的技巧，每篇有每篇的内容"[2]，黄旭在创作上大胆尝试运用新的技巧，但不免有时为了技巧而忽略了内容。1933 年 9 月，黄旭以笔名"篁晜"发表了短篇小说《春血》（见图 3 - 9）。小说设置了两条线索：一条是何昌设计勾搭罗琴的明线；另一条是通过日记交代罗琴的内心活动的暗线。小说描写罗琴的丈夫刘波在外当兵，音信杳然。邻居何昌为勾引罗琴，假造刘波的家书。罗琴心知肚明，却应允了何昌，与其勾搭成奸。刘波当兵归来得知此事，枪杀了这对奸夫淫妇。小说内容上并无特别之处，不过通过小说可见，黄旭对于技巧的热衷已使其创作进入了死胡同。如小说中通过报纸交代故事的结局这部分，足见黄旭对技巧的狂热。

---

① 黄旭：《桃花江干》，《满洲报》1933 年 4 月 20 日第 8 版。
② 猛苏：《〈梅姐〉的检讨》，《满洲报》1934 年 2 月 11 日第 8 版。

彼友隋若、悉波從軍事詳、此必事先其曾副得陪
處於余之情況、始行捏以此書寄探余蓋者、彼果
有如余意之計劃行爲、則誠爲多情郎君而益引余愛
矣！故對該書暢誠者三亦不欲釋、願不久此乘腸新
鄰果可解余之帳中伶仃……
門、爲完成余與僑波作覆、得與暢談良久、且已騙其
書得『劉波』字迹、恰與該書中者同、余斷不爽、其
波短、足證波卜他識、但余以其琪解攻
果有獨居苦悶之感而欲與余合之實願也！彼復展攻
、求代余生命史上當永誌之！此愉快
迎之、逐引之入帳、又得暢度一次新生活、
良得余生命史上當永誌之！
波郎去後、菩訊杳然、彼長日進出可怖之破場、
迎之、逐引之入帳、又得暢度一次新生活、此愉快
鐵心棄余誠非理當！
或已做敵彈下鬼事不爲罕聞也、所願如是、蓋彼竹

図 3-9　黄旭的小说《春血》

那是首先是自右至左地横排起来留个三号字："情夫持枪从军"，再
以细线拘转着军字到下面别的六个三号字，同前者作反对方向地横排着：
"荡妇开门偷汉"，复以十四个二号字在右面作两行地直排下去："壮士归
来得绿顶，账中野伴断了生"，接着是直排着作三行的二十四个五号字，
在每个字的右边注有着小点："罗琴难度青春活寡，何昌艳遇多情美女，
刘波鸣枪血洗酸恨"，最后是用三条粗线，上右下地抱着前者的标题，在
左面开口处是直标着十二个三号字，夹在上下的两条短线中，那是："本
城梅幽里一幕醋海决斗剧。"[1]

---

① 篁嵒：《春血》，《满洲报》1933 年 10 月 2 日第 10 版。

图 3 - 10　黄旭的小说《不统一的礼拜日》

　　1934 年 3 月，《满洲报》的"北国文艺"刊载了署名"绿失蓝"的小说《不统一的礼拜日》，绿失蓝是黄旭早期使用的另一笔名（见图 3 - 10）。小说把时间设定在礼拜日，通过描写社会上两类人在礼拜日生活的"不统一"，突出了时代下劳苦大众的悲惨生活。小说以秀娣写给司徒芝的信开头，反映出秀娣、司徒芝等纨绔子弟"要使劲愉快"的享乐主义态度。小说对司徒芝起床的一系列动作做了生动细致的描写，显示了富家子生活的懒散。从中亦可见，黄旭对小说语言的把握已经十分纯熟。

　　揉了揉那蒙眬的睡眼，一个高儿，司徒芝就爬起了那呼煞呼煞一拳一个窝的钢丝床，睁呀睁呀地，眼睛还是懒怠开，于是再次揉了揉，紧接着"呵"地一个呵欠，虽然吊郎当地慢劲，却有了一些精神啦，翻开了软绵绵的薄被，"噗"的一声，地板上立起了个体态魁梧的个儿，再走近床边，从枕头抽出了一只"长城"，一支火柴燃到嘴角，乌烟瘴气地就

包围了他底四周……①

在对了富家子弟纸醉金迷生活描写的同时，黄旭将笔墨泼洒向劳苦的大众。小说中描写了以扛豆包为生的王二哥，在腰折后仍要劳动的内心挣扎，让人看了心酸。

> 这一家三口生活的希望就只有自己去干，但是他病了，那腰部的创伤使他起床都吃劲，他又哪来的力量去扛豆包呢？——并且即便他可以去，码头上的豆包有没有给他扛的还是一个问题——然而他不敢想到这里，连病体不能动作都不敢想，生活上不允许他倒在床上静食。于是他和腰部的创伤开始搏斗，他要忍痛挣扎地外出找工做，但是他几次实行就几次被老婆阻止了。②

再看，当时社会工商业的凋零，大批工人失业，靠卖苦力的青年因礼拜日没有雇主来"买他们底气力"，生计没有着落，礼拜日竟成了"把他们送入刑场的凶日"。

> 这是一些做散工的，但是在这繁华的城市，却找不到雇主来买他们底气力！往日他们还能偶尔地得着点工作，赚个角八十的。然而自七天前市北的三个丝厂先后倒闭，市里顿时增加一千多失业的肚子，这一批散工就受了莫大的影响……特别是在这礼拜日，这直等于把他们送入刑场的凶日！一个一个的肚子都在奏着咕噜咕噜的哀调，蚁集在大理石的楼房前看着空中的太阳，似乎是要求它赏给一些生活的光明！③

《不统一的礼拜日》以"世界的坟墓在渐渐地张开了嘴，跳舞场正在奏着

---

① 绿失蓝：《不统一的礼拜日》，《满洲报》1934 年 3 月 6 日第 8 版。
② 绿失蓝：《不统一的礼拜日》，《满洲报》1934 年 3 月 12 日第 8 版。
③ 绿失蓝：《不统一的礼拜日》，《满洲报》1934 年 4 月 3 日第 8 版。

一九三四年的送葬曲，郎当郎当地……"① 结尾，表达了黄旭对旧社会的厌恶，并宣告其终将毁灭，这样的笔触是颇有力量的。与此同时，这也预示了黄旭的小说创作也将告别过去，迎来新的发展。

（二）嬉笑怒骂的社会百态

1934 年 9 月，《满洲报》的"文艺专刊"登载了署名"老含"的小说《爱你底证据》，这是黄旭转变风格后的一部小说。小说刻画了一个自命不凡、到处题诗的知识青年老李的形象。主人公老李在追求房东波景太太不成后，开始幻想着波景太太内心其实是爱他的"证据"。当一厢情愿的美梦破灭后，老李的精神陷入虚无。《爱你底证据》全篇用意平凡，但作者通过巧妙的构思、诙谐幽默的语言却使读者能够饶有兴趣地阅读下去。同时，黄旭的幽默"不是流入低级趣味的诙谐"②，这对于刚刚开始尝试转变的黄旭是极为难得的。且看，作者对老李的介绍一节——

> "老李"到底姓什么呢？叫什么呢？自己的诗自己觉得比李白的好，所以姓"李"叫"白上"；又瞧得起墨索里尼，但相信自己若有墨索里尼的地位，则自己的才能定能胜过墨索里尼，为使人明了墨索里尼不如他，所以有姓"里"叫"高墨索"；和人打官司的时候，为请衙门相信自己是受法律知真理的人，便要姓"理"叫"真理"；对外国人办交涉时，就姓"里"叫"非外"，以使外国人明白自己不是外国人，别尽讲些"里非外"不惯用的外国人的道理。但人们为了他的国籍关系，又根据"百家姓"上的姓，就无论在何时何地何种情势下，都不客气地承认他是"老李"了！所以"老李"毕竟是老！③

---

① 绿失蓝：《不统一的礼拜日》，《满洲报》1934 年 4 月 10 日第 8 版。
② 杨进：《〈爱你底证据〉与〈斩绝〉》，《满洲报》1934 年 11 月 30 日第 8 版。
③ 老含：《爱你底证据》，《满洲报》1934 年 9 月 7 日第 8 版。

在黄旭风趣而有力的笔触下，老李代表了知识集团里放浪形骸、傲视一切的一群人。小说中对老李"南墙题诗""茅厕题诗""高跟鞋里题诗"等荒唐可笑的举止的刻画，正是作者对那些只知粗制滥造而断送文学真实价值的文学青年的辛辣讽刺。在老李搭电车一节中，黄旭用诙谐讽刺的笔墨泼洒出了当时社会一般人的普遍心理，尤其是某些知识分子，刚踏向文学之路，就要表现得异于常人，要人起敬，要享受舒服生活的特权。他们不想依靠自己的努力争取，自以为应有社会来供给，从不反省自己对于社会是否有所贡献，如若没有得到这些，就要大骂社会黑暗，就要大谈"这社会得改良一下"。若真要改良了，这些人反倒又担心"人家沾他的光"。黄旭对当时社会那些自命不凡的虚假改良主义者进行了无情的讽刺。

> 这不能不使老李怨恨社会之平凡，干吗人们不兴把自己的资格题在脸上呢？如果有这规矩该多好！谁见了诗人不起敬呢？老李若把"诗人"二字题在脸上，现在他们还不让老李来坐！这社会得改良一下，至少也是无论谁，随时随地都要请诗人舒服才对！但又一个念头他又不愿改良啦，譬如说吧，老李如果动手叫社会有人把自己的身份题在脸上的风习，那日后老李作了古，说不定还能有诗人出来，后世的诗人受到社会的优遇，他不是沾了老李的光吗？但老李压根就不愿人家沾他的光，何必费那股劲儿呢！①

小说后半段，老李追求波景太太的描写更加精彩，细腻地刻画出一个意志薄弱者的单恋矛盾的心理。老李常把自己抛入下意识的幻想里，在发现所谓波景太太爱他的"证据"不过是自己的幻想时，其低能的表现被刻画得淋漓尽致。

---

① 老含：《爱你底证据》，《满洲报》1934 年 9 月 11 日第 8 版。

穿上衣裳，无意中一只手触到了一个衣袋，有个硬帮帮的东西，插进手去一摸，还是挺硬的，吗东西呢？掏出来一看，原来是老李从歹心的贼人归结到波景太太底那个意思而丢失的那盒，人家看不见的时候借来的纸烟，老李楞了大半天，是新计划中的一个证据的障碍。于是一叹之后，不禁叫出了声来"这就是波景太太爱你底证据吗！爱你底证据………"老李想起了什么悲哀，叹了口长气，打了个呵欠，跳上床，拉过被生生地把整个的老李埋上了！①

此外，小说中还有很多精彩的地方，如波景太太表达自己清白的一段，短短几句足可见过渡时代的女性的意识。

东街坊西邻居的打听打听，咱娘儿们是干吗的，这不是替自己修门面，吹着好听的，咱娘儿们婆家娘家都是辈辈清白，世世干净，清似水明如镜，丝尘不染，苟且之事，压根做不出来。可是话又说来回，咱娘儿们却不是那种三门不出、二门不进，见了男人就哆嗦的旧式女子，总不是如何大方吧，却也解放过来了——顽固女子还有穿高跟鞋儿的吗？——总没留过洋吧，也在高校毕过业啦——家常信、小唱本的也能看得懂——总不必太讲三从四德吧，但已经有丈夫了，就不能再和男子恋爱——倘若恋爱出错儿来，人家登在报上该有多寒蠢——什么你爱我，我爱你的再不要说了，咱娘儿们倒不迷信月老儿的，但恋爱虽由人为，婚姻却不得有违上帝的意思！结婚的人不可再荒唐——李先生你还可以，咱娘儿们是不行的了，我没有丈夫那节骨眼，你没遇到咱娘儿们不是？所以现在你不当对我谈什么爱呀爱呀的，有多寒蠢！②

---

① 老含：《爱你底证据》，《满洲报》1934 年 9 月 25 日第 8 版。
② 同上。

　　整部小说描写细腻生动、语言诙谐幽默，可看出作者文思的巧妙和技巧的圆熟。但"过分的幽默会变成肤浅"①，黄旭"极力地想以美丽轻松的外衣掩饰内质的空疏"②。《爱你底证据》终因内容的空疏，而没能给人留下更深刻的印象。假使黄旭能够注重取材的现实性和思想的深刻，"以作者现有的技巧，将来的成功是可预期的"③。

　　1934 年 10 月，黄旭以笔名"老含"在《满洲报》的"文艺专刊"发表了以第一人称叙事的书信体小说《梅姐》，这是黄旭转变风格后的又一篇力作。在内容上，《梅姐》较之《爱你底证据》有着迅速的发展，"可以看出作者已极力地在想把'技巧'与'内容'求其一致"④。《梅姐》讲述了封建制度下的小知识阶级妇女的悲哀史：梅姐始被骗婚，后被遗弃，继而又被乘人之危的张三爷企图收买作妾。小说揭露了病态社会里，怯弱的女性遭遇不幸时找不到"出路"，最终只有消极地抵抗，以死逃脱罪恶的悲惨命运。作者透过细腻的笔触，赤裸裸地描绘出一个屈服于礼教、信仰于宿命的女性，同时反衬出贪婪残忍的张三爷，暴露了社会的黑暗。这样的表现手法很容易博得读者对弱小者的同情、对残暴者的痛恨。黄旭通过《梅姐》表达了要推翻张三爷所代表的"淫势"，要"拔出了被浸在水深火热中的人们来"的愿望和对弱小者痛苦的同情，但同时又悲观地认为这只能憧憬的奢望，没能指明推翻旧社会的步骤。

　　《梅姐》中塑造了一个阴险贪婪、脑满肠肥的张三爷典型形象，这一形象代表着旧社会利用卑劣特权，对弱小者进行剥削和蹂躏的恶象。且看张三爷逼迫梅姐就范的丑恶嘴脸——

---

① 孟素：《我见的一个小说作者》，《满洲报》1935 年 10 月 15 日第 10 版。
② 杨进：《〈爱你底证据〉与〈斩绝〉》，《满洲报》1934 年 11 月 30 日第 8 版。
③ 同上。
④ 同上。

别的歪歪道儿，你再别想了，趁早跟定了三爷的好！不过我也知道你们两个有过以往的那个，这是旧情，想在心眼里也未尝不可——女人多是多情的嘛！但既然你还念着他和你的旧情，就更应该嫁定我了——你听我说，现在他们夫妇都在我的脚底下，生命可以说是握在我的手里……

如果按照今天的眼光来估价这篇小说，《梅姐》对社会的提示和警惕的责任显然是不够的。但作为过渡时代的遗产，小说却不失为一篇不错的现实性作品，作者表达了对弱小者痛苦休戚相关的同情。倘若黄旭能把这种同情扩大到整个社会，甚至遍及全人类的话，其艺术成就或许还能更伟大。

图3-11 老舍的小说《文章与女人》

1935年1月，黄旭在《满洲报》的"北风"上发表了《文章与女人》一文，小说以吴德功、李华、司徒彬等三个青年追求玛丽小姐的故事为线索，于嬉笑怒骂间揭露出旧社会青年道德的沦丧、意识的模糊（见图3-11）。从小说的构思和叙述上，不难看出黄旭对幽默讽刺文风的追逐。如小说中以青年吴德功"泪多的眼睛"，揭露妓女以"人工流泪法"骗人的把戏，可谓极尽挖苦之能事。且看——

> 本来吗，妓女能恋住热客，甜言蜜语的迷汤是不能立功的，唯一是会哭！对客越哭，越能使客人上钩！你看，那般妓女，有几个不是以"人工流泪法"骗人的？但终于被人发现他们要漏了戏法，然而她们若生就吴德功这种泪多的眼睛，那该有多好！那若恋不住热客才怪呢！真的，妓女生了吴德功的左眼，逢到客人若说一句"不来了"的时候，满可以把双手抱住搭在右膝上面的左膝上流泪，绝不能还留不软客人底心！若不，只可两手托着块手帕盖，在脸上使人见不到泪的哭？任你怎样呜呜咽咽和耸呀耸呀地直往上抽肩膀吧，也不能欺骗了成功。①

再看小说中的另一个青年李华。李华是个不学无术，却又心高气傲的青年。小说中对李华为讨玛丽小姐的欢心向父亲要钱一段的描写，将其无赖嘴脸刻画得淋漓尽致——

> 你上个礼拜的回信我见了，说什么没钱？王八蛋才信——就凭你趸二百多田地的没有钱！哼，能骗得我！佃户不缴租？干嘛不缴？没钱拉过来生打，送上衙门押起来，一定就能有了钱的，赶快照我底法子办……爸爸，你别不知轻重，快些至少捎一百元来，不然，我决断处置——和你脱离关系，不但叫你这辈子见不着儿子，也抱不到孙子！——不孝有三，无后为大！那时你断了李家的香烟，看你怕不怕？哼！我再不说什么了，这是给你的最后通牒！——最后通牒！你懂得？②

---

① 老含：《文章与女人》，《满洲报》1935年1月15日第8版。
② 老含：《文章与女人》，《满洲报》1935年2月19日第10版。

李华是个自诩创作家的青年，对报纸刊载的文学不屑一顾，而自己又写不出像样的东西，只能是东拼西凑、胡乱编排，带上几个时髦词，就自以为"捉住了时代的文艺"。在这里，可以清楚地感受到黄旭是对当时报刊上充斥着所谓的"浪漫主义""普罗主义""写实主义"的滥竽充数作者的讽刺。

> 对！四下都不得罪人的文章是介乎浪漫与普罗之间底，李华现在的生活有点普罗，和玛丽小姐底勾当也有点儿浪漫，只把这一来二去的情形写出来就是一篇好文字！迹近写实主义，写实主义人家也提倡过，对，李华底创作材料真不空虚……趁着这找不到适当题材的时候，以那个黄包车夫为主人翁地写一篇普罗文艺，使劲骂一骂司徒彬那个家伙，如果作成了，是多么捉住时代的文艺呀！①

第三个主人公司徒彬代表了盲目崇洋媚外的一类青年。司徒彬著名的"西服扩充衣袋论"，简直荒谬、可笑。黄旭用了大段的笔墨描写了司徒彬的西装口袋，以揭出所谓的洋青年思想的落后。

> 黑色俄国货的大衣里，衬着咖啡色上带黑道儿的西装，里里外外、左左右右、上上下下、前前后后的衣袋共合十九个，只这一点，就是古老的中国服所望尘莫及的了！但在司徒彬，却觉得不够用！中国人穿洋服为的什么呢？还还不是为的衣袋多，装东西便利！洋服既然是洋了，总得洋个十足才够劲儿！身上这一套内外共计十几个衣袋不足用，等到日后给社会服了务，差事多了，用的东西也要多的时候，那一套内外共计四件的，只有十九个衣袋的洋服，若是没有革命扩充的必要，那才怪呢——不适用吗？固然它比中国服强得多，但现在潮流下，穿中国服的

---

① 老含：《文章与女人》，《满洲报》1935 年 2 月 19 日第 10 版。

还能算个活人！①

《文章与女人》全篇构思巧妙，语言风趣幽默，可见黄旭小说创作的日益娴熟，其幽默诙谐的文风也逐渐形成。

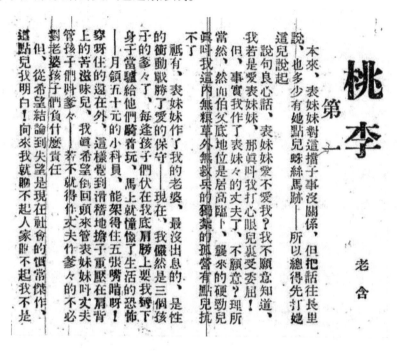

图 3 – 12 黄旭的小说《桃李》

1935 年 2 月，黄旭在《满洲报》的"北风"上发表了小说《桃李》，同样以风趣诙谐的文笔揭露了动乱社会下青年的悲哀（见图 3 – 12）。《桃李》人物刻画生动形象，颇具典型性。小说语言风趣幽默，同时又饱含辛辣讽刺之意味。《桃李》当算是黄旭转变风格后的成功之作。

《桃李》通过塑造小桃和老李两个时代青年的形象，反映出过渡时期青年人生活的荒诞、苦闷。作者用对照的手法，将小桃和老李的形象作了细致、生动的描绘，通过对两青年外貌的刻画，揭示出二人对生活的不同态度：小

_____

① 老舍：《桃李》，《满洲报》1935 年 2 月 19 日第 10 版。

桃是一个积极的、热爱生活的青年，乐于交际，所做的一切都是要使自己的人生"有意思"。

> 小桃，长越越地高，粗敦敦的胖，往后面拢的长发前面的脸蛋儿是又肥又圆，红中有光，厚大的两片嘴唇张开时看着很歪歪，闭上时却紧密得周正，鼻梁上架着副不带边不带腿的养目镜，应和着天气的冷热更换着西装的色彩，很喜欢和时间的鼓轮竞赛一下看谁跑得快，在社会上理想的地位是能叫人称自己是个名交际家，要自己的人生有意思，得使一切交际的政策都要超过实践性——从来喜欢顶着一头长发的，就为的有机会作名交际家的一项准备：交际场上的名人，那儿有不保留背头分发的？①

老李是一个消极的、逃避生活的青年，做什么事情都感到"没味儿"，要"敷衍这没味儿的人生"。

> 老李，短促促地矮，细缕缕地瘦，光着脑袋的脸蛋儿是又狭又长，白里含灰，薄小的两片嘴唇张开还能过得去，闭上时却格外显得不合适，松散不说，上片老是比下片的长出三分之一没处合，一副黑框黑腿的玻璃杯底似的近视镜离不开眼睛，春夏秋冬是清一色的灰布长袍，不阅新闻纸，不管人家的事儿，在社会上没有当意的差事儿，是总觉得任干什么都没味儿，要敷衍这没味儿的人生，也希望当一下子和尚——从来就把头剃得精光的，也就为的敷衍这没味儿的人生而当和尚的准备：早晚得出家，虽然也没味儿，但也是比其他的敷衍没味儿的人生的方法好一点儿的罢？②

---

① 老含：《桃李》，《满洲报》1935 年 2 月 19 日第 10 版。
② 同上。

《桃李》里的小桃代表了涉世未深的青年，积极乐观，但仍活在校园的美梦里，既受不了工作的约束，又难融于社会中的明争暗斗。

但打破了小桃在学校里的梦的是局里没大意思。到时候就得上班，不到时候就不能走，公事得在一定钟点内赶出来，每天每天是如此，就和在一块版上印出的许多印刷品一样，张张相同，单调得没意思。这和迟到几堂不要紧，那堂不高兴就装病不干，卷子答不上就留上空白的学校生活大相出入，不能不骂爹爹太什么！并且最不好受的，是那般同人们的态度，猜疑、嫉妒、明争、暗斗、冷眼光、风凉话……①

《桃李》中对办公室里的"钩心斗角"，描绘颇为精彩，文笔中透出了辛辣讽刺的意味，且看——

说不定在什么时候飞给谁一道斜缕缕的白眼，在不就"那么的"一咳嗽——科长在办公室里时必演的一手。阅着公文的疲乏的眼光不时地往科长底脸蛋儿扫一下，就所有印象阴晴，使肚子底眼打了个针锋相对的照面，嘴就搔了脖子，笑吧，怪那个的！不笑，也有点什么——科员们差不多都会这一套。于是，形成了两个暗影在勾心斗智，一个笑着胜利地狞笑，一个怀着恐怖的蹉跎——办公室里的空气就这样地阴森森！②

《桃李》中的另一主人公老李是一个没有主见、随波逐流的青年。在小桃的鼓动下，当了科员，又在小桃鼓励下，结了婚。科长逼迫初先生劝说小桃，让老李和密斯刘离婚，小桃极力不允。后来，小桃竟自己与密斯刘成婚，并带着老李和密斯刘出走，要去寻找"有意思"的"出路"。三人到了风镇，小桃出卖了老李，让老李成了替死鬼，上演了一幕幕的荒诞戏。其中，密斯

---

① 老含：《桃李》，《满洲报》1935 年 2 月 26 日第 10 版。

② 老含：《桃李》，《满洲报》1935 年 3 月 19 日第 10 版。

刘为了让小桃（克敏）"称心"，先是嫁给了老李（子平），后又嫁给小桃的内心活动的描写，凸显了混乱社会下女性依附于男性、不能自主的可怜命运。

> 克敏对待我个人，对待我们全家，都是有很多恩惠。他爹爹——我的姑父，再三再四地声明不和我们交往，因为我们生穷，而克敏却满不在乎，我们全家的生活和我底前途，都是被他救了的，所以我不能不服从他，我不能不使他称心。他要我嫁子平，虽然我和子平没有爱情，至于子平，你知道是个很老实的人，老实人在现社会是立不住脚的，尽受人家欺负，影响了他底人生很悲观。我可怜这个弱者，所以我就爱他了！他和我结婚后，成天尽嚷着"没味儿！"我知道他内心里裹包着很大的痛苦，但我为了服从克敏，只好尽力设法把他这有妻的痛苦，变作有妻的快乐……后来克敏要我，当然我不忍离开子平，可是我得顾及到要使克敏称心，同时子平又哭脸悲悲地要我离开他，我只好再次和克敏结婚了，事实，那时我和子平脱离，是他和克敏都快乐的事，自问没有什么惭愧的！①

小说的另一段初先生的表妹刘志云的哭诉，同样是当时部分妇女的内心写照：受时代和环境的局限，女性无法摆脱对男性的依附，妇女解放是不现实的。

> 刘太太、王太太的常说女人得"解放"，任什么得和男人不分贵贱！"解放"，我有点儿纳闷，这倒不必，但和男人不分贵贱，我敢？男人一辈子出去溜，我得和孩子们看一辈子家，谁还敢喘声粗气儿？——若不又要叫人扔下哪！在乡里叫人□了，还有伯父们帮着赶，现在住在连市，人地两生，若叫人扔撇下我们母子们找谁？……②

---

① 老含：《桃李》，《满洲报》1935年4月9日第10版。
② 老含：《桃李》，《满洲报》1935年2月18日第10版。

黄旭在描写城市小人物的嬉笑怒骂的同时，也不忘对破产农村下农民生存状态的书写。《暮》即是一篇描写在天灾人祸下农民的苦难生活的小说。小说中对主人公三发因生活的困苦，甚至害怕妻子生养孩子的内心描写，看了不禁让人心酸。

> 七月七那天，又是节，又是外甥的二周岁，咱一个作亲老爷的，还能不送点东西！这以后，就是八月节。节后，梅子就又到了喜期……这一切租啦、税啦、礼啦、节啦、年啦的——宝贵他妈若真有了那个，说不定年前里就要养出来……左一件用钱，右一件也用钱，怎么能供给得起呢？那里来的钱呢？这种坏年头！①

图 3 - 13　老舍的小说《猪门记》

在黄旭众多的讽刺小说中，《猪门记》颇值得注目（见图 3 - 13）。《猪门记》于 1935 年 1 月 1 日发表在《满洲报》新年增刊上。1935 年是乙亥年

---

① 老舍：《暮》，《满洲报》1934 年 10 月 9 日第 8 版。

（猪年），这是一篇应时谐作。小说以奇幻的笔法讲述了主人公来到"猪的世界"，在猪的逼迫下，承认了"我不是人"，并在"安乐窝"过着猪一样的生活，心里抱着"目前猪这儿安乐，我可以不做人，日后世界归到人手里，我再倒戈，决不会寒碜"① 的念头。

结合当时的社会时代背景，《猪门记》中的各种隐喻不言自明。"猪"暗指日伪统治者，"猪的世界"暗指伪满洲国，"狗"暗指走狗卖国贼。"猪"要人服从它们，为它们做活，否则就要找只"狗"来。"只要服从我，就有你底生活"，这是赤裸裸的统治者口吻。

> 今后你可以在我下边做点活，我们这类的是养活在下边的，没什么怕的，我们下边的都是服从我们的……
>
> 这对你有好处，只要服从我就有你底生活，如果你不愿干，也可以，但却得给我找只狗来——本来我们下边的是有狗走动，但一九三四年完了，狗也流了。我们失了下边的，才要找别一类来补充，因为你不是生在我们群里的——②

小说中猪的大太太、二太太暗指为虎作伥、狐假虎威的日伪汉奸群体。作者对日伪汉奸的小丑形象给予了无情的嘲讽。

> 进来的是两个女性，脸蛋儿虽黑得赶上了印度人底，但抹上雪一样的粉，也有点旧剧里的曹操脸谱的风味，只是有胭脂，红得像猴儿屁股！一个穿了一身黄地黑斑的虎皮，一个脖子上围了一只狐狸，鞋是银色的，如果脚尖踏上了钟表的五或七的地位，脚跟就占了十二的号码，脚跟底下都安了个走一步一卡登的高垫子，摇摇摆摆的，我真替她们流着要倒

---

① 老含：《猪门记》，《满洲报》1935 年 1 月 1 日第 1 版。
② 同上。

了的冷汗！①

在《猪门记》中，黄旭以辛辣的笔触揭露了日伪统治下黑暗社会的种种丑恶现象。如打着慈善幌子骗钱的：

> 他们用纸扎了个"义"字戴在脸上，专门到我们这儿来募捐，说什么冬来天寒，贫民不能过生，求我们救济一下，这就得叫我们纳钱！但谁愿把钱给人家呢？于是不给，他们就撑开"慈善"的绳子来缠绕你，他们是"义举"，你干生气儿也告不了他！归齐总得硬着心破财，但他们拿走了钱，至少也有一半存在自己底衣袋里，被赈济的依旧多在喝冷风！②

又如，伪政府选拔人才，不看真才实学的唯文凭论：

> 我们除了欢迎有劳儿的，也愿意和有矢拉的交往——我们取能拉矢的标准，是看他曾在那门吃饭的资格，资格最老的是外洋，其次是专门、大门、小门，顶不济的是没入门的，谁都瞧不起。至入了门的真正吃得饭没？我们都不在乎，只看他入过门没，入过那一门的，都有那一门的证书，如果你有入过资格最老的门的证书，我们就承认你有矢拉，看得起你是个有资格的矢人，才能和你交往。③

再如，伪满洲国官员对上溜须拍马，买官卖官的丑恶嘴脸。

> 我们的运动，是为了名利，事先得破点财的——现在我底地位虽是够的了，但比我上边的还是差得远，我要花钱去买个大官做做，就是说

---

① 老含：《猪门记》，《满洲报》1935 年 1 月 1 日第 1 版。
② 同上。
③ 同上。

运动——图希成功了，好搂个大利！

"运动的第一步，是去拍我们上边的马。"

拍了上边的马，上边才欢喜——这是规矩——然后运动好下手。①

紧接着，作者又用戏谑的笔墨，写了那些靠拍马买官的官员，一经"运动"成功，又开始吹牛，糊弄百姓。从中揭出了日伪统治者色厉内荏的虚假面目。

我们的江山坐不——祖宗遗传的——谁都好玩，只会发空议论努力，事实上谁也不肯努力！但说句真的，我们也不愿末路到来！所以聪明的都要玩牛——因为以往的经验是：未来的时代就要丧失在那死不了的老鼠手里，但老鼠虽会欺负我们，却顶怕牛。我们为预防老鼠夺我们的年头，就要在老鼠面前先唬唬他一下，说我们能吹着牛玩，牛皮能被我们吹得老高，万一老鼠以为他们怕的牛都给我们吹着玩，那我们更可怕了的时候，我们底世界就能永远保住了不是？②

再看，对伪政府中开会的官员内心的刻画——

一点也别踌躇，赶快跟我去，你要知道，我们任开什么会，只不过是凑凑热气就结了，决没一个认真的。出席的都是男的想看女的，女的想观赏男的，眼儿一那个就有了约，谁心里都有心事，恨不得马上散会——开会那有开房间打麻将吗的得劲儿！会的实际，对我们没什么！③

黄旭较早地看到了日伪政府的腐败和虚假面目，以诙谐幽默的笔锋对日本占领东北后的现实生活作淋漓尽致的揭露，实为难得！

---

① 老含：《猪门记》，《满洲报》1935 年 1 月 1 日第 1 版。

② 同上。

③ 同上。

1935年8月和9月，黄旭以笔名"萧艾"在《满洲报》的"北风"上发表了《乏了》和《没有节奏的音乐》两部短篇小说（见图3-14）。这一时期，黄旭的小说创作笔调轻松，甚至有些"轻松得仿佛不容易捉住作品之重心"，从中可看出，黄旭开始有意识地避免为了幽默而幽默的创作。

　　虽然我们觉的太轻松些，轻松得仿佛不容易捉住作品之重心的失望，但在"过分幽默会变得浅薄"的例子，作者是无疑地在避免着。①

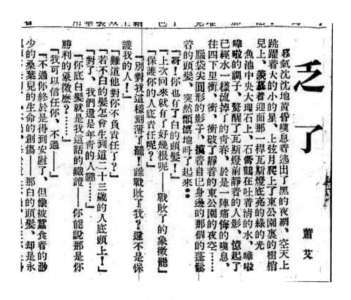

图3-14　萧艾的小说《乏了》

《乏了》以两个青年男女的谈话开篇，女子控诉着丈夫对自己的欺骗，以及母亲和哥哥因为吸食鸦片致使家庭破产，而男子也诉说了家庭婚姻的苦闷。两人都后悔因意志薄弱选错了婚姻，并均想要逃出各自的婚姻，但终宣告失败。黄旭小说中的对话，好似话剧的剧本台词一样，产生了戏剧化的效果。人物形象在不断闪现中，给读者留下深刻印象。

---

① 孟素：《我见的一个小说作者》，《满洲报》1935年10月15日第10版。

我现在是失掉挣扎的气力了——你努力罢，希望我还能看到你的新生……

但在这准备期中，也太叫人够喘气的了……

自己底力量——被折磨后的仅有的力量是越发的单薄，可是在这许多人群里，竟找不到半个同路人……任你需要怎样的热烈，结果也不过给你一个疲惫的失望。①

《没有节奏的音乐》延续着《乏了》的基调，充满了困乏、无力与寂寞。

像拮据的经济一样困乏的神经，支配着像衰弱的神经一样困乏的身子，拖拉着像病着的身子一样困乏的影子，默默地，蹒跚地，沿着美丽的、幽静的小溪，迈着绿的草地，往蓝的海那边儿走去。走着，走着，歇斯底里的眼光，有时候穿过逼近夏天的、黄昏的阳光，黄昏的阳光，散漫地流到蓝的天、蓝的海、绿的树丛、绿的草地上，枯瘦的、乌黑的双手，没意识地摘下一片树叶儿来，放进粘沫着的嘴唇里，也许嚼几下子，吐到地上……这么在灰色的踯躅里，得到一个寂寞的主意。②

在《没有节奏的音乐》中，黄旭运用大量排比的形容词进行景物描写，在文字上获得一种音律美。且看——

神秘的海，神秘的天，神秘的天吻着神秘的海，神秘的海贴着神秘的天——天上，红的太阳；海上，白的轻帆；流露了热烈的、光明的、纯洁的、温柔的爱，在美丽的、醉人的、笑着的蓝，蓝得叫人找不到边缘的宽阔的 Cosmos 里。③

---

① 萧艾：《乏了》，《满洲报》1935 年 8 月 27 日第 10 版。
② 萧艾：《没有节奏的音乐》，《满洲报》1935 年 9 月 17 日第 10 版。
③ 同上。

三 黄旭小说的艺术特色

(一) 起承转合, 层次分明

黄旭小说十分注重文章的结构,其小说大多是四段式的结构,层次分明,遵循着起承转合的传统叙事的篇章结构。黄旭小说的结构大体遵循四个基本环节:制造悬念,着意渲染,出现反转,产生突变。如《爱你底证据》,小说开始描写老李自以为波景太太是爱他的,进而通过对老李自命是诗人并四处题诗的描写,将老李的荒诞意识表露无遗。接着,小说描写老李自以为找到了波景太太爱他的证据而洋洋自得,当发现这证据原来是自作多情后,又陷入痛苦和虚无之中。小说结构跌宕起伏,又环环相扣,表现出过渡时代老李一样的知识分子盲目自大又自以为是,同时意识荒诞、内心空虚的状态。然而,对于文章结构的过于注重,也导致了黄旭的创作出现"为了结构而歪曲了主题与作品创作的意向""为了题目而限制着题材的"等问题。如《风波》后半篇所制造的风波是很牵强的插入,没能恰如其分地将风波所产生的背景铺垫好。

> 作者又是较能懂得小说的结构的人,以致有时候为了结构而歪曲了主题与作品创造的意向,又作者常常为了题目而限制着题材的,这有的时候是不合适的。①

(二) 描写细腻, 笔法辛辣

黄旭的小说描写细腻,人物刻画生动,表现出作者所具有的精细的观察力。在转变风格后,黄旭有意模仿着老舍的语言风格,笔法辛辣。黄旭小说中夸张的艺术修辞和幽默的语言调侃的确产生了戏剧性效果,增强了小说的艺术表现力,也更容易获得读者的喜爱。如《桃李》中,为了突出小桃的

---

① 孟素:《我见的一个小说作者》,《满洲报》1935 年 10 月 15 日第 10 版。

"有意思"和老李的"没味儿"，作者布置的小桃挑衅老李一段，语言运用生动有趣，将两人的特点表现得淋漓尽致——

> 小桃胖得很结实，一身的棒牛劲儿，为了有意思，很喜欢打架；老李瘦得很脆弱，劲头比不过小桃底，遇到打架时就要躲，觉得没味儿。但小桃好像存心找别扭，时常寻找丁点儿意见要和老李斗一斗。又一次，在夏天，为了一只苍蝇从老李棹子飞到小桃的棹子上，其实小桃倒顶喜欢捉些苍蝇来，把翅膀黏在剪子绞成的纸王八底下让它在棹子爬着玩。为了有意思，但这回却好像不耐烦了，非要老李把那只苍蝇捕回他的棹子不可——若不然就得斗一回，那才有意思——老李不愿抵抗，因为没味儿，但当他要捕那只苍蝇时，苍蝇早飞了。小桃更不自在，非和老李斗一回，算不能有意思了，于是马上给老李一拳，冷不防的那个退了好几步，有意思！老李本想让他一步，打起来还不是没味儿？但小桃一定要斗，若不骂最终祖宗，若不怎能有意思呢？老李虽然生了一付虚弱的躯壳，但毕竟是有一个活动的少年的灵魂，并且以此得罪了，也没什么味儿——于是就斗起来了。[1]

接下来，更为精彩——

> 好胜心充满了两个少年底灵魂，但总得走两股道儿才能合一。小桃是斗胜了才叫老李知道有意思，老李是斗胜了才叫小桃知道没味儿，小桃长得高大，一把就把老李底头按在自己的胯下，生打老李的屁股，有意思；老李生得短小，一下子就顶在了小桃底小肚子，生捏小桃底肥大腿，没味儿！半天这个力竭的时候，那个也没劲儿了，往往就这样成了

---

[1]　老含：《桃李》，《满报洲》1935 年 4 月 9 日第 10 版。

平局，小桃跳了个有意思的高，老李还了个没味儿的笑。①

(三) 含蓄内敛，意蕴深远

黄旭的小说抒情成分较多，以景物衬托人物内心的意识流动是其一大特色，象征也成为黄旭常用的一种表现手法。如小说《乏了》贯穿全篇的"上弦月"，即是作品中男女青年内心世界的象征物和潜意识的外在表现，它们随着人物的情感变化而变化，借以交代人物内心的活动。

> 暮气沉沉的黄昏，叹息着逃出了黑的夜网，天空上跳跃着大的、小的星，上弦月爬上了东公园里的树梢，羡慕着迎面那一杆瓦斯灯底亮的绿的光……上弦月又爬上了树梢……绿的光里激流着绿的音波，绿的草上惊挠的蚱蜢，绿的上弦月战栗地掉进了绿的树叶里……绿的上弦月在绿的石膏鹤底嘴里流出来的绿的水声里，爬上了别一丛的绿的树梢儿上，天空，大的小的绿的星，闪着深的淡的眼睛……上弦月又迭进了纵横的树枝里，歇斯底里的眼光，蛇一样地盘住了水池中央，大理石上，石膏鹤嘴里的像人底青春那末流去了的淙淙的流水。②

黄旭关注过渡时代下青年的生存状态，透过小说把特殊时期青年的命运、心理、思想表现出来。尤其在转变风格后，黄旭以夸张的手法，描写了过渡时代沉沦于社会中的青年百态，力图透过对时代青年意识的模糊和混乱的刻画，反映出其所处时代混乱不堪的面貌。黄旭小说创作语言风趣、辛辣，极力模仿着老舍的创作风格，但过多专注于通过技巧和风趣的语言对青年的嘲讽。真正的幽默是要有同情的，黄旭并未能在幽默风趣的文字下保藏对大众的悲悯与同情，这使得黄旭的小说价值大打折扣。

---

① 老含：《桃李》，《满报洲》1935 年 4 月 9 日第 10 版。
② 萧艾：《乏了》，《满洲报》1935 年 8 月 13 日第 10 版。

第四节　《满洲报》的其他小说家

《满洲报》活跃了大批受新文学思潮影响、致力于新小说创作的作家，因其小说作品在数量和质量上的不足，而被淹没在文学史的大潮之中。但作为一个时代的见证，这些小说家及其作品的价值应得到公允的对待和评价。以下结合《满洲报》所提供的史料，对笳啸、骧弟、黄曼秋、顾见非、杨进、孙励立、萧然、戈禾、努力、凹凸等作家的生平与创作加以简要介绍。

一　笳啸

笳啸，生于 1911 年，籍贯辽阳。祖父时期，家境小康，但好善济施，不事积蓄。后因政权改变的影响，家庭渐行中落，全家依靠笳啸父亲写作维持生计。九岁时，笳啸与四兄被送入辽阳一所颇有名望的小学，笳啸因惧怕老师而逃学，故两次被迫辍学。十一岁时，笳啸突然懂事，不再用任何人操劳，功课十分优秀，甚至跳级。十三岁冬，母亲去世，这对笳啸是永远的伤痕，由此家庭也发生了转变。由于母亲的弃世使家庭失去了重心，以及经济来源的枯竭，笳啸与哥哥迁至本溪。同年，笳啸进入一所回族学校的高小读书。十六岁时，笳啸到奉天（今沈阳）南满中学读预科，在奉天，笳啸目睹了首善之区的风貌：建筑物、电车、人力车、人群、时髦的太太、酒楼、赌场等，这些为笳啸日后的文学创作积蓄了丰富的素材。十八岁时，笳啸因经济的不足和大哥的失职辍学回乡。1930 年春，笳啸以笔名"劲波"在《泰东日报》发表了小说《孤寂》《春天》等，从此开始了笔耕生涯。1932 年，笳啸在《满洲报》先后登载了《三等车上》《饿鬼》《贼》《冲突》《欲难》《画家与女人》《车上的舞女》等短篇小说，这一时期，笳啸的小说中充满了露骨的性欲描写，尤其是在性压抑下的变态肉欲的描写，由于对男女性欲的过度描绘，笳啸曾被称作"张竞生第二"①。

二　骧弟

骧弟，原名马家祥，又名马家骧，生于 1915 年，籍贯沈阳，曾用笔名有金音、骧弟、马寻、嚷弟、湘弟、丁巩、之耕、司马进、揪楠、S·D 等②。在沦陷时期，骧弟创作了大量的文字，在东北文坛产生了一定的影响，被认为是多才多艺的作家。1928—1937 年，马家祥以笔名"骧弟"在《满洲报》《奉天民报》《国际协报》《新民晚报》《工商时报》《凤凰》《新青年》发表文章；"金音"是作者在沦陷时期文学创作的主要笔名，启用于 1938 年，主要用于小说创作；"马寻"是 1945 年东北光复后骧弟使用的笔名。骧弟创作了大量的诗歌、小说、散文、戏剧和童话，可称为东北沦陷区的多产和较知名的作家。

骧弟"是惯于借教育生活的事实来表示他的爱、他的梦、他的灵魂和幻想"，骧弟因其小说集《教群》多以学校或家庭为背景，借着天真的男女学生表达其"梦与理想"，而被称为"教育的小说家"。

> 他是一个诗人，他有爱也有梦，是惯于借教育生活的事实来表示他的爱、他的梦、他的灵魂和幻想。《教群》中有《三姊妹》《旧雨》《天真之命运》《生之温室》《教群》，这是他从文十五年来呕血的一部，每一篇作品，没有不是以学校或家庭为背景的，把他的梦与理想，借着天真的男女学生而再现的，他是被称为一个"教育的小说家"③。

骧弟从小热爱文学，最初以写诗出名。八岁时，骧弟进入本村初小学习。

---

① 神斧：《斥〈欲难〉》，《满洲报》1932 年 6 月 27 日第 3 版。
② 秦镜：《谈谈萝丝和冷雾》，《满洲报》1933 年 9 月 1 日第 8 版。
③ 姚远：《东北十四年来的小说与小说人》，刘慧娟主编：《东北沦陷时期文学作品与史料编年集成》（总第四十五卷），线装书局 2015 年版，第 157 页。

十三岁时，开始用原名马家骧在《工商时报》《大亚公报》《新民晚报》上投稿。关于其笔名骧弟的来历，还有一段趣闻：骧弟初在报刊上投稿时，编者以为其是中年人，见面后十分惊讶，遂将稿件署名改为"骧弟"，此笔名一直沿用至其大学毕业。十五岁时，因父亲辞去教书工作，骧弟在省城另谋了职业。随后全家搬到了省城，同时骧弟考入兴泉中学。在中学期间，骧弟对文学渐感兴趣，在朋友灵非、雪竹、硕夫、应华的鼓励下，开始了文学创作。这期间，骧弟与灵非、雪竹组建了"南郊社"，并创办了《南郊》社刊，姜灵非负责编务，骧弟负责供稿。然《南郊》在出版三期后，因资金不足而夭折。与此同时，骧弟已在各报投稿，并结识了鲜文、一叶等作家。1933 年，骧弟于奉天第一师范毕业后，与雪竹、灵非组建"冷雾社"，被当时文坛称为"冷雾派"或"朦胧派"，其社刊《冷雾》是以诗歌为主的刊物。

骧弟对创作有较高的要求，对自己早期的作品并不满意。骧弟自言："往往一篇写完了，自己还不知所云，看见披载自己东西的刊物与报纸，往往想扯碎它，不让别人看见我的可怜作品。"[1] 同时，骧弟对文艺有着明确的态度：

> 在时时刻刻走向大时代的时代，文艺也同人类生活一般不断向前展进，在重压下都要找生的路，时时刻刻要抓住时代的灵魂而求更新的表现，作时代走向大时代的力量。昨天的文艺已走向坟墓，今天的艺术，我们要在时代的思想里用更新的表现力量使它降生。[2]

1934 年，骧弟进入吉林高等师范学习美术和音乐。在四年的学习生活中，骧弟阅读了大量世界名著，开阔了眼界，开始从《冷雾》时期的"朦胧"状态逐渐接近现实，为以后的文学创作奠定了基础。

1938 年，骧弟于吉林高等师范毕业后，任教于齐齐哈尔黑龙江女子国民

---

[1] 骧弟：《我的自传》，《满洲报》1933 年 1 月 9 日第 3 版。
[2] 同上。

高等学校，并开始用笔名"金音"发表作品，这是其"文学创作的转折点和渐臻成熟的标志"①。从学校走入社会后，骧弟开始接触到生活底层的劳苦群众，在现实生活的感受中扩大了文学的视野，写了一些具有现实意义的诗歌、散文和小说。骧弟先后出版了诗集《塞外梦》（益智书店 1941 年版）、《朝花集》（大地图书公司 1943 年版），创作了长篇小说《生之温室》（《大同报》）、《明珠梦》（《新满洲》），出版了小说集《教群》和《牧场》②，此外，骧弟还著有剧本《艺人狂梦记》等。

在新中国成立后，骧弟是为数不多依然坚持文学创作的伪满洲国时期知名作家。这一时期，骧弟的作品主要有中篇小说《翅膀》（人民文学出版社 1980 年版）、长篇小说《风雨关东》（中国文联出版社 2005 年版）等。

三　黄曼秋

黄曼秋，笔名曼秋，辽宁辽阳人，曾在长春做过《电影画报》《麒麟》杂志编辑。黄曼秋幼年读了大量的书籍，初时读书不过作为消遣而已。黄曼秋初小毕业时，热衷于《杨文广征南》一类的鼓词。高小的时候，黄曼秋一家从辽阳的乡村来到营口，开始看《水浒传》《红楼梦》一类的评词，并接触到古代各派文学名著，继而读了《聊斋志异》《阅微草堂笔记》等旧书和《玉梨魂》《留东艳史》等新书。黄曼秋开始尝试写四六、三七的骈偶，自命"成了星期六和鸳鸯蝴蝶派之文人"③。此外，受盐谷温的《中国文学概论讲话》影响，黄曼秋开始研究诗词，并立志要成"秦七黄九似的那一类词人"④。

---

① 刘慧娟主编：《东北沦陷时期文学作品与史料编年集成》，线装书局 2015 年版，第 698 页。
② 《教群》1943 年五星书林出版，内含《三姐妹》《旧雨》《天真的命运》《生之温室》《教群》等；《牧场》1943 年大地图书公司出版，内含《牧场》《梅雨之夜》《生之一日》《海》《寒流与暖流》《秋声赋》《畜牧垂落》《静夜》等。
③ 黄曼秋：《钻进了文学的窟窿》，《满洲报》1935 年 12 月 21 日第 8 版。
④ 同上。

1929 年，黄曼秋初中毕业并结了婚，也是从这一年开始黄曼秋毅然抛弃了旧文学，开始接触新兴的文学书籍，并从父亲朋友那里得到了《小说月报》《语丝》《北新》等新文学杂志，同期开始尝试写作。黄曼秋进入师范的第二年，开始办校刊、写小说。这一时期，受浪漫派以肉感为主的小说的影响，黄曼秋的创作也多是以"海滨情侣"为题材的恋爱小说。其间，黄曼秋发表了小说《晨光》。

1931 年"九一八"事变后，黄曼秋从师范毕业，开始看了大量的普罗文学的书。然而"也许因为趣味关系，或者说根性"[1]，黄曼秋"对普罗文学大有敬而远之的态度"[2]。其后，黄曼秋在《盛京时报》发表了历史题材小说《欲》，又在《满洲报》发表了描写劳资冲突的小说《晓光》。1932 年，黄曼秋回到辽阳，在《飘零》（第一期）发表了《生命与使命》，在《满洲报》发表了以历史为题材的小说《将军李陵》。此外，黄曼秋这一时期的创作还有《不堪回首话前尘》《恋爱》《元旦的消息》等。

1933 年，黄曼秋在友人白烟组织的《黑光》文艺周刊上发表了《旧梦》《新的生路》《犯罪的边缘》等小说。1934 年，黄曼秋在商报的《野火》上发表了一些杂感。1935 年是"多产的一年"，黄曼秋自言"质未敢自满，量是可喜的"[3]。这期间，黄曼秋在《满洲报》登载的小说有《桃花未开》《爱的方式》《找幸福去》等。

四　顾见非

顾见非，笔名见非，生于哈尔滨附近一个小城的中产阶级家庭里。随着近代资本主义的发展，农村破产成为社会的普遍现象，顾见非一家过着入不敷出的拮据生活。顾见非幼年嗜读旧小说，好讲故事，因此受到老师和同学

---

[1]　黄曼秋：《钻进了文学的窟窿》，《满洲报》1935 年 12 月 21 日第 8 版。

[2]　同上。

[3]　同上。

的欢迎。顾见非曾创作了《晨钟》《工厂》《诗人的意志》《帝制夜》等小诗，并发表了《王二》《漂泊者的死》《沦落者的家信》《回忆琐记》《践踏》《临江村之夜》等短篇小说。顾见非的小说主人公多半是破落农村中的农民，或辗转苦闷中的青年，作者将他们塑造成了与环境苦斗的英雄。因此，这些人物常带有灰色的忧郁、感伤的情调和浓重的个人主义英雄思想的格调。

除小说创作外，顾见非热衷于理论与批评，以及其他关于文艺的讨论，在《满洲报》发表了《关于文坛建设》《评〈汉子〉》《评批评与实践》等评论文章。

五　杨进

杨进，东北知名作家，其小说创作萌芽始于初小毕业。这期间，杨进对中国旧小说产生极大的兴趣，喜欢读《三门街》《大八义》《七侠五义》《封神榜》等神怪的稗史。当时蓬勃发展的"五四"新文化运动，对年幼杨进倒没产生多大的影响。初中时，杨进更加喜爱传统白话小说，又读了《三国演义》《水浒传》《金瓶梅》《红楼梦》等。此后，受新的环境的熏陶，杨进逐步开始读郭沫若、郁达夫和张资平等的小说。杨进从这时起"新小说的萌芽便在我意识中长成"[1]，杨进开始转向对新形式小说的嗜好。

1927 年，杨进辍学来到东北，当时东北文坛还处在"依附于中国内地文艺思潮的尾巴上"[2] 的状态，文艺作品多是反映一般青年的苦闷和伤感的发泄。杨进也加入了这一行列，开始作诗并发表出来。杨进自言其稚嫩的创作"真能呕死人"[3]，随后毅然终止了诗歌创作。

1931 年"九一八"事变的爆发，各地文艺思潮迅猛发展，开始从为艺术

---

① 杨进：《我怎样接近了文学和创作动机与态度》，《满洲报》1936 年 1 月 24 日第 8 版。
② 顾见非：《我的创作与生活述略》，《满洲报》1936 年 1 月 10 日第 8 版。
③ 杨进：《我怎样接近了文学和创作动机与态度》，《满洲报》1936 年 1 月 24 日第 8 版。

而艺术的唯美主义转为新写实主义，东北文坛"也敏锐地起了感应与反映"①。在内在的要求和社会倾向的冲动下，杨进开始了小说创作并发表了《凄风苦雨》《失业后》《憔悴的玫瑰》（《泰东日报》）、《幻灭》（《关东日报》）、《春怨》《妻的流产》《丰收之秋》《是故事了》《溃堤》（《满洲报》）、《角落里的人生》（《大北画刊》）等小说。产量虽丰，但杨进并不满意，认为这一时期的小说是"原来思想的潜势力没有完全肃清自我主义无意义的表现"②。

杨进的创作是痛苦的，一方面急迫地想要应和社会需要的新要求，而另一方面受环境和自身文学修养的限制，使得其创作"散漫地缺少一贯的精神"③。

六 孙励立

孙励立，生于 1917 年，笔名有大心、蓓蕾、蓝春、淋、笑倩、吻白、东光、洗园、夜之子、励行立、袁素衫、西原、铮、小林春夫、弗斯、玄铖、健丁、白朗西、牟来、毕立、杜父鱼、麦三济、唐琼、巴尔克等。孙励立十分喜爱巴金，自言从巴金的创作中获得启示和力量。

孙励立是"在困苦中挣扎着，情感底澎湃下"④ 开始创作生涯的，其创作大体分为四个时期。

第一个时期：萌芽。高小时，孙励立喜读章回小说、鼓词、评词等。1930 年，孙励立开始尝试文学创作，由于生活的不幸和悲哀，诗歌成为其宣泄的主要途径。在自治会里排演话剧的工作，不但消减了孙励立的感伤，也促使他开始了剧作的创作。孙励立极为刻苦，在半年时间里完成了十几部剧

---

① 杨进：《我怎样接近了文学和创作动机与态度》，《满洲报》1936 年 1 月 24 日第 8 版。
② 同上。
③ 同上。
④ 孙励立：《我和文学》，《满洲报》1936 年 5 月 1 日第 8 版。

本的创作，这些剧本"完全是以恋爱为题材的，有时候夹杂着社会问题底色彩，但不浓厚"①。1932 年，孙励立与志同道合的朋友成立了曙光社，并刊行了《曙光》半月刊，这期间发表的剧本有《爱底力》《挽车》《秋雁之心》《残秋》等。此后，孙励立又成立了浚水社并完成诗剧《尼灵菲》的创作。

第二个时期：转变。1933 年，孙励立的创作由戏剧转向小说。同年秋天，在同学文冰的邀请下，孙立励加入曦虹社。这期间，孙励立认识了陈华、默映和三郎（萧军），并得到了三郎的鼓励，这更促使孙励立加倍努力于小说的创作，"整日整夜在写作，有两个星期我没有间断，每天都在两三点钟的时候独自跑到冷清的教室烧着火炉去写作"②。1934 年是孙励立创作多产的一年。"那时候所有的报纸副刊差不多每天都刊载着我底创作"③，甚至"有人说泰报底群星差不多被我一个人包办了"④。这一年，孙励立完成了中篇小说《雨夜》《风夜》等及短篇小说《担负》《孩子底拍卖》《十九日》《雨丝风片》等，以后陆续完成了《秋收后》《这等人》《礼拜六的晚上》《酸楚》《离愁》《画家的烦恼》。这一时期，孙励立主办了水新流社，并在报纸副刊出了一次小说专刊。孙励立对其小说创作并不满意，自言其小说"内容都是空虚的，而且技巧方面又差得很远"⑤。在创作小说之余，孙励立还写了大量的小品文字发表。

第三个时期：过渡。这一时期，孙励立除了写《秘密林》《四月底风》《沙漠上》《谁底葬处》《我们底歌》《歌》《十四行多首》几首诗外，仅创作了一部万余字的小说《小银子底幸福》，"这些在量上虽然太少了一点，但委

---

① 孙励立：《我和文学》，《满洲报》1936 年 5 月 1 日第 8 版。
② 同上。
③ 同上。
④ 同上。
⑤ 同上。

实是比前一时期进步得多了"①。

第四个时期：新生。这一时期，孙励立的创作甚至超过了多产的 1934 年，孙励立用九个月的时间完成了四千万字的自传《毕生日记》及《神秘的故事》《丰秋》《风雪蚀》等十几万字的小说。

七　萧然

萧然，东北知名作家。幼年因父亲忙于自家的小洋货铺，萧然常流连于戏园子和评书馆，在他们的耳濡目染下，动了要写小说的念头，并依照《济公传》《七侠五义》写了第一篇小说《十义全传》。

高小毕业后，因家境拮据，萧然在姑父的推荐下，到工厂里学手艺。学徒期间，萧然通过自己的努力考入公费学校，继续学生生涯。这一时期，萧然不再关注旧体小说，开始阅读鲁迅、郭沫若、郁达夫、叶绍钧的新小说作品。其后，萧然还成为学校校刊的编辑，这无形中增加了他从事文学的热情。

然而，家庭的负担让萧然最终无力继续学业，再度辍学，流浪于天津、南京、上海等地。在社会的游历中，残酷无情的社会现实，让萧然认识了人生和社会。同时，萧然开始写一些文章投到各报馆和杂志上。1934 年，萧然回到故乡，再次成了工人。尽管工作忙累，但萧然仍不忘创作，常常"在工作的时候，小偷似的看头子一不留神，掏出笔记本来紧着写上两句"②。

八　戈禾

戈禾，原名张我权，生于 1913 年，辽宁营口人。笔名戈禾、干云，"文丛刊行会"同人。戈禾是东北知名作家，主要从事东北乡土文学写作，主要作品有小说集《大凌河》《三迁》（《文选》）等。此外，戈禾还曾主编儿童读物《游戏的故事》（国民株式会社出版）、《冒险的故事》（国民图书公司出

---

① 孙励立：《我和文学》，《满洲报》1936 年 5 月 1 日第 8 版。
② 萧然：《我与文学恋爱的经过》，《满洲报》1936 年 6 月 26 日第 8 版。

版)。

戈禾文如其人，老实、安分，且看黄曼秋对戈禾的印象——

> 人，很像张资平，不过要来得"结实"些，健壮些，没有一点绅士
> 气，很易使人亲近。他不笑是不说话的，听了他的话，脑子里立刻会想
> 到"原来也是老实人!"很少有虎天虎地的时候，他厌烦出风头，我们同
> 学数年，从不会见他立在人前说过一句话，他也从来不反对别人说的话，
> 他是安分守己的师范生。①

戈禾专注于乡土文学写作，其小说语言自然清新，同时"又有艺术上的
凝练"②。戈禾是从农村走出来的，描写乡间故事异常真实，既保持着"农村
的芬芳与醇香"③，也饱含着对农民悲苦命运的同情。1934 年，戈禾出版了短
篇小说集《大凌河》，在收录的九篇小说中，有六篇是反映农村生活的。对于
戈禾的创作，丁山有着准确的评价——

> 读戈禾的小说，能使我们嗅到浓烈的土巴味。在满洲有他这样描写
> 能力的作家很多，但能像他那样文如其人的却很少。熟识他的朋友，全
> 知道他是个从乡下走出来的人，是个生活经验很深刻的人，是个被生活
> 压扁了的，也可以说是能生活的人。他的为人圆通而缺乏冷酷，他的文
> 章也熟练而缺乏棱角，他常在谈话中发挥他的幽默技巧，他的文章也处
> 处显露着讽刺的才能，收在这文集中几篇小说，便是很好的实证。我一
> 向不喜欢那般"手式的言语"的小说，而对于充满了乡土色香的作品，
> 却执拗地偏爱。我想，一个作家，在他底时与时地不能提出好底货色，
> 并非作家本身的罪过，倘使堕落地走入邪道，才是可痛可怜的事! 戈禾

---

① 黄曼秋:《张权我》,《满洲报》1935 年 9 月 13 日第 3 版。
② 上官缨:《东北沦陷区文学史话》,长春市政协文史资料委员会编 2006 年版，第 54 页。
③ 同上。

倒是无言的文学的卫士，他从文十年，一向是走着文学的本道，近来虽不常为文，而卫道的精神并未□减，我颇爱着他这种高尚的精神。他也并非没有他的弱点，他还缺少文学者的殉道的决心，如果能克服所有弱点努力写去，戈禾的文学修业是有着丰富的明日。①

九　努力

努力，1917 年生，黑龙江通河人。原名于明仁，曾用名于德光、白桦，笔名有努力、于逸秋、田瑯、白桦、沙利清、白拓芳、罗芜等。在东北文坛，努力的文学创作，无论"量质是皆能给人以满意的"②。

努力幼年便饱尝人世的酸辛。先是随母亲生活在监狱里，后因胡匪进城，家屋被焚，被迫离开了故乡。生活的不幸，使努力从小就在心里种下了对现实愤懑的种子。努力的文学启蒙来自《济公传》，小说里的故事引起努力极大的阅读兴趣。1929 年，努力进入初中，坚持阅读，同时产生了从事文学的信念，并和几个朋友出过周刊《朝晖》。然这一时期的努力，创作意识是模糊的，对生活的态度是消极的。

1931 年，努力初中毕业，正值"九一八"事变。在那个特殊的社会环境下，加上书籍的启示，以及对悲惨者生活的接触，努力的创作意识逐步清晰和完整起来，开始"认识了历史指示的方向"③。1932 年，努力进入高中学习，并开始向报纸投稿。1935 年，努力在《满洲报》上发表了小说《石碑》《父母底心》《环姑》和评论文章《〈未来的文坛建设〉的检讨》，但努力对这些并不满意，比较满意的是发表在黑龙江《艺文》上的《酒》《一个灵魂底呼喊》《我们底悲剧》等小说和《丢失了灵魂》《粗大的剪子》等小诗。总的来说，这个

---

① 戈禾：《大凌河》，新京书店出版部 1934 年版，第 1 页。
② 共由：《〈父母底心〉努力作》，《满洲报》1935 年 12 月 21 日第 8 版。
③ 同上。

时期的作品题材是适宜的，努力"统治驾驭文字的力量是十足的"①。

此外，努力的作品还有短诗集《沙漠的消息》《故乡》，诗歌《微吟》《在隅川上》，短篇小说《黄昏》，长篇小说《大地的波动》，独幕剧《齿科医生的家族》，等等。

十　凹凸

凹凸，田姓，吉林省德惠人，笔名很多。凹凸自言"笔名我喜欢随便用，到现在总该有二十多了"②，常用笔名有莫明、莫尼、凹凸、项钱、心素、蒋莱等。

八岁，凹凸开始读《红楼梦》《水浒传》《西厢记》《三国演义》等白话通俗小说，凹凸自言这些小说对后来的创作完全没有一点儿影响，但潜移默化地提升了他的阅读审美，以至于"那些意义浅薄、主题不正的流产文学，始终以红楼之影响不入我的眼"③。

十三岁，凹凸开始接触新文学，最先读到的是鲁迅的《呐喊》和《彷徨》，并在吉林二师的校刊和《大东报》上发表了一些作品。初试创作，凹凸难免有理论不清，甚至主题不明的时候，也会在小说中"表现一些歪曲的意识"④。凹凸前期的写作往往"不以事实为材料，而以想象的材料来写出我的现实真理"⑤。也就是说，凹凸往往根据一点小事实，如小新闻或谈话，然后加以演绎成为小说。凹凸在《满洲报》登载的文字有：《简谈我底文学经验》《文艺漫笔》《关于答辩的一部分》《雷同及其他———一篇渺小的讨论》《评批评与实践的自我批评》《漫歌》《批评家和诗人》等。

---

① 共由：《〈父母底心〉努力作》，《满洲报》1935年12月21日第8版。
② 凹凸：《简谈我底文学经验》，《满洲报》1936年3月13日第8版。
③ 同上。
④ 同上。
⑤ 同上。

第四章　《满洲报》小说的价值

《满洲报》在其十五年的发展历程中，产生了众多的文艺版面，曾活跃着大批作家，刊载了小说千余篇，新旧并存、种类纷繁、内容丰富。《满洲报》的小说作家因自身条件和外部环境的限制，虽新锐蜂起，然沉稳老练不足，未能涌现出影响全国的名家。《满洲报》小说的纯文学、美学价值还有待进一步开掘，但其保存的大量作品确是研究东北小说的珍贵资料，具有独特的文学史料价值。

报章小说与纯文学刊物、单行本的小说有很大差异，一方面报章小说往往是随写随刊、即时即事的创作，"朝脱稿而夕印行"使小说作家无暇全面布局和细密斟酌，作品艺术上的缺陷显而易见；但另一方面，这种创作方式也使报章小说紧随时代、贴近社会，对现实的反映和历史的还原更加真实、可靠。《满洲报》保存的众多小说作品以极其复杂的面目和形态，反映了东北地区所处特殊历史时期的社会风貌和民众的生活状态，其社会、历史价值应得到足够的重视。

第一节 　《满洲报》小说概貌

无论是对《满洲报》小说史料的梳理和挖掘，还是对《满洲报》小说作家的群体特征勾勒，均一定程度地呈现出《满洲报》小说刊载的概貌。

一　小说与文艺版面

《满洲报》刊载的小说与其文艺版面相生互动、密不可分。《满洲报》创刊伊始，就形成了专门的文艺版面，除了早期的"诗坛""文苑""小说"等文艺专栏外，先后开辟了"文艺""消闲世界""万有锦笈""星期副刊""北国文艺""晓野""文艺专刊""北风""晓潮""电影与戏剧""王道周刊""小友乐园""新小友"等十几个文艺版面。至1934年，《满洲报》更出现了七种周刊同时登场的繁荣景象。

《满洲报》众多的文艺版面，为东北作家及文学爱好者提供了广阔的创作园地和施展才华的空间，使得大量的小说作品有了传播的平台，是推动东北小说发展和繁荣的重要动力。据笔者统计，在《满洲报》的文艺版面中，"消闲世界"刊载小说六百余篇，"星期副刊"刊载小说两百余篇，"北国文艺"刊载小说一百余篇，"北风"刊载小说一百三十余篇，"文艺专刊"刊载小说四十余篇。大量的小说通过《满洲报》的文艺版面得以保存下来，这些对研究东北小说史具有重要的价值。与此同时，报章小说是直接面向市场和读者，以满足读者欣赏或是求知需求为目标的。其中，小说以其内容丰富多姿、情节曲折离奇而备受读者所喜爱，成为报章文学中最为读者喜闻乐见的文学样式，连载小说更是使读者长期依附于报纸的重要手段。《满洲报》小说的丰富繁荣支撑了文艺版面的发展，是文艺版面的重要组成部分。

1933年《星期副刊》停刊后，《满洲报》出现了以刊载作品为主和以刊载文艺批评为主的两种周刊形式，如"北国文艺"与"晓野""北风"与"晓潮"，这两种周刊也形成了一种相生、互动关系。"北国文艺""北风"上登载的小说作品，在"晓野""晓潮"上常有批评文字相呼应（见表4-1）。如汉郎《读〈女人的悲哀〉后评》一文，就文泉的小说《女人的悲哀》"内容上很充实，形式上不大安妥"① 提出了批评；杨进《〈爱你底证据〉与〈斩绝〉》中对老含的《爱你底证据》提出"今后不要只取造句的诙谐，重要地的材要现实性"② 的建议，又对兀术的《斩绝》给予了"更深刻地踏进农村去，把农民切身的疾苦、现今的事件，再深刻地如实地反映在生动的艺术里"③ 的期望；猛苏在《〈梅姐〉的检讨》一文中，针对老含的《梅姐》提出"不能不负着提示与警惕的责任的"④ 的文艺要求；澂浮的《谈谈〈深秋之夜〉》在充分肯定文泉创作能力的同时，也尖锐地提出小说《深秋之夜》"只有外壳而没有内容的作品，我们是看够了，那是等于没有生命的，更何谈能有功益于社会、与人生呢"⑤，这一问题是当时东北文坛普遍存在的通病。澂浮同时提出了对东北小说创作的期望：

> 只在万人尽知的事实上翻弄笔墨的作品，我们也厌倦了。我们读文艺作品，是希望着得点所不知道的真理、所没有的情感，而鼓舞起我们向善的意志，因之好认清这社会，以决定我们行动的方向的。而且这样的文艺，才是真正的文艺，才能尽表现社会和指导人生的职责，才是我们所要去的。⑥

1935 年 10 月，共由在"晓野"开辟了"北风评论"一栏，鉴于东北文

① 汉郎：《读〈女人的悲哀〉后评》，《满洲报》1934 年 3 月 30 日第 8 版。
② 杨进：《〈爱你底证据〉与〈斩绝〉》，《满洲报》1934 年 11 月 30 日第 8 版。
③ 同上。
④ 猛苏：《〈梅姐〉的检讨》，《满洲报》1935 年 2 月 11 日第 8 版。
⑤ 澂浮：《谈谈〈深秋之夜〉》，《满洲报》1934 年 12 月 14 日第 8 版。
⑥ 同上。

坛空谈理论的现状，批评家共由提出回到作品本身，并与"北风"第三十期后选出若干创作加以批评，如署名"飞"的小说《悲惨的影子》、努力的小说《父母底心》等。共由的某些观念今天看起来是失之偏颇的，不过共由的批评当时确是加强了"北风"与"晓野"间的互动和共鸣。同时，这种文体间的相生、互动对激发东北小说家和文学爱好者创作的热情及理论的提高有着积极的意义。

表4-1　　　　《满洲报》部分小说与相关评论刊载情况

序号	时间	小说作品	时间	评论评论
1	1934.1.23—30	女人的悲哀（文泉）	1934.3.30	读《女人的悲哀》后评（汉郎）
2	1934.4.17	垃圾之爱（陈阵）	1934.4.27	读《垃圾之爱》后（范哲樵）
3	1934.8.31—9.11	深秋之夜（文泉）	1934.12.14	谈谈《深秋之夜》（澂浮）
4	1934.9.7—25	爱你底证据（老含）	1934.11.30	《爱你底证据》与《斩绝》——十号文艺专刊的两部中篇小说的检讨（杨进）
5	1934.10.9	斩绝（兀术）		
6	1934.10.30—12.28	梅姐（老含）	1935.2.11	《梅姐》的检讨（猛苏）
7	1935.1.8—15	理发店中（玫泉）	1935.2.22	谈《理发店中》（渡沙）
8	1935.5.21	悲惨的影子（飞）	1935.11.1	北风评论《悲惨的影子》（共由）
9	1935.9.3—10.8	父母底心（努力）	1935.12.21	北风评论《父母底心》（共由）

此外，《满洲报》小说与文艺版面的互动还表现在编者的编辑思想上。举1935年10月18日"晓野"为例，此日的文艺周刊"晓野"登载了渡沙的《写给〈赌徒〉的作者》一文。文章针对文泉的小说《赌徒》，提出"表现不

过是一种技术问题，结构更为重要"① 的观点，并告诫文泉不应等环境允许了以后再担负文学的责任。与此同时，在当日同一版面上的"文艺通讯"登载了署名"玫泉"的文章，"玫泉"是王文泉的另一笔名，文章是针对由《王孟素的意识》引发的论战的讨论。虽然两篇文章表面上并无关联，但文泉被批评的文字和文泉的批评文字，形成了同版互动，并产生了思想碰撞，从中亦可体会到小说家文泉的创作意识。

二 小说作家的创作风貌

（一）创作处于摸索期，未形成独特的风格

《满洲报》的小说作家新锐蜂起，创作了大量内容丰富、类型多样的小说作品，其中不乏一些对东北文坛有影响的作品，如李逊梅的社会言情小说系列、张善亭的"善亭杂俎"说部系列、王文泉的新旧思想冲突系列和农民小说系列以及黄旭诙谐讽刺的小说创作等。《满洲报》小说作家的创作促进了东北报章小说的繁荣，丰富了市民的文化生活。然而，更多的东北作家和文学爱好者的创作都还处于摸索期，尚未形成自己独特的风格。

首先，《满洲报》小说作家的创作受其自身条件的局限。1935 年 1 月，《满洲报》的"晓野"刊载了渡沙《北国文坛荒芜之原因》② 一文。文章较准确和深刻地将东北小说作家创作的局限归纳为"没有彻底地了解和充分地体贴社会的实体"和"缺乏指导者"两点，这里的"缺乏指导者"是就东北文坛缺少真正能够给予作家理论帮助的批评家而言的，而第一点正是东北作家创作不成熟的重要原因之一。

在《满洲报》刊载小说的作者大多是在校学生，或是刚从学校里出来的青年，有限的人生经历使他们很难充分地了解到"社会的核心"，只能写些幼

---

① 渡沙：《写给〈赌徒〉的作者》，《满洲报》1935 年 10 月 18 日第 8 版。
② 渡沙：《北国文坛荒芜之原因》，《满洲报》1935 年 1 月 25 日第 8 版。

稚肤浅的作品，以宣泄内心压抑的情感。同时，在东北相对落后的文化市场中，这些刚走进社会的青年很难以写作为生，"谁都知道想在北国文坛用文字换得稿费，是极难或就是不行的事"①。生存的压力迫使他们"十之八九在这个时期把精力都耗费于生活中去"，没有更多的时间和精力放在文学创作上，甚至被迫放弃文学的活动。《满洲报》刊载小说千余篇，而创作量达到五篇以上的作家仅有李逊梅、张善亭、竹侬、蔗农、文泉、秋萤、黄旭、笑呆、箫啸、静波、之君等十余人，可谓沧海一粟，而余下的小说多为一人一作，或一人二三作，往往都是昙花一现。东北作家在缺少"量"的积累下，难有"质"的飞跃，这就导致了《满洲报》小说作家的创作大多只能维持在一个相对稚嫩的阶段。

> 大凡对于社会的认识，与人生的体验，都有年龄的限制。我们北国的作家们，我虽没有统计，而在三十岁以上的就很不多，最多的是在二十岁以上三十岁以下的才从学校出来的青年，与社会直接接触的年限既少，仅有几年间的接触，也难碰着现代社会的核心……真能了解社会的实体，体察人生的苦难者，非是实际的直接的在生活难中打过滚儿，或从事艰辛的社会的工作的人不可，而真正自己负起生活责任，从事社会工作者，大多数都在三十岁以上，而我们的文学家们，十之八九在这个时期把精力都耗费于生活中去，便抛弃了文学的活动。②

对于这一点，东北作家杨进在《我怎样接近了文学和创作动机与态度》一文中也表达了相同的态度：在报纸登载作品的年轻人大多是在校的学生、商店里的伙计、报社里的手民、工厂里的工人，生活的压力使得他们的创作缺乏"长时间的构思"，繁重的工作又使得创作无法一气呵成，利用零散的时

---

① 适民：《现代青年从事文艺的病态现象》，《满洲报》1935 年 3 月 8 日第 10 版。
② 渡沙：《北国文坛荒芜之原因》，《满洲报》1935 年 1 月 25 日第 8 版。

间拼凑的作品难有精品出现也是可想而知的。如萧然就曾谈到"在工作的时候，小偷似的看头子一不留神，掏出笔记本来紧着写上两句，写完紧着揣起来，一篇东西至少也要写他十多天"①；黄旭在《桃花江干》序言中也描述了其小说创作是在其做工人、手民的夹缝中完成的，故难免"是稚嫩的"。

此外，缺乏"修养的时间""文学的探讨"和"没有直接读外国创作的能力"也是制约东北作家创作的重要因素。总之，社会青年的"社会观念的狭窄""生活实感的贫弱""人事阅历的浅薄"等是造成东北作家创作不成熟的原因之一。

> 创作于我，确实是痛苦的事。由于社会观念的狭窄，生活实感的贫弱，人事阅历的浅薄，很难抓住好的题材。所以，每当写一篇作品时，对于题材的选择，煞费苦心，这也许是缺少灵感？仅有题材而我无从发觉，可是一旦有了题材，时间的限制又不容你有长时间的构思！及至动笔，又不容你一气写一篇作品的可能！过去我底一些东西，都是今天写一节，明天写一段的零凑。这样在时间上空间上的变动，都能影响你原来的思想，因而一篇作品的构造，与人物的个性，往往发生于原来的思想极相反的变化……因在生产□□的驱使下，没有剩余的精力来从事文学的探讨，同时也没有修养的时间，更没有直接读外国创作的能力，只是读些间接的翻译，当然不能有直接的忠实与实感，这样对世界的思潮就不能不隔阂，自难有伟大的作品产出。同时特殊的那些关系，又是使你发展最大的障碍。②

其次，《满洲报》小说作家的创作受到外部环境的限制。除受自身条件的局限和为生计所迫，日伪的残酷统治外部环境也是《满洲报》小说作家创作

---

① 萧然：《我与文学恋爱的经过》，《满洲报》1936 年 6 月 26 日第 8 版。
② 杨进：《我怎样接近了文学和创作动机与态度》，《满洲报》1936 年 1 月 24 日第 8 版。

难以成熟的重要原因。在日本帝国主义"狼虎眈眈"的文化监视下，东北沦陷区的作家不能，也不敢"血淋淋"地书写现实，只有通过"暗示的文句"表达内心"憧憬的烈火"。因此，东北作家要直面惨淡的人生，彻底地揭露社会的黑暗，创作具有时代意识的文章，也就成了"近于奢望的希望"。

> 批评家要求的时代意识，因为有八万层的压制，到底不能血淋淋地说出来，即提出必要的问题来讨论，也有所不能——不敢，故都用些"时代的警钟敲响了"等等暗示的文句以表达心思……而这些暗示的文句中，是包藏着一团憧憬的烈火，在熊熊的内烧着，所以即有人想为创作家们解剖，在社会分析时代也是狼虎眈眈，故创作家便丢掉了帮助……有的批评家说北国的创作家意识蒙眬，而在他心中所希望的"非朦胧"的意识，又多是××主义的意识，所以从北国创作家们阶级性上讲，是一种近于奢望的希望。①

在这样的创作环境下，东北作家被压迫得连气都喘不上来，作品往往是"由于精神的不聋而聋，不哑而哑，同时爱而不能爱，憎又不能憎，便在这样痛苦心情中挤出来"②。如作家文泉就表示"差不多写完了就像满腹郁气已倒泻出来一样，感到有些个兴奋后的舒畅"③。在日伪残暴的统治下，东北文坛对"已有的变动又都不便表现到作品上，即有这种作品，各刊物又都不能登载"，在无法直抒胸臆的环境下，作家们也只能表现"心中的次等货"了。

> 这里的社会很少活泼的有生气变动，因而对于创作家少有尖锐的刺激，而已有的变动又都不便表现到作品上，即有这种作品，各刊物又都不能登载。所以在某种意义上说，创作家们所表现的意识都是他们心中

---

① 渡沙：《北国文坛荒芜之原因》，《满洲报》1935 年 1 月 25 日第 8 版。
② 秋萤：《跋〈河流的底层〉》，《盛京时报》1942 年 2 月 11 日第 3 版。
③ 文泉：《我的文学经验谈（二）》，《满洲报》1936 年 3 月 6 日第 8 版。

的次等货，那些馋死人的材料，谁敢动手呢？①

在严酷的现实面前，东北作家对于真正想要表达的内容不敢"动手"，只好把创作的全部注意力放在对"纯美"的追求上，"东北的作家们被日寇压迫得连气都喘不上来的时候，倘如还能有追求唯美的情绪，倒是个性的幸福了"②。亦如小松所言——

> 因为那时候我觉得出了纯美之外，并没有什么可写，除了纯美之外，并没有什么可爱。感情虽然很强烈，写来却是很涩滞的。③

在客观条件的限制下，东北作家只能写些"于现社会是无关痛痒"的"个人的享乐主义的文字"，表现着小布尔乔亚的意识。在对现实无法真实描写的情况下，无奈地"立起为艺术而艺术的大旗"。因此，难以产生符合时代的作品也是可想而知的。

> 这抒情气氛的东西，表现着小布尔乔亚的意识形态，是个人的享乐主义的文字。这作品，给某一部分人们玩弄赏观，以这样事件的趣味系住他们，这样于现社会是无关痛痒的。在其他地方的文坛上，这类作品是早已没落的了，但在我们文坛则为口中时期，而且如果除去这类作品，则我们将因客观条件的限制而有无所描写的忧虑，简明地说，时代作品在这里是不可出现的，而作家也只好适应地开掘此类园地去，立起为"艺术而艺术"的大旗。情形既是如此，则我们尚有什么理由去苛责我们的作家呢？④

---

① 渡沙：《北国文坛荒芜之原因》，《满洲报》1935 年 1 月 25 日第 8 版。
② 姚远：《东北十四年来的小说与小说人》，刘慧娟主编：《东北沦陷时期文学作品与史料编年集成》（总第四十五卷），线装书局 2015 年版，第 157 页。
③ 同上。
④ 适民：《评〈在吉林〉》，《满洲报》1935 年 2 月 22 日第 8 版。

这种无奈的"为艺术而艺术"的"纯美"追求，在缺少真正成熟的理论指导下，最终走向了单纯地对"技巧"的狂热。如文泉早期的创作即是沉迷并有意模仿关内恋爱小说家的技巧，只注重"文字的美华和结构的技巧"①，从而将创作当作一场"文字游戏"，最终陷入"恰似一个魔术师卖弄他的技巧借以博采一样"②的死胡同。《满洲报》另一重要的小说作家黄旭也热衷于"技巧"，甚至每篇文章都运用新的技巧，这直接导致了其小说往往为了技巧而忽略了内容，如其署名"篁勗"的短篇小说《春血》，在其结尾处对报纸版面进行了过分细微的白描，从中可见黄旭对技巧追逐的狂热。这种对"技巧"的追求，表现出东北沦陷区作家在创作内容受限的情况下，"极力地想以美丽轻松的外衣掩饰内质的空疏"③的无奈。

（二）于夹缝中曲笔书写，揭露现实

"在一定政治框架、文化统治夹缝中生活的沦陷区作家，更具有复杂的'文化性格'。"④ 在东北沦陷时期，作家们既要回避现实又离不开现实，这种二元对立使得其小说创作心态异常复杂。在《满洲报》刊载的大量小说中，既没有明显附逆的汉奸文学，也未出现激昂的爱国进步文学，更多的是在夹缝中生存的作品。这些作品有的专注于娱乐性，或品茶饮酒，或谈狐说鬼，或言情武侠，以此取悦读者；有的在描绘家庭琐事，在个人情感中透出现实气息。这些作品因不直接涉及时事，往往不为日伪当局所禁封。

东北沦陷区的作家以各种方式在夹缝中曲笔书写，隐晦、曲折、象征等成为寄托情感宣泄、反映社会现实的主要手段，这些作品"在文学上找不到反抗的形式，却让人感觉得到有反对的情绪，有抵抗的力量"⑤。在《满洲

---

① 文泉：《我的文学经验谈》，《满洲报》1936 年 2 月 29 日第 8 版。
② 寒畯：《关于满洲文坛》，《满洲报》1936 年 8 月 22 日第 8 版。
③ 杨进：《〈爱你底证据〉与〈斩绝〉》，《满洲报》1934 年 11 月 30 日第 8 版。
④ 孙中田：《历史的解读和审美取向》，《社会科学战线》1991 年第 3 期。
⑤ 黄万华：《论沦陷区作家的创作心态及其文学的基本特征》，《华侨大学学报》1995 年第 2 期。

报》刊载的小说中，经常能见到对自然环境细腻的描写。在东北作家的笔下，自然界充满了冰冷、粗糙、空旷和寂寥。这既是一种东北地域自然环境的写实，同时更是作家对所处社会环境的象征性表述，借助自然景物隐喻着黑暗的现实。如文泉的《暮》结尾处有这样的描写："夜，在猛力地袭着大地，天边西部热得太阳底最后一道防线，势必将毁灭！"① 作家文泉借黑夜即将吞噬最后的光明，暗示在日伪统治下的东北社会必将走向彻底的黑暗。

1934 年 10 月，《满洲报》的"文艺专刊"登载了兀术的小说《斩绝》，小说全篇以天灾作为主要的场面，显示了农村经济崩溃的成因，其中穿插着许多社会乱象，如土匪的掠夺、东家的催债等。小说展开了一幅破产农村中农民苦难生活的画卷，表现了在日伪统治下东北农村社会的紊乱状态。

> 家里底口粮也只够吃两个月，万一老天爷果真不开眼，到秋后，妈的可让我们去吃煞！挨饿到底是小事，去年的官钱，昨天王四爷对我说，会马上就要挨家讨了，去年年头虽然不坏，怎奈粮食不值钱。种地人真可怜，忙了一年，末了还不够给人家的！②

小说中描写了农村丰年成灾的悲惨命运，农民不但在现实生活中煎熬，还要担心将来的命运。在天灾与经济困厄的双重压抑下，农民一向信仰的"庄稼两双手就是我们的饭碗"的生活准则彻底动摇了，农民的意识也随之没落，开始寻找"不光明"的"出路"。

小说《斩绝》全篇引用方言，没有艰涩的句子，这对于描写农村生活是有收效的，这一点也是作者创作上的成功。然而，小说中的人物庞杂，在如此简短的篇幅中难以得到细致刻画，直接导致人物个性塑造不够鲜明，甚至出现人物性格前后矛盾的现象。如小说中的小住，在看到父亲老吴被郑二哥

---

① 老含：《暮》，《满洲报》1934 年 10 月 9 日第 8 版。
② 兀术：《斩绝》，《满洲报》1934 年 10 月 9 日第 8 版。

带走时悲愤的气概与后来的畏缩、徘徊，在没有给出任何过渡的情况下，小住的人物塑造前后判若两人。

在小说《斩绝》登载后不久，《满洲报》的"晓潮"刊载了杨进的《〈爱你底证据〉与〈斩绝〉》，文章本身就是一篇中规中矩的批评文字。但文后附的编者声明，颇值得玩味——

　　兀术君的那篇《斩绝》，取材完全是天灾人祸下的农村破产的现象，确是一篇捉住时代的描写。正反映了华南颠沛的农村，但在我们现在的满洲，那样的农村已是过去的了，所以《斩绝》是描写动乱的中国农村情形的小说。①

编者一方面讲小说《斩绝》是"一篇捉住时代的描写"，另一方面又刻意强调小说描写的不是伪满洲国的现实，颇有欲盖弥彰之意味。

东北沦陷区的小说家隐晦曲折地表达了对现实的强烈感受，在阴郁低沉的氛围中展开故事情节。这些小说故事性强，叙述流畅生动，感情哀婉，主题隐晦，笔法含蓄。在《满洲报》刊载的众多小说作品中，杨隽的《灾变》尤其值得一提（见图4-1）。《灾变》于1933年9月12日、19日刊载在《满洲报》的"北国文艺"上，而小说实际完成时间是1923年8月29日。小说刊载时间恰好是在"九一八"纪念前后，这很难说不是编者的有意安排。

---

① 杨进：《〈爱你底证据〉与〈斩绝〉》，《满洲报》1934年11月30日第8版。

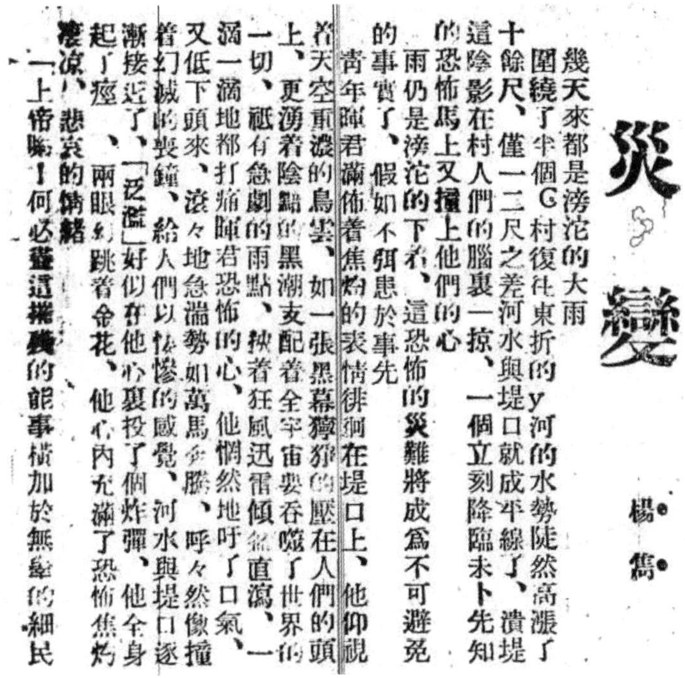

災變

楊雋

幾天來都是滂沱的大雨圍繞了半個G村復往東折的y河的水勢陡然高漲了十餘尺、僅一二尺之差河水與堤口就成平線了、潰堤這陰影在村人們的腦裏一掠、一個立刻降臨未卜先知的恐怖馬上又擡上他們的心

雨仍是滂沱的下着、這恐怖的災難將成爲不可避免的事實了、假如不預患於事先

青年暉君滿佈着焦灼的表情徘徊在堤口上、他仰視着天空重濃的烏雲、如一張黑幕獰猙的壓在人們的頭上、更湧着陰黯的黑潮支配着全宇宙要吞噬了世界的一切、祗有急劇的雨點、挾着狂風迅雷傾盆直瀉、一滴一滴地都打痛暉君恐怖的心、他惘然地吁了口氣、又低下頭來、滾々地急湍勢如萬馬奔騰、呼々然像撞着幻滅的喪鐘、給人們以悽慘的感覺、河水與堤口逐漸接近了、「泛濫」好似在他心裏投了個炸彈、他全身起了痙攣、兩眼幻跳着金花、他心內充滿了恐怖焦灼淒涼、悲哀的情緒

—上帝喲！何必蓋這災殃的能事橫加於無辜的細民

图 4－1　杨雋的小说《灾变》

《灾变》以隐晦沉郁的笔调，勾画了一幅旧中国即将发生一场“灾变”的风云趋向。小说中的“洪水”象征着外国帝国主义的侵略；“乌云”象征着黑暗的社会现实；“河堤”象征着腐败脆弱的国家政治；“晖君”代表着时代下的进步青年；“修堤”实则是对政治体制的一种改革。若把《灾变》放到 1933 年的中国东北，其对东北社会在日伪统治下即将迎来“灾变”的寓意不言自明。

小说《灾变》开篇描写了在瓢泼大雨下，河水猛涨，多年未曾修补的河堤即将坍塌，眼看洪水淹没山村，小说开宗明义——“这恐怖的灾难将成为不可避免的事实了”。

青年晖君，满布着焦灼的表情徘徊在堤口上，他仰视着天空重浓的乌云，如一张黑幕狞狰地压在人们的头上，更涌着阴暗的黑潮支配着全宇宙要吞噬了世界的一切。只有急剧的雨点，挟着狂风迅雷倾盆直泻，一滴一滴地都打痛晖君恐怖的心。他惘然地吁了口气，又低下头来，滚滚的急湍势如万马奔腾，呼呼然像撞着幻灭的丧钟，给人们凄惨的感觉。①

小说中的晖君是在黑暗社会中率先预知灾难降临、欲唤醒愚昧麻木群众的新青年，然而现实却让他徒然无力。小说对晖君由"急迫""焦躁"到"迷惘""悲哀"的内心描写，恰是对那个时代进步青年深感时代的苦难而又无力改变现状的表达。

他要负起收复这将酿成巨灾的水——不他的眼泪的责任，然而事实却是这样的急迫，以容不得他有所施展，其实他也无力来施展，他焦躁地乱抓自己的头发，锤击着包围着的锐刀刺着一般痛的一颗心的胸脯。虽然明知这一切于恐怖的事实上是徒然的，他想这样能减轻他的罪恶、痛苦，或许借此来燃起他兴奋的火焰。但这两个幻念只在他迷惘的意识上很快的掠过，徒留下更深刻的恐怖、悲哀，他只瞪着两只颓丧而又焦灼的目光，徒呼负负地望着随着雨势叠次高涨的河水。②

《灾变》中描写"富于经验"的村民深知河堤无法支撑下去，主张重修修堤，而大多数村民却抱着侥幸心理，主张"再敷衍几年"，最后倡言的村民也抱了"塌天有大家"的消极态度。小说对村民的描写，反映出旧社会民众在"天灾人祸"的苦难下，思想的愚昧、麻木，"只剩下干枯的空洞洞的一个躯壳了"。

修堤的声浪于今春才在村里酝酿起来，但这仍不过是一部分少数的

---

① 杨隽：《满洲报》，《灾变》1933 年 9 月 12 日第 3 版。
② 同上。

富于经验者的主张，他们已深知这 y 河堤是不能再支持下去了。然而大多数的人仍是主张再敷衍几年，其实他们是为了连年的天灾人祸已，弄得他们只剩下干枯的空洞洞的一个躯壳了，实在没有力量再做这个浩大的工程。虽然曾经过数次的村民大会，结果仍没讨论出具体的办法，而一般倡言修堤者也未始不感"力所不逮"，也就抱着"塌天有大家"的消极主意不再倡议了。①

进步青年晖君在"恐怖的事实已日渐露骨地逼来"的情形下，面对愚昧麻木的村民，振臂高呼，发出了那个黑暗时代下的最强音。小说里讲河堤是维系人们生命的保障以及修堤不成的原因，实则道出了当时中国社会改革也正是因为"人心太涣散""太无团结力"而无法实现。

> 诸位！y 河有主宰我们全 c 村的威力，它若一怒之下，我们决无生存。那么维系我们生命的壁垒的 y 河堤，益应巩固它的基础而充实我们生命的保障，但是修堤这问题，在村民大会上已讨论数次了，具体的办法在那里？这不能不归咎我们 c 村的人心太涣散了，太无团结力！固然，修堤这工程巨大、浩繁，非我们这区区破产下的 c 村所能为力，难道我们能守株待毙吗？恐怖的事实已日渐露骨地逼来了，征诸近几天的连绵大雨，这事实定有实现的可能，在这生死关头的一瞬，我们要打破侥幸的幻梦！抱着人定胜天的真理，急切地振起颓唐的精神，兴奋起来，向拯救我们的事实工作！②

然而，"全场的空气依然是满布着萎靡没有一些生气"，晖君的呼喊并没有唤醒麻木的人们，反而招来了冷嘲和热讽。晖君并未在意，自告奋勇到县

---

① 杨隽：《满洲报》，《灾变》1933 年 9 月 12 日第 3 版。
② 同上。

政府请愿以获得经济援助,可县政府官员腐败已极,晖君无功而返。这时的晖君对社会彻底灰心,甚至对愚昧的村民"憎恨、嫉视起来"。失望的晖君对人类和社会还是"依恋"的,在河堤决口的一刹那,晖君用身体堵住溃决的堤口,大声高喊,希翼村民最后的觉悟,但这早已无济于事,"灾变"终究是发生了。

> 这些往事的悲痕猛烈地啮着他的心,他对于这冷酷的社会、残恶的人类开始憎恨、嫉视起来。尤其是 c 村的人他觉更是死有余辜,没有热血,没有思想,只有像猪一样懵懵地任荒谬的命运来摆布。晖君希望这 y 河即刻溃决起来,把全村、全县、全宇宙都同时淹没,但有一个矛盾的理想又跳出来,这人类,这社会他多少还怀些依恋呦![1]

《灾变》不啻对东北社会在日伪统治下终将毁灭的预言,更是对麻木的东北民众敲响的警钟,具有重大的时代意义。

《满洲报》的小说作家在残酷的现实压迫下,仍在努力描写和叙述东北人民痛苦的呻吟,虽然这些小说作品常常主题不清,意识不明,艺术上的不足也是显而易见的,但若想到小说创作的时代背景,是应该给予同情和理解的。更重要的是,这一时期的作家作品并未歌颂过"王道乐土",也未给敌伪的统治点缀升平,他们尽其所能,写出了对那个时代的愤懑和不平。

第二节　《满洲报》小说的文学史料价值

在《满洲报》登载小说的作家成百上千,新老作家并存,有受传统白话

---

[1]　杨隽:《满洲报》,《灾变》1933 年 9 月 12 日第 3 版。

小说创作影响极深的旧式文人，也有受新思潮熏陶的新派作家。本书挖掘作家百余位，著录小说千余篇，其中大部分的作家作品尚未被研究者所注意。本书对《满洲报》中部分较知名的作家作品作以考据和研究，然还有众多的小说家和大量的小说作品有待进一步的考据、研究和评价。这些作家和作品对研究东北文学的发展有重要的史料价值。

一　旧式文人与新派作家

（一）《满洲报》的旧式文人

《满洲报》曾活跃着大批受传统文化影响的旧式文人，这些处于过渡时代的旧式文人往往带有强烈的喜新恋旧情结。一方面，他们受旧式学堂的熏陶，虽已脱离了传统文人的生活方式，但对旧文化仍表现出相当的留恋。在其文学创作中，旧式文人依然会流露出传统文人的审美意趣，小说文笔典雅，行文常掺杂着大量的旧体诗词。旧式文人的小说创作受传统白话小说的影响，多以故事情节为线索，完整周密，有头有尾。此外，旧式文人的小说创作常以因缘果报为框架，以警示世人、惩善扬恶为创作主旨；另一方面，这些文人又接受着西方现代思潮的影响，关注时事并尝试新的写作技巧，小说题材更加宽广，创作技法有所革新。

在《满洲报》刊载小说的作家中，受传统白话小说创作影响的、有一定代表性的旧式文人中，东北作家有：李逊梅、蔗农、竹侬、张善亭、梦馀、陈蕉影、清泉、寸草、陈越峰、丁英年、赵超然、忠禄、了因、淑石、囊儴，其中李逊梅、张善亭、竹侬、蔗农、天民等的创作，无论在"质"或"量"上，均已达到一定的水准；关内作家有：钟吉宇、翟永坤、顾醉英、程瞻庐、顾明道、向恺然、胡寄尘、王天恨、周瘦鹃、谷剑尘、张个侬、王敬夫、张恨水、琅琊生、春兰生、尹鼎成、延陵树声、瘦绿生、张六合、王连吉、刘雪蕉、邹悲影、张慧剑、刘瘦鹤、许君远等。相较于东北作家，关内作家在创作上要更加成熟。

（二）《满洲报》的新派作家

在《满洲报》登载作品的东北小说家中，除了以"有益于世道人心"为创作目的的旧式文人外，还有一批在新思潮熏陶下成长起来的新派作家，他们往往受新文学影响较大，如文泉受叶灵凤、章衣萍、张资平、穆时英等的影响，模仿创作了恋爱小说；孙励立自言从巴金的创作获得了"启示和力量"；黄旭后期创作对老舍讽刺幽默文风的仿效；秋萤的创作受到鲁迅、周作人、茅盾、冰心、丁玲等人的影响；此外，文泉《赌徒》《阿魁的故事》、汝刚《疯人笔记》又显然是有意模仿"五四"新文化运动旗手鲁迅的《阿Q正传》和《狂人日记》。

在日伪残暴的殖民统治下，"五四"新文学对东北文坛的影响逐渐式微，即便在素有"东北之窗"之称的大连，作家们也只能"依附于中国内地文艺思潮的尾巴上"，创作些新文学运动初期那样的"颓废伤感的病态文学"。《满洲报》登载了大量代表了这种颓废、苦闷、伤感意识的小说作品，反映了过渡时期的青年们在社会的压迫下极力寻求发泄的途径，而又没有"出路"的苦闷心理和悲惨的社会现实。

> 当新思潮的洪流也随着汹涌到文化落后的北国，当然应于该阶段的新的文学也是被一般人积极需要着的了。于是有大连《泰报》的"潮音""文艺周刊"，《满洲报》的"星期副刊"的产出，不过这时的一些创作，是依附于中国内地文艺思潮的尾巴上，做了一次中国文学运动初期的颓废伤感的病态文学的"回光返照"①。

在《满洲报》刊载小说的作家中，受新思潮影响的颇具代表性的新派作家中，东北作家有：小松、古丁、罗烽、悄吟、渡沙、老翼、方殷、努力、

---

① 杨进：《我怎样接近了文学和创作动机与态度》，《满洲报》1936年1月24日第8版。

笑呆、笛啸、兀术、金磨、璇玲、田涛、杨进、文泉、老合、柔芗、陈阵、丕泽、方了、方兰、或人、静波、血殿、张蒂、活石、黄曼秋、骧弟、秋萤、黄旭、张弓、成雪竹、白虹、苏菲、鲜文、之君、呆农、丕泽、杨荫环、郭濂熏、顾见非、杨进、孙励立、萧然、戈禾、莫明、寸草、赵惜梦等。其中小松、古丁、罗烽、悄吟等日后均成为东北著名作家，而文泉、秋萤、黄旭等创作在当时东北文坛也具有较大的影响。除此之外，《满洲报》还登载了巴金、胡也频、李广田、刘祖春、许君远、陈敬容、瞪岚、草明等关内著名作家的作品。

在东北文坛，大部分的作家就是在报纸上开始文学创作和参加文学活动的，他们早年的文学行迹往往记录在报纸上。报纸上登载的作家逸闻、逸事成为了解东北作家早年的创作和思想的重要文献资料。如1933年1月，《星期副刊》开辟了"本刊作家小史"一栏，先后登载了骧弟、成雪竹、徐笛啸等自传文章；1935年12月，《晓潮》开辟了"我从事于文学的经验"一栏，相继刊登了黄曼秋、顾见非、杨进、笛啸、渡沙、孟素、文泉、凹凸、鲜文、大光（陈大光）、枫子、雁北、孙励立、努力、萧然、芸香梦倩等作家自述创作经历的文章；1936年3月，《晓野》的"作家印象记"，刊发了银燕对见非、杨园、适民、渡沙、孟素、芸香梦倩等作家的认识；1936年5月，《晓野》的"铁岭几位作家速写"中对丁焕文、陈阿雷、赵石火、张白零等作家进行了介绍。这些文字是了解、考据东北作家重要的第一手材料。如笔者在研究东北作家文泉的生平与创作时，文泉的《我的文学经验谈》就是重要的史料参考；又如，在研究张善亭生平创作一节，借助了其在《满洲报》的"消闲世界"上发表的自传小文《六十六年之回忆》。再如，在考据"黄旭"和"老含"是不是为同一作家不同笔名时，则得益于孟素在《满洲报》的"晓潮"上登载的《我见的一个小说作者》一文。如此种种，就不一一列举了。

二 本土小说与域外小说

(一)《满洲报》的本土小说

《满洲报》刊载的本土小说新旧参半,既有趋新的白话小说,也有守旧的文言小说。其中刊载的白话小说,无论在数量上还是质量上都远胜于文言小说,可以看出,这一时期东北文坛的白话小说已基本取代了文言小说,占据了小说创作的主导地位。究其原因,报纸文艺的读者多为一般市民阶层,对于文化水平不高的市民阶层阅读文言小说,尤其是长篇文言,是有很大困难的,这也是《满洲报》中短篇小说尚有文言创作,而长篇小说基本为白话创作的原因之一。

在《满洲报》的白话小说中,通俗小说又占据了重要的位置。自"五四"新文学以来,通俗文学一直被视为游离于新文学以外的文学形态。东北沦陷区通俗文学的兴盛,既与日本殖民当局"把安慰和娱乐赠予他们,然后慢慢地使他们理解我们的主张"①的殖民政策相关联,同时又与东北作家在通俗小说创作能够获得"自由"言说的创作心态相契合。可以说,"沦陷区文学最重要的价值,当推通俗小说的繁荣和进步"②。

《满洲报》刊载的通俗小说多达百余部,长短篇并存,类型十分丰富。除涉及了通俗小说的"四大金刚"——社会、言情、武侠、侦探等类型外,《满洲报》还刊有历史演义和滑稽幽默等重要品种。此外,《满洲报》对古典白话小说的传播也是值得注意的。

1.《满洲报》的社会小说

社会小说是通俗小说中的重要类别。社会小说在古代小说分类中并不存

---

① 张泉:《沦陷时期北京文学8年》,中国和平出版社1994年版,第34页。
② 孔庆东:《超越雅俗——抗战时期的通俗小说》,北京大学出版社1998年版,第70页。

在，是随着近代维新思潮进入中国之后才逐渐兴起的一种小说分类。社会小说是与《儒林外史》《官场现形记》《金瓶梅》等古代"世情小说"一脉相承的，到了中国近代，受西方政治小说的影响，与传统的谴责小说杂糅在一起，开始以一种全新的面貌出现在读者面前。

伴随着东北漫长的殖民历史，病态社会千奇百怪，这些为社会小说创作提供了丰富的题材。社会小说往往被冠以"警世""醒世""讽时""纪实"等名头，《满洲报》的社会小说共计六十余篇，小说题目前往往标有社会小说、家庭小说、纪实小说、警世小说、醒世小说、报应小说、教育短篇、短篇劝世等。据笔者统计，在《满洲报》上发表社会小说的作家有：了因、梦馀、无愁、陈蕉影、瘦绿生、西贝生、钟吉宇、张个侬、柔芗、清泉、张善亭、天民、竹侬、蔗农、李逊梅等四十余位，其中李逊梅、张善亭、竹侬、蔗农等的创作具有较大的影响（见表 4-2）。东北作家在继承传统小说的基础上，进一步向纵深领域扩展，小说家们从不同角度描绘出时代风貌下的社会生活。除了深入挖掘熟知的题材外，小说作家还将触角伸向社会的各个方面，表现出迥异以往的创作风格和特色。

（1）对传统白话小说的继承

社会小说源于传统白话小说，多以警示世人、惩恶扬善为主旨，《满洲报》刊载的社会小说多继承了这一宗旨。如又安《绅士》中，讲述了作者耳闻目睹的社会各种怪现象，针对"世风日坏，人欲横流"的社会，提出社会进步与道德沦丧的时代问题，小说"寓褒贬于嬉笑怒骂之间"，并以此讽世劝人。

> 呜呼！世风日坏，人欲横流，举数千年之法度伦常，弁髦之，敝屣之，甚至操刀相向，率兽食人，几何其不胥而为夷也！余自束发受书，以至于出而问世，迄今已二十余年，凡耳所闻，目所观者，怪怪奇奇，无思不有，岂进化与道德果背道而驰耶？抑伊古以来，概如斯耶，使宣

父复生，振其春秋之笔，泯其鬼蜮虫贼之害矣。戊辰秋，余于公余之暇，著《花花世界》一书，以为讽世劝人之用，虽不敢以《春秋》自拟，窃略寓褒贬于嬉笑怒骂之间焉。特以时间关系，未克敬披全豹，兹将今日草成之稿，公诸报端，是非得失，尚不自料，幸阅者有以垂教焉。①

在《满洲报》刊载的《苦人荡妇》也是典型的讽劝类型的社会小说。小说作者张个侬，原名张竹，江苏镇江人，其创作以侠义为多，曾作"四大剑侠"系列：《少林剑侠》《武当剑侠》《峨眉剑侠》《昆仑剑侠》，以及《关东奇侠传》《石破天惊录》《南北异人剑侠传》（平岗不肖生合著）等武侠小说，故得"当代传武侠之巨擘"②的美誉，然这也使部分人认为张个侬"专擅武侠小说"而"无他长"，张个侬本人对此不以为然：

　　初予应书肆主人之请，为撰各种说部，中尤以侠义小说为最多，以是外界不查，竟有谓不侫为专擅武侠小说者，甚或借誉为毁弦外之音，谓不侫除武侠小说书无他长，皮相之谈，可发一噱。然自是说传播后，不侫之鬻文生涯遂致局于侠情说部一项，而他类作品，则日以少矣。③

1931 年 11 月，《满洲报》连载了张个侬的章回体小说《苦人荡妇》，共十回，此小说恰是张个侬对"除武侠小说书无他长"的有力回击。小说描写主人公江浩然含辛茹苦，勉力自立，却因娶妻不贤，致生无耻之变，最后看破红尘，散尽家财，办社会图书馆和义务学校，欲"为天下守财奴遗产为后人做牛马的，做个榜样"④。江浩然以自己一生苦而立志的经历勉励世人，并希望世人能自立自强，成就一番事业。

---

① 又安：《绅士》，《满洲报》1929 年 4 月 1 日第 3 版。
② 张个侬：《武当剑侠》，大亚书局 1931 年版，第 1 页。
③ 张个侬：《石破惊天录》，南方书店 1937 年版，第 1 页。
④ 张个侬：《苦人荡妇》，《满洲报》1931 年 12 月 24 日第 2 版。

话说我这部书，乃是勉人立志，宁为鸡口，勿为牛后之作。文信国《正气歌》云："时穷节乃见"，孔子亦云："岁寒而后知，松柏之后凋"，可知为人在世，最重要者是为气节。有至大至刚之气，秉不屈不挠之节，抱不甘雌伏，定要雄飞之精神，守立言立功之要素，方不至与草木同朽，岁月虚度，然后可以为人仪表，作人典型。试观古今来闻人名世，孰不由此而来，旨趣终属一致，可以断言。孟子云："天之将降大任于斯人，必先苦其心志，劳其筋骨"，俗语亦说："不是一番彻骨，怎得梅花扑鼻香"，可知但凡一个人，要能白手成家，青云得路的，不仅立志，且须有历练艰苦的毅力，方才能成事有为，断非空言立志，所能企及的。孔子谓："不患无位，患所以立"，即此可知立志是人所必经的阶级了。固本书首先揭□的便是"时穷节见，松柏后凋，茹苦含辛，儒钝立志"十六个字，便是这个意思。但有一层，我这部书并不是崇拜英雄，希望读者个个都是为非常之人，立一路非常的事业，不过如有人能秉此旨，为国家捍卫，立不朽之功，固是最佳，倘或不能，亦须进求其次，认明了这"宁为鸡口，毋后牛后"的八个字，方才不□我躬。①

小说描写细腻，感深情炽。在封建军阀和帝国主义殖民的双重压迫下，旧中国经济破产，民众生活之艰辛历历在目。

如今的生意，不比往年了。生活的程度渐高，人的奢华日甚，很是维难，生意也不比往年茂盛。现今的捐又比往年加了一成，日子渐渐地难过了，况且洋货进口多，本国货的销量大减，就是这个上面，国家损失的原气，也就很为不少了。②

---

① 张个侬：《苦人荡妇》，《满洲报》1931年12月25日第2版。
② 张个侬：《苦人荡妇》，《满洲报》1931年11月28日第2版。

小说对旧社会的学工报以深切的同情。通过描写旧社会学工生活的困境，反映出当时社会工商业的恶习，体现了作者对学工的关切。

> 看官须知中国工商界的旧习惯，有句俗语："学徒的好比养媳妇。"所谓一只恶水缸好的抡不着坏的，总要抡到三年菠萝干饭，实在比什么还难吃，大凡经过这个阶级的，都还能够明白。要是学生意，虽然有难杂货花子，钱裔子，绸缎工资等等的名目，其实学生意的同样吃苦，却是无异的。又如学生意的行号，不是连店家，那苦也是要吃轻些，如是座连店家，那学生意的苦可就要苦得厉害了！①

在《满洲报》刊载的小说中，对传统白话小说继承较好的有李逊梅的《桃花窟》《桃花梦》《毁人炉》《炉灰》《欲海》《海底骷髅》、竹侬的《连湄影事》《大觉园》、梦馀的《九尾狐》、张个侬的《苦人荡妇》、钟吉宇的《□史》等，这些小说都以传统眼光审视经受现代思想浸润的都市，描述现代都市繁华的虚伪、肮脏，谴责了世风日下、道德沦丧的社会现实。

（2）新闻影响下的新社会小说

报纸是以刊载新闻为主的，来自市井街巷的新闻内容往往深受读者喜爱，由于新闻和文学的同源性，当时报人还没有完善的新闻表述方式，常借助文学进行表达，而小说又是市民喜闻乐见的体裁，故当时的大多新闻都带有小说的体例特征。这种新闻和文学融合的表述形式，对小说创作无疑有着极大的影响，从而出现了带有新闻特征的"纪实小说""写实小说""应时小说"等新社会小说类型。

新社会小说往往根据报刊文章、法庭记录、档案文献等写成，也有通过调查、访问等搜集第一手材料写成，新社会小说多具有较强的政治倾向和道

---

① 张个侬：《苦人荡妇》，《满洲报》1931 年 12 月 28 日第 2 版。

德意识。如王金声的小说《孀妇被骗记》即根据《满洲报》新闻栏内一则关于男子扮女装行骗的报道写成的。又如1931年2月至1933年7月，在"消闲世界"版面的"善亭杂俎"一栏连载的张善亭《词讼见闻录》，即是通过一个个的诉讼官司，揭出了社会的种种丑恶现象的新社会小说。

《满洲报》登载的纪实、写实、应时小说多为短篇，有描写旧式婚姻的，如王少坡《一个旧事婚姻》、锡梦《纳妾的罪恶》；有描写兵匪的，如杰三《兵祸一瞥》、天民《征妇泪》《苏彦生》；有写旧式家庭的，如《家庭惨案》；有描写新旧思想冲突的，如邹悲影《谁的罪》；等等。

1928年2月，《满洲报》登载了署名"天民"的短篇纪实小说《征妇泪》，小说开篇引用杜甫《新婚别》的头四句"兔丝附蓬麻，引蔓故不长。嫁女与征夫，不如弃路旁"，以新婚不久的妇人之口讲述其丈夫在教育界屡受诘难，被迫投笔从戎的故事。小说主人公在当兵过程中，又深感军阀混战之苦，描绘了中国近代社会的混乱及人民的苦难，表达了作者"军阀得吾说而察之，庶几大祸将有底止了"① 的期望。

> 丽云这真奇怪，我中华民族，怎竟如此相杀相残，一粒枪弹，就作了我们生命的代价……吾爱，我们终日踏着同胞的骷髅，他们的鲜血，虽染红了我们的衣服，然而我们仍是径起直追，向前喊道，杀！杀！最可怜一粒的子弹，就作了我们生命的代价。②

其后，天民又发表纪实小说《苏彦生》，作者在弁言中表明了小说是"略述当年苏君遇难情况"，是为纪念老友苏彦生所作的。小说从侧面反映了当时社会的匪祸之害。

---

① 天民：《征妇泪》，《满洲报》1928年2月15日第7版。
② 天民：《征妇泪》，《满洲报》1928年2月14日第7版。

民国十三年春，开原康公作民，创办开拓长途铁轨汽车公司，又设站务养成所。彼时余掌教于奉天商埠第一小学校，适因厌倦教职，乃幡然改计，入该养成所讲习。入所之始，即与苏君结识，把臂订交，一见如故。十四年初，讲习毕业，而余与苏君之情谊，亦随年剧增。苏君旋蒙委为旅客车队长，勤慎从公，见者靡不交口称赞。不聊服务仅数月，竟于大庆阳（西县境）遇匪殒命，功业未成身先死，长使英雄泪满襟！呜呼！痛哉！前于报端见老友李君正果，哭之以诗，余展读之际，涕泗磅礴。爰沘笔略述当年苏君遇难情况，邦之君子，披览之余，当亦为之扼腕三叹息云。①

1929 年 3 月，在《满洲报》的"星期副刊"上，连载了瘦绿生的写实小说《旧梦》，共七期。作者称这是其创作的第一部长篇小说，故小说的穿插结构、叙事选词等难免"弊端百出，贻笑方家"。小说以老友金周人先生在外数年经历为素材，描绘了旧时代下人们"趋炎附势，日日奔波寰间"的悲惨命运。

"我读过元稹诗'闲坐思量小来事，只应元是梦中游。'旋思人生百年原是一场梦，上若官僚下若百姓，趋炎附势，日日奔波寰间为儿孙作马牛，殊不知一日三尺红棺，一堆黄土，方见名也利也，原是一场大梦也。忆余自背井离乡，天涯漂泊，第以读书之人素性耿憨，既不惯谄笑求容，复不耐逢迎结纳，以致十数年依然故我。噫嘻！亦江山易改，本性难移故耳。"

说这一番话的，正是作者一位老友金周人先生，他今日自沈水归来，为余述及近数年来所经历者。虽无若何建树，亦多堪留鸿爪，余以颇助

---

① 天民：《苏彦生》，《满洲报》1928 年 2 月 17 日第 7 版。

小说材料，故于公余命笔写出。然余对于长篇著作，是为生平第一次，自知极为幼稚，极无根底，只金周人先生不以小子见弃，允余所请，故敢斗胆从事试作，至其中之穿插结构、叙事摘词，自知难免弊端百出，贻笑方家，然则阅者诸君或能谅我欤!①

此外，中国社会自古以来讲究家国同构，家庭是社会的细胞，家庭的发展是社会历史变迁的缩影。家庭小说作为社会小说的一个分支，以小见大，反映了当时主流的价值取向和社会的兴衰变化。这类小说具有多层次的社会、历史和文化价值。这一时期的家庭小说，主要体现了封建家庭"父与子"的冲突和"新与旧"的抗衡，如文泉前期的小说创作即关注于此。《满洲报》刊载的家庭小说有了因的《好儿女》、心一的《婚后琐记》、宾鸿的《我几误你》、季溟的《秀儿》、玮文的《冬闺之夜》等。

了因的《好儿女》，最早刊于《满洲日日新闻》汉文版"小说"一栏，后随《满洲日日新闻》汉文版改版，续刊在《满洲报》第三版"小说"一栏。小说连载至 1922 年 8 月，作者对主人公玉兰的结局并未作以交代。作者自言小说并非虚构，而是在南京陆军学校的所闻所见。

> 此篇，其事实皆为在南京陆军第四总学肄业时所闻所见，并非虚构，惟后来因升送北京，其事遂隔绝无闻，料想玉兰一聪颖好学之女士，且又笃于天性，其结果当必良善。不过前既以纪实立言，则后事亦不便假想，故惟有付之缺如，阅者谅之。②

---

① 瘦绿生：《旧梦》，《满洲报》1929 年 3 月 4 日第 3 版。
② 了因：《好儿女》，《满洲报》1922 年 8 月 6 日第 3 版。

表 4 - 2　　　　　　　　**《满洲报》刊载的社会小说作品**

时间	类型	作品	作者	时间	类型	作品	作者
1922 年	家庭小说	好儿女	了因		社会小说	文明劫婚	天民
1923 年	醒世小说	薄悻惨报	清泉	1927 年	社会小说	奇妙集	天民
	警世小说	劫后残花	无愁		警世小说	海底骷髅	李逊梅
1924 年	警世小说	善行可风	清泉	1928 年	应时小说	战壕之新年	谷尘
	社会小说	连湄影事	竹侬		短篇纪实	征妇泪	天民
	教育短篇	大觉圆	竹侬		纪实小说	苏彦生	天民
	社会小说	九尾狐	梦馀		纪实小说	离家的前夜	李芙蓉
	纪实短篇	一个旧事婚姻	王少坡		纪实短篇	谁的罪	邹悲影
	应时短篇	国民的苦	文藻		纪实小说	清白的她	张萧
	纪实短篇	兵祸一瞥	杰三		纪实短篇	家庭惨案	姬昂
1925 年	家庭小说	婚后琐记	心一	1929 年	写实小说	旧梦	瘦绿生
	纪实小说	纳妾的罪恶	锡梦		社会小说	绅士	又安
	纪实小说	布衣	子明		短篇纪实	堕落的妇人	余生
	警世小说	点金术	陈蕉影	1930 年	社会小说	旧家庭	田星五
	家庭小说	我几误你	宾鸿	1931 年	社会纪实	青楼遗恨	赵超然
	纪实小说	花月楼艳史	上海人		纪实小说	失学遗恨	王金声
	报应小说	贵官后身	北海		纪实小说	破产	沈景阳
	纪实短篇	歧路上的他	老庠		社会小说	苦人荡妇	张个依
	社会小说	水夫阿三	统熙	1932 年	警世小说	阿荣的忏悔	西贝生

时间	类型	作品	作者	时间	类型	作品	作者
1925 年	讽时小说	棚茶问答	闽闲	1933 年	醒世小说	卖花声里人	瘦玉
	讽时小说	军帽	闲闲		醒世小说	恋爱的破产	祖培
1926 年	社会小说	桃花窟	李逊梅		醒世小说	非非幻想	王敬夫
	短篇劝世	乐云鹤	黎山	1934 年	社会小说	苦伶仃	柔艻
	社会小说	明执肾			社会小说	模范工人	程克详
	短篇劝世	周氏父女	怡怡	1935 年	小说	□史	钟吉宇
	社会短篇	这算得什么	济艰	1936 年	家庭小说	秀儿	季溟
	社会小说	一个有志青年	莹		社会小说	好青年	佚名
	社会小说	毁人炉	李逊梅		短篇写实	孝义缘	待晓居士
	警世小说	欲海	李逊梅		家庭小说	冬闺之夜之二	玲文
	短篇劝世	乐云鹤	黎山				
	短篇劝世	周氏父女	怡怡				
1927 年	社会小说	炉灰	李逊梅				

2. 《满洲报》的言情小说

言情小说是通俗小说的另一重要类别，言情小说往往冠以"哀情""苦情""忏情""幻情"等名头。《满洲报》刊载的言情小说共计三十余篇，小说题目前往往冠有言情小说、哀情小说、幻情小说、写情小说、爱情小说、艳情小说、香艳小说、苦情短篇、忏情短篇、哀艳短篇等名目。据笔者统计，《满洲报》的言情小说作家有：清禅、淑石、刘祖尧、蔗农、李逊梅、竹侬、张六合、丁英年、惜梦、刘瘦鹤、王金声、延陵生等二十余位（见表4－3）。

《满洲报》的言情小说基本继承了两人相爱、小人拨乱的传统言情小说模式。1923年1—6月，《满洲报》第三版"小说"一栏，相继刊载了赵镜梅、清禅、淑石、刘祖尧等的哀情小说《情海风潮》，均附有插图，是新年征文当选之作。四位作家各自施展笔墨，写了马梦球和雪琼、必正和小翠、马龙溪与翠环、鼾梦生与花国香四对情海汪洋中的痴情怨女，虽郎才女貌、两情相悦，但或因父母之命，或受贼人所害，最终不是劳燕分飞，就是双双殉情而死的故事。四部小说基本上拘囿于传统言情小说描写男女缠绵恋情的狭小的框子里，无非是告诫青年情海无涯，应尽快悬崖勒马。小说情节雷同迭出，缺乏新意，但作为新年征文当选之作，确是激起了本土作家的创作热情，掀开了《满洲报》言情小说刊载的序幕。

《满洲报》的言情小说在表现青年男女爱情悲剧的同时，也开始探究造成悲剧的社会原因，这类小说不约而同地将矛头指向了封建家长制。在封建家长制的压迫下，旧式婚姻不可能沿着青年人的爱情逻辑的轨道前进，小说控诉了专制家长的顽固不化。同时，小说也劝诫青年人应成就一番事业，不要在儿女情长中虚度光阴。1930年9月，《满洲报》在"消闲世界"一版连载了树声的《兰芬泪史》，小说标明延陵树声著，营川化魂录，共三十一期。小说开篇序言即点明其实为"专制家长"和"青年男儿"所书。

> 化魂曰："树声斯篇之作，深意存焉。盖天下芸芸青年男女，情场如斯者，比比皆是（如兰芬之贞者，则属鲜见）。至于兰芬婚姻不能自由，所受种种□磨，终成泡影，情场如是者，亦属恒河沙数，又宁不可悲可痛欤？至于此篇小说一则为世为人专制家长者，观斯篇之后，可度其顽固不化之性质，当知青年儿女，婚姻不得自由，一直佳偶反成怨偶。二则为吾青年男儿以怜生为之殷鉴，勿踏覆辙，速速猛醒。当知男儿，立身于世，应轰轰烈烈干一番大事业，毋在情海茫茫中，度彼□□之生活，

须知新中国未来之英豪，皆是吾辈之宝，当有英豪气概，勿为儿女情而遽短也。予书及此，不禁为之覆笔三叹，然而小说者，寓言八九，实事二三，愿阅者诸君，当读其文面而会其意，幸勿作确有其事观焉！"①

在《满洲报》众多的言情小说中，李逊梅的《劫鸾恨史》《磨难姻缘》、张六合的《双痴泪史》、赵惜梦的《孤鸾梦影》、延陵生的《无边风月传》等可算其中的佼佼者。1928 年 7 月，《满洲报》登载的张六合的哀情小说《双痴泪史》情形曲折，文笔甚佳。在《双痴泪史》开篇序言中，作者介绍了小说的人物和故事情节，点明了小说创作主旨是对痴男怨女的"当头棒喝"。

情场之为境，不知道断送多少痴儿女矣。是书为赵香菊、李逸梅殉情惨史。李逸梅余少同学也，赵香菊余妹之窗友也，是二人者，气宇不凡，才华出众，当其花室谈心，月下鸳盟，红粉青衫，知音难遇，苟使梁鸿孟光，珠联璧合，幸何如之！可恨情魔万恶，天公至忍，好事难成，良缘易尽，生前恋爱，不堪回首，死后痴情，归诸离憾，岂红颜薄命，才高寿促，竟成前古不可破之定例耶？二人殉情□史，余由香菊女仆刘婆子，及逸梅友人吴子与口中所得，故知之甚详，迨余抵足梦花轩，翻阅是书，与余所知者，毫厘不爽，盖六合君以得二人书函日记，故知之审而言之□也。余愁然谓六合君曰："子自十七岁即橐笔卖文，前著《青衫泪》《客窗漫录》等，满腔热血几将洒尽，而今又为此伤心坠泪之文，其意安在？"六合君慨然曰："李逸梅、赵香菊乃余其中之青年儿女，以为将来必有踰乎常人者，熟料偶惹情丝，即为所缚。赵香菊闺中弱女，独识英才，事与心违，九泉抱恨，固属可惜；而李逸梅莘莘学士，雄飞未来，牺牲一切，甘心殉情，辜负家庭，遗讥社会，不更可惜乎？"余著

---

① 化魂：《兰芬泪史》，《满洲报》1930 年 10 月 22 日第 6 版。

是书，虽为二人叫不平，亦为一般青年儿女作当头棒喝也。噫！六合君之言，虽如火枣哀黎，盖亦有隐痛存焉，悲夫！①

在《双痴泪史》中，张六合对言情小说的一番诠释，可看作这一时期言情小说家创作的圭臬。张六合称言情小说起初多是青年男女"为情缚"，而后又因"家庭不情""月老多情"等，终将演成凄惨的悲剧。同时，张六合还总结出言情小说常见套路：由艳情引出哀情，由哀情引出离情，由离情引出惨情，由惨情引出无情。此外，张六合还认识到与其写"儿女的狎亵之情"，不如写"英雄正大之情"。就当时文坛言情小说中狎亵小说泛滥而言，张六合这一创作主张应是一种进步。其后，《满洲报》登载的张六合侠义小说《好男儿》，正是对作者这一创作主张的实践。

夫情之一字，虽海枯石烂，亦能磨灭，固人人皆有此情也。然情发生最激烈者，莫如男女婚姻。是李逸梅赵香菊，陷溺情场无足怪矣。李逸梅，多情之痴男也。赵香菊，多情之怨女。美玉明珠，适获其偶，钢针磁石，吸引天然，于是投情牍、诉情肠、定情约、结情缘、惹情丝，即为情缚矣。孰意家庭不情，情缘破坏，又孰意月老多情，情缘谐合，且孰意谐合之事，又成破坏之局，忽离忽合、忽合忽离，及其结果，春蚕丝尽、蜡烛灰残，可恨情魔万恶，情天莫补，月底西厢，南柯一梦，所以由艳情引出哀情，由哀情而引出离情，由离情而引出惨情，由惨情而入无情矣！嗟夫！青山掩恨，黄土埋香，好事电光，良缘石火，茫茫情海中，又添一段伤心情话。余本个中失意人，故不忍是事埋没，为此情种叫屈，为此情种写真，或谓笔墨宝贵，写儿女狎亵之情，不若写英雄正大之情，岂知有儿女之情，方有英雄之情，故儿女之情、英雄之情，

---

① 张六合：《双痴泪史》，《满洲报》1928年7月4日第3版。

不过因时势境遇发生不同，其原素非有异点，所谓一而二，二而一也。盖苏子卿□胡，娶妻生子，张博望持节，结婚单于，他如陆东美倾心闺阁，寸步不离，沈文季委身香躯，竟日对饮，此皆有儿女狎亵情而无英雄正大情者耶？原夫人间儿女一生之苦乐，系乎伉俪如何？逸梅香菊深明此理，故遇人不淑，宁可抱孤身主义，遇人不淑，虽撮合难成，亦焉能恝然错过？所以赵香菊死之于前，而李逸梅继之死后也。假使二人情缘美满，天假其年，又安知李逸梅不做男英雄，赵香菊不做女英雄哉？且二人发乎情止乎礼，身体清白，较任情纵性，荡检逾闲，假托自由名词而不知羞，一般青年儿女，诚有薰莸之别也，观其用情之苦，结果之□，天下有情人能不一下可怜之泪乎？①

1928 年 2 月，《满洲报》刊载了赵惜梦的爱情小说《孤鸾梦影》，连载二十三期，小说全篇紧凑，文笔活泼，思想新颖，实为言情小说之佳作。小说以主人公少松的梦起，又以少松的梦结，梦起梦结，前呼后应。

> 他看着这古寺周围的风景，□镇本来没有到过此处，却觉得极熟，仿佛是旧地重游，细一凝想，少松才恍然大悟，想起他前几年和又筠的表弟文秀在 A 省中学的时候，曾有过这样的一个旧梦，不但是古寺的景象，和梦里是丝毫不差，就是自己同又筠以往和现在的结局，也活活画出旧梦里的一付小影。他万想不到几年前不详的旧梦，竟成了现在的事实。梦耶？真耶？这缥缈的人生，委实是使人莫测。②

《孤鸾梦影》中主人公少松与又筠两情相悦，感情热烈，让人羡慕。后来又筠偶遇慧芝和少松在花园密语，遂怀疑其移情别恋，又见慧芝深夜到少松

---

① 张六合：《双痴泪史》，《满洲报》1928 年 7 月 4 日第 3 版。
② 赵惜梦：《孤鸾梦影》，《满洲报》1928 年 2 月 2 日第 3 版。

寝室，更是愈疑愈深，得了一场大病，病中的又筠给少松写了一封长信以诉
哀情。小说最后又筠患忧闷症死去，留下少松一人伤心，遂将爱情小说化作
哀情小说。作者在又筠写给少松的长信里颇费心思，把又筠哀怨的心理描写
得淋漓尽致，现摘录一段——

> 我的精神太恍惚了，或者从此便寻到了我的归宿，这末，我真要私
> 心自庆。松哥，我的松哥，你不要伤心，并且应该为我一贺。我病或而
> 死，更是我的大幸了。我的心碎了，我的脑昏了，我的手颤了，我的眼
> 花了，我不知道写了些什么，我也不知道为什么这样的写法，写了以后
> 你能否看到，或者转而到慧芝的眼里。这些，这些……我都在不求知道，
> 因为这不必知道，反正我是这样的我了，我还依恋什么，我还记想什么，
> 我还顾虑什么，我还惧怕什么，天地间只有这样的一个我，我病或而死，
> 便没有一切了。我的松哥，咳……我的松哥，别了，绝了，祝你和慧芝
> 的幸福！①

1935 年 12 月，《满洲报》在第三版、第七版连载了延陵生的艳情小说
《无边风月传》。延陵生，自谓祖籍吴县洞庭山，因洪杨之乱，全家迁徙到海
虞，其祖父侍香建藏书楼，私藏大量珍贵书籍，醉红生的《无边风月传》就
在其中。此小说为弹词体，草书写成，中间夹杂古字。延陵生对《无边风月
传》十分喜爱，认为其"风味不减石头记"，故对其进行扩充引申，写成了新
章回体小说。

> 有题为《无边风月传》者，卷凡三，开卷玩读一二页，风味不减
> 《石头记》，殆近世所谓艳情之作也。予自读书能文章，即喜弄翰治稗官
> 家言，年来著为说部，自恨无佳构，良以肠枯手棘，不过人云亦云而已。

---

① 赵惜梦：《孤鸾梦影》，《满洲报》1928 年 2 月 12 日第 3 版。

客岁自春徂冬，搁笔不复作，优游于家庭间，叙伦常乐事，入夜就枕，则与细君分灯展玩所谓十五种之秘本说部。如是者一年，予之心志，日浮沉于稗官野乘间，动则行诸语言，静则行诸梦寐，予殆成一小说迷矣。而此十五种说部，为予百读不厌者，厥惟《无边风月》，著是书者，署名"醉红生"，姓氏不可详矣，其文为弹词体，字体□类，多草书，间以古字，骤视之不甚了了，且无著书之年代可考。至所叙风月主人，殆亦如红楼梦中甄士隐、贾雨村之寓言寓意，未必真有其人其事。昔者史载宋江以三十六人横行河朔云云，而施耐庵根据其说，独运匠心，构造空中楼阁，演成一部洋洋大观、有声有色之《水浒》。今予得醉红生三卷书，其亦足以扩而充之，引而申之，变其体为章回，演成一部新小说。①

小说中对青年男女情爱应任其自由发展的态度颇为称道。作者认为封建礼教对青年男女的设防反倒揭开了儿女私情的帷幕，不如任其自由发展，这显然是受近代自由恋爱思想的影响。

小儿女互相爱好，亦人之常，毫无足怪。为之长上者，宜督视于无形中，悬礼教而料量操纵，若显然诏以男女有别，瓜李为嫌，而于中间设内外之防，拘其形迹，谆谆训诫，步步约束，是不啻为之揭开儿女私情之幕！俾知男女相处，殆有一种至可玩味之问题，于是小儿女因此而为情场之觉，双方各萦绮想，防之愈严，其凝集力亦愈厚，则不如纯任自然，无形防堵之为得也。②

此外，在小说中，作者常将《无边风月传》和《红楼梦》作以比较，也是该小说的一大特色。且看——

①　延陵生：《无边风月传》，《满洲报》1935 年 12 月 21 日第 7 版。
②　延陵生：《无边风月传》，《满洲报》1935 年 12 月 26 日第 7 版。

设若镜郎为《红楼梦》里人，置身中，当为怡红公子之情敌，幸镜郎不似怡红伧俗，如呵香□、尝口脂、闻袖麝，潇湘馆枕泥并头，黑甜乡梦迷驾幻，凡此狎亵风情，镜郎未尝一效其尤也。①

表 4 - 3 　　　　　　　　　　《满洲报》刊载的言情小说作品

时间	类型	作品	作者	时间	类型	作品	作者
1923 年	哀情小说	情海风潮	清禅	1928 年	哀情小说	双痴泪史	张六合
	哀情小说	情海风潮	淑石		哀情故事	泪痕	刘世仁
	哀情小说	情海风潮	刘祖尧		言情小说	风卷残红	李维邦
	哀情小说	恶姻缘	蔗农	1929 年	哀艳短篇	恨海拾遗	栖云
	言情小说	情场夺锦录	竹侬	1930 年	哀情小说	兰芬泪史	树声
1924 年	苦情短篇	情殉	刘至飞	1931 年	哀情小说	负心郎	丁英年
	忏情短篇	情天恨	刘至飞		短篇小说	菱娘哀史	陈越峰
1926 年	哀情小说	劫鸾恨史	李逊梅		哀情小说	贤女哀史	王金声
	哀情小说	磨难姻缘	李逊梅	1932 年	哀情小说	素娥泪史	韩普良
1927 年	幻情小说	新桃源	刘瘦鹤	1933 年	哀艳小说	情墓	袁凡
1928 年	爱情小说	孤鸾梦影	惜梦	1935 年	哀情小说	青林泪痕	王敬夫
	哀情小说	萍梗姻缘	寸草		艳情小说	无边风月传	延陵生
	言情小说	雨后	博言	1936 年	香艳小说	情海潮	佚名
	写情小说	痴情误	宾鸿				

---

① 延陵生：《无边风月传》，《满洲报》1935 年 12 月 26 日第 7 版。

3. 《满洲报》的侦探小说

中国的侦探小说脱胎于传统公案小说，是在欧美侦探小说的直接影响下产生的。最初的侦探小说多为译述，而后开始模仿，从 20 世纪初开始，中国文坛出现了一大批具有中国特色的侦探小说。随着城市化进程的推进，东北地区的报刊上也开始出现侦探小说创作。对于习惯了中国传统小说单一情节的读者来说，侦探小说的倒叙笔法、多线情节更能引起阅者的兴趣，报刊编辑也更愿意刊载这类小说。《满洲报》在 1922—1923 年相继刊载的侦探小说作品有蔗农的《妖幻》以及未署名的《红颜小劫》《蓝面女郎》《喇嘛古冠》等（见表 4-4）。

1922 年，《满洲报》创刊伊始，在第三版的"小说"一栏中，连续刊载了《红颜小劫》《蓝面女郎》《喇嘛古冠》等侦探小说。为丰富报载小说样式、吸引更多读者阅读，上述小说每期均附精美的铅笔速写小图一张。

图 4-2 侦探小说《红颜小劫》

《红颜小劫》写的是美国西部大盗杰克复仇的故事（见图 4-2）。杰克为了报复，劫走葡勒克之妻勃斯爱，并勒索十万元赎金，之后种种情节即是杰克与葡勒克间的斗智斗勇。小说最后以杰克幡然悔悟，归还葡勒克和勃斯爱之子，因旧伤复发而死结尾。从语言风格和内容上看，《红颜小劫》应为译著。

> 吾书开端于美利坚西部，某地有一裁判所。所外轮奂壮美、气象森严，所内北端设公案，一距案数尺之地，左为原告席，右为被告席，被告席之右，则为律师席，后方围以木槛中有门，可以出，入槛外设旁听席，席分左右两列，中间隙地广数尺，为出入人必经之路。所中一切布置，莫不整齐有序，吾人以小测大，则美利坚法治之精神，可于此窥其一斑矣。①

《红颜小劫》刊载完毕后，《满洲报》紧接着登载了章回体侦探小说《蓝面女郎》（见图 4 - 3）。小说以山东济宁富绅陈百万的女儿兰香惨死闺中开篇，而后各种蹊跷之事均与一位蓝面女郎相关，小说在最后一回"捕盗成功举行婚礼，现身入座旅鼠前情"中，揭开蓝面女郎的真实面目，这也是一般侦探小说惯用的手法——

> 莲花于是举酒痛饮，徐徐言曰："侬朱姓，莲花吾本名恶，居于翠微峰之下。侬父兄弟二，皆无后，惟育侬一人，阿父膝下尚虚，未免寂寞，故自幼饰侬以男装，常笑谓曰望梅聊可止渴耳。阿父为名诸生，然好武事，所友者，只一僧，僧精少林艺，阿父即延之□侬，谓侬曰脱汝为木兰，则吾缓急有所恃矣，惜时年幼不知是语之沉痛也。然好武事一如阿父故，僧之所教，吾一一皆能领会，年十五始毕业，僧谓阿父曰，惜渠为女脱男子也，他日立功万里外矣！"②

---

① 《红颜小劫》，《满洲报》1922 年 8 月 8 日第 3 版。
② 《蓝面女郎》，《满洲报》1922 年 12 月 6 日第 3 版。

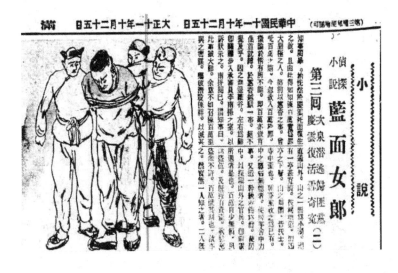

图 4-3 侦探小说《蓝面女郎》

小说《蓝面女郎》带有明显的传统公案、侠义小说特点。蓝面女郎朱莲花父母早亡，叔父又为强盗所杀，朱莲花立志为叔父报仇，于是加入莲花党，并化装为蓝面女郎，欲歼灭杀叔的仇人党羽，而后引发一系列的疑案。在小说结尾，莲花大仇得报，悄然而去。小说《蓝面女郎》中塑造了一位警署侦缉长霍森，从"霍森"的名字，不难看出作者对程小青探案小说的模仿①。

> "迄今□□风尘中者凡三四载矣，始知杀吾叔之盗首，即为莲花党之党魁黄老虎。又越数月，乃知为即红帮党魁王某。吾日思踪迹之，而以其人有神技，不敢造次，乃入其党。党员所谓少年黄颜者，即侬是也。"莲花言至此，霍森与众客皆大惊，屏息不敢声。莲花言曰："侬念盗首技虽精，然能翦灭其党羽，则势孤而宜敌，故又饰为可怖之面目，自称'蓝面女郎'，使党中人不能知为我所为。此间前主人陈次泉，亦盗党之一，且其所为多暴戾，吾即杀其女，以泄愤，不意君适充侦探，不知此

---

① 霍森是著名侦探小说家程小青为其侦探小说中的侦探最初起的名字，后或因编者的篡改，或因排字工人的误植，印出时被改名"霍桑"。程小青也就以误就误，陆续写了"霍桑探案"。

中奥曲，侬又不能与君明言，故特诱君至僻处，吾化妆本极速，忽易其 '蓝面女郎'之貌，而为翩翩美少年，力劝君勿究陈宅之案，君乃不省，侬遂不得不救蕙香于狱中。幸此后，渐知侬之所为，侬□力唆君使缉盗，君屡濒于危，侬屡救之，因见君多才且少年，而非薄幸者。"①

图 4-4　侦探小说《喇嘛古冠》

《满洲报》的另一篇侦探小说《喇嘛古冠》，1922 年 12 月至 1923 年 3 月刊载于《满洲报》第三版，共八十一期，应为译著（见图 4-4）。小说以第一人称"我"叙述大侦探傅穆士侦破喇嘛古冠遗失之案。小说以蓝福思伯爵讲述与梅丽小姐的一段哀情史为主线，引出喇嘛古冠遗失的案件。在小说中，梅丽小姐逼迫蓝福思伯爵结识男爵华楚则的千金梨洁，并向其求婚。而后，梨洁向蓝福思伯爵索要达赖喇嘛的古冠，古冠在欢迎会上意外遗失，从而引出蓝福思伯爵请傅穆士侦勘此案。大侦探傅穆士思维缜密，不急不躁与盗走古冠的女侠斗智斗勇。

　　我们做侦探的，随机应变，但向间隙处共计各方失败，自有一方可

---

① 《蓝面女郎》，《满洲报》1922 年 12 月 6 日第 3 版。

以得手。即以今天的失败而论，昨晚定计的时候，以为这是最近的捷径，一举手间就可以圆满结束了。方才化装的时候，自己的漏洞已早检点了出来，只因大局已定，又欺他是平常侨居在外，或者与男爵父女并不相识，假冒了男爵父女，偏偏又被他识破起来。这件事情，虽然很有趣味，然而办事的人不能懈怠一点，却又得了个老大教训了。我点头道："事已决裂，且不要去论他，为今之计，又将如何进行呢？"老友道："结果的办法，虽尚没有决定，至于应用的手续，我早自安排……"①

大侦探傅穆士通过对女侠个性的分析，推断出其藏身之处，可谓丝丝入理，逻辑清晰。且看——

> 我们初到此间，便见女侠乘坐汽车，招摇过市，知道他的天君泰然，不肯为了此事稍自敛迹，不是头脑简单，便是素性横行，憨不畏法。第一入手，须先把他的窟穴侦知，才去把汉利招来侦探踪迹，想无影无踪便把古冠失去，或者那个书记与女侠有些关系，也未可知。后来听见了山下石洞的历史，又与我的思路暗和，这些古宫巨室是难免有秘密洞穴的。当晚在房中间走，觉得步履之声，稍有歧异，昨天出去闲走了一回，又在多宝室中多了两个印证，那地下的情形也就有了把握，只为以有近路在前，暂且把他按下。就是以今天而论，此刻虽然失败，却也有两成绩：一则汉利已把女侠的居处姓氏都已侦查明白；再者那个女侠，虽然狡狯，实在他与此案有关，已在我面前画了供状，明后三曹对案他也不能抵赖的了。况且他的心中，只道我们对于此案，只在这一条路上进行，他奏了凯旋回去，便不再提防。我们回去再斟酌斟酌，趁隙下手，自然一鼓成擒，决不至再被漏网的了。②

---

① 《蓝面女郎》，《满洲报》1922 年 12 月 6 日第 3 版。
② 《喇嘛古冠》，《满洲报》1923 年 3 月 2 日、3 日第 3 版。

此外，小说中有一段以侵略者的视角写八国联军入侵北京城的情形，反映出当时侵略者对中国皇帝、官僚和民众的一般看法。

于一九〇〇一年间，因为与联军攻入中国京城，把他们腐败的官僚，吓得屁滚尿流，捧着了两个刚愎的太后和有名无实的皇帝，远遁高飞，逃得不知所向。哪些愚懦无用的国民，赤手空拳，没有抵抗的能力，自然把顺民旗插着，只求保全性命。讲和以后，凯旋回到伦敦，论起功来，华楚则自也不小，更兼他有许多奇珍异宝带了回来，进贡入宫，大得君后的欢心，就特别加恩，封为男爵。①

表 4 - 4　　　　　　　　《满洲报》刊载的侦探小说作品

序号	时间	版面	作品	作者
1	1922.8.8—10.13	第三版	红颜小劫	
2	1922.10.14—12.6	第三版	蓝面女郎	
3	1922.12.7—1923.3.18	第三版	喇嘛古冠	
4	1923.7.18—1925.1.22	第五版	妖幻	蔗农

4.《满洲报》的历史小说

历史小说一直杂糅在历史与现实之间，正式对历史小说作界定的是吴趼人，他的"历史小说"概念很明确，即正史的演义。历史小说的目的是"使今日读小说者，明日读正史者如见故人；昨日读正史而不得入者，今日读小

① 《喇嘛古冠》，《满洲报》1922 年 12 月 23 日第 3 版。

说而如身亲其境"①。历史小说远离时事和政治，更适合借古喻今，讽刺社会。在日伪严酷统治的东北地区，报载历史小说尤为编者喜爱，受读者欢迎。《满洲报》刊载的历史小说作品有蔗农的《五代残唐传》《香妃恨》、文实权的《西太后》、葛天民的《齐人演义》、张善亭的《元胡演义》《李杜梁善恶到头》以及宫闱艳史系列《周秦》《两汉》《南北朝》等（见表4-5）。

在《满洲报》刊载的历史小说中，宫闱艳史系列颇引人注目。宫闱艳史（宫闱秘史）类的通俗历史小说，往往在大的历史叙事结构中，突出显示其浪漫化、传奇化和言情化的风貌。1923年11月，《周秦》刊载在《满洲报》第一版"宫闱艳史"一栏，共二十章。小说第一回开门见山地指出"吾人与帝皇事迹且不可得，遑论帝后矣"，故小说是以后宫为主线的宫闱艳史类小说。其后在《满洲报》刊载的《两汉》《南北朝》亦是沿着这一主线讲述后宫的秘史、艳史的。

> 而后宫室之制，乃眩耀绝伦，一举一动，遂成为至尊至贵，至无所不能之神圣。万千臣民，四海景物，悉皆隶其藩属，甘自居于蝼蚁犬马之贱。为帝后者，既处于深宫神圣之地，又凭借帝王万能之力，乐其势力之足以倾动天下，所欲无不遂，所望无不成，逸居而思淫，无业而动妄念。宫禁森严，为纳垢藏污之所，淫后代出，史不绝书。而贤明仁慈之帝后，千百年来，卒乃不可数观，岂天下之生才固悭，而帝王之能力□□贤妇耶？母亦既富且贵，遂以桀骜为习，不思为人生事业之道欤！吾人读五千年中国开化史，其间不无英明勇武之贤君主，而每为官中妃宦所蔽，致失其一世之聪明者，比比然也。上古三皇时代，草昧乾坤，百凡简陋，吾人与帝皇事迹且不可得，遑论帝后矣。②

---

① 陈平原、夏晓虹：《二十世纪中国小说理论资料》（第一卷），北京大学出版社1989年版，第174页。

② 《周秦》，《满洲报》1923年11月29日第1版。

1930 年 2 月，"消闲世界"登载了文实权的清秘史小说《西太后》，小说全篇十万余字（见图 4 - 5）。文实权生于旧都，熟知清宫故事，故小说"虽为野史，然不背乎事实、妄加是非"[1]。小说《西太后》具有了一定的史料价值，这与一般的宫闱艳史小说又有所不同。

图 4 - 5　文实权的新著历史小说《西太后》

西太后秘史，传者多矣。然十九皆捕风捉影，不甚确实。北平文实权先生，生长旧都，熟知清宫故事，耳闻目见，悉为外间所不能知，现已著为说部，即名曰《西太后》。全书不下十万言，遗闻轶事，层出不穷。岂惟茶余酒后之谈资，抑亦史家珍贵之材料。[2]

以渲染宫廷艳史为主的通俗小说，其批判和反思或许只能在开头和结尾有所表露，其劝善惩恶的效应是极其有限的。但不管怎样说，宫闱艳史类的通俗历史小说以其浪漫化、传奇化的特色为《满洲报》吸引了大批读者，同

---

① 文实权：《西太后》，《满洲报》1930 年 2 月 21 日第 7 版。
② 《〈西太后〉登载预告》，《满洲报》1930 年 2 月 20 日第 7 版。

时也为东北的历史小说创作提供了有益的启示。

表4-5　　　　　　　　《满洲报》刊载的历史小说作品

序号	时间	版面	作品	作者
1	1923.11.29—1923.12.27	第一版	周秦	佚名
2	1923.12.29—1924.2.26	第一版	两汉	佚名
3	1924.2.27—4.5	第一版	南北朝	佚名
4	1925.1.29—1926.12.2	消闲世界	五代残唐传	蔗农
5	1930.2.21—6.12	消闲世界	西太后	文实权
6	1930.6.17—12.18	消闲世界	元胡演义	张善亭
7	1930.7.4—12.26	消闲世界	香妃恨	蔗农
8	1933.11.8—1934.3.7	消闲世界	李杜梁善恶到头	张善亭

5. 《满洲报》的滑稽幽默小说

滑稽幽默小说以其独特的形式，将作者对社会、对人生的情绪表现出来。民国的滑稽幽默小说继承了清末滑稽小说的传统，随着时代的进步，笔触更多地探向新旧社会矛盾问题。《满洲报》刊载滑稽幽默小说二十余篇，涉及的作家有：李逊梅、寄梅、忠禄、张菊屏、知非、复安、丁颖初、张善亭、老含等（见表4-6）。《满洲报》的滑稽幽默小说多为应时的短篇，如竹侬的《黠鼠驱猪》、恂恂的《虎郎》、知非的《白蛇值年》《午马》、张善亭的《猴精出世》、老含的《猪门记》等均为恭贺新年之作。此外，东北知名作家黄旭在其创作后期，在《满洲报》上发表了大量的滑稽幽默小说，如《爱你底证据》《暮》《梅姐》《猪门记》《二秃子的车》《文章与女人》《桃李》等，这些小说以幽默讽刺的笔法写出作者对社会的认识，是值得记录的。

在《满洲报》的滑稽幽默小说中，忠禄的《冬烘笑史》描写生动，颇为有趣。《冬烘笑史》1928 年 6 月连载于《满洲报》"消闲世界"，共二十三期。"冬烘"有糊涂懵懂、迂腐浅陋之意。小说集中刻画了一个家道落败、顽固不化的老学究董达的形象。董达少年时攀附老财东顾财，娶了顾家小姐泮芹。做了上门女婿的董达不学无术，虽捐了个监生，然狂嫖浪赌，终家道败落。后董达受任某村小学校长，不教书育人，反借机勒索学生梁芬，小说以梁芬父亲设计吓走董达夫妇结尾。小说情节设计离奇，形态描写夸张，语言记述诙谐，作品趣味性浓厚，可算是《满洲报》不可多得的滑稽幽默小说之一。

在《冬烘笑史》中，作者以夸张的漫画笔法，塑造了董达这一伪道学的老学究形象，令人啼笑皆非。作者描写董达半推半就接任校长时的窘态、摆香案向皇帝祷告时的迂腐等栩栩如生，其丑态跃然纸上。

> 董达操起铜顶子一看，不由暗暗惊异，口里还叽里咕噜地道："老天爷把我这铜顶子，改成翡翠顶子，或者我们董氏祖上厚德，上帝默默中把我升了品级不成？今天虽然未找到红缨帽，但我一见顶子的变迁，也就有十二分的欢喜了。"①

再看，董达敲诈勒索学生一段，其无耻之态毕现。

> 尔诸生知悉，比来学款支绌，束脩廉薄，既乖待士之道，岂非敬仰之礼？愚筹之再三，实无妙策，惟有集腋成裘，庶几有济。本日各生，须邀津贴洋二元，此后按月交纳，不得有误！尔等念之，切切勿违！②

当学生拿不出津贴时，一向以文雅自居的董达立刻满口脏话，粗陋不堪，

---

① 忠禄：《冬烘笑史》，《满洲报》1928 年 6 月 24 日第 7 版。
② 忠禄：《冬烘笑史》，《满洲报》1928 年 6 月 26 日第 7 版。

对学生百般刁难。作者极尽讽刺挖苦之能事,将其丑恶肮脏的伪道学的嘴脸刻画得淋漓尽致。

> 董达一听,这才知道方才查点数目确乎不差,不由怒火中烧,怒发上冲,把眼睛瞪得铜铃般大喝道:"胡说!胡说!我这笔钱是不能记账的,你看人家都痛痛快快缴纳完毕,惟独你故意向我为难,顽抗不交,我岂能饶你……"恰巧这堂是算术,董达上堂之后,就把梁芬叫起,他用手拈着鼠须,笑嘻嘻地道:"梁芬,今天有一个题目,你替我算一算,我们讲堂里有三十六个学生,每人交津贴洋两元,应该一共交多少钱?"梁芬不假思索,朗朗答道:"应该共交七十二元。"董达听了立刻把老脸一沉,便破口骂道:"放屁……混蛋……我们研究算术,是注重实际,不是空谈性理,你既说七十二元,为什么我仅得到七十元呢?"梁芬随机应变道:"除掉学生欠两元外,应该共得七十元。"董达一听,又冷冷笑道:"好啊……好啊……你这算术是谁教给你的?怎么二乘三十六就得七十呢?我记得小时候,老师教我算盘,就是说二六一十二,二三如六,你又说是七十元,难道二六十一吗?"①

滑稽幽默小说总是要和现实联系起来的,作者要把古怪滑稽对象放到当时社会大背景下去展示,因此具有较强烈的时代感。在《冬烘笑史》中,作者即是透过董达这一形象,于嬉笑怒骂之中揭出了当时社会和教育的丑陋和黑暗。

> 这种事情,倒不怪罪你们的先生。如今教育界里,非常苦寒,家中若有二斗粮,谁肯去当孩子王?虽说教育是一种神圣事业,但是那一群贫乏无告的寒士,能把"神圣"二字,当作吃呢?还当作穿呢?况且现

---

① 忠禄:《冬烘笑史》,《满洲报》1928 年 6 月 30 日第 7 版。

在的军阀们，穷兵黩武，不顾民生，把民间所纳的赋税，悉数充作兵饷，那有功夫和闲钱去讲教育？官家待遇既是凉薄，当先生势必在你们身上去打盘算，不然他能张着大嘴去喝西北风吗？①

在滑稽幽默小说中，有一类叫作拟旧小说，即"袭用旧的书名与人物名，而写新的事"②。"'拟旧小说'古人和新人相杂，古事和新事相间，古语和今言相混，这种人为的'错位'造成的这种不和谐感，滑稽也就在其中了。"③拟旧小说借旧小说的影响引发读者的阅读兴趣，因此颇受读者青睐。

《满洲报》在1926年和1928年的新年特刊上，分别刊载的应时谐著《新红楼梦》，即为拟旧小说。1926年1月1日，《满洲报》新年增刊第三张登载了李逊梅的《新红楼梦第00回》"潇湘馆双玉谈欧化 荣宁府阁第庆新春"，借《红楼梦》中的人物宝玉、黛玉谈中国的欧化运动。1928年1月1日，《满洲报》新年增刊又登载了李逊梅的《新红楼梦第00回》"骇赤化一劫荣国府争恋人三闹大观园"，同样是借《红楼梦》中人物发表观点。

> 薛蟠、薛蝌、冯紫英、蒋玉函等人，□城机关部会议，个个以新青年自居，深信脑筋清晰，足成大事，热心赤化，信奉马克思主义，将欲实行社会公产，定于新历一月一日起事。密议甫毕，闻外边忽来许多人就见，大众都吃了一惊，薛蟠是第一个性急的人，霍地起身，大踏步向前奔去，由门孔向外张望，见来者有五六个人，都是年青青的公子哥打扮，仔细一看，见那为首的不是别个，正是右倾派主席贾琏，其余便是贾珍、贾蓉、贾蔷、贾芹五人。薛大傻子心直口快，想不到他们能来，如何会知道我们在这里秘密列席会议呢……霍的从车里攒出个人，掣着

---

① 忠禄：《冬烘笑史》，《满洲报》1928年6月28日第7版。
② 阿英：《晚清小说史》，人民文学出版社1980年版，第176页。
③ 范伯群：《中国近现代通俗文学史》（下卷），江苏教育出版社2010年版，第212页。

宝玉的西服衣领，惊得抬头细看，原来是史湘云，短发戎装，十分丰韵，两腮堆笑，似嗔非嗔地说道："二哥哥你也忒煞费狠心，真就瞧不起我们堂堂女子，开会也不知会一声儿，林丫头正恼你呢！连琏二奶奶也暴躁了，几乎若发作泼辣子脾气，幸而教平儿劝住了，宝姐姐废了不少话，颦儿才不住嘴了。"紫鹃也在一旁说："林小姐太血性，您说这不是您一人之过么？"①

从数量和篇幅上看，滑稽幽默小说赶不上社会小说、言情小说，但它更直接、更有趣味，并以其独特的魅力"从社会的不协调中显示出某种社会本质和时代中某种畸形人生的追求"②。滑稽幽默小说以游戏文字隐喻劝惩，既有趣味，又能讽刺，这比那种板着面孔教训人的社会谴责小说更能吸引读者。然《满洲报》刊载的滑稽幽默小说，自遣自娱的成分较浓，未能对更深层次的社会问题进行挖掘，但这些尝试和努力是应该肯定的。

表4-6　　　　　　《满洲报》刊载的滑稽幽默小说作品

序号	时间	版面	作品	作者
1	1923.5.30—31	文艺	《医意》	佚名
2	1924.1.1	新年增刊	《黠鼠驱猪》	竹依
3	1926.1.1	新年增刊	《新红楼梦第00回》	李逊梅
4	1926.1.1	新年增刊	《虎郎》	恂恂
5	1927.8.7	消闲世界	《老博士》	寄梅

① 李逊梅：《新红楼梦》，《满洲报》1928年1月1日第9版。
② 范伯群：《中国近现代通俗文学史》（下卷），江苏教育出版社2010年版，第226页。

续　表

序号	时间	版面	作品	作者
6	1928.1.1	新年增刊	《新红楼梦第00回》	李逊梅
7	1928.6.12—7.5	消闲世界	《冬烘笑史》	忠禄
8	1928.9.25	第三版	《地藏的诞日》	张菊屏
9	1929.1.1	新年增刊	《白蛇值年》	知非
10	1929.3.3—14	第三版	《求生三日记》	复安
11	1930.1.1	新年增刊	《午马》	知非
12	1931.4.19	消闲世界	《耳聋》	丁颖初
13	1932.1.1	新年增刊	《猴精出世》	善亭
14	1934.9.7—25	文艺专刊	《爱你底证据》	老含
15	1934.10.9	文艺专刊	《暮》	老含
16	1934.10.30—12.28	文艺专刊	《梅姐》	老含
17	1935.1.1	新年增刊	《猪门记》	老含
18	1935.1.1	新年增刊	《二秃子的车》	老含
19	1935.1.15—2.21	北风	《文章与女人》	老含
20	1935.2.18—4.9	北风	《桃李》	老含

6. 古典白话小说的刊载

《满洲报》对古典白话小说的刊载与传播也颇具特色。《满洲报》刊载的古典白话小说有：《红楼梦》《三国演义》《水浒》《金瓶梅》《儒林外史》《儿女英雄传》等。其中，《红楼梦》《三国演义》《儿女英雄传》等均配有精美的插图，这让阅者“读其文，同时复可阅其图，以资相互参证焉”①，有助于引起读者之兴味。

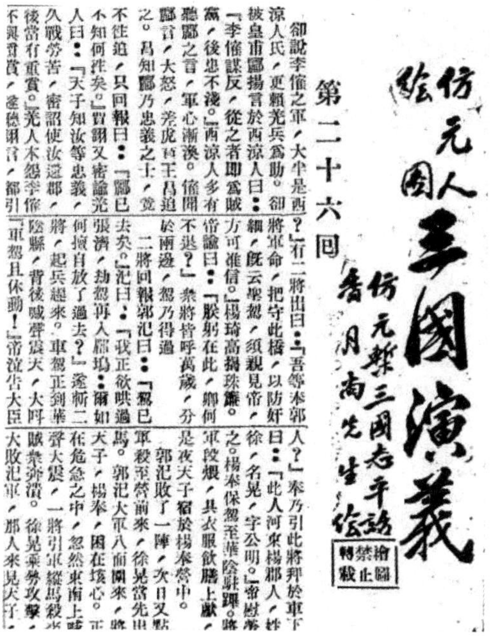
仿元人繪圖三國演義
仿元槧三國志平話 香月尚先生繪
繪圖禁止轉載
第二十六回

卻說李傕之軍，大半是西涼人氏，更賴羌兵爲助。卻被皇甫酈揚言於西涼人曰：「李傕謀反，從之者即爲賊黨，後患不淺。」西涼人多有聽酈之言，軍心漸渙。傕聞酈言，大怒，差虎賁王昌追之。昌知酈乃忠義之士，竟不往追，只回報曰：「酈已不知何往矣。」賈詡又密諭羌人曰：「天子知汝等忠義，久戰勞苦，密詔使汝還郡，後當有重賞。」羌人本怨李傕不與爵賞，遂聽詡言，都引

？」有二將出曰：「吾等奉郭將軍命，把守此橋，以防奸細，既云聖駕，須親見帝，方可准信。」楊琦高揭珠簾。帝諭曰：「朕躬在此，卿何不退？」衆將皆呼萬歲，分於兩邊，駕乃得過。

二將回報郭汜曰：「駕已去矣。」汜曰：「我正欲哄過張濟，劫駕再入郿塢，爾如何擅自放了過去？」遂斬二將，起兵趕來。車駕正到華陰縣，背後喊聲震天，大呼「車駕且休動！」帝泣告大臣

人？」奉乃引此將拜於車下曰：「此人河東楊郡人，姓徐，名晃，字公明。」帝慰勞之。楊奉保駕至華陰駐蹕。將軍段煨，具衣服飲膳上獻，是夜天子宿於楊奉營中。

郭汜敗了一陣，次日又點軍殺至營前來，徐晃當先出馬。郭汜大軍八面圍來，將天子、楊奉，困在垓心。正在危急之中，忽然東南上喊聲大震，一將引軍縱馬殺來，賊衆奔潰。徐晃乘勢攻擊，大敗汜軍。那人來見天子，

图 4－6 《仿元人绘图三国演义》

“近代坊间刻本所绘去古愈远背谬愈甚”②，故《满洲报》精选了元刻《三国志平话》③，并请日本名画家香月尚依照原本所绘图像逐次仿绘。该版本绘图精美，具有较高的艺术价值，“可称艺苑之佳作，不第足供考证已也”④。令人遗憾的是，《满洲报》在刊载《仿元人绘图三国演义》时竟以今本演义排版，造成其图文“遂有刺谬之处”，也使这一稀世珍籍未能通过报纸

---

① 《登载仿元人绘图三国演义预告》，《满洲报》1928 年 2 月 17 日第 1 版。

② 同上。

③ 据《满洲报》记载，元刻《三国志平话》当时仅存两部，一部在中国，另一部在日本内阁文库。

④ 《仿元人绘图三国演义出版再版又三版》，《满洲报》1934 年 1 月 7 日第 8 版。

存留下来（见图4－6）。

    前曾为文赞美此图之精到处，谓可备至古代衣饰服装，并元朝描写人物之特殊色彩。近世小说绘像大都以舞台上古人衣饰为蓝本，其实舞台上所有道具皆极笼统简赅之能事。如军师之八卦衣，岂复果有实际乎？然香月君之仿绘究与元刻本有无甚大出入并剪裁，门外汉殊未敢悬测耳。前曾言典韦使枪与使戟之文不合，吕布之戟亦非方天画戟形状；近见曹操执刀杀杨修，赵云立马营门，营作城雉皆于文不合。昨与友谈论及之，忽得解悟，盖说《三国评话》唐朝已见史册，今《三国演义》原出一人独裁编制，未必皆与古之所谓三国无差异处，且今茶社说书者较阅演义精彩百倍，而其结构详略常与原文背谬。由知香月君以原本三国绘图，报社以今本演义排字，遂有刺谬之处，盖图画如彼其精美，断不致反忽视于原文也。近沪上某书局出《三国评话》，云是元本，未识与此同源否，余藏东文《三国演义》，显异之点甚多也，今本演义自金圣叹批订后，诚为杰著。然细心读阅，实有疵病，情理矛盾粗览难见耳，惜余未暇□□条举，惟希报社印单行本时直排原文，使吾人与今文得一对照之益，不宁佳耶？①

《仿元人绘图三国演义》连载二百七十二期，所绘图像凡二百七十幅，绘图精美，每一回目插入二三图，较当时流行本的插图大为增加（见图4－7）。近代绘图说部，除《聊斋志异》外，《西游记》《水浒传》等绘图"实形成戏装化，且动作姿式亦逼真舞台上人"。这说明近代绘图说部往往因书商觅匠随意，而拙劣匠人"照猫画虎"造成的。正因为此种情况，《仿元人绘图三国演义》显示出其"与时流显异"的独特的文学和美学价值。小纯评之"足征时

----

① 小纯：《本报三国插图之又一闲解》，《满洲报》1929年8月20日第8版。

代文艺背景之变化！"

图 4-7　《仿元人绘图三国演义》插图

　　第一版香月尚先生《仿元人绘图三国演义》插图，今三十篇矣。初时未见奇特，细参乃甚有价值，足征时代文艺背景之变化！近代吾国绘图说部，除《聊斋志异》全图为人物白描正宗，另成特色外，如《西游》《水浒》等简图，实形成戏装化，且动作姿式亦逼真舞台上人。此缘书客无暇苛求，随便觅匠一书，符其全本绘图之广告字样于心已足，而拙劣匠人对于古代衣冠器具全然不知，情节神气更无从领会，止于想象舞台上的古人，照猫画虎而已。非但说部坊本如此，前见一板大本《书经图说》，每页插图虽属木刻，尚觉精致，然其衣冠宫室多于时代冲突，以《书经》一部，上起唐虞，下迄周秦，非专门考古家必无敢下笔，全部未及详审，只"虞舜抚琴"一图，竟有七弦，夫孰不知舜作五弦以歌南风，至周文武王各增一弦始成七弦耶？且抚琴手法亦太失考，颇似

《马鞍山》《空城计》之指法，真可笑哂！凡系属乐器必一手挑拨成声，一手按弦取和，此不易之理也，何至两掌平拍如按风琴乎？本报三国图与时流显异者，即凡败走逃避，必冠亡发披，此方近理，战场舍死逃亡，无暇师子路之结缨，又何能束发峨冠哉？姑举一事以为例，其显与时流异趣处，皆有当然之理也。①

图4-8　《仿元人每日绘图红楼梦》插图

　　《仿元人绘图三国演义》因其独特的美学价值，备受阅者喜爱，在其登毕后印成单行本发行并多次再版。《满洲报》编辑随后觅《红楼梦》善本，再由香月尚绘图，刊登了《仿元人每日绘图红楼梦》，连载六百五十四期（见图4-8）。与《仿元人绘图三国演义》对元本图像仿绘不同，《仿元人每日绘图红楼梦》更多的是香月尚个人画风的体现，如其中曾出现的半裸人像绘图，这或许是香月尚受日本裸体人像画风的影响所致。

_____

① 小纯：《本报三国演义插图之我见》，《满洲报》1929年3月22日第8版。

1933 年 10 月 21 日至 1936 年 1 月 29 日，《满洲报》的"消闲世界"一版连载古典白说小说《水浒》，共七十回，连载三百八十七期。据其序言，可以判断其刊载的应为贯华堂所藏的金批本《水浒传》。由此亦可见，《满洲报》对古典白话小说选本的斟酌。此外，《满洲报》还刊载了香月尚绘图小说《绘图儿女英雄传》和《佳人之奇遇》等，其中的香月尚的绘图精美细腻，笔触生动，一如前作。

在《满洲报》刊载的通俗小说中，关内文人的作品也是值得关注（见表4-7）。关内文人的小说作品，一方面开拓了东北民众的视野，提升了大众的审美趣味；另一方面也是对关内文人作品的一种保存，部分关内作家的轶文，常能在东北的报纸上发现。如张个侬的《苦人荡妇》、钟吉宇的《□史》、琅琊生的《伶仃》《文孽》《谅解》、张六合的《双痴泪史》《好男儿》等。

表 4-7　　　　　　　　《满洲报》刊载关内文人作品

序号	时间	版面	作品	作者
1	1923. 6. 26—30	文艺	一封信	周瘦鹃
2	1924. 1. 9—10	第二版	晨起	王天恨
3	1925. 4. 11—12	第五版	同情	谷剑尘
4	1925. 11. 12	第五版	别幕	许君远
5	1926. 7. 31—8. 4	第五版	十分财气	程瞻庐
6	1926. 12. 5—12	消闲世界	预言家	程瞻庐
7	1926. 12. 25—1927. 1. 7	消闲世界	神针	向恺然

续　表

序号	时间	版面	作品	作者
8	1927. 3. 3	第五版	父亲	胡也频
9	1927. 3. 18	第五版	金屋啼痕记	顾醉芙
10	1927. 7. 19—1928. 2. 1	第二版	新桃源	刘瘦鹤
11	1928. 3. 3—24	第三版	最美之妻	顾明道
12	1928. 3. 8	第三版	兽性	张慧剑
13	1928. 4. 8	消闲世界	新青楼梦	瘦绿生
14	1928. 4. 21	消闲世界	一对未婚夫妻	瘦绿生
15	1928. 5. 5—9	第三版	家庭风波	王连吉
16	1928. 5. 11—16	第三版	千里寻亲记	王连吉
17	1928. 6. 5—8	第三版	三谢姻缘	王连吉
18	1928. 6. 17	第三版	监视	谷剑尘
19	1928. 6. 24	第三版	异地谈心	王连吉
20	1928. 7. 4—9. 16	第三版	双痴泪史	张六合
21	1928. 7. 19	消闲世界	舞伴	谷剑尘
22	1928. 10. 2—11. 16, 1929. 1. 17	第三版	青春之花	张恨水
23	1928. 11. 17—1929. 1. 17	第三版	好男儿	张六合
24	1930. 9. 14—10. 22	消闲世界	兰芬泪史	延陵树声

序号	时间	版面	作品	作者
25	1931. 11. 25—12. 24	教育界	苦人荡妇	张个侬
26	1931. 12. 27—4. 29	教育界	孽海燃犀录	春兰生
27	1932. 3. 18—28	消闲世界	文孽	琅琊生
28	1932. 4. 28—5. 7	消闲世界	伶仃	琅琊生
29	1932. 10. 17—11. 21	星期副刊	谅解	琅琊生
30	1933. 6. 14—17	消闲世界	非非幻想	王敬夫
31	1935. 2. 14—10. 21	第四版	落霞孤鹜	张恨水
32	1935. 3. 9	消闲世界	青林泪痕	王敬夫
33	1935. 6. 25	北风	黄九	翟永坤
34	1935. 9. 17—1936. 3. 1	第二版	□史	钟吉宇

(二)《满洲报》的域外小说

大连是东北地区对外开放的窗口和最大的港口城市，较东北其他城市而言，与域外的交流更加频繁和便捷。《满洲报》刊载的域外小说题材广泛，从政史到侦探，再到言情，无所不包。与《满洲报》的本土小说题材相呼应，域外小说使大批未出国门、不谙外语的东北读者领略了异域文化，开阔了眼界。同时这些小说也打开了东北作家的视野，为东北小说家提供了借鉴和学习的样本，促进了东北文学与世界文学的交融。

图 4 - 9　德国作家的小说《美人地狱》

1923 年 5 月，《满洲报》头版登载了德国著名小说家也乍特威谢彦女史的小说《美人地狱》（原译为《白女奴隶》），冠以"侦探恋爱小说"（见图 4 - 9）。小说讲述妙龄女郎春英被诱惑贩卖，后遇白尔义国总理大臣之子，得救并结为连理的故事。小说结构精妙，情节奇异，波澜起伏，对欧洲黑暗的社会描写得无微不至。其后，《满洲报》又陆续登载了多位域外著名作家的小说作品。经笔者统计，《满洲报》刊载的域外小说不下六十部，作者涉及俄国、日本、法国、德国、意大利、爱尔兰、挪威、朝鲜等国家，以俄国和日本最多，这与大连先后受俄日两国殖民不无关系。在众多的域外小说中，作者不乏一些世界级的大文豪，如俄国的高尔基、契诃夫（柴霍甫），日本的夏目漱石、木杉荣、池菊幽芳，法国的莫泊桑、法郎士，等等。

《满洲报》登载的域外小说紧随国际潮流，如日本著名小说家池菊幽芳氏的社会小说《彼女之运命》刊载时，正值此小说在日本《大阪每日新闻》逐日登载并大受欢迎。《彼女之运命》情节变化万千、引人入胜，令人拍案叫绝。小说主人公是一个新时代女子，且为贞洁之妇，然命运不济，被一预言者所侮弄，遂发生一场大悲剧。又如，《满洲报》刊载的电影小说《大地新潮》，原名《大地微笑》，亦系《大阪朝日新闻》登载的悬赏小说。

《满洲报》除刊登首次译介的小说作品外，还有相当数量的重译作品，如柴霍甫《天才》（降龙重译）、法郎士《一生的智慧》《妓女与商人》（一叶重译）等。重译小说作品往往带有鲜明的中国本土特色，便于为中国读者所接受。如一叶曾重译的法郎士《妓女与商人》，文末言"法郎士之寓言与我国庄老直说相近，末段文字尤为节段音长，发人深省也"①。

翻译家在小说译介过程中，为了引起阅者兴趣，常将之改译成中国式内容，并随其情势分别取舍，间增己见，以合中俗。如侦探小说《红颜小劫》内容虽是美国西部发生的复仇故事，但在语言表现上，更多是使用符合中国读者阅读习惯的样式。现摘录一段如下——

> 众闻言，松绳圈，杰克乃苏。葡勒克疾趋而前，欲与握手，杰克拒之曰，余之与尔仇敌也，今天不余相，不能雪此恨，殊属可耻，余虽不才，岂愿更与尔曹握手乎？言已，顾勃斯爱曰，汝儿实余今日之良友，亦许吾作一最后之握手乎。勃斯爱领首示曰，杰克乃进握儿握己，大声呼痛，面色徒变，俄倾踣地长逝。此万恶之巨盗，遂与世长辞，不再与葡勒克夫妇为难，吾书亦于此告一结束焉。②

在日伪殖民统治下的东北文坛，翻译小说的另一项重要功能是借域外小说表达对中国社会现状的强烈不满。翻译小说因故事背景设定在域外，反而更能够隐晦曲折地表达对社会现实的批判与讽刺，同时也容易在报纸上刊登。如批判现实主义作家契诃夫③是中国现代文学中介绍最多、评论也最多的俄国

---

① ［法］法郎士：《妓女与商人》，一叶重译，《满洲报星期副刊》1932 年 10 月 31 日第 4 版。
② 《红颜小劫》，《满洲报》1922 年 10 月 10 日第 3 版。
③ 契诃夫，也有译作柴霍甫的。

作家之一，同样也是《满洲报》上译载最多的域外作家。《满洲报》登载的契诃夫小说有：《长舌妇》《在国外》《猎人》《一个男朋友》《尸体》《粉红色长袜》《太太》《一句笑话》《天才》等。

契诃夫的小说对东北文坛的创作产生了重要的影响，同时为东北短篇小说创作提供了学习范本。契诃夫的小说故事发展情节单纯清楚，结构封闭完整，人物善恶清晰可辨。在《满洲报》的短篇小说中，明显带有契诃夫小说印记的有：老翼《灰色的命运》、文泉《弟兄之间》、柔芎《苦伶仃》、刘英杰《云姑娘》等。

《满洲报》刊载的域外小说，促进了东北作家和民众对世界文坛的了解，丰富了东北小说叙事模式，充实了东北小说家的表现技巧，进而影响了东北作家日后的小说创作。同时，通过域外小说的翻译与传播，小说家们表达了对黑暗社会的不满。

表 4 – 8　　　　　　　　　《满洲报》域外作家、作品统计

序号	时间	版面	作品	国别	作者	译者
1	1923. 5. 1—7. 4	第一、五版	美人地狱	德国	也乍威持 谢彦女史原著	
2	1924. 2. 2—16	文艺	伽留陀夷	日本	武者小路实笃	
3	1924. 3. 11—6. 21	第四版	彼女之运命	日本	池菊幽芳氏	如竹
4	1925. 5. 3—6. 17	第一版	大地新潮	日本	佚名	
5	1925. 8. 26—28	第五版	一个矿工	俄国	高尔基	赵诚之

序号	时间	版面	作品	国别	作者	译者
6	1925.8.30—9.3	第五版	长舌妇	俄国	柴霍甫	赵诚之
7	1925.9.13	第五版	在国外	俄国	柴霍甫	
8	1926.4.3—6	第五版	猎人	俄国	契诃夫	友松
9	1926.8.19—21	第五版	一个男朋友	俄国	契诃夫	焦菊隐
10	1926.11.5—6	第五版	小娼妇	日本	加藤武雄	汤鹤逸
11	1926.11.7—11	第五版	得球了	法国	莫泊桑	效洵
12	1927.3.5	第五版	尸体	俄国	柴霍甫	效洵
13	1927.3.11—17	第五版	树荫	日本	野上弥生子	鹤逸
14	1927.4.16	第五版	粉红色长袜	俄国	柴霍甫	效洵
15	1928.3.9—10	第三版	太太	俄国	契诃夫	焦菊隐
16	1928.4.9—12	消闲世界	一句笑话	俄国	契诃夫	淑慎
17	1930.1.1	新年增刊	美人赛马	日本	吉里稻波	王月椿
18	1931.1.1	新年增刊	春情入画	日本	山田松琴	谭岐山
19	1931.1.12	星期副刊	门	日本	夏目漱石	活石
20	1931.1.26—	星期副刊	触手成金		那斯灭雷霍夫	无名
21	1931.3.9	星期副刊	冒险	法国	G. Faubert	飞絮
22	1931.8.25—	消闲世界	得救		泰戈尔	或人

续　表

序号	时间	版面	作品	国别	作者	译者
23	1931. 12. 11—17	消闲世界	简	日本	林房雄	或人
24	1932. 3. 21	星期副刊	天才	俄国	柴霍甫	降龙
25	1932. 4. 11—	星期副刊	难船	意大利		突巳
26	1932. 5. 4—	教育界	贺斯德	日本	泽田谦	突巳
27	1932. 6. 13—8. 1	星期副刊	画家之妻	日本	冈用三郎	箫啸
28	1932. 10. 17	星期副刊	一生的智慧	法国	法郎士	一叶
29	1932. 10. 31	星期副刊	妓女与商人	法国	法郎士	一叶
30	1933. 10. 6— 1934. 1. 9	北国文艺	折了肋骨的少年	日本	松井延造	沈默
31	1934. 1. 23—6. 1	第四版	血爱		苏德曼	成绍宗
32	1934. 6. 19—26	北国文艺	醒悟了的虚荣心	法国	尼克金	阿晚
33	1934. 7. 31—	北国文艺	我们的父亲		詹姆士·史徒	李陵
34	1934. 11. 19—12. 6	消闲世界	女魔术师		阿布德藏	景芝
35	1935. 4. 23—7. 9	北风	牛车			沈默
36	1935. 4. 23	北风	应当作的事情		雅格微莱夫	RR
37	1935. 6. 11—18	北风	马多法儿哥		百里梅	玉君
38	1935. 7. 16—31	北风	觉醒		巴别尔	郑效洵
39	1935. 8. 6	北风	演说家		阿索林	卞之琳

序号	时间	版面	作品	国别	作者	译者
40	1935. 10. 22	北风	美底责任心	爱尔兰	萧伯纳	坍仃
41	1935. 12. 17	北风	寄宿舍		乔伊斯	立波
42	1936. 2. 18—	北风	梦的质	德国	谢德曼	
43	1936. 3. 10	北风	圣史威斯特之夜底奇遇	德国	贺夫曼	
44	1936. 6. 19	北风	我的结婚生活	俄国		怀雅
45	1936. 7. 31	北风	金牙齿	俄国	恩·良士果	金人
46	1936. 9. 11	北风	盲人之歌	俄国	高尔基	周学普
47	1936. 9. 25—11. 20	北风	友情	英国		述先
48	1936. 11. 20—12. 18	北风	鸡蛋贩子的立身	日本	野村爱正	金冶
49	1937. 4. 2—16	文艺专刊	荒芜底部落	朝鲜	李北鸣	田兵
50	1937. 4. 23	文艺专刊	我的朋友		英庐 E. V.	南星
51	1937. 4. 23	文艺专刊	被笑的孩子		横光利一	S. C.
52	1937. 4. 23	文艺专刊	二对一	爱尔兰	M. 赛尔斯	小松
53	1937. 6. 4—11	文艺专刊	父亲	挪威	边孙	萝莎

第三节　《满洲报》小说的社会历史价值

除珍贵的文学史料价值外，《满洲报》刊载的小说对了解当时社会的世态人情、还原历史的真实状态均具有重要的价值。

一　对社会现实的反映

东北小说家在作品中较明显地将阶级矛盾与民族仇恨融合在一起，通过反映阶级斗争，揭露日伪政权的残酷统治。在《满洲报》刊载的众多小说中，多以小人物的生活遭遇为背景，塑造了农民、城市贫民、小资产阶级知识分子等社会底层的小人物群像。透过小人物的视角展现社会的变化及人心的动荡，小说表现了对贫富不均的罪恶社会的谴责与无奈，反映了时代下人生的悲剧，表达了对黑暗社会的抗争和对人民苦难的同情，记录了那一时代民族的苦难。

在残酷现实的压迫下，《满洲报》小说作家笔下的小人物不满现实，又无力改变，不甘堕落，又没有"出路"。小说里"人物的结局经常是非逃即亡，让人看不到出路，这也在一定程度上说明多数东北作家往往是以俯视的态度来对待描写对象，对下层劳动人民的感情主要是悲悯，很少发现蕴含在他们身上的顽强求生的意志和可贵的抗争精神"①。

在《满洲报》的小人物群像中，小资产阶级知识分子是一个重要的群体。作为受新思想影响最早觉醒的一个群体，小资产阶级知识分子发出了个性解放、婚姻自由的呼喊，表达了知识青年对封建礼教的憎恨及对自由前程的渴望。然而，在强烈的现实黑暗和巨大的生存压力下，知识青年内心的苦闷无

---

① 张毓茂：《东北现代文学大系》，沈阳出版社1996年版，第15页。

从宣泄，生活毫无"出路"。

《满洲报》小说中的知识青年大体可以分为几类。第一类是受新思想影响，欲冲破旧礼教牢笼，内心充满孤独和苦闷的青年形象，如《尖刀》里的山岚追求个性解放，呼唤婚姻自由。《幻灭》中的张云章不满父亲封建道学思想的束缚，急于摆脱旧思想的桎梏。《牺牲》中师范生不满旧式教育，决心投入革命。《青春拜别》中的男女青年在封建婚姻制度压迫下，双双轻生。《深秋之夜》更是集中反映了小资产知识青年"出路"难的问题。第二类是因社会环境的诱惑或压迫而堕落的青年形象，如《追寻》中的徐霜，受物质的诱惑，由时代的先觉者沦为堕落青年。《落花流水》中的主人公建人满心的抱负，然在穷困潦倒之际，堕落为偷盗分子。第三类是自甘堕落，沉沦于感官刺激，成为社会的"多余人"，如《末路》中的君敏和紫霞、《黄昏》中的瑜辉和骚先。《爱你底证据》中的老李代表了那群整日沉迷于虚幻的知识青年。《文章与女人》通过三个知识青年吴德功、李华、司徒彬追求玛丽小姐的情节，揭示出旧社会下青年的道德的沦丧，意识的模糊。《满洲报》小说中诸多的青年形象正是处在黑暗社会环境压迫下的知识青年内心苦闷、无从发泄的真实写照。

1935 年 4 月，《满洲报》的"北风"刊载了兀术的《寂寞》，将当时知识青年的寂寞、无聊、孤独的苦闷心理表露无遗。小说以第一人称讲述了有志青年刘正乾因家庭、社会的不理解，内心极度痛苦，由一个充满热情和理想的青年逐渐变得孤僻、麻木，甚至被当作精神病病人。且看刘正乾哥哥的一段话——

> 舍弟自幼受家母的溺爱，就有点痴憨，后来因为家境贫寒，退了学，他就似乎有点精神病，再后来，在外面做事，竟胡闹不往家拿钱，而且还谈些人生，什么主义……总之，我不懂，你先生想这不是疯魔吗？近

来，没事了，更有点精神失常，但我想他是疯了……①

刘正乾正是那个时代知识青年的化身——有理想、有志向，但因不被人理解而内心极度苦闷，从而外化为一种看似疯癫的状态。同时，他们又是力量薄弱的一群，在遇到来自家庭和社会的阻挠时，表现出懦弱无力的一面，唯有张口乞怜。

> 他哥哥刚说到一半话时，他在旁面又拼命地狂笑了。从笑声里，又转换了狂嚎，四围看的人，已聚了很多，他手舞足蹈地一面呼啸着："我要走了！"刚一回身，他哥哥已一把手扯住了他，他想挣脱，他哥哥猛劲地喊一声："你又疯了！"但他的神情又忽然改变，仿佛又成了一个弱者，伸着颈，招着手，挣扎着："喂，救救我吧！"②

《满洲报》小说中的女性形象是小人物群像中另一重要群体。在新旧思想冲突下，过渡时代的女性表现出内心的焦虑和矛盾。在《满洲报》中，有因丈夫的喜新厌旧而自杀，成为传统礼教下牺牲者的，如《尖刀》中的"梅"、《女性的悲哀》中孙世杰的妻子、《处女的死》中的淑贞等；有屈服传统礼教、信仰宿命的，如《梅姐》中的梅姐、《八月羊》中的儿媳妇；有受新思潮影响冲破了封建家庭的束缚，却未能摆脱依附于男性的悲惨命运的，如《追寻》中的芳梅、《归宿》中的洁玉、《邻家女》中的秋子等；有思想进步、意志坚强的，如《蹒跚》中的女青年 S。《满洲报》小说中众多的女性形象，描绘出那个时代下女性的悲惨命运以及与命运抗争的顽强精神。

《满洲报》小说中的第三类小人物形象是破产农村中的农民形象。在这一群像中，一类是生活在破产农村中的农民形象，如《弟兄之间》中描写的忠

---

① 兀术：《寂寞》，《满洲报》1935 年 5 月 21 日第 10 版。
② 同上。

厚老实的蒋国恩和心狠狡诈的弟弟蒋国业；另一类是因农村破产被迫进城，却无法获得归属感，只好返回农村或选择死亡的农民形象，如《家居》中的主人公毕业后无法留在城里，又不甘于回乡种地，成了一个"多余"的人。《平凡的人》里乡下人老丁的命运，也是这类农民无处安生的写照。《炎凉》中的农村孩子初夫来到城里投奔亲戚而遭拒绝，走投无路之下无奈选择了上吊自杀。

　　除小资产阶级知识分子、过渡时代下的女性、破产农村的农民三大形象外，《满洲报》还涉及社会底层多方面的小人物群像。如《洋车夫》里写车夫阿二受丘八的压榨，反映旧社会兵痞的横行无忌；《可怜的"伙计"》写出了旧社会商铺里，伙计遭到非人对待的生活状态；《女招待》表现了小玉不堪忍受丁科长的调戏，但家境穷困，只有继续做女招待的无奈；《落伍的哀音》借战死的士兵之口，控诉了旧中国军阀混战、民不聊生的惨景；《新京的一瞥》中在将要坍塌的陋屋里吸鸦片的丈夫和受苦受累的妻子，恰是伪满洲国民众苦难生活的缩影；《街头一瞥》写的是小摊贩不愿因"禁街"而收摊，受到警察的辱骂和殴打，控诉了伪满洲国警察的横行；《死》中失业工人阿福为生计做了盗贼，被枪决时围观的群众是旧社会苦难下民众精神麻木的写照。这些民众有鲁迅笔下麻木无情的"看客"、有居高临下的知识青年、有复古气十足的道学老者、有手无缚鸡之力的文士……小说揭开了旧社会民众的众生相——

　　　我看还是杀头好看，刽子手把住犯人的头发一提，用力下大片刀一剁，脑瓜掉地，身子被踢倒，那颗头是滚来滚去，嘴咬地上的沙泥，咯咯有声哈！（看客，笔者注，下同）

　　　万恶的社会，残忍的人类，这是一位社会制度压榨死的小民。唉，他们只知眼前眉火烧，不知后来要……（知识青年）

　　　呜呼！世风不古，人心日下，至于此耶！往者，每年毙匪不五六之众，而今一日以来即有五六人之多，社会之日非显明矣。故吾常谓，不火速提倡人民以四书五经不足以挽此颓风也！（道学老者）

人民染外洋自由之习，反道败德，非速恢复吾国粹，不为功也！否，今后社会之腐化，更不堪设想矣。① （传统文士）

二 对历史真实的还原

1931 年，日本侵略者发动"九一八"事变武力占领东北，而后建立了傀儡政权——伪满洲国。在表面上，伪满洲国以"国家"形式活动和运转，而实质上却是不折不扣的日本殖民地。在日本帝国主义控制下的伪满洲国，在舆论上营造了一个虚假繁荣的"王道乐土"的景象。透过《满洲报》小说，见到的是在所谓"王道乐土"下的东北民众苦难的生活，东北地区已然成为人间地狱。本书截取"九一八"事变和伪满洲国建国两大历史事件，透过《满洲报》刊载的小说在两个历史事件中与新闻报道迥异的表达，还原真实的历史。

自 1932 年伪满洲国建立，日本帝国主义将"九一八"事变和伪满洲国建立联系起来。从 1932—1937 年，《满洲报》每年 9 月 18 日头版均登载有关"九一八"事变的纪念文章，内容无外乎是粉饰日本帝国主义侵略行径的阿谀奉承之文字。1932 年 3 月 1 日伪满洲国建立时，《满洲报》只是零星的报道，这与伪满洲国的建国庆典延期有关。1932 年 3 月 10 日、11 日、12 日，《满洲报》开始对伪满洲国建立进行了大肆报道，同时刊发增刊。1934 年 3 月 1 日，溥仪登基称帝，《满洲报》也进行了大篇幅的报道并刊发增刊。其后每年 3 月 1 日，《满洲报》均刊载大量的纪念文章并刊发增刊，直至 1937 年《满洲报》停刊。

在新闻报道及社评版面鼓吹"满日协和"，东北民众于"王道乐土"下安居乐业的同时，《满洲报》小说版面却充斥着"寂寥""萧索""残酷""败迹""苦闷""恐怖"等字眼，日伪政府鼓吹的"王道乐土"其实是一个

---

① 丕泽：《死——阿福失业后堕落的下场》，《满洲报星期副刊》1932 年 8 月 8 日第 2 版。

虚假的幻象，《满洲报》刊载的小说勾画出伪满洲国畸形社会的真实景象。

1934 年 9 月 18 日，《满洲报》刊载了廉柏的《午夜的幽灵》。小说讲述了主人公在社会压迫下，精神"颓丧消沉"，有如"幽灵"，为寻求解脱，最后服毒自杀的故事。小说中对"孤冢纵横""缦草遍野"的环境描写及对青年苦闷压抑心理刻画，恰是当时民众的真实感受。

> 午夜这么静悄，更是如此凄冷，除了一两声犬吠，与断断续续的更□外，只剩寂寞而又被□□□的睡了底世界……孤冢纵横、缦草遍野底山地里，白杨丛中的一角，是月亮的光辉不能到达的土堆上却有一个蠕动的暗影，像幽灵底徘徊、徜徉。然而又较幽灵有生气，如落魄者的迷离、彷徨、仿佛又有些果决英勇。是青年，却颓丧、消沉，如铜墙铁壁的旧势，半点也没有动摇……他幻想内憧憬着未来的黑暗，及荆棘满地、断岩峭壁的危途，不容易铲除，更不容易攀登，而苍茫的森林中，又有恶臭熏人的死骸尸体，仿佛这些都形成了幽灵，幽幽地漫步，轻飘飘地来去无牵挂。①

同在 1934 年 9 月 18 日刊载的非飞的《微颤》，描写了社会青年在"恶魔的淫威之下"，内心苦闷无法排解。

> 我只是一个跪倒在恶魔的淫威之下的懦怯者。我想放声地号啕大哭，然而我的泪却早已被冷酷的威严所冻结而为冰。这冰，我将无法使之化解，只任它于悲痛时在眼中冷撞着，或许有人要呼我为疯狂者吧？但其实我还没有像疯狂者那样如实地暴露了自己，而且除了疯狂之外，我晓得在这世界中是没有暴露自己的余地的。②

---

① 廉柏：《午夜的幽灵》，《满洲报》1934 年 9 月 18 日第 8 版。
② 非飞：《微颤》，《满洲报》1934 年 9 月 18 日第 3 版。

在日本占领东北期间，社会极端黑暗、腐朽，烟馆、妓院、赌场遍地，流氓、盗匪势力猖獗，从城市到农村，赌场遍布，赌风盛行，一些人嗜赌成性，输钱后或沦为盗贼，或倾家荡产、家破人亡。1935 年 9 月 18 日，《满洲报》刊载了小说《家居》，描写的是东北乡村礼崩乐坏、赌盗成风，几成"阴森森的鬼界"的破败景况。而当日《满洲报》的头版登载的《九一八纪念感言》，还在鼓吹"九一八"后东北社会安定、人民幸福。透过如此反差，可以看出在特殊的历史时期，文学的真实往往超出受政治影响的新闻舆论。

> 卧床上辗转不能入睡，盘桓脑际的是由犬吠联想到的家乡近况。生活竞争照理论上讲来是使人聪明的，在此间事实上却显得是使人愚蠢。贫苦艰难养成了乡人侥幸冒险心，于是产生了一部分的赌徒。赌徒不是为了娱乐而是为了要生活，设赌的是为了生活，入赌的也是为了生活，家乡里密布着的是赌风和盗风。赌陷人于迷信，也陷人于盗贼，赌风甚炽，正是盗贼很多的一个原因。人们平时总是迷信有所谓鬼，现在，因为要求赌博的顺利，家乡流行着"讨鬼红"的怪剧……外面犬吠，也许是因为盗贼歹人行动，也许因为有一个沉迷于赌博的人，跪在荒野新坟前，焚香点烛，向尸骨许愿讨红呢！这样想着便觉得居住的不只是天灾匪患的崩溃农村中，且仿佛身在阴森森的鬼界里，非复人境。①

在日伪统治下的东北地区，民众生活在白色恐怖之中，《满洲报》的小说家在其作品中也或隐或现地有所表露。如赵志新的《迷离》，讲述了 C 村的张麻子本指望在城里上学的儿子日后飞黄腾达，能够安享晚年。谁料儿子因被怀疑为共党而遭枪决，张麻子迷离了。又如，白虹的《寄萍的死》中描写在日伪统治的东北地区，夜间的街道人迹罕见，寂静无声，街道上只有如无赖

---

① 杨戊生：《家居》，《满洲报》1935 年 9 月 18 日第 10 版。

一般的荷枪实弹的警察……这段文字，读起来令人毛骨悚然！这也是"九一八"后东北地区社会的真实写照。

> 从街头归来的她，兀独地行在那茫茫的长街里，仰望万街里凝呆呆地在追悔着以往，不时行在灯下默立着，那无礼的荷枪的警士，无赖一般的在恶狠狠地瞧她一眼后，她暗暗地骂了声混蛋。人迹已渺，四野无声，她的弱小的心灵，不由地发生了恐怖。①

表 4－9　　　1932—1936 年《满洲报》于 9 月 18 日刊载小说情况

时间	栏目	作品	作者
1932.9.18	消闲世界	秋园	匡汝非
		寄萍的死	白虹
		三年前	雨时
		爱	雨乡
1933. 9.19	北国文艺	漠边之夜	慕光
		奋斗——过去的一段回忆	恨我
		灾变	杨隽
		吼喊——寄醉生梦死	克曼
		秋风吹冷异乡人	及民
		迷离	赵志新

---

① 白虹：《寄萍的死》，《满洲报》1935 年 9 月 18 日第 6 版。

时间	栏目	作品	作者
1934. 9. 18	消闲世界	微颤	非飞
	王道周刊	水浒	施耐庵
		模范工人	程克详
		历代王道感应录	待晓楼主
1935. 9. 18	文艺专刊	午夜的幽灵	廉柏
		爱你底证据	老含
	北风	家居	杨戊生
		没有节奏的音乐	萧艾
		父母底心	努力
	第四版	落霞孤鹜	张恨水
	第八版	剑骨琴心	
1936. 9. 18	消闲世界	好青年	
	第二版	儿女英雄传	文康

余　论

　　近年来，在众多学者的努力下，东北文学研究取得了丰硕的成果和长足的进步，而对于报章小说的研究仍是东北文学研究的薄弱环节。笔者在检索和翻阅这一时期东北的报纸及缩微胶片的过程中，满目充斥着"微小""稚嫩""荒芜""贫瘠""枯寂"等字眼，可见东北报章文学的发展状态确是堪忧，同时也曾对东北报章小说到底有多大的研究价值和意义抱过迟疑态度。在经历了对大量原始文献的梳爬、整理后，笔者渐渐触摸到东北报章小说跳动的脉搏，感受到这一文体的历史整体走向是前进的、发展的，并逐渐形成了鲜明的特色。这无疑为东北小说走向成熟奠定了基础。

　　通过对《满洲报》十五年间刊载小说的史料梳理可见，在《满洲报》的文艺版面上，曾活跃着大批小说作家，有受传统文化浸润的旧式文人，有受新思潮影响的新派作家，他们创作了数目众多、内容丰富的小说作品。《满洲报》的文艺版面为东北作家和文学爱好者提供了施展才华的舞台，见证了东北新旧小说的更替以及与关内、外国小说的交融，促进了东北小说的发展和繁荣。《满洲报》小说为东北小说研究提供了鲜活的史料，对了解东北地区20世纪二三十年代这一特定历史时期的文学活动面貌有着积极的意义。

　　《满洲报》小说作为东北文学的一部分，以其特殊的方式存在着。《满洲报》也曾出现过对日伪政权粉饰、献媚的小说，但这些零星的文字不足以影响《满洲报》小说的整体面貌。在《满洲报》刊载的小说中，更多的作品是既没有对现实生活进行粉饰和美化，也未能深入揭露日伪统治下社会的黑暗和东北民众生活的苦难。小说作家表面似乎对现实社会采取冷眼旁观态度，实际上却是以各种方式在夹缝中曲笔书写，作品中深藏着对日伪政权的不满和反抗。《满洲报》小说保存着东北所处特殊历史时期的时代变迁和民众日常生活的本真状态，在一定程度上回应了时代的风云变幻，融会了社会新旧观念的变化消长。由此可见，若能对东北现存的报章小说加以系统、细致的梳理与研究，挖掘东北地区特殊历史时期文学的独特风貌与价值，当是一件极有意义的事情。由于条件的限制和能力的不足，笔者只能暂以《满洲报》小说为研究对象，以期借此敲开东北报章小说研究的大门，为日后从事东北报章小说研究积累经验。

在东北报章小说的研究中，史料的钩沉和梳理亟待解决。东北报章小说由于其生存在特殊历史时空下，往往被认为水平低下、格调不高，甚至与外国殖民主义、伪满洲国政权扯上千丝万缕的联系。因而，对东北报章小说的研究成为敏感地带，进而沦为学术盲区，大量的文献史料无人问津。面对东北报纸中浩繁的小说作品，去芜存菁，披沙拣金，实需莫大的勇气和毅力。这也造成部分研究者对于东北报章小说的研究，仅限于带着已成的题目捞材料而已。这样浮躁的研究方式，往往以点盖面，难以清晰地描述出东北报章小说的发展演变，也无法真正深入报章小说所呈现的社会、历史的肌理中，还原东北报章小说的真实面目。近年来，众多学者开始关注东北报章小说的研究，大量的论文和专著相继问世，取得了丰硕的研究成果，但这些与东北现存的报纸史料相比，还相差甚远。例如，东北报纸的数量、种类，东北报纸所载小说的数量、种类和小说作家的考据等问题，至今还没有解决，尚有大量的文献工作有待开展，需要学者的进一步努力。

对于东北报章小说的研究，一方面是承认它相对关内小说、域外小说的稚嫩；另一方面也要看到它生长的环境。对待东北报章小说，不要一味悲观，应该以理智、客观的态度，对其进行全面梳爬、整理，深入挖掘其存留的意义和价值。东北沦陷时期的批评家徵浮对东北文坛有着清醒的认知，这对我们今天如何正确对待东北报章小说的研究，是有借鉴价值的。

> 批评所一刻不可忘掉的，是生长那文艺的现实环境。要批评满洲现在的文艺，而用汉时的尺度，或英国的准绳，都是荒谬至极的。那么，我们的文坛环境到底怎样呢？大家都明白，是"荒凉""稚嫩"极了！在肥沃的田里，我们挑剔的态度，不妨严些；但在荒芜、瘦瘠的田里，还能那么残苛吗？若真拿在肥沃的田里所行的标准来铲剔的态度，恐怕满地里将一无所余吧？①

透过《满洲报》丰富的文艺史料，可见《满洲报》各文艺版面丰富的文体交流以及由此形成的文学生态，这同样是在东北报章小说研究中值得观照的。报章小说是以报纸为载体的，其研究不能仅限于单一的文本内容。报章小说在其随写随刊、即时即事创作的过程中，经历了作者创作、编者编辑，再到读者阅读等一系列传播过程，较之以单行本形态出现的文学样式更为复杂，也更趋于集体化和社会化。如《满洲报》在1932—1936年间，集中刊载了大量反映过渡时代下知识青年的生活状态以及对"出路"探寻的作品。编者将众多这一题材的作品编辑在一起，既是作者对时代气息的表现，又是读者阅读需求的反映。因此，对东北的报章小说的研究，应将其置于报章史料的基础上，做更广泛的文化研究。

最后，必须提的是，在东北报章小说研究中，研究者要抱有坚定的民族立场和清醒的学术立场。在沦陷时期日伪殖民统治的东北文坛，文艺作品众

---

① 徵浮：《文艺杂感》，《满洲报》1935年11月15日第8版。

多纷杂，良莠不齐，那个时期的很多作家生平无从考据，面目模糊不清。这使得研究变得异常复杂和困难，在报章小说研究中尤为明显。因此，研究者应在充分认识历史的基础上，坚守民族气节，树立正确、鲜明的学术立场，全面把握报章小说的主要倾向，方能学有建树！也唯有如此，才能全面、真实地还原东北报章小说的本来面目。

附录 《满洲报》小说目录初编

时间	版面	题目	作者
1922. 2. 4—8. 6	第三版	好儿女	了因
1922. 8. 8—10. 12	第三版	红颜小劫	佚名
1922. 10. 21—12. 6	第三版	蓝面女郎	佚名
1922. 12. 7—1923. 3. 18	第三版	喇嘛古冠	佚名
1923. 1. 5—6	新年征文	情海风潮	赵镜梅
1923. 3. 12—4. 19	第三版	情海风潮	清禅
1923. 4. 20—23	第三版	情海风潮	淑石
1923. 4. 24—5. 30	第三版	情海风潮	刘祖尧
1923. 5. 1—7. 4	第一、五版	美人地狱	业利札比氏
1923. 5. 5	第一版	鬼使复仇	清泉
1923. 5. 10—15	第七版	薄悻惨报	清泉
1923. 5. 15—7. 17	第六、七版	恶姻缘	蔗农
1923. 5. 16—19	第七版	劫后残花	无愁
1923. 5. 19	文艺	艾人传	李伯元
1923. 5. 20—29	第七版	善行可风	清泉
1923. 5. 30—31	文艺	医意	佚名
1923. 6. 1—7	文艺	五胡作乱	清泉
1923. 6. 8—24	文艺	一个学生的希望	芗石

1923. 6. 26—30	文艺	一封信	周瘦鹃
1923. 7. 18—1925. 1. 22	文艺消闲	妖幻	蔗农
1923. 10. 20—27	第六版	泪痕	静轩、静影同作
1923. 11. 1—12. 12	第三版	雨中花	征鸿
1923. 11. 2	第六版	活佛	严伟锦
1923. 11. 3	第六版	吴黛青	浮尘赘叟
1923. 11. 6—18	第一版	焚劫洛阳	如竹
1923. 11. 17—18	第六版	吴绮缘	佚名
1923. 11. 22—12. 19	第一、五版	情场夺锦录	竹侬
1923. 11. 29—12. 27	第一版	周秦	佚名
1923. 12. 29—1924. 2. 26	第一版	两汉	佚名
1924. 1. 1	新年增刊	黠鼠驱猪	竹侬
1924. 1. 1	第一、二版	独子从军	挹星
1924. 1. 1	第一、二版	未婚夫	弗艮
1924. 1. 6—6. 21	第一、二版	连湄影事	竹侬
1924. 1. 6—8	第四版	狐缘	龙山樵客
1924. 1. 8	第四版	盼望	佚名
1924. 1. 9	第四版	疯子	家襄
1924. 1. 9—18	第四版	大觉圆	竹侬
1924. 1. 9—10	第二版	晨起	王天恨
1924. 1. 11—12	第二版	嫁后	霞朗
1924. 1. 11—15	第四版	鸽子笼的游记	胡寄尘
1924. 1. 16—17	第二版	狐缘	龙山蕴生
1924. 1. 18—23	第二版	贼婿	亩居
1924. 1. 24—25	第二版	月娥	拙公
1924. 1. 24—25	第四版	侠婢	佚名
1924. 1. 26—27	第二版	徐妇氏	佚名
1924. 1. 29	第二版	太原生	佚名

1924. 1. 30	第二版	黄汉阶	鸿
1924. 1. 31	第二版	双剑女郎	佚名
1924. 2. 1—13	第二版	还账	观相生
1924. 2. 2—16	文艺	伽留陀夷	武者小路实笃
1924. 2. 10	文艺	江春郎	李清泽
1924. 2. 27—4. 5	第一版	南北朝	佚名
1924. 3. 11—6. 21	第四版	彼女之运命	池菊幽芳氏著,如竹译
1924. 5. 17	消闲世界	一回残缺不全的小说	西神
1926. 6. 18	消闲世界	明执肾	佚名
1924. 8. 6	消闲世界	情殉	抱冰室主刘至飞
1924. 8. 9	消闲世界	情天恨	抱冰室主刘至飞
1924. 8. 29—1925. 5. 5	第五版	九尾狐	梦馀
1924. 10. 7—8	消闲世界	啄木岭	红蕉
1924. 10. 9—12	消闲世界	海外同命鸟	滋阑
1924. 10. 10	消闲世界	国庆纪念日	心魔
1924. 10. 22—23	消闲世界	征人……闺梦	静观卢主
1924. 10. 24—11. 4	消闲世界	一个旧事婚姻	王少坡
1924. 11. 2—4	第四版	洪波孤影	夏贤固
1924. 11. 9	消闲世界	国民的苦	文藻
1924. 11. 11—13	消闲世界	兵祸一瞥	杰三
1924. 11. 14—15	消闲世界	畴昔之夜	哀鸿
1924. 11. 16	消闲世界	红玫瑰	寸草
1924. 11. 20	消闲世界	牧童	玉田
1924. 11. 21	消闲世界	李富生的成功	齐
1924. 11. 22	消闲世界	旗丁泪	浮萍
1924. 11. 22—23	消闲世界	你哭什么	孟芳
1924. 12. 4	消闲世界	劫后之家	张耀
1924. 12. 5	消闲世界	一天劳动的代价	明道

1925. 1. 29—1926. 12. 2	消闲世界	五代残唐传	蔗农
1925. 4. 1	第五版	婚后琐记	心一
1925. 4. 3	第五版	渔船救难	叔异
1925. 4. 8	第五版	伤感之泪	一仁
1925. 4. 11—12	第五版	同情	谷剑尘
1925. 5. 3—6. 17	第一版	大地新潮	佚名
1925. 7. 8—18	第五版	纳妾的罪恶	锡梦
1925. 7. 8	第七版	布衣	子明
1925. 7. 22—25	第五版	点金术	陈蕉影
1925. 7. 26	第五版	我儿误你	宾鸿
1925. 8. 15	第五版	花月楼艳史	上海人
1925. 8. 16	第五版	在理发馆里	佚名
1925. 8. 20	第五版	贵官后身	北海
1925. 8. 21—22	第五版	术妖	北海
1925. 8. 26—28	第五版	一个矿工	高尔基著,赵诚之译
1925. 8. 30—9. 3	第五版	长舌妇	柴霍甫著,赵诚之译
1925. 9. 4—6	第五版	虾蟆与姊妹	贺扬灵
1925. 9. 11—13	第五版	在国外	洋波译
1925. 9. 23	第五版	白丁	则迷
1925. 10. 24	第五版	歧路上的他	老庠
1925. 11. 12	第五版	别幕	许君远
1925. 11. 13—15	第五版	水夫阿三	统熙
1925. 11. 19	第五版	棚茶问答	闽闲
1925. 11. 24	第五版	斜阳古道	陈颖新
1925. 11. 26	第五版	库吏	淳于
1925. 12. 3	第五版	闲气	冠生
1925. 12. 8—10	第五版	军帽	闲闲
1925. 12. 11—18	第五版	如此秋风	周亚振

1925. 12. 22	消闲世界	双蝶魂	襄傧
1925. 12. 24—29	第五版	归程	北海
1925. 12. 26	第五版	一封挂号信	杨春波
1925. 12. 30	第五版	赵仆	善集
1926. 1. 1	新年增刊	新红楼梦第00回	李逊梅
1926. 1. 1	新年增刊	虎郎	恂恂
1926. 1. 20—22	第五版	遗产	文卿
1926. 1. 21—3. 20	第二版	劫鸾恨史	李逊梅
1926. 1. 28—29	第五版	黄土	铁生
1926. 1. 31—2. 2	第五版	雪	吴家盛
1926. 2. 3—5	第五版	玉妹	裴文中
1926. 2. 6—7	第五版	真假两全	仆尘
1926. 4. 3—6	第五版	猎人	契诃夫著,友松译
1926. 4. 7—9	第五版	狗的命运	朱大梅
1926. 4. 11	第五版	碎玉记	秋心
1926. 4. 13—5. 29	第二版	桃花窟	李逊梅
1926. 4. 15	第五版	小池孤影	佛根
1926. 4. 17	第五版	镜语	示子
1926. 4. 21	第五版	野泣记	弥勒佛
1926. 4. 24—25	第五版	孤雏泪	佛根
1926. 6. 10	第五版	杨大头	善三
1926. 6. 11	第五版	幸福	钱释云
1926. 6. 13	第五版	乐云鹤	黎山
1926. 6. 13	第五版	沈檀玉座记	夷缘
1926. 6. 27	第五版	周氏父女	怡怡
1926. 7. 6	第五版	这算得什么	济艰
1926. 7. 13—8. 24	第二版	磨难姻缘	李逊梅
1926. 7. 18	第五版	离家以后	李逊梅

1926.7.18—22	消闲世界	婚夜回忆	李逊梅
1926.7.19	消闲世界	啬翁传	李逊梅
1926.7.20—24	第五版	哥哥原谅	莹
1926.7.25	第五版	自由末路	莹
1926.7.28	第五版	通函恋爱	莹
1926.7.31—8.4	第五版	十分财气	程瞻庐
1926.8.8—11	第五版	战场余生	无怀
1926.8.10	第五版	一个堕落的女子	莹
1926.8.12	第五版	离乡	作魁
1926.8.17	第五版	引狼入室	莹
1926.8.19—21	第五版	一个男朋友	契诃夫著,焦菊隐译
1926.8.29	第五版	记异	梅边
1926.9.3—10.3	第五版	仙境奇缘	莹
1926.10.15—25	消闲世界	孽子奇婚记	冥飞
1926.10.21	第五版	黑马少尉	静山
1926.10.22—23	第五版	红儿	天羽
1926.10.29—12.10	第二版	桃花梦	李逊梅
1926.10.30—11.1	第五版	快乐	阮毅成
1926.11.2	第五版	强魂夺婚记	松卢
1926.11.5—6	第五版	小娟妇	加藤武雄著,汤鹤逸译
1926.11.7—11	第五版	得球了	莫泊桑著,效洵译
1926.11.11—16	消闲世界	情丝操纵记	刘蛰叟
1926.11.13	第五版	痴儿浪情记	谢鄂常
1926.11.14—17	第五版	嘈杂的人生	钱步恒
1926.11.26	第五版	魔鬼与小老婆	莹
1926.12.5—12	消闲世界	预言家	程瞻庐
1926.12.7	第五版	一面殉情记	雪庵
1926.12.8	第五版	张鸿恩	宋毓泉

1926. 12. 12—23	第五版	一个有志的青年	莹
1926. 12. 12—1927. 1. 30	第二版	毁人炉	李逊梅
1926. 12. 14—15	第三版	不堪回首	李逊梅
1926. 12. 14—24	消闲世界	重大的牺牲	虞山双燕
1926. 12. 25—1927. 1. 7	消闲世界	神针	向恺然
1926. 12. 28	第五版	贺老先生	明中
1927. 1. 7—17	消闲世界	新中国	李逊梅
1927. 1. 11	第五版	离婚之前后	魏幼英
1927. 1. 14	第五版	一个堕落的青年	于清淮
1927. 1. 15	第五版	间接之罪	李逊梅
1927. 1. 20—22	第五版	妹妹	潘振武
1927. 1. 29—30	第五版	重圆	闻国新
1927. 1. 30	第五版	炮火因缘	红绡
1927. 2. 6—3. 24	第二版	欲海	李逊梅
1927. 2. 13—15	第五版	五十块钱	徐霞村
1927. 2. 19—	第五版	苦儿流浪记	玉萧生
1927. 2. 25—26	第五版	我们的良人	闻国新
1927. 2. 28—3. 1	消闲世界	碧尘	君左
1927. 3. 2	消闲世界	男扮女尼行奸记	笑
1927. 3. 3	第五版	父亲	胡也频
1927. 3. 4	消闲世界	乞幕	泉生
1927. 3. 5	第五版	尸体	柴霍甫著,效洵译
1927. 3. 6	消闲世界	牡丹因缘	佚名
1927. 3. 8—10	第五版	旅梦	李自珍
1927. 3. 11—17	第五版	树荫	野上弥生子著,汤鹤逸译
1927. 3. 11—14	消闲世界	醉兵	王三辛
1927. 3. 16	消闲世界	义犬复仇	失名
1927. 3. 16	第五版	侠尼复仇记	水竹

1927. 3. 17—30	消闲世界	堕落的青年	绮情
1927. 3. 18	第五版	金屋啼痕记	顾醉英
1927. 3. 23	第五版	月明之夜	一思
1927. 3. 23—25	第五版	赌博	闻国新
1927. 3. 25—28	消闲世界	孟卖归客谭	芙孙
1927. 3. 26—5. 14	第二版	炉灰	李逊梅
1927. 2. 12	消闲世界	断魂	梦樵
1927. 3. 28	消闲世界	香嚏记	碧洪
1927. 3. 30	第五版	金钱的玩偶	雄基
1927. 4. 14	消闲世界	芦中人	天羽
1927. 4. 16	第五版	粉红色长袜	柴霍甫著,效洵译
1927. 4. 15—20	消闲世界	文明结婚	天民
1927. 4. 15—6. 28	消闲世界	江南行	心秋
1927. 4. 20—24	第五版	永儿	姜孝昌
1927. 4. 21—1928. 2. 10	消闲世界	奇妙集	天民
1927. 4. 24	第五版	小神仙的故事	品士
1927. 4. 24	第五版	古屋	冷然译
1927. 5. 13	第五版	雷妈与乳妈	野逸
1927. 5. 19	第五版	朱善人	周开庆
1927. 5. 20	第五版	逃禅记	顾醉英
1927. 5. 20—7. 7	第二版	海底骷髅	李逊梅
1927. 5. 26	第五版	口腹之累	沈似毂
1927. 5. 31—6. 3	第五版	兰蜜	题一樵
1927. 6. 18—7. 3	第五版	春光一度	昨君远
1927. 7. 6—29	消闲世界	堕落的青年	绮青
1927. 7. 10	消闲世界	扶鸾奇谈	自任
1927. 7. 11—1928. 3. 12	星期副刊	连环的爱	寸草
1927. 7. 19—1928. 2. 1	第二版	新桃源	刘瘦鹤

1927.7.28—9.5	消闲世界	梦竹	林化青
1927.7.31	第五版	应考者	守愚
1927.8.4	消闲世界	土地为虐	岳樵
1927.8.7	消闲世界	老博士	寄梅
1927.8.10	消闲世界	苗生	捧心
1927.8.14	消闲世界	难蛋害亲夫	刘兆麟
1927.8.16—22	消闲世界	离营之后	潦倒三郎
1927.8.30—9.13	消闲世界	刘老人	城
1927.9.26	消闲世界	母子泪	培敦丁一郎
1927.10.7—9	消闲世界	李二	心魔
1927.10.10	消闲世界	可怜她的自杀	孚威
1927.10.30	星期副刊	快乐的痛苦	狂郎
1927.11.20	星期副刊	秘密发现后	绿娇女士
1927.11.20	消闲世界	匪窟生还记	李剑虹
1927.12.4	消闲世界	荒冢艳鬼记	朱春霆
1928.1.1	新年增刊	新红楼梦第00回	李逊梅
1928.1.8	星期副刊	战壕之新年	谷尘
1928.2.2—3.2	第三版	梦影	惜梦
1928.2.11—15	消闲世界	征妇泪	天民
1928.2.16—23	消闲世界	苏彦生	天民
1928.3.3	消闲世界	离家的前夜	李芙蓉
1928.3.3—24	第三版	最美之妻	顾明道
1928.3.4—5.3	第三版	红灯影里	钓徒
1928.3.6	第三版	旧浪新潮	可客
1928.3.7	第三版	伊死之晚	柯定盒
1928.3.8	第三版	兽性	张慧剑
1928.3.9—10	第三版	太太	契诃夫著,焦菊隐译
1928.3.9	消闲世界	狂君秋芳	心寒

1928. 3. 11—16	第三版	未婚妻	壬秋
1928. 3. 14—5. 26	消闲世界	萍梗姻缘	寸草
1928. 3. 17	第五版	学裁缝去	明道
1928. 3. 18—21	第三版	潜逃	实仁
1928. 3. 22	第五版	浪漫之后	吴云梦
1928. 3. 22—23	第三版	又一糊涂案	苍松
1928. 3. 27—28	第三版	镇定的的心	佚名
1928. 3. 27—30	消闲世界	谁的罪	邹悲影
1928. 3. 29—30	第三版	空梁燕语	高天楼
1928. 4. 1—23	第三版	绅士	又安
1928. 4. 1—18	第三版	为了隔壁男子情死	佚名
1928. 4. 6	第五版	当筵一曲	娇娇远
1928. 4. 7	第五版	午夜哀啼	柯定庵
1928. 4. 8	消闲世界	新青楼梦	瘦绿生
1928. 4. 9	星期副刊	姻缘	海客
1928. 4. 9—12	消闲世界	一句笑话	契诃夫著,淑慎译
1928. 4. 16—7. 23	星期副刊	微笑	惜梦
1928. 4. 19	第三版	灵台旧梦	刘雪蕉
1928. 4. 19—20	消闲世界	憔悴	刘雪蕉
1928. 4. 21	第三版	律师室中	醉萸
1928. 4. 21	消闲世界	一对未婚夫妻	瘦绿生
1928. 4. 25—26	第三版	浮影	刘雪蕉
1928. 4. 27	第三版	病了	刘雪蕉
1928. 4. 28	第三版	永别的他	邹悲影
1928. 4. 29	第三版	小病的一夜	梦鱼
1928. 5. 3	第三版	红灯影里	钧徒
1928. 5. 4	第三版	春夜怀少文	邹悲影
1928. 5. 5—9	第三版	家庭风波	王连吉

1928. 5. 10	第三版	往事	邹悲影
1928. 5. 11—16	第三版	千里寻亲记	王连吉
1928. 5. 17—18	第三版	含泪的哭祭(六)	楼枝
1928. 5. 19—24	第三版	病后自述	梦蝶
1928. 5. 25	第三版	成年的影儿	邹悲影
1928. 5. 27	消闲世界	雨后	博言
1928. 5. 27	消闲世界	梦回	刘雪蕉
1928. 5. 29	第三版	青蛙之歌	张萧
1928. 5. 30	第三版	花朝梦	瘦绿生
1928. 5. 30—6. 1	消闲世界	春去也	玉相
1928. 5. 31	第三版	别离的滋味	天恨
1928. 6. 1—3	第三版	模糊莫辨	苏梦松
1928. 6. 3—4	消闲世界	战祸	陈骇
1928. 6. 5—8	第三版	三谢姻缘	王连吉
1928. 6. 7—8	消闲世界	福聚栈中的一夕	仲铭
1928. 6. 9	第三版	结婚后	朱戳
1928. 6. 10—12	消闲世界	偶然的回忆	邹苦荣
1928. 6. 10—12	消闲世界	娟娘	陆痴
1928. 6. 12—7. 5	消闲世界	冬烘笑史	忠禄
1928. 6. 13	第三版	月浊的夜里	苏读馀
1928. 6. 14	第三版	痴情误	宾鸿
1928. 6. 15—17	第三版	清白的她	张萧
1928. 6. 17	消闲世界	觉悟	周广南
1928. 6. 17	第三版	监视	谷剑尘
1928. 6. 19	第三版	雪夜悲痛的黄粱	苏梦松
1928. 6. 20—22	第三版	情海飞波	黑面书生
1928. 6. 24	第三版	异地谈心	王连吉
1928. 6. 26	第三版	家乡的回忆	张萧

1928.6.27	第三版	人生是漂泊	张鼐
1928.6.28—29	第三版	战场上刀刺	张鼐
1928.6.30	第三版	春闺夜雨助相思	笑痴
1928.7.1	第三版	没被诱惑	儒夫
1928.7.2	消闲世界	离婚后	小渊
1928.7.4—9.16	第三版	双痴泪史	张六合
1928.7.6—9	消闲世界	她的可怜	梁伯涛
1928.7.18—19	消闲世界	舞伴	谷剑尘
1928.7.19	消闲世界	在宿舍里	GK
1928.7.20	消闲世界	离别一夜	梁锐
1928.7.29	消闲世界	白疼了你	天恨
1928.8.1—4	消闲世界	二烈女传	梁锐
1928.8.11—15	消闲世界	家中的她与外面的她	闫文彦
1928.8.12—22	消闲世界	亲戚	李正果
1928.8.26—9.14	消闲世界	清室篡夺阴谋秘记	候生
1928.8.27—9.24	星期副刊	爱云	惜梦
1928.8.30—31	消闲世界	可怜的母子	李培臣
1928.9.2	消闲世界	牵动全局	卓呆
1928.9.3—22	消闲世界	曙光	林泉清
1928.9.15—19	消闲世界	家庭惨案	姬昂
1928.9.18—19	第三版	孟氏昆种	觉厂
1928.9.20	第三版	可怜的童养媳	玉心
1928.9.20	消闲世界	袁世凯轶事	侯生
1928.9.23	第三版	三哥与六弟	慧剑
1928.9.25	第三版	地藏的诞日	张菊屏
1928.9.26—27	第三版	歧路	屺
1928.9.26—10.4	消闲世界	媒妁的结果	黄冲前
1928.9.28—29	第三版	法郎士底恋爱	偶然

1928. 9. 28	消闲世界	滑稽家庭	云旌
1928. 10. 2—11. 16, 1929. 1. 17—	第三版	青春之花	张恨水
1928. 10. 18—27	消闲世界	泪痕	刘世仁
1928. 10. 20—26	第三版	金姑	和轩
1928. 10. 23—26	消闲世界	难民流离记	营口李魁东
1928. 10. 27	第三版	无诟之心	慧剑
1928. 10. 28	第三版	花好月圆	廖国芳
1928. 10. 28—30	消闲世界	风卷残红	李维邦
1928. 10. 30—31	第三版	艺术神圣	无闷
1928. 11. 7—14	消闲世界	别离之夜	刘世禄
1928. 11. 8	消闲世界	K村的胡匪	武英
1928. 11. 16—20	消闲世界	昙花一现	李滟波
1928. 11. 20—22	消闲世界	仙女	映午
1928. 11. 24—12. 2	消闲世界	伊的雪晨记	张蒲
1928. 11. 27—28	消闲世界	冬夜	武英
1928. 11. 17—1929. 1. 17	第三版	好男儿	张六合
1928. 12. 7	消闲世界	误入歧途	玉屏
1928. 12. 19—21	消闲世界	情别	一山
1929. 1. 1	新年增刊	白蛇值年	知非
1929. 1. 1	新年增刊	凝思	愚樵
1929. 1. 1	新年增刊	娇嗔	愚樵
1929. 1. 30—2. 4	消闲世界	酒徒	王余杞
1929. 2. 3—7	第三版	失踪	和轩
1929. 2. 8	第三版	技能与财产	复安
1929. 2. 17—22	消闲世界	一个漂泊的人	王锡顺
1929. 2. 19—12. 24	消闲世界	三国演义	罗贯中
1929. 2. 19	第三版	一个故事	徐成达

1929. 2. 20	第三版	一个将军的下场	敬五
1929. 2. 27—3. 2	消闲世界	写字匠	浮生
1929. 3. 3—14	第三版	求生三日记	复安
1929. 3. 4—4. 15	星期副刊	旧梦	瘦绿生
1929. 3. 8	第三版	莫名其妙	滥竽
1929. 3. 9	第三版	牧童成名记	滥竽
1929. 3. 12—15	第三版	晨光熹微	孤舟
1929. 3. 16	第三版	惨别的一小段路程	秉琦
1929. 4. 1—23	消闲世界	绅士	又安
1929. 4. 11	第三版	邻家春色	小朔
1929. 4. 12	第三版	车夫泪语	遯公
1929. 4. 17	第三版	一个习惯而堕落的妇人	余生
1929. 4. 20—24	第三版	失足千古	是非
1929. 4. 25	第三版	半途而废	熨
1929. 4. 28—5. 3	第三版	打错了电话	郎寰译
1929. 5. 5—9	第三版	弱者	在野
1929. 5. 19—26	消闲世界	泪痕	徐达成
1929. 5. 19—29	消闲世界	函髻记	盟鸥榭
1929. 5. 20—6. 10	星期副刊	爱情与钻石	木偶
1929. 7. 8	星期副刊	到中国去(续)	野芩
1929. 7. 20—23	消闲世界	破镜重圆记	绍先孙广业
1929. 8. 4—9. 7	消闲世界	钟情女	王文峻
1929. 8. 27—9. 1	消闲世界	恨海拾遗	栖云
1929. 9. 8—10	消闲世界	剑侠志	承训
1929. 10. 8—	星期副刊	被遗弃的少妇	东方先生
1929. 10. 28	星期副刊	薄命的我	痴张女士
1929. 10. 28	星期副刊	印	血殷

1929. 11. 11	星期副刊	粪蛆	血殷
1929. 11. 25—12. 9	星期副刊	苦笑	王文峻
1929. 11. 27—12. 1	消闲世界	记梦中的新婚	苏梦松
1929. 12. 25—1931. 11. 7	消闲世界	每日绘图红楼梦	曹雪芹
1930. 1. 1	新年增刊	午马	知非
1930. 1. 1	新年增刊	美人赛马	吉里稻波述, 王月椿译
1930. 1. 1—11	消闲世界	旧家庭	田星五
1930. 2. 21—6. 12	消闲世界	西太后	文实权
1930. 4. 21—5. 18	星期副刊	初恋	小乔
1930. 5. 12	星期副刊	迷羊	活石
1930. 6. 10	星期副刊	重遇泪	王法渊
1930. 6. 17—12. 18	消闲世界	元胡演义	张善亭
1930. 6. 30—	星期副刊	别情	曲卓庸
1930. 7. 4—12. 26	消闲世界	香妃恨	蔗农
1930. 7. 21	星期副刊	拆白	世芬
1930. 8	消闲世界	松花江畔	安心正
1930. 8. 12	星期副刊	一个青年的悲哀	怪人李凤舞
1930. 9. 6—9. 9	消闲世界	齐人演义	葛天民
1930. 9. 14—10. 22	消闲世界	兰芬泪史	延陵树声
1930. 9. 14—11. 10	星期副刊	避债投军	营川骏如
1930. 11. 10—1931. 1. 12	星期副刊	归之夜	拙夫
1930. 12. 21—1931. 1. 31	消闲世界	寻夫遇子记	张善亭
1931. 1. 1	新年增刊	春情入画	山田松琴著, 谭岐山译
1931. 1. 12	星期副刊	战祸	王碧血
1931. 1. 12	星期副刊	门	夏目漱石著, 活石译
1931. 1. 14—25	消闲世界	永远抛不下的恩情	初试
1931. 1. 26	星期副刊	触手成金	那斯灭雷霍夫著, 无名译
1931. 2. 1—1933. 11. 4	消闲世界	词讼见闻录	张善亭

1931. 3. 9	星期副刊	冒险	G. Faubert 著,飞絮译
1931. 3. 10	消闲世界	沙纹	方潜明
1931. 4. 11	消闲世界	负心郎	丁英年
1931. 4. 12—5. 5	消闲世界	青楼遗恨	赵超然
1931. 4. 19	消闲世界	耳擘	丁颖初
1931. 4. 29	消闲世界	桃李杏和松竹梅谈话	曲百田
1931. 5. 1—3	消闲世界	一个大家庭的主张	曲百田
1931. 5. 6	消闲世界	贤妇感夫	郑子毅
1931. 5. 8	消闲世界	学戏	鸽子
1931. 5. 8	消闲世界	到外祖母家去	云
1931. 5. 16	消闲世界	姨太太的能力	静波
1931. 5. 18—20	星期副刊	旅人	王碧血
1931. 5. 21—26	消闲世界	菱娘哀史	陈越峰
1931. 5. 29	消闲世界	妖术祸己	郑子毅
1931. 5. 29	消闲世界	白布客	王伯梁
1931. 5. 30	消闲世界	妖魔作祟	伯梁
1931. 6. 1	星期副刊	拒绝	刘长安
1931. 6. 1	星期副刊	甜蜜的梦	静波
1931. 6. 20—27	消闲世界	情海陨香史	李伟初
1931. 6. 24—26	消闲世界	女徒	凡子
1931. 7. 6—13	星期副刊	盲从	冉子
1931. 7. 12—9. 7	星期副刊	破产	沈景阳
1931. 7. 13	星期副刊	沦落	韩琴慧
1931. 7. 20	星期副刊	苦谁?（二）	倾怀
1931. 8. 8—16	消闲世界	贤女哀史	王金声
1931. 8. 14—16	消闲世界	前尘	或人
1931. 8. 19—22	消闲世界	弱女沉沦记	吴太
1931. 8. 25	消闲世界	得救	泰戈尔著,或人译

1931. 9. 3—20	消闲世界	失学遗恨	王金声
1931. 9. 14	星期副刊	沦落	韩琴慧
1931. 9. 18—25	消闲世界	破镜重圆	尹鼎成
1931. 9. 23—24	消闲世界	苦恨的回忆	袁子勃
1931. 9. 29—10. 2	消闲世界	P 先生	或人
1931. 10. 3—6	消闲世界	王二楞	尹鼎成
1931. 10. 8	消闲世界	乱阶	尹鼎成
1931. 10. 15—18	消闲世界	董生	尹鼎成
1931. 10. 18—21	教育界	珍妃沉井始末记	献徵
1931. 10. 20—24	消闲世界	姜生	尹鼎成
1931. 11. 1—1932. 9. 11	消闲世界	迷岸记	尹鼎成
1931. 11. 25—12. 24	教育界	苦人荡妇	张个侬
1931. 11. 30	星期副刊	C 姑娘的幸运	王静波
1931. 12. 6—8	消闲世界	报屁股作家	或人
1931. 12. 11—17	消闲世界	简	林房雄著，或人译
1931. 12. 20—23	消闲世界	束缚	曙旭
1931. 12. 27—1932. 4. 29	教育界	孽海燃犀录	春兰生
1931. 12. 30	消闲世界	拾来的信	曙旭
1932. 1. 1	消闲世界	厌世者	活石
1932. 1. 1	新年增刊	猴精出世	善亭
1932. 1. 11—18	新年增刊	苦过甜来	寸草
1932. 1. 13—19	星期副刊	诱惑	吴大可
1932. 1. 20—1933. 7. 6	消闲世界	萍飘云散	沈大可
1932. 1. 27—2. 18	消闲世界	古本《金瓶梅》	兰陵笑笑生
1932. 2. 15—19	消闲世界	小探案	肇功
1932. 2. 20	消闲世界	多情的车夫	王济钢
1932. 3. 7	星期副刊	童年的伴侣	惠仁
1932. 3. 7	星期副刊	我们的要求	掌珠女士

1932. 3. 7	星期副刊	老乞丐	黄郁
1932. 3. 18—28	消闲世界	文孽	琅琊生
1932. 3. 21—28	星期副刊	天才	柴霍甫著,降龙译
1932. 3. 21	星期副刊	对话和影子底	商增
1932. 3. 21—28	星期副刊	三等车上	笳啸
1932. 3. 21	星期副刊	黑暗的家庭	建树
1932. 3. 28—4. 4	星期副刊	光明里的黑暗处	迟恒辑
1932. 3. 28	星期副刊	慈母的爱	苗永青
1932. 3. 28	星期副刊	半日	山女
1932. 3. 28	星期副刊	真光	泽民
1932. 3. 28	星期副刊	乞婆	董洁纯
1932. 4. 4	星期副刊	血	巴比塞
1932. 4. 4	星期副刊	怅惘	唐二酉
1932. 4. 4	星期副刊	童心	方兰
1932. 4. 4—11	星期副刊	父亲的忏悔	忠敏
1932. 4. 5—6	消闲世界	芳心欲碎	徐长城
1932. 4. 11	星期副刊	皮	方兰
1932. 4. 11—18	星期副刊	心猿	方了
1932. 4. 11	星期副刊	难船	突已译
1932. 4. 18	星期副刊	忙么	静了
1932. 4. 18	星期副刊	落红	若英
1932. 4. 25	星期副刊	狡	华
1932. 4. 25—5. 2	星期副刊	星期六	芳兰
1932. 4. 25—5. 9	星期副刊	阿吉的爱	E. B. Fquce
1932. 4. 26	消闲世界	粉笔生涯的尝试	光璞
1932. 4. 28—5. 7	消闲世界	伶仃	琅琊生
1932. 5. 2	星期副刊	四弟	一试
1932. 5. 2	星期副刊	她和他	方兰

1932. 5. 2	星期副刊	咳	静了
1932. 5. 2	星期副刊	爱的破裂	在左
1932. 5. 4	教育界	贺斯德	泽田谦作,突巳译
1932. 5. 5—8	消闲世界	素娥泪史	韩普良
1932. 5. 9	星期副刊	饿鬼	笳啸
1932. 5. 9—30	星期副刊	南老爷的事迹	丕泽
1932. 5. 16	星期副刊	贼	笳啸
1932. 5. 16—6. 13	星期副刊	我的日记	笑呆
1932. 5. 17—18	消闲世界	一幕悲剧的喜剧	高兰
1932. 5. 23	星期副刊	摩登摸着剃头匠	觉后
1932. 5. 24	消闲世界	是非	静了
1932. 5. 29	消闲世界	董二秃子	瑶圃
1932. 5. 30	星期副刊	鸳警	静藩
1932. 5. 30	星期副刊	街头路灯	紫电
1932. 6. 1—3	消闲世界	雨夜的他	静藩
1932. 6. 4—10	消闲世界	春梦	许咸宜
1932. 6. 4	消闲世界	临嫁的一夜	心寒
1932. 6. 5—8	消闲世界	惨春之夜	活石
1932. 6. 6—13	星期副刊	小环与阿美	鲜文
1932. 6. 6	星期副刊	车中疑想	皆醇
1932. 6. 6	星期副刊	冲突	笳啸
1932. 6. 7	消闲世界	正人	柳作荃
1932. 6. 11	消闲世界	他的忏悔	雨卿
1932. 6. 11—26	消闲世界	劫	方兰
1932. 6. 13	星期副刊	两性的烦恼	红杏
1932. 6. 13	星期副刊	秋夜	方了
1932. 6. 13	星期副刊	燕京飘来的兰香	谷生
1932. 6. 13—8. 1	星期副刊	画家之妻	冈用三郎著,笳啸译

1932. 6. 13	星期副刊	二等车上	玫因
1932. 6. 13—8. 8	星期副刊	死——阿福失业后堕落的下场	丕泽
1932. 6. 19—25	星期副刊	欲难	筘啸
1932. 6. 20	星期副刊	惆怅	洁纯
1932. 6. 20	星期副刊	第三宿舍之午	麦山
1932. 6. 27	星期副刊	压迫下的牺牲者	铎生
1932. 6. 27	消闲世界	奇艺梦影	见石
1932. 7. 1	消闲世界	慧兰	张周淑香
1932. 7. 4	星期副刊	一支残花	呆农
1932. 7. 4—11	星期副刊	洛阳女儿对门居	洁纯
1932. 7. 4	星期副刊	字纸篓里的墨痕	脚粗
1932. 7. 6	消闲世界	不过如此	王秋枫
1932. 7. 6—8	消闲世界	卿	周专人
1932. 7. 11	星期副刊	时髦的女青年	小先
1932. 7. 11	星期副刊	同情的感叹	小先
1932. 7. 11	星期副刊	秋夜	方了
1932. 7. 11	星期副刊	洋车夫	呆农
1932. 7. 12—15	消闲世界	薄命的小玉	静波
1932. 7. 18	星期副刊	可怜的"伙计"	秋枫
1932. 7. 18	星期副刊	车站上的欢迎会	菁人
1932. 7. 18	星期副刊	暴风雨下的哀怨者	红杏
1932. 7. 18	星期副刊	未寄的信稿	筘啸
1932. 8. 1—10. 17	星期副刊	心痕	秋影
1932. 8. 6—7	消闲世界	金妈	商女
1932. 8. 8—28	星期副刊	祭阿弃文	红杏
1932. 8. 9	消闲世界	苦命的他	绍先
1932. 8. 11—13	消闲世界	决断姊妹	新三

1932. 8. 15	星期副刊	生日	红杏
1932. 8. 17—24	消闲世界	母亲的心	新三
1932. 8. 22	星期副刊	笔	玫归
1932. 8. 29—9. 19	星期副刊	巧冤	张周淑香
1932. 8. 29	星期副刊	美满的小家庭	钧人
1932. 8. 29	星期副刊	西瓜	商女
1932. 9. 12	星期副刊	女招待	商女
1932. 9. 12	星期副刊	天堂归客	雪峰
1932. 9. 12—19	星期副刊	阿妻的哭声	屏弟
1932. 9. 12	星期副刊	阿元	镜人
1932. 9. 18	消闲世界	秋园	匡汝非
1932. 9. 19	星期副刊	艺术底牺牲	孙曼依
1932. 9. 20—22	消闲世界	思亲泪	微尘
1932. 9. 20	消闲世界	月下	于汇川
1932. 9. 22	消闲世界	别离的夜	本溪雅石
1932. 9. 26—10. 3	星期副刊	爱的末路	白虹
1932. 9. 26	星期副刊	弱者的牺牲	辅仁
1932. 9. 26	星期副刊	一个红边绿邮票的信	雨时
1932. 10. 3	星期副刊	处女的死	静波
1932. 10. 3	星期副刊	全儿的猜想	藏琴
1932. 10. 3	星期副刊	寄萍的遗书	秋茶
1932. 10. 3	消闲世界	匪	雅石
1932. 10. 10	星期副刊	孤苦	张周淑香
1932. 10. 10	星期副刊	灾声	雨时
1932. 10. 10	消闲世界	旅店的一夜	MY
1932. 10. 14	消闲世界	折狱	西贝生
1932. 10. 15	消闲世界	洞房之夜	匡汝非
1932. 10. 17	星期副刊	一生的智慧	法郎士著，一叶译

1932. 10. 17	星期副刊	哭我一个惨死的朋友	CL
1932. 10. 17	星期副刊	可怜的两兄弟	崔一痕
1932. 10. 17	星期副刊	黄包车夫	佚名
1932. 10. 17—11. 21	星期副刊	谅解	琅琊生
1932. 10. 18—25	消闲世界	狂风暴雨里的蜂蝶	马云超
1932. 10. 21	消闲世界	嫁后的他	空空
1932. 10. 22—28	消闲世界	阿荣的忏悔	西贝生
1932. 10. 30	消闲世界	最后结婚的所得	德容
1932. 10. 31	星期副刊	画家与女人	筎啸
1932. 10. 31	星期副刊	云儿的故事	白虹
1932. 10. 31	星期副刊	妓女与商人	法郎士著, 一叶译
1932. 11. 1,2	消闲世界	往事的遗恨	疏影
1932. 11. 2	消闲世界	恨心	张周淑香
1932. 11. 5—12	消闲世界	落溷的蔷薇	马云超
1932. 11. 15—16	星期副刊	窦娇娥	勇为
1932. 11. 18	消闲世界	归去	畲文
1932. 11. 18	消闲世界	酒色狂徒	傅文
1932. 11. 21	星期副刊	齐小的苦死	侯文朴
1932. 11. 21	星期副刊	性火	成雪竹
1932. 11. 21—28	星期副刊	花都的流毒	杨子岐
1932. 12. 2	消闲世界	可怜的她	菊秋
1932. 12. 3—4	消闲世界	命必红颜薄十分	侠侬
1932. 12. 5	星期副刊	邻家女	黄旭
1932. 12. 10	消闲世界	渺茫的倩影	秋影
1932. 12. 12	星期副刊	单恋	成雪竹
1932. 12. 12	星期副刊	父亲	张弓
1932. 12. 12	星期副刊	车上的舞女	筎啸
1932. 12. 12	星期副刊	阿王的死	娥霏女士

1932. 12. 13	消闲世界	黑暗的眼光	静波
1932. 12. 26	星期副刊	一天	骧弟
1932. 12. 26	星期副刊	死刑	成雪竹
1933. 1. 9	星期副刊	幻灭	张弓
1933. 1. 9—16	星期副刊	初试	秋影
1933. 1. 16	星期副刊	松桥	黄旭
1933. 1. 16	星期副刊	微笑	白虹
1933. 1. 16—23	星期副刊	匪祸	秋影
1933. 1. 16—2. 6	星期副刊	熏鸡	鼙鼜
1933. 1. 19—	消闲世界	爱之奔流	梦影
1933. 1. 23	星期副刊	算账	文泉
1933. 1. 23	星期副刊	单恋病者	洪波
1933. 1. 24	消闲世界	他与她	陈冷眼
1933. 2. 6	星期副刊	炎凉	黄旭
1933. 2. 6	星期副刊	村长	笃夫
1933. 2. 6	星期副刊	表妹	敏影女士
1933. 2. 9—24	消闲世界	牺牲	剑啸
1933. 2. 13	星期副刊	逆伦	常凤亭
1933. 2. 13	星期副刊	情场失意者	秋鸿
1933. 2. 27—3. 6	星期副刊	青春拜别	秋萤
1933. 3. 1—5	消闲世界	一块香帕	擎一君述,瘦玉撰
1933. 3. 5	消闲世界	情死	静霞
1933. 3. 6	星期副刊	白日的梦	萍少
1933. 3. 6	星期副刊	一个矿工	斯路
1933. 3. 13	星期副刊	微笑	秋影
1933. 3. 20	星期副刊	她的离婚	小鹏
1933. 3. 21	消闲世界	失恋	青愚
1933. 3. 25—10. 18	第二版	色网情关	佚名

1933. 3. 27	星期副刊	踯躅	文泉
1933. 3. 27—4. 17	星期副刊	衣锦还乡	秋萤
1933. 3. 27	星期副刊	妒	活石
1933. 3. 29—9. 20	消闲世界、晓野	桃花江干	黄旭
1933. 3. 31—4. 1	消闲世界	捉妖志	王选三述,孙绍先撰
1933. 4. 2—4. 8	消闲世界	一段堕落史	吴门瘦玉撰
1933. 4. 3	消闲世界	征人泪	齐玉珍
1933. 4. 3	消闲世界	可怜的乞丐	邢淑云
1933. 4. 3	消闲世界	创痕	何宴如
1933. 4. 3	消闲世界	尹孝女	王静涵
1933. 4. 5	消闲世界	修缘出世	蓂郎
1933. 4. 5	消闲世界	遗消	冷光
1933. 4. 5	消闲世界	爱之奔流	梦影
1933. 4. 7	消闲世界	未寄的一封信	漫霞
1933. 4. 8—11	消闲世界	饮恨九原	冯祝三
1933. 4. 10	星期副刊	苦笑	萍少
1933. 4. 12—13	消闲世界	一个落魄的青年	寅初
1933. 4. 14	消闲世界	刘善人	蓂郎
1933. 4. 15	消闲世界	也算一段恋爱史	孟忆林
1933. 4. 17—24	星期副刊	哀鸿	进
1933. 4. 18—22	消闲世界	少女魂	剑虹
1933. 4. 23	消闲世界	初春	远弘
1933. 4. 24	星期副刊	狞笑	犟蹙
1933. 4. 24—5. 22	星期副刊	朦胧中的悲哀	郭濂熏
1933. 4. 24—5. 1	星期副刊	魔窟泪痕	湘岚
1933. 4. 26—27	消闲世界	爱之典型	临冥薇堡
1933. 4. 27—30	消闲世界	卖花声里人	吴门瘦玉撰
1933. 4. 30	消闲世界	某氏女	凤彬

1933. 5. 1	星期副刊	忏悔	如灵
1933. 5. 2	消闲世界	保家仙	蓂郎
1933. 5. 2—6. 13	第四版	春天里的秋天	巴金
1933. 5. 8	星期副刊	死	风霜
1933. 5. 8	星期副刊	天津的夜	皓皓
1933. 5. 8—6. 19	星期副刊	空中底伴侣	黄旭
1933. 5. 9	消闲世界	她的忏悔	趾祥
1933. 5. 9	消闲世界	不敢回首的一段伤心史	小三
1933. 5. 11	消闲世界	农夫的转变	仕杰
1933. 5. 11	消闲世界	自忏	常英奇
1933. 5. 15	星期副刊	别	齐玉珍
1933. 5. 15	星期副刊	可邑的死	杨玉萍
1933. 5. 15	星期副刊	不寐之夜	吴淑新
1933. 5. 15	星期副刊	深夜的小贩	王者香
1933. 5. 15	星期副刊	卖儿声中	关雪志
1933. 5. 15	星期副刊	消极的少年	崔淑贤
1933. 5. 16	消闲世界	她	醴微
1933. 5. 16	消闲世界	苦的代价	铁铮
1933. 5. 17	消闲世界	关东道上	任夫
1933. 5. 22	星期副刊	悔的泪	敏影
1933. 5. 29	星期副刊	雨天	荫寰
1933. 5. 29	星期副刊	春怨	杨进
1933. 5. 29	星期副刊	端阳之约	于翔
1933. 5. 30	消闲世界	悲哀	苤芳
1933. 5. 30	消闲世界	她	疑寰
1933. 5. 31	消闲世界	苦儿媳妇	苤芳
1933. 6. 1—2	消闲世界	乖	铁铮

1933. 6. 5	星期副刊	课堂一瞥	王誌之
1933. 6. 5—7. 3	星期副刊	姐姐的一封信	骆驼生
1933. 6. 5	星期副刊	认识	思路
1933. 6. 6—7	消闲世界	玫瑰花下	续五
1933. 6. 6	消闲世界	罪恶	疑寰
1933. 6. 6—18	消闲世界	侠义柔情	哑
1933. 6. 7	消闲世界	差不多先生传	子丹
1933. 6. 8—9	消闲世界	恋爱的破产	吴县祖培
1933. 6. 9	消闲世界	消遣	任夫
1933. 6. 12	星期副刊	桥上	之君
1933. 6. 14—17	消闲世界	非非幻想	王敬夫
1933. 6. 15—18	消闲世界	可怜一个小学教师	吴县祖培
1933. 6. 18—22	消闲世界	不爱也得爱	佚名
1933. 6. 20—8. 2	第四版	友情	衣萍
1933. 6. 21	消闲世界	病	功
1933. 6. 23	消闲世界	车站	惊幻
1933. 6. 26	星期副刊	狱中	荫寰
1933. 6. 26	星期副刊	S 女士的梦	高文彬
1933. 6. 26	星期副刊	感化了	碎蝶
1933. 6. 26	星期副刊	回家	之君
1933. 6. 27	消闲世界	河滨	孙绍文
1933. 6. 28	消闲世界	她的哀音	博绿
1933. 6. 30—7. 4	消闲世界	热情	吴县祖培
1933. 6. 30	消闲世界	医难	清尘
1933. 7. 1	消闲世界	因果循环	柔乡
1933. 7. 1—12	消闲世界	自缚	芳艳
1933. 7. 3	星期副刊	耳朵的悬赏	苏菲
1933. 7. 3	消闲世界	江北哀肠记	绮

1933. 7. 5	消闲世界	骗子怕钟	玨×
1933. 7. 15	消闲世界	哭声	冰玲
1933. 7. 18	北国文艺	慈善为怀	猷极
1933. 7. 18	北国文艺	惶恐	瑛卿
1933. 7. 18	北国文艺	名誉的保全	苏菲
1933. 7. 23	消闲世界	掩尸	洁纯
1933. 7. 25	北国文艺	二年	碎蝶
1933. 7. 25	北国文艺	自缚	锦文
1933. 7. 26—29	消闲世界	迷离孤魂	梦飞
1933. 7. 28	晓野	穷的剧作	伊水
1933. 7. 30	消闲世界	事实	张罗
1933. 7. 30	消闲世界	经济压迫的阿三	价人
1933. 8. 1	北国文艺	假死	之君
1933. 8. 1	北国文艺	兰儿的一页伤心史	芳艳女士
1933. 8. 9	消闲世界	一天晚上	小马
1933. 8. 9—9. 19	消闲世界	情墓	苍生袁凡
1933. 8. 10—12	消闲世界	一个青年工徒	捷峰
1933. 8. 13	消闲世界	马小黑	佚名
1933. 8. 13—9. 13	第四版	醉里	罗黑藏
1933. 8. 15	北国文艺	悲哀	文育昌
1933. 8. 15	北国文艺	惊恐之夜	魏秉文
1933. 8. 15	北国文艺	自杀	之君
1933. 8. 15	北国文艺	考试	老头子
1933. 8. 27	消闲世界	桃花源里	识途
1933. 8. 29	北国文艺	乞妇与阿环	文泉
1933. 8. 29	北国文艺	劫——阿魁的故事	文泉
1933. 9. 2	消闲世界	恨	笑呆
1933. 9. 3—4	消闲世界	阿顺牺牲的代价	袁锦文

1933. 9. 12—19	北国文艺	漠边之夜	暮光
1933. 9. 12—19	北国文艺	灾变	杨隽
1933. 9. 16	消闲世界	破了的小布衫	炎青
1933. 9. 17	消闲世界	爱?	王玉峰
1933. 9. 24—28	消闲世界	陆丽	淹
1933. 9. 24	消闲世界	变迁	秉文
1933. 9. 24—10. 2	消闲世界	春血	篁勗
1933. 9. 26	消闲世界	一个乡下的女子	至夷
1933. 9. 30	消闲世界	离家一年	慢拂
1933. 10. 3	北国文艺	太平	IDIE
1933. 10. 3—24	北国文艺	妻的流产	杨进
1933. 10. 6—1934. 1. 9	北国文艺	折了肋骨的少年	松井延造作,沈默译
1933. 10. 8—14	消闲世界	闹鬼	芳艳
1933. 10. 10	北国文艺	牺牲	文泉
1933. 10. 15	消闲世界	马局长纳宠之夜	孙竹铭
1933. 10. 17	北国文艺	友之妻	闪莺
1933. 10. 19—1934. 4. 17	第二版	婆汉迷	张若谷
1933. 10. 19	消闲世界	冤狱	贲见虹
1933. 10. 21	消闲世界	罪恶的颂扬	狂蝶
1933. 10. 21—1936. 1. 29	消闲世界	水浒	施耐庵
1933. 10. 29	消闲世界	渺茫的夜	贲见虹
1933. 10. 31—12. 3	北国文艺	离散之前	陈阵
1933. 10. 31	北国文艺	希望的破产	狂蝶
1933. 10. 31—11. 28	北国文艺	二元论	秋萤
1933. 11. 1	消闲世界	孤影自怜	瞻翔
1933. 11. 3	消闲世界	笔记效颦	昭明
1933. 11. 8—11	消闲世界	流氓	紫竹
1933. 11. 8—1934. 3. 7	消闲世界	李杜梁善恶到头	张善亭

1933. 11. 12	消闲世界	孤灯	冰冰
1933. 11. 14—12. 12	北国文艺	丰收之秋	杨进
1933. 11. 16	消闲世界	玉的史	吾庸
1933. 11. 23	消闲世界	商人的妻	伶罗
1933. 11. 24	晓野	误会	姜君
1933. 11. 24	晓野	三人	可幸
1933. 11. 25	消闲世界	堕落	吾庸
1933. 11. 26	消闲世界	还算万幸	芥人
1933. 11. 29—30	消闲世界	童恋	蓓欣
1933. 12. 6—12	北国文艺	消灭	之君
1933. 12. 6	消闲世界	觉悟	孙竹铭
1933. 12. 12	消闲世界	人情冷暖世态炎凉	中秀
1933. 12. 17	消闲世界	漂泊的几幕	赤松
1933. 12. 19	北国文艺	毁灭	杨荫寰
1933. 12. 19	北国文艺	平凡人家	鲁若
1933. 12. 19	北国文艺	愉快人底剧	竹力
1933. 12. 24	消闲世界	狐妻	中秀
1933. 12. 26—1934. 1. 9	北国文艺	乡居	冰玲
1934. 1. 1	新年增刊	归家	相臣
1934. 1. 10—31	消闲世界	潜逃奇遇记	梦影
1934. 1. 11	消闲世界	可怜底少爷	笑溪
1934. 1. 16—23	北国文艺	母爱的流露	之君
1934. 1. 17—18	消闲世界	金戒指	晓光
1934. 1. 17—18	消闲世界	江垣遗痕之一	白虹
1934. 1. 18—2. 11	消闲世界	迷信的害处(剧作)	鼎成
1934. 1. 21—28	消闲世界	情海之波	董健
1934. 1. 21	消闲世界	胡思乱想	关燕翼
1934. 1. 23—30	北国文艺	女人的悲哀	文泉

1934. 1. 23—30	北国文艺	月牙向西	红燕
1934. 1. 23—6. 1	第四版	血爱	苏德曼著,成绍宗译
1934. 1. 24—25	消闲世界	道德	恶
1934. 1. 28	消闲世界	深夜的歌声	柏森
1934. 1. 30	北国文艺	同命运者	狂叶
1934. 1. 30	北国文艺	挽着妹子的臂膀	小可
1934. 1. 31—2. 3	消闲世界	江垣遗痕之二	白虹
1934. 2. 1—21	消闲世界	幻恋	佚名
1934. 2. 4	消闲世界	圣洁的爱	刘佩良
1934. 2. 6	消闲世界	如是生活	效频
1934. 2. 6	消闲世界	三个春天	敏影女士
1934. 2. 6—13	北国文艺	是故事了	杨进
1934. 2. 8	消闲世界	风流少年	西影
1934. 2. 8	消闲世界	她的悲哀	需华
1934. 2. 10—11	消闲世界	王和	冰心
1934. 2. 12	消闲世界	嫖赌收场	中秀
1934. 2. 12	消闲世界	缠足怨(剧作)	鼎成
1934. 2. 12	消闲世界	被弃的女人	余希明
1934. 2. 13—20	北国文艺	失火	杨荫环
1934. 2. 13	北国文艺	年是这样	刘英杰
1934. 2. 20	北国文艺	信仰	鸿雁
1934. 2. 21	消闲世界	残年	中秀
1934. 2. 22—28	消闲世界	壶中天	六宜轩主
1934. 2. 22	消闲世界	苦笑	陈鸿飞
1934. 2. 24—25	消闲世界	春之恨	虎头
1934. 2. 27—3. 6	北国文艺	恋爱与紫领带	愧秋
1934. 2. 27—3. 13	北国文艺	盲者	秋石
1934. 2. 28	消闲世界	可爱的女招待	六宜轩主

1934. 3. 1—7	消闲世界	三年之后	刘佩良
1934. 3. 1—7	消闲世界	并头鸳鸯	笑呆
1934. 3. 4	消闲世界	戒烟酒赌博(剧作)	鼎成
1934. 3. 6	北国文艺	小枫	晴新
1934. 3. 6	北国文艺	悔教夫婿竟封侯	陈治宇
1934. 3. 6—4. 10	北国文艺	不统一的礼拜日	绿失蓝
1934. 3. 8—12	消闲世界	逃妇	白虹
1934. 3. 8—19	消闲世界	农夫谈话(剧作)	鼎成
1934. 3. 11—4. 7	消闲世界	苦伶仃	柔芗
1934. 3. 13	北国文艺	王百嫂	任夫
1934. 3. 13—4. 6	北国文艺	相思泪(剧作)	努力
1934. 3. 13	北国文艺	怒	朱婴女士
1934. 3. 15—25	消闲世界	破镜重圆	刘佩良
1934. 3. 20	消闲世界	劳动益寿	鼎成
1934. 3. 20	北国文艺	追寻	文泉
1934. 3. 24	消闲世界	寻夫叹(剧作)	笑呆
1934. 3. 27	北国文艺	她的心碎了(独幕剧)	陆嫣女士
1934. 3. 27	北国文艺	没落	列巴
1934. 3. 27	北国文艺	春夜的接吻	笳啸译
1934. 3. 29	消闲世界	溪边垂钓	曹尚文
1934. 4. 1—5. 17	消闲世界	雪地恨(剧作)	笑呆
1934. 4. 1	消闲世界	苦命的珍	偶痕
1934. 4. 1—7. 2	王道周刊	到新国去!	鹤卢居士
1934. 4. 2	消闲世界	少女之梦	竹林
1934. 4. 3	北国文艺	云姑娘	刘英杰
1934. 4. 3	北国文艺	春到人间	佚名
1934. 4. 4	消闲世界	富家翁	明
1934. 4. 6	北国文艺	窝里的孩子	菊子

1934.4.6—10	北国文艺	归宿	瘦莱
1934.4.9—11	消闲世界	桂芬的泪	梦影
1934.4.10	北国文艺	幻灭	文泉
1934.4.10	北国文艺	船上的夜	汝湘
1934.4.11—19	消闲世界	梦中月夜	秋石
1934.4.11—28	消闲世界	一段拆白	中秀
1934.4.15	消闲世界	时髦的女人	漫夫
1934.4.15	消闲世界	过日子难	余台工
1934.4.17	北国文艺	垃圾之爱	陈阵
1934.4.24	北国文艺	不调和的夫妇	晴新
1934.4.24	北国文艺	快活的人们	南波
1934.4.24	北国文艺	请大夫	茅塞
1934.4.24	北国文艺	失火的故事	鹄安
1934.4.25—5.9	消闲世界	梦	苦流
1934.4.25—5.10	消闲世界	薄命的女子	刘佩良
1934.5.1	北国文艺	走去了的朋友	水玲
1934.5.1	北国文艺	邮差的女儿	鹄安
1934.5.1	北国文艺	死	列巴
1934.5.1—8	北国文艺	秀芬	杨地
1934.5.3	消闲世界	别幕	申国弼
1934.5.6	消闲世界	烦！	雨卿
1934.5.8	北国文艺	秦二妈	李健薇
1934.5.8	北国文艺	许先生	羣
1934.5.8—22	北国文艺	灵魂的解放	纹
1934.5.12	消闲世界	情场失意	囚困
1934.5.14	消闲世界	幻想	李治民
1934.5.14	消闲世界	游子思乡	司马
1934.5.16—22	北国文艺	恐怖之夜	荷叶

1934. 5. 16—22	北国文艺	榕树底歌	适
1934. 5. 16	消闲世界	可怜的孤儿	镜秋
1934. 5. 20—24	消闲世界	奇惨	笑呆
1934. 5. 20	消闲世界	穷教员的家庭	赵宝琦
1934. 5. 22—30	北国文艺	湖畔之春	文泉
1934. 5. 22	北国文艺	往事	逸夫
1934. 5. 26—6. 1	消闲世界	一场恋爱的惨剧	王韦
1934. 5. 26	消闲世界	青年某	彭书麟
1934. 5. 27—28	消闲世界	春山(剧作)	笑呆
1934. 5. 30	北国文艺	小苏儿们的惊恐	家绮
1934. 6. 2—8	消闲世界	她的悲哀	笑呆
1934. 6. 3	消闲世界	给他的信	徐梦萍
1934. 6. 5—12	北国文艺	黄昏	邱莹
1934. 6. 5	北国文艺	铺道上底灵魂	须田忠三著,宋平译
1934. 6. 7	消闲世界	雨丝风片录	寄萍
1934. 6. 9—10	消闲世界	儿时的憧憬	漫漪
1934. 6. 12	消闲世界	阿琴的病	绿筠
1934. 6. 12—19	北国文艺	丈夫的出奔	荷叶
1934. 6. 12—19	北国文艺	空虚之室	希文译
1934. 6. 12	北国文艺	鸟儿唱去的姑娘	玮嬿
1934. 6. 13	消闲世界	谁的过错	偶痕
1934. 6. 13—25	消闲世界	意志底冲突(独幕剧)	警方
1934. 6. 13—8. 4	消闲世界	贾似道断送宋祚	张善亭
1934. 6. 19	北国文艺	胭脂水	白韦
1934. 6. 19—26	北国文艺	醒悟了的虚荣心	尼克金著,阿晚译
1934. 6. 23	消闲世界	她的一世	野樵
1934. 6. 26—7. 3	北国文艺	走不完的路	亦菲
1934. 6. 28	消闲世界	庐州初访	绿筠

1934. 6. 28	消闲世界	离别的一夜	董润厚
1934. 7. 3—10	北国文艺	衣羽	莹
1934. 7. 3	北国文艺	李二	梦魂
1934. 7. 3—4	消闲世界	离恨无端欲断魂	萧书杰
1934. 7. 13—17	消闲世界	拒毒(剧作)	铭三
1934. 7. 16—20	消闲世界	在樱花下	荷叶
1934. 7. 17	北国文艺	阿森嫂	紫屏
1934. 7. 17	北国文艺	三个女人	宋平
1934. 7. 19	消闲世界	给鸦片的信	笑山
1934. 7. 21	消闲世界	回忆	邵铁城
1934. 7. 22	消闲世界	连锁的午梦	汝萍
1934. 7. 24	北国文艺	内心的冲突	淑贤
1934. 7. 24	北国文艺	邮差带来的回忆	文彬
1934. 7. 24	北国文艺	弟妹之死	文黑
1934. 7. 24	北国文艺	阿六叔的忧郁	非
1934. 7. 26—8. 2	消闲世界	爱的末路	新生
1934. 7. 30—1935. 8. 19	王道周刊	模范工人(二)	程克详
1934. 7. 31	北国文艺	画家的烦恼	洗园
1934. 7. 31	北国文艺	我们的父亲	詹姆士·史徒著,李陵译
1934. 8. 2—4	消闲世界	一切	灵西
1934. 8. 5—9. 16	消闲世界	五密司爱国以身	张善亭
1934. 8. 6	消闲世界	万泉河畔	孙绍文
1934. 8. 6	北国文艺	容姊望着灰色底窗纸	木易
1934. 8. 6	北国文艺	夏午	家为
1934. 8. 8	消闲世界	逢嘉的一生	漫夫
1934. 8. 11—20	消闲世界	巧断双告记	笑呆
1934. 8. 14—21	北国文艺	小胡的归	野芩
1934. 8. 14	北国文艺	云的忧郁	羽

1934. 8. 14	消闲世界	早婚的他	竹性
1934. 8. 15	消闲世界	姜三嫂	孙继伦
1934. 8. 18	消闲世界	秀云初嫁	文甫
1934. 8. 21	北国文艺	西门太太	萧公
1934. 8. 21	北国文艺	是妻留给女儿的	杰
1934. 8. 22	消闲世界	领薪之后	袁锦文
1934. 8. 22—28	消闲世界	桃色的命运	搂曼
1934. 8. 28—9. 4	文艺专刊	梦里的罪人	陈陵
1934. 8. 28—9. 4	文艺专刊	不同的安慰	陈阵
1934. 8. 31—9. 11	文艺专刊	深秋的夜	文泉
1934. 9. 7—25	文艺专刊	爱你底证据	老含
1934. 9. 9—11	消闲世界	世界舞台上的妙剧	渺音
1934. 9. 16	消闲世界	花子拾金(剧作)	妄想者
1934. 9. 20	消闲世界	疯妇	荡萍
1934. 9. 21	文艺专刊	小乞丐	石火
1934. 9. 21	文艺专刊	只有爱情	明华译
1934. 9. 23—10. 6	消闲世界	昙花爱情	廷琐
1934. 9. 23	消闲世界	秋色飘零	晓光
1934. 9. 24	消闲世界	兰的悲哀	杨振芝
1934. 9. 25	文艺专刊	我的猫	伯上
1934. 9. 28	文艺专刊	末路	志鸿
1934. 9. 30	消闲世界	飞霞的忏悔	识娟
1934. 10. 1	消闲世界	去年今日此门中	晓光
1934. 10. 2	文艺专刊	两袖清风	萧然
1934. 10. 3	消闲世界	胡仙	辽左云鹤
1934. 10. 5	文艺专刊	心痛	恨我
1934. 10. 6—7	消闲世界	喜凤	栉风
1934. 10. 9	文艺专刊	斩绝	兀术

1934. 10. 9	文艺专刊	暮	老含
1934. 10. 9	文艺专刊	阿福	一苹
1934. 10. 11	消闲世界	女尸	胡天
1934. 10. 12	文艺专刊	锁住和他的媳妇	刘英杰
1934. 10. 13	消闲世界	明儿	傅世英
1934. 10. 14	消闲世界	伤往	申国弼
1934. 10. 14	消闲世界	虚荣	李静泉
1934. 10. 17	消闲世界	走入歧途的仕儒	菊隐
1934. 10. 18	消闲世界	雨	桀人
1934. 10. 18—1935. 2. 21	消闲世界	吴淑昭乔装扫北	张善亭
1934. 10. 21	消闲世界	可怜的志远	辽左云鹤
1934. 10. 22	消闲世界	选举	东野
1934. 10. 22	消闲世界	永远沉在悲凄中	寄影
1934. 10. 25	消闲世界	霞晖	方直
1934. 10. 27	消闲世界	K君的遭遇	刑余
1934. 10. 28	消闲世界	苦命的阿大	光第赵永绂
1934. 10. 30—12. 28	文艺专刊	梅姐	老含
1934. 11. 3	消闲世界	赴席	勇为
1934. 11. 4—5	消闲世界	戴女士之遭遇	梅影
1934. 11. 6	北风	老年人底悲哀	恨我
1934. 11. 6	北风	娱乐	蓬槐
1934. 11. 6—12. 4	北风	解答之谜	微音
1934. 11. 7	北风	幽静的溪流	KL
1934. 11. 11	消闲世界	未来的贵人	剑英
1934. 11. 13	北风	何福婶的死	萧然
1934. 11. 14	消闲世界	欲望	赵鸿基
1934. 11. 18	消闲世界	梅的不幸	寄影
1934. 11. 18—23	消闲世界	生死姻缘	柔艻

1934. 11. 19—12. 6	消闲世界	女魔术师	阿布德藏著,景芝译
1934. 11. 20	北风	石善人	老合
1934. 11. 20—27	北风	结婚	金林
1934. 11. 27—12. 4	北风	上学堂	老合
1934. 12. 4—11	北风	碎了玉镯	KK
1934. 12. 7	消闲世界	秋夜	小伶仃
1934. 12. 11—25	北风	暴风雨(三幕剧)	圆地文字作,林明译
1934. 12. 11—25	北风	喜兆	王述网译
1934. 12. 13	消闲世界	小凤	纪清闲
1934. 12. 16	消闲世界	我们的冬运	阿文
1934. 12. 18—28	北风	期期与小胖子	羽翼
1934. 12. 18	北风	孤雁	老合
1934. 12. 20—24	消闲世界	东陵道上	晓光
1934. 12. 21	消闲世界	有情人未必成眷属	试初
1934. 12. 22	消闲世界	深秋时节	光玉
1934. 12. 25	消闲世界	村居	于家麟
1934. 12. 26	消闲世界	临别	贺俊哲
1934. 12. 27	消闲世界	媒	重楼
1935. 1. 1	新年增刊	慧姑的喜讯	白莲
1935. 1. 1	新年增刊	猪门记	老含
1935. 1. 1	新年增刊	二秃子的车	老含
1935. 1. 1	新年增刊	过年	孩子王
1935. 1. 1—4	消闲世界	王春于归	柔乡
1935. 1. 1	消闲世界	年关	王绍孚
1935. 1. 3	消闲世界	指甲	印全
1935. 1. 4—5	消闲世界	道边的骷髅	佳东
1935. 1. 6	消闲世界	一幅写真	村因
1935. 1. 8—15	北风	婚后	梅君

1935.1.8	北风	新年说笑	老三
1935.1.8—15	北风	理发店中(独幕剧)	玫泉
1935.1.8	北风	幻灭	尤其
1935.1.9	消闲世界	冬至	一苹
1935.1.10	消闲世界	风雪之夜	申国弼
1935.1.10	消闲世界	厚脸先生	陈亮
1935.1.15—2.21	北风	文章与女人	老含
1935.1.16—17	消闲世界	慧珍	试初
1935.1.16	消闲世界	夫妻之间	启昌
1935.1.19	消闲世界	可恶的烟头	瘦梅中玉
1935.1.20	消闲世界	新京的一瞥	孟语
1935.1.21	消闲世界	清晨	李静泉
1935.1.22	北风	我的丈夫的书	木野译
1935.1.22—3.5	北风	八月羊	兀术
1935.1.26—27	消闲世界	惜别	曹大魔
1935.1.28	消闲世界	孤零的青年	霍文彬
1935.1.31	消闲世界	云儿过去的一幕	鉴
1935.1.31	消闲世界	芳儿	孟语
1935.2.2	消闲世界	妻子	王辑五
1935.2.6	消闲世界	冬之三部曲	英
1935.2.7	消闲世界	梦	鉴
1935.2.8—19	北风	弟兄之间	文泉
1935.2.8	北风	隔世的犯人	草明
1935.2.9	消闲世界	街头一瞥	梦语
1935.2.9	消闲世界	同情泪	克
1935.2.9	消闲世界	苏仙	凌空
1935.2.10	消闲世界	冬日农人的生活	克
1935.2.11	消闲世界	素心的苦恼	鉴

1935.2.12—5.17	消闲世界	钟萍江	贺俊哲
1935.2.13	第二版	佳人之奇遇	东海散士
1935.2.14—10.21	第四版	落霞孤鹜	张恨水
1935.2.16—12.15	第七版	剑骨琴心	佚名
1935.2.17	消闲世界	化兔报冤	知非
1935.2.17	消闲世界	一个浪漫女儿的结局	桂馨
1935.2.17	消闲世界	爱的怀疑	君
1935.2.18—4.2	北风	溃堤	杨进
1935.2.18—4.9	北风	桃李	老含
1935.2.20	消闲世界	恨不相逢未嫁时	刘宝玲
1935.2.21	消闲世界	没落了的家庭	王雨霖
1935.2.21—28	消闲世界	匪劫	一飞
1935.2.24	消闲世界	深夜醒来	豁齐
1935.2.24—4.7	消闲世界	尚书府三凤乘龙	张善亭
1935.2.25	消闲世界	阿五	哀鸿
1935.2.26—3.12	北风	别离	水玲
1935.3.2	消闲世界	期待	马新一
1935.3.3—6	消闲世界	爱的幻灭	石筠
1935.3.3	消闲世界	眼眉	王乔
1935.3.6	消闲世界	离乡	姜忠言
1935.3.9	消闲世界	青林泪痕	王敬夫
1935.3.10	消闲世界	幻梦	泣影
1935.3.12—26	北风	霖子	野藜
1935.3.13	消闲世界	他将失业了	曹大庵
1935.3.14	消闲世界	春晨	王丰
1935.3.16	消闲世界	膳长	小铎
1935.3.19—4.2	北风	老巴嫂	之君
1935.3.23—4.4	消闲世界	情死	笑呆

1935. 3. 28	消闲世界	老虎	子青
1935. 3. 28	消闲世界	萍儿的遭遇	兮
1935. 3. 31	消闲世界	春宵的哀愁	王丰
1935. 4. 2—9	北风	运转	国弼
1935. 4. 3	消闲世界	樊笼	镜人
1935. 4. 4	消闲世界	一毛不拔	王靖宇
1935. 4. 4—6	消闲世界	别暂	泣影
1935. 4. 6	消闲世界	归途风雨	任承叶
1935. 4. 9	北风	小巴	石火
1935. 4. 10—7. 27	消闲世界	读《幼学琼林》	张善亭
1935. 4. 16—23	北风	汶之走	小宜
1935. 4. 17	消闲世界	七斤	福熙
1935. 4. 20—10. 8	电影与剧作	渔光曲	玉芬
1935. 4. 21	消闲世界	弟兄之间	朱战
1935. 4. 23—5. 21	北风	寂寞	兀术
1935. 4. 23—7. 9	北风	牛车	沈默译
1935. 4. 23	北风	应当作的事情	雅格微莱夫著,RR 译
1935. 4. 30	北风	泥水匠陈秋	欧阳山
1935. 4. 30	北风	没有女人的人	非子
1935. 5. 6	消闲世界	阿银	福熙
1935. 5. 7—14	北风	深渊	巴维哈
1935. 5. 7—14	北风	好福气	羽
1935. 5. 14	北风	桃花未开	黄曼秋
1935. 5. 21	北风	悲惨的影子	飞
1935. 5. 22—6. 4	北风	莉妮	适生
1935. 5. 28—6. 4	北风	三天	罗洪
1935. 6. 4—11	北风	阿妮嘉·薇薇嘉	胡绳译
1935. 6. 11—18	北风	马多法儿哥	百里梅著,玉君译

1935. 6. 18	北风	找幸福去	黄曼秋
1935. 6. 23	消闲世界	小麻子	默之
1935. 6. 25	北风	黄九	翟永坤
1935. 6. 25—7. 2	北风	收获时候	祖椿
1935. 6. 26	消闲世界	歌孃	碧影
1935. 7. 2	北风	笔的故事	先艾
1935. 7. 9	北风	同情	仲殊
1935. 7. 16—23	北风	老人	羡林
1935. 7. 16—31	北风	觉醒	巴别尔著, 郑效洵译
1935. 7. 30	北风	想起母亲	荔枝核
1935. 7. 30	北风	风波	榆
1935. 7. 30	北风	平常的烦恼	道静
1935. 8. 6	北风	演说家	阿索林著, 卞之琳译
1935. 8. 6	北风	待解底谜	仲殊
1935. 8. 13	北风	男女	柳青
1935. 8. 13—27	北风	乏了	萧艾
1935. 8. 20	北风	早晨	冬梅
1935. 8. 20	北风	车站旁边的人家	西彦
1935. 8. 22	消闲世界	蹇安先生五记	佚名
1935. 8. 27—9. 10	北风	邻居	靳以
1935. 8. 28	消闲世界	闷葫芦何时揭晓	张善亭
1935. 9. 3—10. 8	北风	父母底心	努力
1935. 9. 3—11. 26	北风	没有节奏的音乐	萧艾
1935. 9. 10	北风	默喻	曼丽
1935. 9. 17—1936. 3. 1	第二版	□史	钟吉宇
1935. 9. 24	北风	期待	楞疎
1935. 9. 24	北风	尾尾	黄白
1935. 10. 1	北风	王二嫂子的梦	克家

1935. 10. 8	北风	有历史的风波	西村
1935. 10. 13—11. 19	电影与剧作	自由神	H·S·P
1935. 10. 22—29	北风	转变	非子
1935. 10. 22	北风	美底责任心	萧伯纳著,坍仃译
1935. 10. 29—11. 5	北风	一个自杀者	于冬
1935. 10. 29—11. 19	北风	陪陪不明白	屈轶
1935. 10. 29—11. 19	北风	环姑	努力
1935. 11. 5—26	北风	道傍	萧枫
1935. 11. 19—12. 2	北风	惆怅地望着天空	杜秦
1935. 11. 20—12. 1	消闲世界	他们的事情	吴云心
1935. 11. 26—12. 17	北风	夜来香花开的时候	羡林
1935. 12. 3—1936. 1. 28	北风	人间	影子
1935. 12. 3	北风	没有人知道	何为译
1935. 12. 17	北风	寄宿舍	乔伊斯作,立波译
1935. 12. 17—1936. 1. 14	北风	两类人	莫尼
1935. 12. 20—1936. 7. 25	第三、七版	无边风月传	延陵生
1935. 12. 24	北风	十月草	南星
1936. 1. 7—14	北风	冷	鹿丹
1936. 1. 7	妇女与家庭	秀儿(三)	季溟
1936. 1. 21—28	北风	新铭	老萧
1936. 1. 28—11	北风	带花	方殷
1936. 1. 30—1937. 7. 31	消闲世界	好青年	佚名
1936. 2. 4	北风	流浪的人	河
1936. 2. 4	北风	生命的结束	祖椿
1936. 2. 4—11	北风	锁头和阿春的年	白鸟
1936. 2. 11	北风	有度量的人	田翼
1936. 2. 11	北风	我们的小狗	沉樱
1936. 2. 11	北风	晨的厄运	先文

1936.2.18	北风	梦的质	谢德曼
1936.2.25—3.3	北风	鸭毛	刘祖春
1936.3.3	北风	柳叶桃	李广田
1936.3.5	消闲世界	巧与不巧	烟
1936.3.10	北风	圣史威斯特之夜底奇遇	贺夫曼
1936.3.17	北风	报应	瞪岚
1936.3.23	王道周刊	孝义缘	待晓居士
1936.3.24	北风	父女	道静
1936.3.24—4.7	北风	未来的生活	曼丽女士
1936.3.26—4.3	家庭与妇女	冬闺之夜(二)	玪文
1936.3.31	北风	两个世界	蒙生
1936.3.31	北风	驴夫与梦	陈敬容
1936.3.31	北风	夜	严文井
1936.4.7	北风	乡村	李欣
1936.4.7—24	北风	桥	悄吟
1936.4.13—1937.7.6	第二版	儿女英雄传	文康
1936.4.16	消闲世界	吴江渔夫	苏子涵
1936.4.24	北风	风波	荆棘
1936.4.24	北风	孩子的悲哀	小松
1936.4.26	消闲世界	明朝的笑话	阿英
1936.5.8	北风	尘芥堆里的孩子	荆棘
1936.5.8	北风	老人的悲哀	小松
1936.5.8—22	北风	山坡	里雁
1936.5.22	北风	阿发	江京
1936.6.5	北风	平凡的人	石军
1936.6.5—19	北风	老人·孩子·女人	黎嘉
1936.6.19—7.3	北风	我怎样失掉了妻	莫原
1936.6.19	北风	祠老儿	前羽

1936. 6. 19	北风	我的结婚生活	俄作家,怀雅译
1936. 6. 21	新小友	鹰先生	佚名
1936. 7. 3	北风	从早晨到夜里	玛金
1936. 7. 3	北风	魅惑	草明女士
1936. 7. 3—17	北风	王先生	亚平
1936. 7. 14	新小友	奇怪的鬼日	佚名
1936. 7. 17	北风	一根铁棍子	石军
1936. 7. 17	北风	母亲	罗烽
1936. 7. 17	北风	郭奶奶	曹卤
1936. 7. 17—31	北风	一个女子	田涛
1936. 7. 31	北风	爱的搏战	里雁
1936. 7. 31	北风	金牙齿	恩·良士果作,金人译
1936. 8. 11—12. 20	第十二版	情海潮	佚名
1936. 8. 28	北风	玻璃叶的四周	古丁
1936. 9. 11	北风	盲人之歌	高尔基作,周雪普译
1936. 9. 11	北风	奶奶的矛盾	陈白秋
1936. 9. 25	北风	三年之友	罗洪
1936. 9. 25	北风	雨的黄昏	谢缦
1936. 9. 25—11. 20	北风	友情	英国作家,述先译
1936. 10. 16	北风	烧中饭	巴宁
1936. 10. 16	北风	妻的信	渡沙
1936. 11. 1—2	消闲世界	她	俗夫
1936. 11. 6	北风	探狱	转蓬
1936. 11. 6	北风	爱囚	庐伟
1936. 11. 6	北风	城外小景	野草
1936. 11. 19—28	消闲世界	姐妹花	璧
1936. 11. 20—12. 18	北风	鸡蛋贩子的立身	野村爱正著,金冶译
1936. 11. 29	新小友	雪后的乞丐	张寿仁

1936. 12. 3	消闲世界	同情	走肖
1936. 12. 7	消闲世界	谈装假肚	拾玖
1936. 12. 12—17	新小友	纨绔儿的下场	王玺
1936. 12. 18	北风	两个孩子	田涛
1936. 12. 18	北风	房东的女儿	西彦
1936. 12. 26	消闲世界	大角麟	于曙光
1936. 12. 26	消闲世界	乡贤传	癯人
1937. 1. 1	新年增刊	梅子姑娘	溢青
1937. 1. 1	新年增刊	三爷的年	鲁人
1937. 1. 2	消闲世界	牛儿的年	禹
1937. 1. 10	消闲世界	新年巡礼	温良
1937. 1. 11	王道周刊	苹果为媒	陈建藩
1937. 1. 11	新小友	新年的一夜	沈子英
1937. 1. 20	消闲世界	疯人笔记	汝刚
1937. 1. 20	小偶像呢	刹那的爱	YC
1937. 1. 22	文艺专刊	古城堡中	衣云
1937. 1. 22	文艺专刊	亡母与新母	璇玲
1937. 1. 27	消闲世界	王大哥	永祥
1937. 1. 29—3. 19	文艺专刊	爱果的苦核	老翼
1937. 1. 29	文艺专刊	丢了青春的人	老翼
1937. 1. 29—2. 5	文艺专刊	情场	快快
1937. 1. 30	消闲世界	阿贾	凤吾
1937. 1. 30—2. 6	消闲世界	陈秃子	渺音
1937. 2. 3—4. 12	消闲世界	桃花庵	善亭
1937. 2. 8	消闲世界	旧书摊	鲁子
1937. 2. 15	新小友	王生	刘炎兴
1937. 2. 19	文艺专刊	葛碧最后的夜谈	滨生
1937. 2. 28—3. 4	消闲世界	伊的悲哀	彭书麟

1937. 3. 2	新小友	阿诚（四）	邻世明
1937. 4. 2—16	文艺专刊	荒芜底部落	李北鸣著，田兵译
1937. 4. 8—10	消闲世界	伊的归宿	文痴
1937. 4. 22	新小友	说谎	刘诚斋
1937. 4. 23	文艺专刊	我的朋友	英庐 E. V. 著，南星译
1937. 4. 23	文艺专刊	被笑的孩子	横光利一作，S. C. 译
1937. 4. 23	文艺专刊	二对一	M. 赛尔斯作，小松译
1937. 4. 26	王道周刊	蝙蝠忠言	陈建藩
1937. 4. 29—5. 1	消闲世界	试看乖戾无下场	柔乡
1937. 4. 30	文艺专刊	圣像	金磨
1937. 5. 4—28	文艺专刊	散学的日子	怆唳
1937. 5. 5	消闲世界	两个女郎	南湖
1937. 5. 6—8	消闲世界	学徒	白望
1937. 5. 7—14	文艺专刊	秋收的时候	从丁
1937. 5. 7	文艺专刊	张先生的烦恼	李欣
1937. 5. 7	文艺专刊	清明节	韦靳
1937. 5. 10	消闲世界	堕落	心
1937. 5. 15	消闲世界	一个家庭	待望
1937. 5. 20	消闲世界	孙小二	金马
1937. 5. 24	消闲世界	柳大娘	孔语非
1937. 5. 28	文艺专刊	弃子	挺宇
1937. 5. 28	文艺专刊	小屋	金磨
1937. 5. 29	消闲世界	同学	莫明
1937. 6. 4	文艺专刊	小五妈妈	任飞
1937. 6. 4—11	文艺专刊	父亲	边孙著，萝莎译
1937. 6. 7	文艺专刊	玉英的悲哀	长虹
1937. 6. 11—18	文艺专刊	女记者	林英美子
1937. 6. 11	文艺专刊	编辑室中	寒樱

1937.6.11	消闲世界	回家的落魄人	枝山
1937.6.17	消闲世界	魔火的青春	枝山
1937.6.26	消闲世界	孩子	李作人
1937.7.7—1937.7.31	第二版	儒林外史	吴敬梓
1937.7.8	消闲世界	樊烈妇	啸虹
1937.7.15	消闲世界	胡妈	主人
1937.7.17	消闲世界	小梅	辛波
1937.7.21—30	新小友	素洁	萝莎
1937.7.22	消闲世界	接车	暧岚
1937.7.23	文艺专刊	灰色的命运	老翼
1937.7.30	文艺专刊	两个流浪者	西门枫
1937.7.30	文艺专刊	父亲	金磨

参考文献

一 报纸类

［1］《满洲报》缩微胶片（1922.7.24—1937.7.31，共115卷），吉林省图书馆。

［2］《满洲日日新闻》缩微胶片（1907.11.3—1944.3.31，共224卷），吉林省图书馆。

［3］《盛京时报》缩微胶片（1906.10.18—1944.9.14，共168卷），吉林省图书馆。

［4］《泰东日报》缩微胶片（1911.1.11—1945.9.25，共120卷），吉林省图书馆。

二 著作类

［1］戈公振：《中国报学史》，中国新闻出版社1985年版。

［2］孟兆臣：《中国近代小报史》，社会科学文献出版社2005年版。

［3］陈玉申：《晚清报业史》，山东画报出版社2003年版。

［4］赖光临：《中国近代报业与报人》，台北商务印书馆1980年版。

［5］鲁迅：《鲁迅全集》，人民文学出版社1963年版。

［6］武润婷：《中国近代小说演史》，山东人民出版社2000年版。

［7］阿英：《晚清小说史》，人民文学出版社 1980 年版。

［8］魏绍昌：《鸳鸯蝴蝶派研究资料（史料部分）》，上海文艺出版社 1984 年版。

［9］李楠：《晚清民国时期上海小报研究：一种综合的文化、文学考察》，人民文学出版社 2005 年版。

［10］陈平原：《中国现代小说的起点——清末民初小说研究》，北京大学出版社 2005 年版。

［11］陈平原、夏晓虹等编著：《二十世纪中国小说理论资料》，北京大学出版社 1989 年版。

［12］范大灿：《作品、文学史与读者》，文化艺术出版社 1997 年版。

［13］刘慧娟主编：《东北沦陷时期文学作品与史料编年集成》，线装书局 2015 年版。

［14］张毓茂：《东北现代文学大系》，沈阳出版社 1996 年版。

［15］萧军：《东北文学研究史料》，东北文学研究史料委员会 1987 年版。

［16］冈田英树：《伪满洲国文学》，靳丛林译，吉林大学出版社 2001 年版。

［17］《满洲文艺年鉴》，满洲文话会发行 1939 年版。

［18］陈因：《满洲作家论集》，实业印书馆 1943 年版。

［19］上官缨：《艺文乱弹》，时代文艺出版社 1989 年版。

［20］刘晓丽：《异态时空中的精神世界——伪满洲国文学研究》，华东师范大学出版社 2008 年版。

［21］冯为群、李春燕：《东北沦陷时期文学新论》，吉林大学出版社 1991 年版。

［22］李春燕：《东北文学综论》，吉林文史出版社 1997 年版。

［23］李春燕：《东北文学史论》，吉林文史出版社 1998 年版。

[24] 李春燕：《19—20 世纪东北文学的历史变迁》，吉林人民出版社 2004 年版。

[25] 高翔：《现代东北的文学世界》，春风文艺出版社 2007 年版。

[26] 徐光荣：《1840—1990 年辽宁文学概述》，春风文艺出版社 1993 年版。

[27] 陈大康：《通俗小说的历史轨迹》，湖南出版社 1993 年版。

[28] 范伯群：《中国近现代通俗文学史》，江苏教育出版社 1999 年版。

[29] 孔庆东：《超越雅俗——抗战时期的通俗小说》，北京大学出版社 1998 年版。

[30] 任惜时：《东北文学通览》，辽宁大学出版社 1994 年版。

[31] 张泉：《沦陷时期北京文学 8 年》，中国和平出版社 1994 年版。

[32] 王秋萤：《去故集》，长春文丛刊行会 1941 年版。

[33] 张个侬：《武当剑侠》，大亚书局 1931 年版。

[34] 张个侬：《石破惊天录》，南方书店 1937 年版。

[35] 李逊梅：《关东掌故》，上海仿古书店 1936 年版。

[36] 李逊梅：《澹庵志异》，上海仿古书店 1936 年版。

[37] 李逊梅：《小块文章》，启智书局 1936 年版。

[38] 黄曼秋：《红樱桃》，满洲杂志出版社 1944 年版。

[39] 丁山：《大凌河》，新京书店出版部 1934 年版。

三　论文类

[1] 孟兆臣：《小报与方言——白话小说研究领域的一个重要命题》，《社会科学战线》2004 年第 4 期。

[2] 孟兆臣：《论中国近代小报的研究价值》，《社会科学战线》2006 年第 5 期。

[3] 孟兆臣：《小报与新文学关系考论》，《社会科学战线》2009 年第

5 期。

　　［4］孟兆臣：《中国近、现代文学研究的文献缺憾——论近、现代小报的研究价值》，《福建师范大学学报》（哲学社会科学版）2006 年第 3 期。

　　［5］程丽红：《晚清时期东北报业评述》，《东北亚论坛》2005 年第 5 期。

　　［6］张毓茂：《要填补现代文学研究中的空白——以沦陷时期的东北文学为例》，《中国现代文学研究丛刊》1983 年第 12 期。

　　［7］雷世文：《现代报纸文艺副刊的原生态文学史图景》，《中国现代文学研究丛刊》2003 年第 1 期。

　　［8］刘晓丽：《试论伪满洲国的"附和作品"》，《文艺理论研究》2008 年第 11 期。

　　［9］冯为群：《东北沦陷时期文学概观》，《社会科学战线》1987 年第 5 期。

　　［10］刘国平：《新时期东北文学研究评述》，《社会科学战线》2010 年第 10 期。

　　［11］何青志：《十七年东北文学论》，《社会科学战线》2003 年第 11 期。

　　［12］李春燕：《关于沦陷时期东北文学研究的思考》，《社会科学战线》1987 年第 8 期。

　　［13］李春燕：《沦陷时期的东北文学》，《东北史地》2004 年第 7 期。

　　［14］李春燕：《论东北沦陷时期的小说》，《社会科学战线》1998 年第 6 期。

　　［15］李春燕：《东北沦陷时期文学与"五·四"新文学之比较》，《社会科学战线》1998 年第 6 期。

　　［16］高翔：《旧时代"送葬的歌手"——秋萤生活与创作道路略论》，《社会科学辑刊》1986 年第 3 期。

　　［17］高翔：《东北现代中篇小说史论》，《社会科学辑刊》1995 年第

6 期。

〔18〕高翔：《东北现代中篇小说断论》，《社会科学辑刊》1997 年第 4 期。

〔19〕申殿和：《王秋萤创作论》，《中国现代文学研究丛刊》1993 年第 3 期。

〔20〕吕钦文：《东北沦陷时期的乡土文学》，《社会科学战线》1989 年第 3 期。

〔21〕林化：《提倡中国东北文学的整体研究》，《文艺争鸣》1993 年第 8 期。

〔22〕薛勤：《清末民初东北叙事文学的现代文类演进和成就》，《社会科学辑刊》2010 年第 6 期。

〔23〕黄万华：《抗战时期沦陷区文学及其研究》，《文艺评论》2004 年第 4 期。

〔24〕黄万华：《艺文志派四作家论》，《中国现代文学研究丛刊》1994 年第 1 期。

〔25〕黄万华：《论沦陷区作家的创作心态及其文学的基本特征》，《华侨大学学报》（哲学社会科学版）1995 年第 2 期。

〔26〕白长青：《论东北沦陷时期的短篇小说》，《社会科学辑刊》1997 年第 1 期。

〔27〕白长青：《论东北流亡作家群的创作特色》，《社会科学辑刊》1997 年第 4 期。

〔28〕李春燕：《论小松的文学创作》，《社会科学辑刊》1995 年第 5 期。

〔29〕李树权：《论山丁的小说创作》，《社会科学辑刊》1992 年第 2 期。

〔30〕刘晓丽：《1939—1945 年东北地区文学期刊研究》，博士学位论文，华东师范大学，2005 年。

［31］王秀艳：《〈盛京时报〉小说研究》，博士学位论文，吉林大学，2014 年。

［32］赵建明：《近代辽宁报业研究》，博士学位论文，吉林大学，2010 年。

［33］詹丽：《东北沦陷时期通俗小说研究》，博士学位论文，吉林大学，2012 年。

［34］佟雪：《沦陷初期（1931—1937）的东北文学研究》，博士学位论文，东北师范大学，2012 年。

［35］李长虹：《"东北作家群"小说的文化精神》，博士学位论文，吉林大学，2007 年。

［36］范庆超：《抗战时期东北作家研究（1931—1945）》，博士学位论文，中央民族大学，2011 年。

［37］蒋蕾：《精神抵抗：东北沦陷区报纸文学副刊的政治身份与文化身份》，博士学位论文，吉林大学，2008 年。

［38］高云球：《1932—1945：东北沦陷区翻译文学研究》，博士学位论文，中国社会科学院研究生院，2012 年。

后　记

　　我的博士学位论文《〈满洲报〉小说研究》业已画上一个句号。论文的完成承载着老师、家人和朋友太多的关爱与帮助，内心的感激之情无以言表。

　　感谢我的导师孟兆臣先生。可以说，若非先生的不弃，学识浅薄的我将没有读博深造的机会。从论文选题直至最终完成，若无先生的悉心指导，仅靠个人努力，成功是无法想象的。先生宽厚正直、治学严谨，对我的研究更是抱有极大的肯定和期望。每当面对繁杂的资料感到无从下手而灰心、沮丧的时候，先生的鼓励就是我前进的最大动力。如今我已获得博士学位，然时常会想起先生语重心长的劝说：若能将研究视野再放大些，对东北报章小说作以全面的梳理和整理，当可为日后的学术生涯开拓一片园地。但当时受研究条件的限制以及对自身研究能力的不自信，未能依照先生之言，这也成为我的博士学习阶段无法弥补的遗憾！唯有更加勤奋和努力，并力求做一个像先生那样正直的人，方能回报先生的知遇之恩。

　　在读博期间，我结识了吉林大学古代文学教研室的诸位老师，他们渊博的学识和严谨的治学态度是我一生奋斗的目标；感谢我的论文评审专家，他们的真知灼见让我认识到研究的不足和今后努力的方向。同时，诸位老师的肯定让我欢欣鼓舞，在未来的学术道路上也将更加自信；感谢我的师姐王秀艳、好友张艳姝在论文撰写期间给予我的关心和帮助。此外，在搜集资料过程中，吉林省图书馆的关长荣老师、陈明毅老师，吉林大学图书馆的丛丽老师都给予我很大的帮助，在此一并加以感谢！

四年艰辛求学之路，我奔走于学业、事业和家庭之间，如若没有家人的理解和支持，我的学习生活是难以坚持下来的。为了让我能够安心撰写论文，妻子几乎承担下所有的家务和照顾孩子的重任，并且常常和我一起就论文写作中遇到的问题进行探讨，给予我很多思路和帮助；儿子虽然年幼，却能在我感到苦闷的时候，给予我无法替代的快乐；兄长远在国外，每次打电话回来，都会询问我论文写作的进度，并多方联系帮我收集资料；父亲虽已年过花甲，很多事情还是亲力亲为，也是为了不让我担忧和分心，能够专心于学业……亲人的付出和关爱，使我深感亲情的厚重。最后，我要感谢我的母亲。母亲生活简朴，却十分要强，为了能够更好地照顾我和哥哥的生活和学习，放弃了全部的休息时间以及更好的工作机会，母亲唯一的期望就是我们能够长大成才。而当我们长大了，工作了，有了自己的家庭了，母亲却永远地离开了我们，这种内心的伤痛将伴随我的一生。唯有刻苦与努力，方能告慰母亲的在天之灵。

对《满洲报》小说的研究暂时告一段落，尽管论文还有诸多不尽如人意的地方，但对我而言，确是人生道路上的一次超越，我明白了人生和治学一样，要放下浮躁的心，踏踏实实地走好每一步。论文的完成不是结束，而是我在东北报章文学研究的漫漫长路上的第一步，我将在这条路上义无反顾，奋勇直前！

2016 年 12 月于长春

补　　记

　　此书是在本人的博士学位论文修订基础上完成的。拙文于 2016 年 12 月通过博士学位论文答辩后，曾根据评审专家的建议和指点，勉力修改过一遍。其后，我也时常翻开论文，看着一行行铅印的小字，仿佛又回到了那个坐在缩微胶片机前查找资料的午后：一手翻看着胶片，另一手在本子上抄录……还记得，刚开始翻查资料时，吉林省图书馆正值搬新馆，我临时在老馆一间阴冷的小屋里翻看胶片。因寒冷难忍，遂买了电热垫放在脚下，腿上盖着厚厚的军大衣，就这样度过了印象中最冷的一个冬天。读博期间，因长时间坐着整理资料，严重缺乏锻炼，体重暴增十来斤，朋友见了都开玩笑地说："别人读博都累瘦了，你咋还胖了呢？"我也只好无奈地自嘲："用功不够呗！"其中苦辣酸甜也唯有自己清楚。那段时光虽是艰苦，却也充实而快乐。那时的我虽常因研究的无头绪而心情郁闷，但也会为在浩繁的资料中找到的蛛丝马迹而欣喜若狂。

　　雄关漫道真如铁，而今迈步从头越。本书的出版与其说是对读博岁月的追忆，不如说是我要整理好行囊再出发，敦促自己在东北报章小说的研究领域更进一步，跨入一个新的阶段。

　　本书即将付梓之际，我要感谢孟兆臣先生在百忙之中，为弟子的书稿作序并加以肯定，这会成为我今后进行报章小说研究的巨大动力和永久纪念！

同时，也要特别感谢郭晓鸿编辑的热情帮助，是她的辛勤劳动使拙作得以出版，在此致以深深的谢意！

由于研究基础的相对薄弱，本书仅对现存《满洲报》全部的缩微资料和相关的二手资料进行梳理、钩沉，文献疏漏与资料欠翔实不可避免，望专家、读者予以斧正。

赵寰宇

2018 年 5 月于长春